동화, 스며들다

동화, 스며들다

초판 1쇄 찍은 날 | 2014년 01월 14일
초판 1쇄 펴낸 날 | 2014년 01월 21일

지은이 | 김선민
펴낸이 | 서경석

편 집 장 | 권태완
편집책임 | 장미연
편   집 | 손수화
디 자 인 | 이혜정

펴낸곳 | 도서출판 청어람
등록번호 | 제1081-1-89호
등록일자 | 1999. 5. 31
어람번호 | 제5-0361호

주소 | 경기도 부천시 원미구 부일로 483번길 40 서경B/D 3F (우) 420-822
전화 | 032-656-4452 팩스 | 032-656-4453
http://www.chungeoram.com
E-mail | chungeorambook@daum.net

ⓒ 김선민, 2014

ISBN 978-89-251-3666-0 03810

Chungeoram romance novel

동화, 스며들다

김선민 장편 소설

도서출판 청어람

목차

프롤로그

예고도 없이 비가 쏟아졌다. 어닝 아래에 서서 비를 피해보았지만 바닥에 닿자마자 튀어 오르는 굵은 빗줄기에 신발이 흠뻑 젖어버렸다. 해온은 바짓단을 두어 번 걷어 올린 후 빗물이 뚝뚝 떨어지는 머리칼을 손으로 털며 바지 주머니에서 담배를 꺼내 입에 물었다.

요 며칠 이런 날씨가 반복되고 있다. 세상 끝날 것처럼 비가 마구 퍼붓다가 거짓말처럼 해가 쨍쨍하게 뜨고, 구름 한 점 없이 맑았다가 순식간에 오밤중처럼 어두워지면서 물 폭탄이 쏟아지는 그런 날씨. 누구처럼 참 변덕스러운 날씨.

"신해온!"

해온을 부른 건 동화였다. 드라마 속 남자주인공과 사랑에 빠졌다가도 종영 다음 주만 되면 새로운 남자주인공에게 반했다며 두 눈을 하트로 만드는, 연애 같은 거 귀찮다고 하더니 요즘 들어 부쩍 소개팅을 하는, 이랬다가 저랬다가 요즘 날씨와 참 많이 닮은, 날 짝사랑의 세계로 인도한 그 여자 구동화.

"이야, 너 시원하겠다."

막 담배에 불을 붙이려던 해온의 앞에 멈춰 선 동화는 얄밉게 이죽거리며 우산 손잡이를 빙빙 돌려 그에게 빗물을 흩뿌렸다.

"하지 마."

"싫은데."

"우산 뺏어버린다."

예상대로 동화는 전혀 쫄지 않았다. 해온은 물고 있던 담배를 도로 담뱃갑 안에 넣고 고개를 절레절레 흔들었다.

"어디 가?"

"어디 가면, 우산 씌워줄 거야?"

동화는 우산을 씌워줄 마음이 전혀 없어 보였다. 슬쩍 고개를 갸우뚱하더니 아무 일 없었다는 듯 그냥 가던 길을 계속 걸었다.

"빈말이라도 같이 쓰잔 말 절대 안 하지?"

"응. 난 원래 빈말 같은 거 못하는 사람이니까."

말이나 못하면.

해온은 동화의 뒤통수를 노려보며 아랫입술을 질끈 깨물었다.

"구동화."

"좋은 말로 할 때 누나라고 불러."

"동구."

"꺼져."

"동구."

별명을 부르자 동화는 진심으로 짜증이 났는지 미간을 잔뜩 구기며 돌아섰다. 해온은 그 틈을 놓치지 않고 우산 안으로 뛰어 들어가 손잡이를 낚아챘고, 동화는 늘 그랬듯 도끼눈을 하고 죽일 듯이 노려보았다.

그런데, 조금 이상했다. 분명 평소와 달랐다. 이쯤 되면 맵디매운 손바닥으로 온몸 여기저기를 사정없이 때리며 저리 꺼지라고 난리를 피울 타이밍인데, 동화는 그를 빤히 쳐다보기만 했다.

"……왜?"

동화는 대답하지 않았다. 멋쩍어진 해온이 한 걸음 뒷걸음질하며 간격을 두려 했지만 동화가 한 걸음 따라와 한 뼘도 되지 않는 두 사람의 거리에는 변함이 없었다.

"알았어. 동구라고 안 부를게."

어울리지 않게 진지한 얼굴을 하고 왜 이러지? 화가 많이 난 건가?

해온은 손끝으로 눈썹을 긁적이며 슬쩍 동화의 시선을 피했다.

"해온아."

참으로 오랜만에 들어보는 나긋한 동화의 목소리에 해온은 저도 모르게 눈이 커졌다.

"어?"

"저녁에 만두전골 해 먹자. 신 김치랑 콩나물 잔뜩 넣고."

이 말을 남긴 채, 동화는 아무 일 없었다는 듯 우산을 도로 빼앗아 들고 먼저 걸음을 옮겼다. 해온은 그런 동화의 뒷모습을 바라보며 천천히 걷다 이내 잽싸게 달려가 동화의 우산에 오른쪽 어깨와 머리를 들이밀었다. 별다른 저항 없이 순순히 우산을 씌워주는 게 수상쩍어, 해온은 긴장의 끈을 놓지 않은 채 연신 동화의 얼굴을 힐끗거렸다.

"오늘 좀 이상한데."

빗소리에 묻힐 만큼 작은 목소리도 아니었는데 동화는 아예 듣지 못했는지 표정에 아무런 변화가 없었다.

무슨 생각을 저리 골똘히 하는 걸까.

설마…… 들킨 건가?

하긴, 이젠 들킬 때도 됐지.

✻

찰나의 순간이 때론 평생토록 기억되는 힘을 발휘하기도 한다고 누군가 말했다.

그 찰나의 순간이 내게 찾아왔던 건 딱 두 번. 한 번은 3년 전이고, 또 한 번은 4개월 전. 3년 전은 해온이 미국으로 떠나던 날이고, 4개월 전은 해온이 미국에서 돌아와 눈앞에 다시 나타난 날이다.

그렇다. 두 번의 순간 모두 해온이 있었고, 평생토록 기억된다는 그 힘은 슬슬 내게 발휘되는 중이었다.

두 번의 찰나의 순간 모두 동화는 또렷이 기억하고 있었다. 그날의 바람, 그날의 햇살, 그날의 향기 모두. 과잉기억증후군은 아니지만 그날의 오감은 절대 잊히질 않는다.

그런데 오늘, 세 번째 찰나의 순간이 아무런 예고도 없이 들이닥

쳤다. 비에 쫄딱 젖은 허여멀건 놈이 무례하게 우산 안으로 파고들 며 손잡이를 빼앗아 들더니 실없이 웃는 게 아닌가. 그 순간, 금방 이라도 끊어질 듯 양쪽에서 팽팽하게 잡아당기던 고무줄을 누군가 가위로 싹둑 잘라 버린 것처럼, 고요하고 잠잠하던 감정의 파동이 천지개벽이라도 한 듯 홀딱 뒤집혔다. 즉, 엉망진창이 되었다.

눈치챘을까?

눈치 못 챘겠지? 나름 자연스럽게 넘어갔는데…….

"오늘 좀 이상한데."

정신 놓고 걷다 보니 어느새 해온이 우산 안에 들어와 있었다. 하지만 계속 모른 척했다. 아무 일도 없었다는 듯 표정 변화 없이 계속 걸었다. 자꾸만 힐끔거리는 해온의 시선이 와 닿았지만 침도 안 삼키며 버텼다.

세 살이나 어린 동생 친구놈이 꼬박꼬박 반말하는 게 싫었다. 누나라고 불러주는 건 애초에 바라지도 않았다. 구동화라고 부르 진 못할망정 별명 동구라 부르는 건 더 싫었다.

그런데 그 '싫다' 라는 게 화가 치밀고 짜증이 폭발하는 그런 건 아니다. 해온이 반말을 하고 별명을 부르는 게 건방져 보이거나 철없어 보이는 것도 아니다.

그 뭐랄까…… 해온에게 '그렇게 불리는 것' 이 싫다고나 할까. 가볍게, 혹은 쉽게 불리는 것이 싫은 것 같기도 하고.

그러한 이유로 늘 같은 패턴의 투닥거림이 반복되고 있었다. 지 겨울 만도 하지만 이젠 하루라도 거르면 어쩐지 허전하기도 하다.

이래서 세뇌가 무서운 거지. 이런 상황마저 적응해 버린 내가 싫다.

동생 친구였던 신해온이 '남자' 신해온이 돼버린 후부터, 동화는 일어나지도 않을 일을 걱정하느라 시간을 축내는 일이 많아졌다. 예를 들면, 서른 살 여자와 스물일곱 살의 남자가 연애하면 일어날 일들에 대해서라든지, 동생의 친구와 눈이 맞으면 호칭 정리를 어떻게 해야 하나 같은 쓸데없는 일에 대해서라든지.

"비 그쳤네."

해온의 말에 주위를 둘러보다 우산 밖으로 손을 내민 동화는 더이상 빗방울이 떨어지지 않는 걸 확인하고 우산 밖으로 성큼 비켜섰다. 그러자 해온이 우산을 접어 빗물을 털고 돌돌 말아 동화에게 건넸다.

"해온아."

"응?"

"나 전부터 물어보고 싶은 게 있는데."

3년째 묻지 못한 그날의 사건. 너무도 묻고 싶었지만 술의 힘을 빌렸을 때조차 차마 물어볼 용기가 나질 않아서 미루고 모른 척해버렸던 그것. 지금도 그때 생각만 하면 가슴 한구석이 간질간질하고 손바닥에 땀이 차오르고 입술이 바짝 말라, 물어볼까 말까 수도 없이 망설였던 그 말.

"그때 너……."

'그때'란 말이 동화의 입에서 나옴과 동시에, 해온이 바짝 다가오더니 두 눈을 빤히 바라보았다. 해온의 시선이 닿기가 무섭게 동화는 3년 전 그날 그 찰나의 순간이 생생히 떠올라 머리카락이 쭈뼛

서는 듯했고, 최대한 아무렇지 않은 척 담담한 척해보려 애를 썼다.

"칼국수."

"……뭐?"

"칼국수 안 샀지? 만두전골에 칼국수 넣어야지. 슈퍼 다녀올게, 먼저 가고 있어."

갑자기 기승전칼국수 결말을 만들어 버린 해온이는 곧장 슈퍼마켓 쪽으로 다시 달려갔다. 순간 힘이 쭉 빠져 어깨를 축 늘어뜨린 동화는, 양팔을 앞뒤로 휘저으며 씩씩하게 달려가는 해온의 뒷모습을 바라보았다.

'그때'라고 말을 꺼냈을 때 아마도 해온은 그때가 어느 때를 말하는 건지, 동화가 묻고자 하는 게 뭔지 단번에 알아차렸을 것이다. 일부러 딴소리를 한 거란 걸 동화도 알고 있다.

차라리 잘됐어. 이제 와서 대답을 들으면 또 뭐 할 거야. 비도 오고, 괜히 가슴이 설레서 엄한 소릴 한 것 같아 후회한 참이었는데 다행이지 뭐. 조금, 아주 조금 서운하긴 하지만 괜찮았다. 뭐, 그런 것 가지고 서운타 할 나이도 아니고…….

그날 우리가 입을 맞춘 건 그저 인사와 같은 거였겠지. 건강히 잘 다녀오라고, 건강히 잘 지내라고 나눈 흔한 인사. 가까운 사이에 충분히 나눌 수 있는 인사.

그게 아니라면…… 만약 그런 의미가 아니었다면, 우리가 나눈 입맞춤을 설명할 길이 없잖아.

미. 곳에 따라 비

"솔직히 요즘 여자들 속물 많잖아요. 뭐, 제가 여자를 많이 만나 본 건 아니지만 연애 할 때 무슨 기념일마다 명품이나 뜯어내려고 하고…… 남자친구를 아주 물주로 알아요. 자기 월급 가지고는 절대로 안 사면서 왜 남자한테 선물로 사달래? 하여간 요즘 여자들 문제 많다니까."

개소리를 정성스럽게 하네.

사실 동화는 아까 전부터 속으로 이를 아득아득 갈고 있었지만 내색하지 않고 유리컵 안에 꽂아둔 까만 빨대만 휘휘 저었다. 그런 동화의 속내를 전혀 눈치채지 못한 소개팅남은 '요즘 여자들'이란 말을 입버릇처럼 사용하며, 연봉 육천에 서른두 평짜리 아파트를 두 채나 가진 서른세 살의 사지 멀쩡한 자신이 왜 소개팅 자리에 나온 건지를 구구절절하게 설명하고 있었다.

말해주고 싶었다. '말 그따위로 하고 다니면 넌 평생 여자 못 만나, 이 병신아'라고. 이 소개팅의 주선자가 일주일에 2회 이상 방문하는 단골 실내포차 사장님이 아니었다면, 10분 전 '요즘 여자들이 괜히 된장녀, 김치녀 소리 듣는 게 아니에요'라며 목에 핏대까지 세우고 일방적인 주장을 쏟아냈을 때 시원하게 말해줬을 것이다. 이깟 놈 때문에 단골 포차를 포기할 순 없으므로 어디 네 맘대로 지껄여라, 하고 내버려 두는 중이었다.

"안 그런 여자가 더 많아요."

"아뇨. 내 주변 친구, 선후배들이 만나는 여자들도 다 그런 여자들뿐이더라고요. 얘기 들어보면 한심한 여자들 정말 많아요."

네 주변에 다 그런 놈들만 있기 때문이라는 걸 왜 몰라!

대화를 나누는 내내 상대는 밑도 끝도 없이 말꼬리를 붙잡기 일쑤였고, 동화는 그 후로 입을 굳게 다물었다. 자기 생각이 절대적이라는 확신에 찬 소개팅남에게 더 이상 열정을 쏟고 싶은 마음이 없었기 때문이다. 저 남자는 자기 생각 속에 갇혀서 평생 저러고 살도록 내버려 두는 게 상책이란 결론을 내렸다.

틱틱대는 '나쁜 남자' 스타일이 한동안 인기를 끌어서일까. 요즘 들어 남자들이 점점 나빠지고 있단 생각을 했다. 아니, 정확하게 말하자면 못돼지고 있었다. 남자와 여자 사이를 떠나서 인간 대 인간으로 상대할 때 쌀쌀맞게 굴고, 차갑게 말을 하거나 남성의 우월함을 과시하는 게 상대방이 매력적이라고 느낄 거란 착각에 사로잡혀 수위 조절에 실패하는 경우가 종종 있었다. 거기다 최근엔 여성혐오증을 가진 남자들도 꽤 많아졌다. 그런 남자들이 부쩍 자주 발에 채이니 답답하고 열받을 일이 늘었다.

"동화 씨는 나중에 결혼하고서도 계속 사회생활 하실 건가요?"

"글쎄요. 저는 뭐……."

'너한테 그런 것까지 말해줄 마음은 없다'라는 뜻으로 말끝을 흐렸는데 상대는 다른 짐작을 한 듯했다. 못마땅하다는 듯 입술을 비죽이던 그는 허리를 뒤로 젖혀 의자 등받이에 등을 대고 앉아 다리를 꼬았다. 거만하기 짝이 없었다.

"사실 저 같은 경우는 그런 거 별로 연연 안 해요. 제 연봉으로도 충분하니까. 집 안에만 있기 답답하다면 사회생활 하는 것도 나쁘진 않고요. 근데 대부분은 그만두고 싶어 하죠? 제 주변만 봐도 그런 여자들이 수두룩하더군요. 뭐, 솔직히 말하자면 너무 남자한테만 의지하면 정 떨어질 것 같긴 해요. 동화 씨는 예술을 하시니까 쉴 일은 없겠네요. 예술…… 그것 참 배고픈 건데."

뭐라는 거야. 그래서 결론이 뭐야? 지금 나한테 이런 얘길 하는 의도는 뭔데? 뭐 어쩌라고!

더는 두고 볼 수가 없었다. 결혼해서 살아보니까 남자 능력 무시 못한다고, 나중에 두 사람 잘되면 난 어디에 축의금을 내야 하는 거냐며 설레발을 치던 단골 포차 사장님의 얼굴이 눈앞을 스쳐 지나갔다. 하지만 동화의 인내심은 한계에 다다른 지 이미 오래전이었다.

명품 밝히는 여자를 최악이라고 꼽던 소개팅남이 내가 메고 온 가방 브랜드를 대놓고 스캔했을 때 한 번, 궁금하지도 않은 자기 연봉과 스펙을 줄줄이 외울 때 한 번, 자기 직업의 위대함과 회사

내에서의 입지를 과시하며 되도 않는 허세를 부릴 때 한 번, 그 세 번은 참아줄 만했다. 그런데 2004년도에나 유행했을 법한 워싱이 많이 들어간 부츠컷 청바지에, 그 무렵 출시했을 것 같은 조던 농구화를 신고 내 앞에 앉아 '요즘 여자들'을 운운하는 남자와 더는 일 분, 일 초도 함께하고 싶지 않았다. 내가 이대로 서둘러 내뺀다면 그 잘난 '요즘 여자들' 안에 나 또한 포함이 되겠지만 그 뒷일은 내 알 바가 아니었다.

욕할 거면 해라. 난 내 갈 길 가련다.

"실례지만 저 먼저 일어나겠습니다."

자리를 박차고 일어나자 소개팅남이 눈을 동그랗게 치켜뜨며 '네가 감히?' 이런 눈빛으로 머리부터 발끝까지 싹 훑었다.

"구동화 씨."

"죄송합니다. 부디 요즘 여자들 같지 않은 분 만나시길 바랄게요."

웃음기가 싹 가신 얼굴로 남자를 바라보던 동화가 가방을 집어 들었다. 그 순간, 소개팅 나간다고 간만에 거금을 들여 산 원피스가 아까워서 한숨이 절로 났다. 주선자가 입에 침이 마르도록 극찬을 하던 남자와의 소개팅 날짜를 손꼽으며 며칠을 설레어 했던 내 마음, 내 시간, 그게 너무 아까워서 허탈하고 화가 치밀었다.

"구동화 씨, 이게 지금 뭐 하는 겁니까? 나 참…… 주선해 주신 분 생각해서 참고 있었더니."

한숨 섞어 뱉은 남자의 그 말을 듣는 순간, 눈앞이 번쩍였고 댕— 하는 종소리가 귓가를 맴돌았다. 그 종소리는 마치 내게 '이

런 말 듣고도 참으면 너야말로 등신'이라고 말을 건네는 것처럼
들렸다.

그냥 이쯤에서 좋은 게 좋은 거다, 하고 훈훈하게 마무리 지으
려 했는데……

"참고 있던 건 그쪽이 아니라 저였던 것 같은데."

"뭐라고요?"

"대화 중간 중간 몇 번이나 불쾌했지만 저야말로 주선하신 분
생각하면서 참았습니다. 그러니 더는 시간 낭비하지 말자구요."

남자는 당황한 기색이 역력했지만, 동화는 아랑곳하지 않고 태
연하게 다시 자리에 앉아 가방 안에서 휴대폰과 이어폰을 차례로
꺼내 테이블 위에 늘어놓았다.

"차라리 먼저 일어나세요. 그냥 제가 남겠습니다."

"세상에. 구동화 씨 이렇게 무례한 분인 줄 몰랐네요."

"저야말로 그쪽이 이렇게 무례한 분인 줄 미리 알았다면 애초
에 나오지 않았을 겁니다. 안녕히 가세요."

휴대폰에 이어폰을 연결하고 귀에 꽂은 동화는 음악 재생 어플
을 실행시킨 후 가방 안에서 책 한 권을 마저 꺼냈다. 최대한 교양
을 갖추며 차분하게 말하려 했지만 그러면 그럴수록 분기가 치밀
어 손끝이 덜덜 떨렸다.

"이봐요, 구동화 씨. 내가 가기 전에 충고 하나 하겠는데, 자신
을 객관적으로 한 번 돌아봐요. 제게 이런 식으로 행동해도 될 만
큼 좋은 조건을 갖춘 분 같지 않거든요?"

그래. 처음부터 네가 원한 건 조건 그거 하나지. 이 말을 하고

싶어서 그렇게 쓸데없는 말을 쏟아낸 거고. 이제야 솔직하게 나오네.

그렇게 거지 같은 말을 남긴 채, 남자는 동화의 곁을 스쳐 지나갔다. 그 순간, 내 안에 숨겨둔 악마가 그 남자의 뒤통수에 대고 온갖 쌍욕과 차마 입 밖으로 꺼내기 불경스러울 만큼 서슬 퍼런 저주를 퍼부었다. 물론 혼잣말로……

도대체 어떤 조건을 갖춰야 저런 무례한 인간을 따끔하게 혼낼 수 있는 자격이 생기는 거지? 저 남자에게 그 '조건'이란 건 성품이 아니라 오직 스펙과 경제력만을 말하는 건가?

자격지심일 수도 있고, 내가 꼬여서 그렇게 받아들인 것일 수도 있지만 그가 마지막까지 내게 강조한 '좋은 조건'이란 말은, 곧 나의 경제 능력에 포커스를 두고 꼬집는 말인 듯했다. 소개팅 제안이 들어오면 가장 먼저 '뭐 하는 사람인데? 어디 다녀? 연봉은? 대학은?'을 묻는 더러운 현실. 어떤 사람인지보다 뭐 하는 사람인지, 얼마를 버는지를 더 중요하게 여기는 이 구질구질한 현실!

그런 사람들이 정한 기준에 동조하고 싶지 않지만, 그 현실 속의 구동화는 실용음악원을 운영하며, 자가와 자차가 없는, 그 외에도 있는 것보단 없는 게 더 많은 여자일 것이다. 동화 스스로 자신의 경제력을 객관적으로 짚어보자면, 말이 학원이지 원생은 고작 여덟 명에 가뭄에 콩 나듯 들어오는 외부 작업으로 석 달 치 월세를 한방에 벌 때면 세상 누구보다 행복해하고 감사해하는 자기만족도만 높은 자영업자다. 딱히 수익을 내고 있다고 하기엔 낯부끄러운 수준인 건 사실이다.

그래도 뭐, 남들이 뭐라고 하든, 어쨌거나 동화는 그런 자신이 무척이나 자랑스럽고 대견하다. 여기까지 오는 동안 누구보다도 열심히 살아왔고, 나쁜 짓 안 하고 성실하게 묵묵히 걸어왔으니까. 음악 전공해서 음악으로 밥 벌어 먹고 사는 것만 해도 감지덕지지.

물론 행복한 순간들을 실시간으로 올리는 일명 행복자랑 공간 SNS 속 친구들을 볼 때, 오늘처럼 물질적인 기준에서 나보다 잘난 남자와 소개팅을 하고 난 후에는 나 역시 인간인지라 어김없이 자괴감이 밀려든다.

난 지금 잘살고 있는 걸까?

일개미 구동화는 매일매일 최선을 다해 살고 있다. 그 누구보다 부지런하게 살아왔다. 그런데 가끔씩 초라한 기분이 드는 건 어쩔 수가 없다. 아등바등 살아봤자 늘 그 자리고, 다른 사람들은 다들 연애도 하고 여행도 다니고 쇼핑도 하고 비싼 음식 사먹으며 여유롭게 저만치 앞서 나가 있는 것 같아서…….

나 이렇게 살아도 괜찮은 건가?

누군가 나에게 잘하고 있다고, 지금도 충분히 잘하고 있으니 괜찮다고 말해줬음 싶다. 누구나 다 그렇게 사는 거라고, 지금의 네 모습은 누군가가 꿈꾸던 모습일 수도 있다고 기운 내라며 다독여줬음 싶다.

책장을 뒤적이곤 있지만 책을 읽는 건 아니었다. 물론 눈은 읽어 내려갔지만 그냥 단어를 보는 것에 불과했다. 그러니 머릿속에 내용이 들어올 리 만무했다. 내용은커녕 문장 한 줄도 연결되어 읽히질 않았다.

그래. 이 와중에 책을 읽는 건 나답지 않아. 이거야말로 개허세지.

결국 책을 덮은 동화는 가방에서 태블릿 PC를 꺼내 게임 어플을 열며 어금니를 앙다물었다.

※

[나 아무래도 채식을 해야 할 것 같아.]

"그건 또 무슨 소리야."

건물 로비를 막 지나던 해온은 뜬금없는 동화의 말에 헛웃음을 터뜨렸다.

[이효리가 채식하고부터 온순해졌대. 나도 해볼까 봐.]

"왜. 누가 구동화 사납대?"

[그냥…… 좀 더 온순해지고 싶어서. 요즘 부쩍 욱하네. 못 참겠어.]

"채식 좋지. 근데 넌 이효리가 아니잖아."

[뭐?]

몹시도 언짢은 듯 동화의 목소리는 잔뜩 날이 서 있었다. 해온은 동화와의 통화를 위해 원 목적지였던 지하 무용 연습실 대신 1층 설치미술전시장 〈앞뜰〉로 걸음을 옮겼다.

"왜 온순해지려고 해. 구동화 짜증 내는 거 얼마나 매력적인데. 안 온순해져도 되니까 고기 많이 드셔."

[……정말?]

그 말을 믿다니.

해온은 전시장을 둘러보고 있는 사람들에게 일일이 눈인사를 나누며 전시장을 가로질러 야외 테라스로 향했다.

"내가 늘 말하잖아. 할 말을 하고 살아야 손해 안 본다고."

동화의 하소연을 들어주는 일은 해온의 하루 일과 중 가장 중요한 일이었다. 동화는 제법 성깔있는 여자였다. 싫은 소리도 잘하고, 옳고 그름이 분명하고, 상식에 어긋나는 건 반드시 짚고 넘어가는 정의감 넘치는 그런 여자였다. 그런데 요즘 들어 구동화는 화를 삭이거나 속상한 일이 생기면 마음에 담아두는 일이 잦았고 상처를 받는 입장이 되는 경우가 허다해졌다. 까탈 부리는 클라이언트에게 시달리더라도 동화는 늘 참는 편이고, 동화의 표현을 빌어 '그지 깽깽이' 같은 놈과 소개팅을 해도 혹여나 뒤에서 나쁜 소리가 나올까 봐 거절에도 예를 갖추곤 한다.

동화가 그렇게 본성을 억누르며 착한 사람 코스프레를 하고 난 후엔 어김없이 그 불똥이 해온에게로 튄다. 동화의 신세한탄과 하소연, 짜증과 우울함을 나누는 건 어느 순간부터 해온의 몫이 되었다.

"동구?"

야외 테라스 군데군데 놓인 조각들을 보수하고 있던 3층 미술학원의 조 원장이 해온이 통화 중인 상대방을 단번에 맞췄다. 해온이 고개를 끄덕이자 조 원장은 혀를 끌끌 차며 고개를 절레절레 흔들었다.

"자꾸 받아주니까 버릇이 더 나빠지잖아. 쯧쯧."

빨가벗고 빨간 고무 대야에서 물놀이하던 시절부터 동화와 친구 사이인 조 원장은 단짝의 흥을 보며 바닥에 두었던 생수병을 집어 들었다.

[결국 못 참고 지르긴 했는데…… 이제 포차 사장님 얼굴 어떻게 보냐? 그 나팔바지가 벌써 꼰질렀을 건데. 어우! 좀 더 참을걸!]

오늘 소개팅 얘기구나. 아마도 잘 안 된 모양이다.

아오, 고소해.

"됐어. 잘했어."

[전혀 위로가 안 돼. 하아.]

동화가 풀이 죽은 목소리로 웅얼거리며 긴 한숨을 내쉬었다. 해온은 그런 동화의 모습이 눈앞에 그려져 자꾸만 웃음이 났다.

그러게 왜 자꾸 그런 자리에 나가냐고.

"그냥 혼자 살아. 언제는 연애 귀찮다며."

[연애 덕에 부지런하게 살아보려고 그런다, 왜. 그리고 물 들어올 때 노 젓는 법이야. 소개팅이라도 들어올 때 만나보기나 하는 거지.]

"제대로 된 놈 만나는 꼴을 못 봤으니 하는 말이다."

[윽…… 정곡을 찔렸어.]

이 와중에도 우스갯소리를 하는 동화 때문에, 해온은 고개를 떨구며 한 손으로 얼굴을 감쌌다.

[너 어디야?]

"이제야 내가 뭘 하고 있는지 궁금해졌어?"

[너 자꾸 빈정거릴래? 나 오늘 전투력 만렙이다. 조심해.]

이젠 익숙해진 동화의 협박에 해온은 웃음이 먼저 났다.

"〈앞뜰〉 테라스 나와 있어."

[그럼 옆에 영이도 있어?]

"응."

소머즈 급 청력을 가진 조 원장은 자신의 이야기임을 눈치채고 고개를 절레절레 흔들었지만 때는 이미 늦어버렸다.

[딴 데 새지 말고 저녁에 나 좀 보자고 해.]

"그런 건 둘이 직접 통화를 해."

[옆에 있다고 하니까 전해달란 거지. 끊어.]

먼저 전화를 끊어버린 동화가 얄미워 휴대폰을 동화 보듯이 노려보던 해온은 조 원장에게 다가가 어깨를 으쓱였다.

"원장님, 딴 데 새지 말고 저녁에 보자는데요?"

"어으! 지겨워! 어으!"

해온이 전한 말에 조 원장은 그럴 줄 알았다는 듯 체념의 신음을 뱉으며 양손으로 머리를 움켜쥐었다. 결혼 3개월 차인 조 원장은 동화 때문에 자주 달콤한 신혼생활을 침해받고 있기 때문이다.

"그러지 말고 위로 좀 해줘요. 또 이상한 놈 만난 것 같은데."

"동구 전담마크는 너잖아."

"에이, 구동화가 조 원장님이라고 콕 찍었잖아요. 전 몰라요."

해온은 조 원장을 향해 환히 웃으며 손을 흔든 후, 뒤도 돌아보지 않고 곧장 〈앞뜰〉을 벗어났다. 더 머물렀다간 조 원장에게 붙들릴 것 같아서 걸음이 절로 빨라졌다.

곧장 지하 연습실로 내려가려던 해온은 발길을 돌려 1층 소극장 옆에 위치한 카페 〈그늘나무〉로 향했다. 커피를 좋아하지 않는 해온은 오렌지에이드 한 잔을 주문하고 창가에 서서 길 걷는 사람들을 무심하게 바라보았다.

가을로 가는 길목, 아직 한낮엔 볕이 따가워 반팔 차림을 한 사람들이 대부분이지만 아침저녁으로 부는 쌀쌀한 바람을 피하려 얇은 겉옷을 차려입은 사람들도 눈에 띄었다. 그렇게 9월이 지나고 있었다.

"손 대표님 요즘 안 보이시던데."

잠시 한 눈을 팔고 있는 사이, 카페 사장이 직접 해온에게 음료를 들고 다가왔다. 해온은 컵을 건네받으며 가볍게 감사의 눈인사를 건넸다.

"독일 가셨어요. 꼭 봐야 될 공연이 있다고."

"손 대표님 진짜 대단하다. 건물주를 이렇게 부려먹어도 되나?"

해밀빌딩. 이 건물의 주인은 해온이다. 이곳은 임차인 모두가 같은 학교 동문 출신 순수예술 전공자들이고, 동시에 모두 컨템포러리 아티스트 네트워크 〈숨〉의 단원들이다.

지하 1층부터 지상 4층까지 건물 자체가 하나의 예술센터나 다름이 없다. 지하에는 해온의 개인 연습실과 〈숨〉의 공연 소품, 의상, 자료를 보관 중인 창고, 동화의 작업실이 있고, 1층은 조소 전공 조 원장이 관리하는 설치미술 전시실과 300석 규모의 〈해밀 소극장〉, 카페 〈그늘나무〉가 있다. 2층은 해온의 스승이자 〈숨〉의 대표인 손 대표가 운영하는 모그(MOWG) 무용원과 휴게실, 식당, 야외 테라스가, 3층은 동화의 실용음악원과 회화 전공 윤 선생과 조 원장이 운영하는 미술원 겸 작업실이, 4층은 〈숨〉의 사무실과 해온이 사는 집이 위치해 있다.

〈숨〉이 포함하고 있는 예술장르는 미술, 무용, 음악, 영상. 다양한 예술 장르가 유기적으로 결합해 탄생하는 새로운 형식의 작품을 대중에게 보여주는, 말 그대로 아티스트 네트워크 그룹이다. 평소 단원 개개인은 각자로 활동하되 정기 프로젝트 공연은 함께 한다.

손 대표를 중심으로 정단원 30명, 준단원 32명, 그 외의 필요인원은 객원으로 구성하며 모두 같은 학교 동문들이다. 대표와 막내의 학번 차이는 16년. 나이와 성별을 떠나 모두들 순수예술의 대중화를 위해 한데 모였다. 순수예술은 난해하다, 고리타분하다, 보수적이다, 콧대가 높다, 라는 일반적인 편견을 깨기 위해 만들어진 복합 예술 그룹 〈숨〉. 그 안에는 해온과 동화도 속해 있었다.

"해온 씨가 고생 많겠다."

"대표님한테 이렇게 은혜 갚는 거죠."

"에이, 은혜는 우리들이 해온 씨한테 받았지."

해온이 해밀빌딩을 상속받은 건 4년 전, 손 대표가 〈숨〉을 창단한 것도 그 무렵이다. 해온은 이 건물을 상속받자마자 헐값에라도 하루빨리 팔아버리려고 했지만 생각을 바꿨다. 내 것이길 원치 않았던 건물, 이 건물을 어떤 용도로 써야 상속해 준 분이 화가 치밀까를 고민하다가 건물 통째로 무용원을 만들어야겠다고 생각했다. 무용수들이 돈을 벌 수 있는 길은 레슨뿐이라, 학생들 티칭과 동시에 무용수가 마음껏 연습할 수 있는 복합 공간을 만들면 좋겠단 생각으로 시작했는데, 그때 마침 연습실을 구하던 손 대표가 찾아왔고, 결국 이 건물을 그대로 손 대표에게 바쳤다. 물론 꼬박꼬박 월세는 챙겨 받으면서 말이다.

"공연 준비는 잘 돼가?"

"지난 공연이랑 레퍼토리가 거의 달라서 정신없어요."

"우리 공연이 원래 그런 맛으로 보는 거잖아. 참신함. 후훗."

〈숨〉의 공연 기획은 매번 참신하지만, 그 이유로 결과는 아직 물음표다. 현재진행형이라는 표현이 더 적절할지도. 두 달에 한 번 소극장에서 여는 정기공연의 객석은 절반도 차지 않고, 그 나머지 반은 지인과 가족들, 선후배와 제자들이 채워주고 있었다. 아직까지 대중과의 소통은 성공적이지 못했다는 게 내부 평가이기도 하다.

창단 4년차. 무언가 뚜렷한 결과물을 만들어내지 못하고 있다는 불안함과 조급함이 있을 법도 하지만 아이러니하게도 〈숨〉의 아티스트들에게는 그것들이 좋은 양분이 되어주고 있었다. 대중과 순수예술 사이를 좀 더 친근하게 만들어보고자 했을 때 이러한 과정들은 이미 예견된 것들이고, 이런 냉대에는 제법 굳은살이 밴 사람들이라 일희일비하지 않는 것이다.

"한예종 1차 실기 얼마 안 남아서 정신없지 않아?"

"저희보단 학생들이 죽을 맛이죠."

〈숨〉에서 해온이 속해 있는 장르 파트는 현대무용. 해온은 무용수임과 동시에 안무가이기도 하다. 나름 수상경력도 화려하고 또래 무용수들 중 그들 사이에서 가장 많이 이름이 오르내리기도 했다. 무용을 시작한 이래로 단 하루도 게으름을 피운 적 없고, 남들 열 시간 연습하면 몰래 숨어서라도 두어 시간 더 연습을 해야 직성이 풀릴 정도로 근성 하면 자신 있었다. 대학 졸업과 동시에 〈숨〉의 정단원이 된 후 자의 반 타의 반으로 미국 유명 무용단에서 3년 간 지내기도 했는데, 지금 돌이켜 보면 그 시간들이 해온을 강하게 만들어주었다. 한국을 떠나기로 결심하기까지 참 많이도 아팠고 힘겨웠지만, 결과적으론 무용수로서 서너 단계 업그레이드 되었으니 그 외의 것들은 이젠 괜찮다 말할 수 있었다.

개인적인 연습과 작품 창작 외에 해온이 하는 일은 스승인 손 대표를 도와 무용원에서 예고나 예대 준비반 학생들을 가르치는 일이었다. 손 대표가 해외공연과 관람으로 자주 자리를 비우는 탓에 사실 해온이 거의 전담하고 있었다. 그것도 건물주란 이유로 무급으로. 요즘 같은 입시철이나 콩쿨 준비 때만 되면 하루 종일 레슨을 해주느라 영혼까지 탈탈 털리곤 한다.

"잘생긴 선생님들 많다고 여기 왔다가 학을 떼고 나가는 학생들 진짜 많이 봤다. 후훗."

"에이, 제가 얼마나 다정하고 상냥한 샘인데요. 그건 병준이 얘기일 거예요."

해온과 함께 모그무용원을 거의 운영하고 있다시피 한 또 한 사람, 구병준. 병준 역시 〈숨〉의 정단원이다. 한때는 해온의 라이벌이었지만 지금은 세상에 둘도 없는 파트너이자 절친이며, 동화의 친동생이다. 손 대표는 이 둘의 스승이자 롤모델이고, 악덕 고용주다.

클래식 발레를 하다가 예고 진학 후 곧장 현대무용으로 전공을 바꾼 다음, 콩쿨에 나갈 때마다 늘 병준과 마주쳤다. 좁은 무용계에서 병준의 이야기는 귀에 딱지가 앉도록 들었던지라 처음 만났을 때부터 괜히 의식이 됐다. 나름 현대무용 쪽에서는 흔치 않은 피지컬을 자부했는데 병준도 만만치 않았다. 그 긴 팔과 다리를 가지고도 고무공 같은 탄력을 가진 병준이 플로어 위를 날아다니는 것을 보며 많이 자극받았던 것도 사실이다. 매 콩쿨 때마다 현대무용 부문 금상의 주인은 해온과 병준이 번갈아 가며 차지했고, 대학에 진학한 후로도 경쟁은 계속됐다.

국내 최고의 국립예술대학에 진학한 해온과 병준은 경쟁자이자, 동시에 세상에 둘도 없는 친구였고, 말이 필요 없는 환상의 호흡을 나눈 파트너가 되었다. 친구가 되는 건 그리 어렵지 않은 일이었다. 그 또래의 남자 아이들처럼 진탕 술을 마시면서 밤거리를 누비고, 몸이 걸레가 되도록 체력을 모두 쏟아 운동을 하고, 구토가 올라올 때까지 연습에 연습을 거듭하며 플로어에서 뒹굴다 보니 계기가 뭐였는지 생각이 나지 않을 만큼 자연스레 친구가 되었다.

전 학년을 통틀어 최고의 테크니션이라고 꼽히던 병준과 안무 창작에 재능이 있던 해온은 함께 작품을 하면서 더욱 가까워졌다. 병준은 해온이 만든 안무를 가장 잘 출 수 있는 무용수였고, 해온은 병준만을 위해 최고의 작품을 만들어주는 안무가였다. 그 후로 두 사람은 늘 한 몸처럼 움직였고 가장 촉망받은 무용수와 안무가로 성장했다.

3년 전, 해온이 미국으로 떠났을 때 병준도 함께 미국의 유명 무용단에서 입단 제의를 받아 함께 떠났다. 그러나 반복되는 부상에 결국 병준은 2년 만에 퇴단을 하고 한국으로 돌아왔다.

"솔직히 그건 아니다. 그 집 남매가 얼마나 온순한데."

"온순이요?"

해온은 절대로 동의할 수 없었다. 구동화, 구병준 남매와 '온순'이란 단어의 조합 자체만으로도 '온순'에게 미안할 정도였다.

"왜? 아니야?"

"절대 아니죠, 절대."

해온이 머리를 절레절레 흔들며 기함을 하자 카페 사장은 아리송한지 고개를 갸우뚱하며 카운터로 돌아갔다.

동화와 처음 만난 건, 5년 전 콩쿠르에 동화가 병준을 응원 왔을 때다. 물론 동화는 기억하지 못한다. 동화에겐 그저 함께 콩쿠르에 참가한 참가자 중 한 명이었으니까. 군 면제를 받을 수 있는 국제 콩쿠르 첫 시니어 무대에 내심 긴장을 많이 했던 터라, 온 가족이 응원을 온 병준이 그렇게 부러웠었다. 그날 병준은 금상을 수상했고, 해온은 전체 대상을 받았다.

콩쿠르 후 가진 뒤풀이 자리에서 해온은 병준의 공연 음악을 그동안 누나인 동화가 작업해 주곤 했다는 이야길 듣게 되었고, 같은 학교 음악원을 졸업했다는 사실도 알게 되었다. 음악을 하는 누나가 있다는 건 알고 있었지만 워낙 자기 얘길 하지 않는 놈이라 동화에 대해 잘 알지 못했었다. 그 후로 자연스레 해온도 동화에게 음악 작업을 부탁하면서 만날 일이 늘었고, 가까워졌다고 표현하기엔 조금 거리가 있는, 딱 친구 누나 그 정도의 애매한 사이로 지내게 되었다.

동화를 딱 보는 순간 첫눈에 반한 건 아니었다. 그냥 뭐 예쁘게 생겼네, 정도. 그러다 한 번 두 번 만나게 되고 얘길 나누면서 조금씩 매력을 보게 된 것도 같다. 전공인 음악에 관해 이야기할 때 조금 멋져 보였던 것이 콩깍지가 씐 걸 수도 있고. 한창 이성에 대한 호기심이 왕성할 때라 그랬는지 몰라도, 머리칼을 한데 모아 높이 묶거나 손에 핸드크림을 바르는 모습 같은 정말 아무것도 아닌 사소한 것들 때문에 마음에 설레기도 한 것 같다.

구체적으로 뚜렷하게 어느 날 어느 시점인지는 모르겠지만 아주 자연스럽게, 나조차 깨닫지 못하는 사이에 호감을 갖게 되었다. 그렇다고 당장 사귀자고 들이댈 정도로 안달이 난 것도 아니었다. 그냥 보고 있으면 좋고, 안 보고 있으면 생각나고 보고 싶고 뭐 하고 있을지 궁금한 그 정도.

〈숨〉이 창단을 준비할 때부터 동화는 정단원이었고 그전부터 손 대표를 비롯한 〈숨〉의 무용수들 작품 대부분의 음악을 만들어주었다고 했다. 대학 선배가 운영하는 실용음악원과 모교인 예고에서 강사를 하던 동화가 적당한 작업실을 찾고 있단 이야길 듣게 되어 해온은 건물 지하에 세를 내주고, 학원을 차릴까 고민한다기에 3층에 학원 자리도 내주었다. 시세보다 아주 싸게, 지인 우대 가격으로.

3년 전, 갑자기 미국으로 떠나지 않았다면 동화와 관계는 지금과 많이 달랐을 것이다. 연애를 시작하려 한다든지, 연애에 한창이라든지, 연애를 하다가 헤어져서 두 번 다신 보지 않든지. 분명

한 건, 결국엔 언제가 되었든 동화와 연애를 했을 거란 거다.

앞뒤 잴 겨를도 없이 오직 떠나야겠단 그 생각 하나만 머릿속을 지배했던 그때. 다신 이곳으로 돌아오지 않겠다고 굳게 다짐하며 떠났던 그날. 그래서 해온은 여차하면 뺨 몇 대 얻어맞고 말지 뭐, 하고 동화에게 입을 맞췄다.

입을 맞춘 이유는 딱 하나다. 그 순간, 동화에게 입을 맞추고 싶어서였다. 다른 이유는 없었다. 미국으로 가면 언제 다시 돌아올지 모른다는 생각에, 평소보다 좀 더 용기가 생겨 망설이지도 않았다. 물론 언제가 되었든 다시 돌아오게 된다면…… 지금처럼 마음이 절벽 끝까지 밀렸을 때 말고, 더는 위태롭지 않아지면…… 꼭 이 사람과 연애를 하고 싶단 생각을 했었다.

지금 생각해 보면 피식 웃음이 난다. 기다려 줄 거란 보장도 없는데 혼자서 별 상상을 다했구나 싶다.

황당하고 기가 막히단 표정으로 올려다보던 동화의 얼굴이 아직도 생생히 기억난다. 말도 제대로 하지 못하고 어버버하며 얼굴을 붉히던 모습도 기억하고 있다. 혼이 빠져 버린 동화에게 손을 흔들어주고 아무렇지 않은 듯, 하나도 떨지 않았다는 듯 돌아섰지만 발을 내딛을 때마다 쿵, 쿵, 묵직하게 가슴이 뛰었었다. 촌스럽게도 미국에 도착할 때까지 계속 가슴이 뛰었다. 아니, 그 후로도 문득 동화가 생각날 때면 가슴이 뛰었다.

3년이 지나고 한국으로 돌아온 날, 동화는 3년 전 그날처럼 긴장한 얼굴로 나와 마주 섰다. 거짓말처럼, 그날 이후로 흐른 3년의 시간이 무색할 만큼, 동화와 마주 보는 순간 다시 가슴이 뛰었

다. 떠나던 날, 남자들이 좋아하는 긴 생머리는 절대 하지 말라던
내 말 때문인지는 모르겠지만 귀 밑에 달랑이는 구불구불한 단발
머리를 하고 나타나서일지도 모른다. 너 데려다 주고 바로 소개팅
이 있다며 무릎 위로 올라온 짧은 치맛자락을 억지로 끌어 내리던
모습 때문일지도 모르고. 동화는 어딘가 변한 것 같으면서도 그대
로인 모습을 하고 있었다.

그리곤 내게 말했다.

"멋있어졌네, 신해온. 이젠 정말 남자 같다."

동화는 그날, 그런 말을 내게 하지 말았어야 했다.

✻

그저 이야길 나누고 그 안에서 위로받고 싶었을 뿐이다. 구박을
받고 타박을 듣고 싶어서가 아니었다.

"허구한 날 불러낼래? 내가 제일 만만하지? 나쁜 기지배."

조 원장과의 술자리는 늘 이런 식이란 걸 알면서도 이럴 때 찾
을 친구가 이 여자밖에 없다는 사실이 참으로 서글펐다.

"그래. 네가 제일 만만하다, 이 조만만아."

"동구 이년이!"

"와. 또 비 오네."

비 온다는 예보도 없었는데 비가 내리기 시작했다. 아니, 내리

는 게 아니라 퍼붓는 수준이었다. 자그만 포장마차 안은 웅성대는 손님들로 어수선해졌고, 그사이 몇 팀은 그대로 자리를 파했다. 덕분에 공간이 생겨 동화와 조 원장은 비가 들이치지 않는 정중앙 테이블로 자리를 옮길 수 있었다.

"곳에 따라 비라니. 이런 무책임한 예보가 어디 있냐고!"

동화는 휴대폰에 날씨 어플을 띄워놓고 표독스럽게 노려보았다. 그 '곳'을 알려줘야 그 '곳' 사람들이 비에 대비를 하든지 말든지 할 거 아닌가.

"괜히 엄한 데 시비 걸지 말고, 오늘은 또 뭔데?"

조 원장이 쿡 찌르자 동화는 쓰게 입맛을 다시며 음료수 컵에 맥주를 붓고 소주도 조금 부었다.

"난 말이지…… 마지못해서, 아님 외로워서, 결혼할 때가 됐으니까 막 만나고 연애하는 거 정말 싫다? 난…… 날 진짜로 좋아해주는 사람을 만나고 싶다고. 그게 왜 그렇게 어렵지?"

그리곤 잔을 단숨에 비우고 쌈장 찍은 오이를 아그작 씹으며 긴 한숨을 토해냈다.

"너 연애를 하고 싶은 거냐, 아니면 사랑을 받고 싶은 거냐?"

"그냥…… 나 좋다는 사람이랑 연애가 하고 싶어. 더는 이렇게 지내기 싫어. 드라마 남자주인공 사랑하는 거 지겹다고."

"연애 귀찮다더니. 남자 못 만나서 환장했냐?"

"요놈이!"

조 원장의 자극에 발끈한 동화가 청양고추를 조 원장의 입안에 쿡 쑤셔 넣었다.

"남자 못 만나서 환장한 게 아니라…… 나도 안정적인 보통의 삶을 살고 싶다고. 나 좋다는 남자 만나서 연애도 하고, 결혼도 하고, 아기도 낳고 그냥 그렇게 살고 싶어서 그런다고! 그러려면 일단 남자부터 만나야 하는데, 가만히 앉아 있으면 남자가 알아서 붙냐? 자꾸 만나봐야 인연인지 아닌지 알지."

"자유로운 예술가로 남겠다면서 결혼 안 하고 싶다고 할 땐 언제고. 다 좋은데, 결혼이 곧 안정적인 삶이라는 공식은 도대체 누가 만든 거야? 매일이 전쟁이야, 전쟁."

조 원장은 절대 동의할 수 없다며 고개를 가로저었다.

"근데 뭐, 가만히 앉아서 운명의 남자를 기다리고 있는 것보단 백배 낫긴 하지. 문제는 제대로 된 남잘 만나는 꼴을 못 봤다는 거."

"내 말이."

웃긴 얘기도 아닌데 슬슬 취기가 오르기 시작한 두 여자는 눈이 마주치자 옆구리까지 잡고 깔깔대며 웃었다. 빈 잔에 다시 한 번 맥주를 붓고 약간의 소주를 탄 동화는 시원하게 들이켜고 퉁퉁 분 어묵을 입에 넣었다.

"동구야, 넌 어떤 남자가 좋냐?"

"있잖아, 막 내가 보고 싶어 죽겠고 안 보면 못 견디겠다고 하는 그런 남자."

"애정 표현에 적극적인 남자?"

"응응. 마음에 숨김이 없이 하루에도 몇 번이나 내가 좋다고 말해주는 남자. 매 순간 내가 그 사람에게 얼마나 사랑받고 있는지 알고 싶거든."

"넌 드라마부터 끊어야겠다."

조 원장의 날카로운 지적에 금세 풀이 죽은 동화는 입술을 쭉 내밀고 또다시 맥주와 소주를 섞었다.

"너 마지막 연애가 언제지? 서너 번 만나보고 괜찮겠다 싶어서 의무적으로 만났던 거 말고."

"음……. 언제였지?"

최근엔 그런 남자들만 만났던 것 같아 마지막 연애가 쉽게 떠오르질 않았다. 미간까지 구기고 심각하게 옛 기억을 거슬러 올라가던 동화는 옅게 웃으며 고개를 가로저었다.

"대학교 4학년 때."

"아, 맞다."

"개새끼였지."

"맞아. 개 쓰레기였지."

동시에 한 남자를 떠올리며, 두 여자는 음료수 잔에 소주를 가득 채워 건배를 했다.

내 친구와 바람이 났던 그 거지 같은 새끼는 요즘 어떻게 지내려나.

입이 썼다. 그 후로 연애를 하지 않았던 못난 내 자신 때문일 수도 있고, 그 자식과의 추억이 떠올라서일 수도 있다.

난 왜 그 후로 연애를 하지 않았지? 잘생기고 멋진 남자배우들을 보면 금방 사랑에 빠지곤 하는 내가 왜 현실에선 연애를 하지 않았던 걸까. 지금은 연애가 하고 싶어서 죽겠고만.

하긴, 연애 말고 재밌는 일이 많긴 했다. 지금보다 어릴 때라 외롭단 생각을 하지도 않았고. 배가 불렀었네, 젊은 구동화는.

"야, 우리 저기 치킨집 가서 한잔 더 하자."

"집에 갈 거야. 우리 자기가 기다려."

"칫."

이래서 유부녀랑은 놀기 싫다니까. 그래도 어쩌겠어, 나랑 놀아줄 친구가 얘밖에 없는데.

"딱 한 잔만."

동화는 검지를 펴고 최대한 불쌍한 표정을 지으며 조 원장을 꼬드겼지만 의지의 조 원장은 이미 갈 채비를 마치고 단호하게 고개를 흔들었다.

"배신자."

"해온이 불러줘?"

"싫어. 나 혼자 마실 거야! 가버려!"

동화는 만 원짜리 한 장을 조 원장 손에 쥐어주고 그대로 포장마차를 빠져나왔다. 다행히 그사이 빗줄기가 가늘어져 맞을 만했다. 손바닥을 내밀어 비의 양을 체크한 동화는 길 건너에 위치한 편의점에서 혼자 2차를 하기로 결정하고 씩씩하게 횡단보도를 건넜다.

❈

"……나는 그런 여자가 아니야."

동화가 꽐라가 되어 동네를 배회하기 전에 얼른 주워가라는 조 원장의 전화를 받고 집을 나선 해온이 동화를 발견한 건 편의점 앞 파라솔 테이블이었다. 조 원장과 얼마나 마시고 헤어진 건진 모르겠지만 1차에서 만족하지 못했는지 테이블 위에는 소주병 하나와 맥주 캔 두 개, 소세지 빈 껍질 세 개가 나뒹굴고 있었다. 놀라운 건, 그렇게 마시고도 낯색 하나 변하지 않고 두 눈이 반짝반짝 정신이 말짱해 보인다는 것이다.

"그건 또 무슨 소리야."

"난 그런 사람이 아니라고!"

하지만 해온은 알고 있다. 동화는 지금 제법 취한 상태이며 정신이 매우 몽롱하다는 것을. 동화는 술에 취하면 손과 발이 빨개지는 특이체질 중의 한 명이었다. 거기다 심장이 터질 듯이 빠르게 뛰는데, 동화를 업어보면 단번에 알아차리게 된다.

동화를 등에 업고 동화의 가방을 목에 건 해온은 갑자기 쏟아진 비로 쌀쌀해진 밤바람에 동화가 감기가 들진 않을까 걱정스러워 저절로 걸음이 빨라졌다.

"누가 구동화 이상하대?"

"나는…… 좋은 집 좋은 차도 필요 없고, 비싼 선물 같은 거도 필요 없어. 다 내가 벌어서 살 거니까. 내 돈 주고 내가 다 살 거라고! 사달라고 구걸 안 해! 명품? 안 가져, 안 가져. 김치녀 좋아하네, 미친놈."

오늘 만난 소개팅남 이야기인 것 같았다.

욱할 만했네. 그런 소릴 뭐 하러 다 들어주고 앉아서 스트레스를 받았는지…….

"다른 사람들은 몰라도 난 잘 알지, 구동화가 어떤 사람인지."

"그치? 해온이 넌 알…… 에휴. 니가 알아주면 뭐 해."

말 참 밉게 하네. 확 놓고 가버릴까 보다.

해온은 슬쩍 고개를 돌려 어깨에 턱을 올리고 종알종알 거리는 동화를 보았다.

"내가 알아주면 된 거야."

"웃겨."

동화는 자존감이 구겨지는 걸 가장 견디기 힘들어하는 사람이다. 예민한 기질을 가지고 있지만 동시에 감정을 감추는 것에 능숙해서 가까운 사람이 아니면 쉽게 알아채지 못한다. 날씨 같은 주변 환경에 기분이 좌우되는 일이 잦고, 사소한 칭찬에 몇 날 며칠 즐거워하기도 한다. 단순한 것 같으면서도 까다로운 사람이다. 이런 동화의 성격을 잘 파악하고 있는 사람도, 잘 맞춰줄 수 있는 사람도 지금 현재까진 해온이 유일하다.

"잠깐."

"응?"

"내려줘 봐."

동화가 해온의 등에서 훌쩍 뛰어내리더니 발뒤꿈치를 들고 살금살금 걸었다. 왜 저러나 싶어 덩달아 살금살금 걷던 해온은 동화가 길가에 주차된 트럭 앞에 웅크리고 앉자 그 옆에 따라 앉았다.

"저기서 고양이가 울어."

쪼그려 앉아 트럭 아래를 향해 손가락질을 하던 동화의 표정은 금방이라도 울 것 같았다.

"아무 소리도 안 들리는데?"

"바보야, 야옹 야옹하고 고양이가 울잖아."

또 시작이다.

해온은 못 이기는 척 트럭에 좀 더 가까이 다가가 고개를 숙여 안을 살폈다. 그곳엔 작은 종이상자만 있었고 고양이 울음소리는 들리지 않았다.

"없어."

"고양이 울어. 어떡해."

동화가 결국 바닥에 주저앉아 엉엉 울기 시작했다.

"옷 다 젖어! 얼른 일어나!"

"고양이 구해줘, 고양이."

미치겠네, 진짜.

결국 동화는 두 다리를 쭉 뻗어버렸다. 하는 수 없이 해온은 차 안에 기어들어 가 종이상자를 꺼내야 했다.

"자, 봐. 고양이 없지?"

그제야 눈물을 거둔 동화가 고개를 갸웃거리며 종이상자를 요리조리 살펴보고 뒤집어도 보았다.

"이상하네. 분명히 고양이가 울었는데."

"가지가지 한다. 어우, 진상. 진짜. 빨리 안 일어나?"

동화는 일어날 생각이 없는지 앉은 자리에서 두 팔을 뻗어 내밀었다. 다시 업어달란 뜻이었다.

"남자 만나려면 술부터 끊어."

"싫어. 너처럼 업어주는 남자 만나면 되지."

"나 같은 남자가 어디 흔한 줄 알아?"

다시 동화를 등에 업은 해온은 이를 악물고 걸음을 내딛었다.

"……그러게. 너 같은 남자 만나기가 왜 이렇게 힘이 드냐……."

한숨과 함께 뱉은 그 말에 해온은 더 이상 걷지 못하고 그 자리에 멈춰 섰다.

괜히 마음 설레게 그런 말이나 하고. ……밉다, 정말.

02. Carpe Diem (현재를 즐겨라)

"그러게. 너 같은 남자 만나기가 왜 이렇게 힘이 드냐."

한숨에 묻어 나온 동화의 그 말이 내내 귓가에 맴돌았다. 분명 취해서 한 말이었고, 자고 일어나면 기억조차 못할 말을 해온은 몇 시간째 붙들고 있었다.

동화는 맨 정신으로 절대 그런 말을 하는 사람이 아니다. 밥은 먹었냐, 피곤하지 않냐, 보고 싶었다, 뭐 그런 류의 말들을 동화에게서 들어본 적이 없었다. 그렇다고 자기중심적이거나 차갑거나 도도한 사람은 아니다. 그저 태생적으로 다정함이나 살가움이 없는 사람이다. 남의 일에 관심을 갖거나 궁금해하지 않는, 전형적인 게으른 사람. 오죽하면 연애가 귀찮아서 하고 싶지 않다고 할까.

동화와 나누는 대화의 삼분의 일은 음악 얘기고 다른 삼분의 일은 공연 준비 이야기, 그리고 나머지 삼분의 일은 상대를 약 올리거나 하소연이 차지한다. 동화를 직접 만나기 전, 병준을 통해 누나에 대한 환상을 어느 정도 깨긴 했었다. 내가 생각하고 상상하던 누나라는 이미지와는 많이 다른, 병준의 말대로 그냥 '여자 형'일 뿐이라고.

"에휴."

문제는 그럼에도 늘 설레게 만드는 동화의 말 한마디. 아무 생각 없이 무심하게 던진 말 한마디에 해온은 종종 지배당하고 만다. 말 한마디의 위력을 새삼 실감하고 있었다.

침대에 누워 멍하니 천장을 바라보던 해온은 머리끝까지 이불을 뒤집어 썼다.

곁에 가까이 두고 지켜보기만 해도 마냥 좋았다. 그런데 어느 날부터는 남들 눈에 연인으로 보였으면 싶고, 손도 잡고 싶고, 남들처럼 데이트도 하고 싶어졌다. 스치듯 생각하고 말았던 꿈들이 점점 구체적으로 변하면서 욕심이 난 것이다. 봄날의 바람처럼 달콤하기만 할 것 같은 동화와의 연애를 상상하는 횟수가 많아질수록, 상상과 현실의 갭으로 인해 상실감만 날로 커져 가고 있었다.

고백을 하지 않은 이유는 여러 가지다. 그 사람이 좋다고 해서 앞뒤 사정 가리지 않고 무작정 연애하자고 들이대는 건 좋은 방법이 아니라는 개인적인 견해와, 그 사람도 나와 같은 마음인지도 확인하지 않은 채 지금 이 상태로 고백을 한다면 100% 차이거나 놀림거리가 될 거라는 것. 그래서 해온은 적당한 때를 기다리는 중이었다. 어느 정도 분위기가 조성이 되었을 때, 서로에 대한 마음이 공감대가 형성되고 바라만 봐도 느낌이 전해질 때, 아주 신중하게 마음을 고백하고 싶었다. 그냥 가볍게 사귀다가 헤어질 거라면 이런 고민 따위는 하지도 않았을 것이다. 물론 이렇게 뜸 들이다가 밥을 태울 수도 있겠지만 동화에게 고백을 하는 건 해온에겐 간단한 일이 아니었다.

자리를 박차고 벌떡 일어난 해온은 침대에서 내려와 커튼을 젖히고 창문도 활짝 열었다. 새벽 3시에 누웠으니 아마도 지금쯤 4시가 다 되었을 것이다. 잠들기까지 보통 한 시간가량 걸리는 이유는 잡생각이 많기 때문이다. 꼬리에 꼬리를 무는 생각 때문에 몸을 엄청나게 혹사시키지 않고서는 잠들기가 쉽지 않았다.

어딘가 두었을 담배를 찾던 해온은 주변을 기웃거리다가 계단으로 향했다. 복층 원룸 구조인 해온의 집은 2층이 침실이고, 1층에 거실 겸 주방과 화장실이 있었다. 주방행을 결정하고 계단을 내려온 해온은 식탁 의자에 벗어둔 맨투맨 티셔츠를 머리에 끼워 입고 냉장고 문을 열었다. 캔맥주와 식혜 사이에서 갈등하던 해온은 식혜를 선택하고 거실 한가운데 놓인 TV 앞에 앉았다. 그리곤 늘 꽂혀 있는 DVD를 재생했다.

DVD 영상은 〈숨〉의 창단공연 영상이었다. 벌써 4년 전이라니. 지금보다 앳된 모습을 한 단원들의 얼굴이 스쳐 지나가자 해온은 눈을 감고 음악에만 온 신경을 기울였다. 동화가 만든 음악. 인간의 공포와 두려움을 표현한 찢어지고 할퀴는 듯한 스트링 편곡과 심장을 둥둥 울리는 무거운 드럼 소리, 동화의 얼굴이나 성격과는 전혀 매치가 되지 않는 극도의 우울한 음악에 맞춰 해온은 가만히 손가락을 까닥였다.

띵동.

메시지 도착음 소리에 해온은 힘겹게 눈을 뜨며 휴대폰을 집어 들었다.

[술에 절은 오징어 배달 감사]

병준이 보낸 것이었다. 해온은 피식 웃으며 글자를 톡톡 두들겨 찍었다.

[배달원은 그 후로 허리를 잃었고]
[ㅋㅋㅋㅋ 낼 봐]

답장을 보내고 바닥에 대자로 누운 해온은 곧이어 도착한 병준의 답장을 확인하고 손등으로 두 눈을 가렸다.

대입 실기 준비가 한창인 요즘엔 체력 저하는 물론이고 정신까지 온전치 못할 때가 많다. 이럴 때 병준과 함께할 수 있어서 얼마나 든든한지.

오래전 콩쿨 경연에서 만나던 때엔 라이벌로 의식을 많이 했지만 이젠 오히려 이 친구가 내 친구라서 무척이나 자랑스러웠다. 미국의 유명 무용단에 입단하고 얼마 지나지 않아 연달아 부상을 당하고, 그로 인해 한국으로 다시 돌아온 병준은 다시 몸을 만들고도 미국으로 돌아가지 않았다. 한국에 남기로 결정한 것이다.

가족들과 가까이 지내며 손 대표를 도와 티칭을 하고 한국에서 공연하고 지내는 게 훨씬 더 행복하다면서 말이다.

병준의 경력과 실력에 한국이란 무대는 너무도 작았지만 병준은 그렇게 생각하지 않았다. 그런 병준의 마인드는 내가 다시 한국으로 돌아오는 데 있어서 결정적인 계기가 되었다. 미국도 뭐 별거 없더라고 말하며, 많지도 않은 나이에 욕심을 내려놓을 수 있다는 게 옆에서 지켜보면서도 참 놀라운 일이었다. 병준에겐 무용수로서의 성공만큼이나 가족들이 중요했던 것이다.

가족. 누군가에겐 전부이기도 한 존재.

하지만 해온에게 가족이란 의미는 보통의 의미와는 달랐다. 아무런 의미도 없다는 표현이 더 적당할지도 모르겠다.

혼자가 된 지 4년. 온기 없는 이 작은 집은 쓸쓸하고, 춥다.

이 외로움이 어서 익숙해졌으면…… 더 이상 엄마가 그립지 않았으면.

＊

사실 잠에서 깬 건 한참 전이었다. 하지만 동화는 침대를 빠져나오지 못하고 있었다. 원인은 숙취. 누운 자세 그대로 멀뚱히 천장을 올려다보던 동화는 끙 하고 허리를 세운 후 또 한참을 멍하니 앉아 있다가 겨우 방을 빠져나갔다.

문을 열고 방을 나서니 식탁에 앉아 혼자서 밥을 먹고 있는 병준이 보였다. 터덜터덜 걸어 병준에게 다가간 동화는 동생의 어깨를 괜히 주물주물 주무르고 머리카락을 싹 다 민 빡빡머리를 쓰윽 쓰다듬었다.

"엄마는?"

"아까 나가셨지."

수저통에서 숟가락을 꺼내 든 동화는 병준의 밥그릇에서 밥 한 술을 푹 떠 입에 넣었다.

"아, 쫌! 네 밥은 네가 갖다 먹어!"

"아침부터 누나한테 성질이야."

눈을 흘기며 꾸중을 하는 병준을 뒤로하고, 동화는 자신의 밥그릇에 야무지게 밥을 퍼 담았다. 병준의 맞은편에 자리를 잡은 동화는 한쪽 다리를 접어 무릎을 세우고 식사를 시작했다.

"하아. 국이 없네."

늦게 일어난 주제에 이런 거 저런 거 따질 형편은 아니지만, 술을 마신 후 시원하고 칼칼한 국이 당기는 건 어쩔 수 없는 본능이었다. 입맛을 다시며 김치를 젓가락으로 뒤적이자 병준이 또 한 번 노려보았다.

"왜, 빡빡아."

"한심해서 그런다."

"내가 뭐."

"어제 해온이 등에 업혀 들어온 건 기억나냐?"

그랬나? 그냥 데려다 준 것 같은데. 일단 잡아떼자.

"에이! 업혀 들어오진 않았다."

"누굴 눈뜬장님인 줄 아나. 어제 대문 열어준 거 나거든요? 해온이가 누나 업어주고 허리를 잃을 뻔했대."

"걔도 참 과장이 심하네. 야, 그리고 남자 아니고 해온이다."

"해온이는 남자 아니냐?"

"해온이는 해온이지."

동화의 억지에 병준이 혀를 끌끌 차며 고개를 절레절레 흔들었다.

당연히 해온이도 남자지. 술 취한 와중에도 해온이가 나타나 줘서 얼마나 가슴이 뛰었는데.

동생 앞에서 부끄럽고 찔리니까 허세 가득 담아 괜히 해본 소리였다. 동화는 태연하게 밥을 푹푹 떠먹으며 마음을 들키지 않으려 애썼다.

"빡빡이, 어제도 늦게 들어왔어?"

"어. 너랑 다르게 나는 밤늦게까지 레슨하다가 들어왔어."

"나도 레슨 열심히 하고 있거든? 예술제 쓸 곡도 거의 다 만들어놨는데?"

"어구, 대단하십니다."

저걸 확 그냥 막 그냥 여기저기 막 그냥 막.

동화는 입이 찢어지도록 밥과 미역줄기를 밀어 넣고 우걱우걱 씹었다. 엄마한테 잔소리 듣는 걸로도 모자라 동생에게까지 잔소리를 듣다니. 치욕스럽다. 구동화, 이대로 좋은가?

"나도 밥."

오늘도 어김없이 밥돌이 신해온이 나타났다. 벌써 석 달째. 제 집 드나들 듯 자연스레 현관문을 열고 들어온 해온은 잠이 덜 깬 얼굴을 하고 터덜터덜 걸어 주방으로 왔고, 동화의 말엔 눈도 깜짝 안 하던 병준이 냉큼 일어나 해온의 밥을 챙겨 식탁 위에 놓았다.

"잘 먹겠습니다!"

그리곤 군말 없이 밥을 먹기 시작했다. 밥을 다 먹은 병준은 싱크대에 자기가 먹은 밥그릇과 수저를 담가두고 다시 자리에 앉아 해온이 좋아하는 김, 계란찜, 버섯볶음 등을 해온의 자리로 몰아주었다. 덕분에 동화의 밥그릇 앞엔 신 김치와 덜 신 김치 두 가지 반찬만 남아 있었다.

"이것들이 진짜."

눈 뜨고 못 봐주겠네.

동화의 타박에도 아랑곳하지 않고 병준은 물까지 친히 떠다 바쳤다. 그걸 또 당연하다는 듯 받고 앉아 있는 신해온은 뭐야.

해밀빌딩과 동화의 집은 걸어서 5분, 뛰면 3분 거리. 해온은 날이면 날마다 동화의 집에서 아침과 저녁을 먹고 간다. 그 덕에 출근과 퇴근도 별다른 일이 없으면 셋이 함께하고 있었다.

"근데 소개팅은 어떻게 됐어?"

밥그릇에 물을 부어 밥을 말고 있던 동화는 병준의 물음에 고개를 가로저었다.

"그지 같은 놈이 나와서 잘 안 됐어."

기대도 안 했는지 병준의 표정에 변화가 없었다. 해온 역시 그럴 줄 알았다는 듯 고개를 끄덕였다.

"아 참, 엄마가 어제 은정이 누나 청첩장 왔다고 전해주래."

"결혼 전에 볼 건데 그때 주면 되지 뭘 우편으로 보내고⋯⋯."

딱 봐도 '여기 청첩장 들어 있소!' 하게 생긴 하얀 봉투를 건네줬고, 슬쩍 열어본 동화는 정성껏 묶은 리본 매듭을 풀기 싫어 다시 봉투를 닫아버렸다.

"호텔 이런 데는 많이 비싸지 않아?"

"비싸겠지."

결혼을 앞둔 동화의 친구는 비슷한 조건의 남자와 결혼을 앞두고 있었다. 누가 들어도 '좋은 직장이네!' 하는 직장에 다니는 두 사람은 유명 호텔에서 식을 올린다고 했다.

병준의 물음을 무심하게 받아친 동화는 뭔가 근심이 가득한 것 같은 병준의 표정을 보고 피식 웃어버렸다. 과연 이 누나도 결혼을 할 수 있을까에 대한 근심일 수도 있고, 이 누나도 호텔에서 결혼한다는 거 아닐까에 대한 근심일 수도 있고.

"난 있지, 바다가 보이는 펜션에서 해가 질 무렵 가족들이랑 친구들만 초대해서 파티 같은 결혼식을 할 거야."

동화가 늘 꿈꿔온 결혼식이다. 친구들에게 이 같은 계획을 말을 하면 '그걸 용납할 시부모를 만날 자신 있냐?'는 물음과 함께 코웃음이 되돌아왔다. 하긴, 뿌린 거 다 거두려면 저런 결혼식은 쉽게 허락하지 않겠지?

"일단 남자부터 만나자."

묵묵히 듣고만 있던 해온이 한마디 거들었다. 괜히 뜨끔한 동화는 눈썹을 긁적이며 어깨를 으쓱였다.

"응. 그래야지."

그건 당연한 거지. 바다고 펜션이고 일단 남자가 있어야 뭘 해도 하니까.

바다가 내려다보이는 펜션에서의 결혼식을 꿈꿀 때, 신랑 대역에 해온을 세워본 적이 있었다. 그냥 뭐, 그림이 잘 어울리나 어쩌나 해서, 상상이니까 한 번 세워본 거다. 아니, 두 번인가…… 더 여러 번이었나……. 어쨌든.

그래서인지 상상 속의 결혼식은 늘 완벽했다. 결혼 생각 없다고 배짱 튕기던 게 불과 몇 달 전 일이지만, 하나둘 친구들이 웨딩드레스를 입는 걸 보니 자신도 여자인지라 가슴이 두근거렸다. 티격태격하면서도 함께 혼수를 장만하고, 식장을 알아보러 다니고, 웨딩촬영을 하고, 설렘 가득한 얼굴로 결혼식을 올리는 모습을 지켜볼수록 상상의 횟수가 잦아졌다.

사실 아직까지 헷갈리는 부분도 있다. 결혼식이 하고 싶은 건지, 아니면 결혼 생활이 하고 싶은 건지.

"해온아, 천천히 먹고 나와. 나 먼저 나갈게."

"아냐, 나 다 먹었어. 같이 나가자."

해온이 부랴부랴 입안에 밥을 밀어 넣다 사레가 들렸는지 콜록거리며 기침을 하자 병준이 해온의 등을 두들겨 주며 안쓰러워 죽겠단 눈으로 바라보았다.

"체한다."

눈물겨운 우정이네. 혼자 보기 아깝다.

"손 대표님 언제 오신다니?"

"10월엔 오시겠지."

해밀빌딩 사람들이 본격적인 대학입시 실기를 앞두고 더욱 바빠졌다. 입시 위주의 예술교육에 울분을 토하면서도, 결국은 그 입시 위주의 교육 덕분에 먹고사는 사람들. 어찌할 수 없는 불가결한 일이 돼버렸다.

이 중요한 때에 손 대표가 독일로 유랑을 떠나 버려, 늘 그랬듯 병준과 해온이 무척이나 고생 중이었다. 요즘 같이 손이 부족한 때엔 학교 후배들까지 싹싹 끌어모아 레슨을 하고 있는데, 그래도 힘든 건 마찬가지였다. 하루에 열 시간 이상 몸을 움직인다는 것이, 아니, 춤을 춘다는 것이 보통의 체력으론 어림도 없는 일이니까.

병준이와 해온이는 죽이 잘 맞는다. 인간 대 인간으로는 물론이고, 훌륭한 무용수와 크리에이티브한 안무가로도 호흡이 좋다. 해온이는 발레부터 기초를 탄탄히 해온 친구라 아름다운 선을 만드는 발레와 몸을 접고 펴고 길게 늘이는 현대무용 모두를 완벽하게 소화한다. 바닥을 이용하는 기본적인 현대무용 기술을 잘 사용하는 병준과 비교하자면, 해온은 점프나 턴 같은 발레 요소들을 잘 사용해 작품을 아름답게 만드는 장점이 있었다. 둘 다 현대무용에서는 쉽게 볼 수 없는 발레에 적합한 피지컬까지 가지고 있어 두 사람이 함께 무대에 서면 어쩐지 빛이 나는 것 같기도 했다.

동화가 해온을 처음 만난 건 5년 전. 병준의 작품 음악 작업을 돕다가 친구라며 소개를 받았다. 그 후로 가끔씩 보았고 음악 작업에 도움을 주었다. 별다를 것 없었다. 물론, 멀끔하게 생긴 외모 탓에 시선이 좀 더 가긴 했지만 동생 친구니까. 어린 나이에 많은 걸 이룬 재능이 부럽기는 했다.

노력만으로 커버되지 않는 가난한 재능을 가진 나와는 많이 달랐다. 음대 학장을 역임한 피아니스트이자 국내 클래식 음악계의 권위자였던 아버지는 내게 단 한 번도 칭찬을 해준 적 없었다. 아버지의 기대치를 만족시킬 수 없어 늘 허덕이다가 결국 아버지가 원하는 수준의 예고 진학마저 어려워지자 작곡으로 전공을 바꿔 간신히 그 예고에 진학할 수 있었다. 동생의 안무 음악을 만지다가 아무래도 이쪽이 잘 맞는 것 같아 클래식을 포기하고 실용음악으로 전향을 할 무렵, 아버지는 병으로 세상을 떠나셨다.

평생 예술을 하신 아버지와 엄청난 레슨비를 퍼부은 두 아이 때문에 어머니는 쉴 없이 경제활동을 하셔야 했다. 아버지가 돌아가신 후로 '나는 음악으로 먹고살 수 있을까?' 란 생각 끝에 입시강사 아르바이트를 시작으로 학생들 가르치는 일을 시작했다. 사실 그 속내에는 재능 없는 나보다 동생에게 좀 더 올인하고 싶은 마음도 있었다.

그 후로 2년 동안 선배의 작업실에서 곁방살이를 하다가 개인 작업실을 물색할 무렵 병준에게 해온의 건물 이야기를 듣게 되어 지하에 조그만 작업실을 얻을 수 있었다. 얼마 지나지 않아 돌연 미국 무용단으로 떠나게 된 해온은 3층에 실용음악원을 낼 수 있게 해주었고, 바로 떠나 버렸다.

"예술제 때 쓸 음악은 잘 돼가?"

"거의 다 했지. 나 일 미루고 그런 스타일 아니잖아."

해온의 물음에 자부심 넘치는 대답을 한 동화는 물 한 잔을 시원하게 마시고 소쿠리에 담긴 귤 하나를 깠다.

"이번에도 직접 연주했어?"

"어. 왜?"

"후배들한테 부탁하고 그래. 연주 잘하는 후배들 많던데."

웃고 있어도 눈물이 나네.

동화는 입매를 씨익 늘이며 긴 한숨을 내쉬었다. 그런 동화의 반응이 만족스러웠는지 해온이 옅게 미소를 지었다.

"나도 연주가 나쁘진 않아."

"나쁘진 않지만 좋지도 않잖아."

"너는 참…… 솔직한 앤 것 같다."

"고마워."

와. 진짜. 때리고 싶네.

해온에겐 비아냥거림이 통하지 않는다. 저 특유의 여유로움은 때때로 동화를 열받게 만들기도 한다.

모든 걸 다 가지고 태어나 부족함을 모르고 자라서인지 해온은 말이나 행동이 여유로운 사람이었다. 순수하기도 하고, 기본적으로 다정한 성격을 갖고 있다. 무슨 말을 해도 잘 들어주고 매사에 신중한 성격이다. 그래서 곁에 두면 든든한, 사람과 사람 사이를 편안하게 만들어주는, 한마디로 뭘 좀 아는 남자라고나 할까.

하지만 동화는 알고 있었다. 차마 손을 댈 수 없을 만큼 상처로 얼룩진 해온의 마음을. 그로 인해 두 눈 가득 담긴 서러움을 말이다.

"근데 있지……."

잠시 생각에 잠겼던 동화는 해온의 말에 정신을 차렸다.

"응?"

"어제보다 못생겨진 것 같아."

참나.

"예예."

해온이는 말을 돌려 하는 법이 없어서 학생들에게는 무서운 선생님으로 통하긴 하지만 이미 완벽히 적응한 동화는 그딴 걸로 절대 상처받지 않는다. 이렇게 대놓고 못생겨 보인다고 해도 말이다.

"나이는 못 속이네. 얼굴이 까칠하다."

"아, 예."

그래서 해온의 별명은 아개. 아름다운 개새끼의 준말이라고 한다. 어쩜 이렇게 별명이 적절한지. 학창 시절부터 그렇게 불렸다고 하는데, 그 별명을 알게 된 후로 동화도 아주 많이 화가 치밀면 해온을 아개라고 부르기도 한다.

계속된 해온의 공격에도 동화는 끄떡하지 않았다. 귀를 후비며 주방을 벗어난 동화는 욕실로 들어가 칫솔에 치약을 묻혀 입에 물고 TV를 켰다.

"꽹장히 못생겨진 건 아냐. 너무 걱정하지 마."

"알았다고."

"흐음…… 그러라고 준 얼굴이 아닐 텐데. 그렇게 쓸 거면 차라리 날 주든가."

그러거나 말거나, 동화는 TV 볼륨을 올리고 열심히 양치질을 이어갔다. 주방에서 두 놈이 큭큭거렸지만 오늘의 치욕을 반드시 백 배, 천 배 복수하겠다고 다짐을 하며 다시 욕실로 향했다.

뭐랄까…… 해온이는 얼굴선이 참 아름답다. 남자 얼굴을 아름답다고 표현해도 될지 모르겠지만, 보통의 여자들보다 훨씬 곱게 생긴 건 확실하다. 하나씩 뜯어보면 눈썹도 짙고 이목구비도 또렷한데 전체적인 조화가 오밀조밀하게 잘 이뤄진데다, 관리 열심히 하는 여자 얼굴처럼 잡티 하나 없는 말간 피부는 청순하기까지 하다. 그런 해온을 보면 열에 아홉은 '잘생겼네'라고 말할 정도로 인물이 좋은 편이다.

해온이가 〈모그〉에 다니는 모든 여학생들의 첫사랑이 되었다는 소문을 손 대표를 통해 들은 적이 있었다. 학생 모집에 큰 도움이 되었다며, 영업 비밀이라고도 하셨다. 선한 미소와 믿음을 주는 따뜻한 목소리 덕에 학생들의 어머님들에게까지 인기 만점이라고 했다.

하지만 해온은 자신의 외모에 별로 관심이 없는 편이었다. 복장은 늘 춤추기 편한 복장이고, 밖에 다닐 땐 청바지에 후드티나 셔츠를 교복처럼 입고 다닌다. 날이 추워지면 셔츠 위에 니트 한 장, 더 추워지면 패딩 점퍼가 추가되는 정도. 머리도 또래의 남자들처럼 제품을 써가며 모양 내는 일이 거의 없고, 꼭 챙기는 아이템이라면 손목시계가 유일하다. 신해온의 모든 관심사는 오직 무용. 늘 무용에 연관된 것들만 생각하고 마치 자신의 몸은 춤을 추는 도구이자 수단으로만 여기는 듯했다.

"이거랑 이게 괜찮다. 다른 건 더 손볼 거지?"

동화가 해온의 얼굴을 감상하는 동안, 해온은 동화가 들려준 여넓 개의 음악을 꼼꼼히 들은 후 재생 목록 중 단 두 개만을 골랐다. 원하는 멜로디에, 리듬에, 악기까지 꼼꼼히 채웠는데도 깐깐한 신해온은 정중하게 여섯 곡을 퇴짜 놓았다. 말이 여섯 곡이지, 한 곡당 길이가 20분가량이 되는 곡들을 처음부터 다시 손보려니 눈앞이 캄캄해졌지만 그놈의 자존심이 뭔지 동화는 아무렇지 않은 듯 쿨하게 고개를 끄덕였다.

"시간 얼마 안 남았는데 괜찮겠어?"

"아직 한 달이나 남았는데, 뭐."

한 달 '이나'가 아니라 한 달 '밖에'지만 동화는 애써 괜찮은 척 미소를 지었다.

"11월 정기공연도 준비하려면 빠듯하겠다."

"내 걱정 말고 얼른 올라가서 레슨해."

"정말 괜찮아?"

'안 괜찮으면 어쩔 건데!' 소리가 입안에서 맴돌았지만 동화는 계속 미소만 지어 보였다. 저 잘난 입에서 절대로 '그 정도면 됐다'라는 타협의 말이 나오지 않을 테니 죽어라 다시 만드는 수밖에.

"그럼 난 구동화 믿고 올라간다?"

"얼른 가, 얼른."

내쫓듯이 해온을 내보낸 후, 한 시간에 걸쳐 곡 전부를 꼼꼼히 다시 들어본 동화는 답답한 마음에 1층으로 올라갔다. 그리곤 아무도 없는 소극장 맨 뒷자리 구석에 앉아 작곡 노트를 펼쳤다.

누구처럼 쓱 써서 팽 풀어도 명곡이었으면 좋겠네.

뒤에 자그만 지우개가 달린 연필로 악보를 톡톡 두들기던 동화는 의미 없는 낙서를 하다가 등받이에 등을 기대고 눈을 감았다. 머릿속으로 안무를 그려보면 좀 더 구상이 빨리 될 것 같아서였다.

안무를 위해 새로 창작을 하는 것만큼, 기존의 곡을 안무에 맞게 편곡하는 작업에도 정성을 쏟고 있었다. 물론 둘 다 매번 어렵고 머리에 쥐가 날 만큼 힘들지만, 편곡은 창작보다 좀 더 힘든 작업이고 창작은 편곡보다 좀 더 어려운 작업이란 차이가 있다. 편곡이 힘든 이유는 세상은 넓고 음악은 다양하니 방대한 양의 음악들을 일일이 찾아 들어야 하고, 거기에 안무에 알맞게 편곡까지 해야 한다는 것. 창작이 어려운 이유는 세상에 없는 음악을 만들어야 하는 걸로도 모자라 안무가의 의도대로 오직 그 안무만을 위해 음악을 만들어야 한다는 것.

동화는 귀에 이어폰을 꽂고 휴대폰에 들어 있는 음악 재생 목록을 열었다. 언젠가 써먹어야지, 하고 담아두었던 보물창고 플레이 리스트가 능력을 발휘할 때가 온 것이다. 음악을 재생한 동화는 동영상 재생 어플을 열고 해온의 최근 연습 영상도 찾아 재생했다.

손끝과 발끝의 움직임마저 그냥 지나가지 않고 사소한 의미가 담겨 있었다. 훅 하고 숨을 내쉬는 입술, 느리게 밀어 올리는 눈꺼풀, 힘겹게 찌푸리는 미간, 흩날리는 셔츠 자락 모두 저마다의 의미가 숨어 있었다. 연습 영상 속에서도 느껴지는 해온의 깊은 감정에 동화는 화면에서 눈을 떼지 못했다.

동기 부여가 된다고 해야 하나.

내가 만든 곡을 타고 춤을 추는 해온이나 병준이를 볼 때마다 감격 그 이상의 벅찬 감정이 머리끝부터 발끝까지 온몸을 타고 전해진다. 막상 곡 작업할 땐 귀찮고 힘들어서 이만하면 됐지, 하고 타협하며 솔직히 적당히 넘어갈 때도 있었다. 그런데 그렇게 만든 내 곡으로 최고의 작품을 만들어내는 걸 보고 나면 그들의 노력에 흙탕물을 튀긴 것 같은 미안함과 자괴감이 들기도 한다. 그래서 반성하곤 했다. 다음엔 진짜 끝내주는 곡으로 만들어줘야지, 라고.

내가 좀 더 부지런해지고, 아주 작은 것에도 최선을 다해야 하는 이유. 그들의 노력에 부끄럽지 않기 위해서다.

"야!"

"엄머, 깜짝이야!"

갑자기 어깨를 꾹 주무르는 손길에 놀란 동화가 휙 하고 고개를 돌렸다. 그곳엔 조 원장이 서 있었다.

"놀라긴. 여기서 뭐 하고 있었어?"

"그냥. 이런저런 생각."

동화가 보고 있던 해온의 안무 연습 영상을 힐끔 본 조 원장이 무슨 이유인지 알겠다는 듯 어깨를 다독여 주며 옆자리에 앉았다.

"쯧쯧. 해온이한테 또 까였구나?"

"막귀 주제에 무지 깐깐해."

작곡 노트마저 덮어버린 동화는 두 팔을 머리 위로 길게 늘여 '으르쯔쯔' 하고 이상한 소리를 내며 기지개를 켰다.

"잘할 거면서 엄살은."

"근데 넌 여기 왜 왔어?"

"나도 좋은 영감 찾아 여기저기 배회하는 중이지."

조소를 전공한 조 원장과 회화를 전공한 윤 선생은 미술원 동기이자 오랜 연인이었고, 석 달 전 부부가 되었다. 해밀빌딩 3층에서 미술학원을 운영하면서 1층에는 설치미술 전시실과 〈앞뜰〉이라고 이름 붙인 야외 전시실도 운영하고 있었다. 〈앞뜰〉의 모든 조각품은 조 원장의 작품들이고, 설치미술 전시실의 작품들은 조 원장과 윤 선생의 미술원 동문들의 작품이 365일 전시 중이었다. 설치미술에 관심과 재능이 남다르던 조 원장은 〈숨〉의 공연 때마다 무대에 설치미술 작품으로 공연에 참여하기도 하는데, 최근에는 해밀빌딩 사람들 모두 입시 실기 준비로 바빠 11월에 있는 예술제와 12월의 정기공연 준비가 평소보다 조금 소홀했다.

후원사도 없는 예술 단체가 전용 공연장을 갖추고 있는 일은 기적과도 같은 일이다. 그래서 우리의 공연을 언제든 올릴 수 있는 소극장 〈해밀〉의 무대는 아티스트 네트워크 〈숨〉의 염원이었다. 우리들을 위한 온전한 무대이니까. 대관 잡느라 쩔쩔매지 않아도 되고, 흥행 때문에 주말이 아닌 평일에만 공연하지 않아도 되고, 리허설도 실컷 할 수 있고. 〈숨〉의 단원들에게 있어 소극장은 말로 설명할 수 없을 만큼 존재 자체만으로도 마음을 든든하게 하고, 뿌듯함에 어깨를 으쓱이게 만드는 축복의 공간이었다. 〈숨〉의 공연이 없을 땐 멀쩡한 소극장을 놀릴 수 없어 연극이나 뮤지컬 공연, 소규모 콘서트로 대관을 하는데, 사실 그쪽 수입이 더 좋긴 하다.

"아 참, 동구야."

"어?"

무슨 말을 하고 싶은 건지, 입술을 뗀 채로 잠시 생각에 잠긴 눈으로 동화를 빤히 보았다. 그러다 갑자기 결심을 한 듯 빙긋 웃으며 동화의 손을 꼭 잡았다.

"너 소개팅 안 할래?"

"소개팅? ······됐어. 당분간 쉴래."

"또 변덕 도졌네. 물 들어올 때 노 젓는다며. 윤 선생 지인인데, 나도 몇 번 봤어. 사람 괜찮아."

"몰라. 생각해 보고."

"뭘 생각해. 그냥 만나만 보는 거지."

이러다 정말 연애도 안 하고 나 혼자 늙는 거 아닌가 걱정도 되지만, 연달아 소개팅을 실패하고 나니 자신감도 상실되고 자존감도 팍팍 떨어지는 것 같아 그만해야 하는 건가 싶었다.

"부담스러우면, 내가 다 같이 식사하는 자리로 만들어볼게. 놓치기 아까워서 그래."

"다들 놓치기 아까운 사람이라면서 소개를 해주셨지."

동화는 먼 곳을 응시하며 땅이 꺼져라 한숨을 내쉬었다.

"그냥 우리랑 밥 한 끼 먹는다고 생각해. 약속 잡는다?"

"야······."

조 원장은 동화의 대답은 듣지도 않고 손을 흔들며 쏙 나가 버렸다.

앞좌석 등받이에 이마를 기대고 한동안 눈을 끔벅이던 동화는 악보에 얼굴 파묻으며 고개를 떨궜다.

"바쁜데."

물론 이보다 더 바쁠 때도 연애를 하거나 소개팅을 받기도 했다. 근데 지금은 남자를 소개받는 것보다, 연애의 물꼬를 트는 일보다, 누군가를 위해 곡을 만드는 일에 좀 더 집중하고 싶었다. 방금 내 음악을 필요로 하는 사람의 춤을 보고 나서일지도 모르지만.

"원 앤 투 앤 쓰리 앤 포, 파이브 식스 스트레치 길게! 더 찢어, 더! 더! 길게, 더! 제대로! 세븐 에잇. 원 앤 투 앤 쓰리 앤 포, 파이브 식스 마지막 동작 천천히. 시선 끝까지 유지!"

인정사정 봐주지 않고 혹독하게 몰아치는 해온의 티칭으로 녹초가 된 학생들은 앓는 소리를 하면서도 시선 끝처리까지 완벽하게 소화했다. 해온이 세는 박자에 맞춰 유려한 동작을 만들어내는 기특한 제자들이 하나둘 바닥에 뻗자 해온은 땀으로 흠뻑 젖은 얼굴을 어깨에 문지르며 제자들에게 다가갔다. 그리곤 한 명 한 명 어느 것이 부족하고, 어느 것을 잘했는지 설명해 주고 제자들의 몸 상태도 꼼꼼하게 체크했다.

"마무리하고, 다들 수고했다!"

"샘 수고하셨어요!"

연습 전후로 한 시간가량 몸을 푸는 스트레칭은 해온의 후배들이 대신하고 있었다. 해온은 후배들과 제자들에게 손을 흔들어주고 연습실을 빠져나왔다.

그때, 전화가 걸려왔다. 땀에 젖은 티셔츠를 벗으며 휴게실로 향하던 해온은 반갑지 않은 발신인의 전화에 받을까 말까 잠시 망설였다. 기다리던 발신인은 통화를 포기한 건지 이내 전화벨이 끊겼다.

안도의 숨을 내쉬던 그때, 안타깝게도 동일한 발신인에게서 다시 전화가 걸려왔다.

"네."

[접니다.]

사무적인 말투의 이 실장이었다. 해온은 휴게실 바닥에 털썩 주저앉아 소파에 등을 기대고 뻐근한 목 근육을 풀기 위해 고개를 빙그르르 돌렸다.

"안녕하세요."

[오랜만이네요. 잘 지내시죠?]

전혀 궁금하지 않은 걸 묻는 게 티가 날 만큼 성의 없는 이 실장의 질문 때문에 해온은 웃음이 났다.

[다름이 아니라, 찬조금을 조금 보냈습니다.]

"그분께선 잊지도 않으시네요."

[작은 성의라고 생각하십쇼. 그럼 이만.]

채 30초도 걸리지 않은 짧은 통화였지만 발신인을 확인하는 순간부터 평정심이 무너진 해온은 치미는 화를 참지 못해 꽉 쥔 주먹을 어쩌지 못했다.

"하아."

두 손으로 얼굴을 감싸 쥔 해온이 고개를 떨구며 긴 한숨을 내쉬었다.

"그렇게 한숨 쉬어서 어디 땅이 꺼지겠냐?"

"억! 깜짝이야!"

귀에 익은 목소리에 깜짝 놀라 뒤를 돌아보니, 손 대표가 휴게실 창문을 닦고 있었다.

"선생님! 언제 오셨어요?"

"너 들어오기 전부터."

그거 뭐 별일이냐는 듯 웃는 손 대표 때문에 해온도 피식 웃고 말았다. 불안하고 초조하던 마음이 이제야 조금 안정되고 든든해지는 듯했다.

"이번 달에는 안 오실 줄 알았는데."

"나도 최소한의 양심은 있다. 뭐, 니들이 워낙 알아서 잘하니까 마음 편히 다녀왔지. 보나마나 애들 실기 준비는 잘하고 있을 거고, 예술제랑 정기공연 준비도 잘하고 있을 테고."

"병준이가 고생 많이 했어요."

"병준이는 몸이 고생, 넌 머리가 고생을 했겠지."

마치 CCTV로 그동안 지켜보고 있었던 것처럼 무용원 상황을 꿰뚫어 본 손 대표 때문에 해온은 또 한 번 웃었다.

"웃기는. 새끼."

"구경 많이 하고 오셨어요?"

해온의 물음에 손 대표는 인상부터 구겼고, 해온도 덩달아 미간을 구겼다.

"재미없더라. 우리 거가 훨씬 재밌어."

4년 전 〈숨〉을 창단하기 전까지 손 대표는 미국의 유명 무용단에서 예술감독을 지냈다. 그 유명한 유스 아메리카 그랑프리 심사위원도 오랫동안 해왔고, 그의 손을 거친 최정상의 무용수들도 부지기수. 미국 내에서도 유명한 안무가로 꼽혔다. 한국에서도 학생 때부터 명성이 자자했지만 기존의 한국 무용계와는 잘 어울리지 못했다고 한다. 그 이유는 여러 가지가 있겠지만 손 대표의 말에 의하면 지나치게 대중 영합적인 작품을 한다고 미운털이 박혔다고 하는데, 해온이 보기엔 괴짜 같은 성격이 가장 큰 이유이지 않을까 싶다.

손 대표가 보통 사람이 아닌 건 분명하다. 불도저 같은 추진력과 그에 버금가는 성정. 그래도 그만큼 성품이 따뜻하니까 주변에 사람들도 많고, 그 덕에 〈숨〉을 꾸릴 수 있었다. 손 대표 정도의 추진력이 아니었다면 이 대형 아티스트 네트워크 그룹이 잘 굴러갈 리가 없으니까. 모두가 손 대표여서 가능했던 일이다.

"날짜가 벌써 그렇게 됐나?"

아마도 해온의 통화를 들었던 모양이다. 해온은 고개를 끄덕이며 옅게 웃었다.

"지금은 내가 무슨 말을 해줘도 위로가 안 되겠지?"

지금 해온이 무슨 생각을 하고 있는지 모두 알고 있는 손 대표는 해온에게 다가가 어깨를 토닥여 주었다.

"걱정하지 마라. 시인 김대규 씨는 〈사랑과 인생의 아포리즘 999〉란 시집에 이런 시를 썼지. '내일 일을 오늘 걱정하지 말라. 어제의 비로 오늘의 옷을 적시지 말고, 내일의 비를 위해 오늘의 우산을 펴지도 말아라.' 글빨 장난 아니지?"

역시 사람은 책을 읽어야 한다니까.

손 대표가 다르게 보이는 순간이었다.

"미스터피자 화장실에 붙어 있더라."

못 말려.

진지하게 경청하고 있던 해온은 웃음이 터져 버렸다. 그러자 손 대표는 창문을 닦던 손걸레는 테이블 위에 툭 던져 두고 걸음을 옮겼다.

"초청공연 들어왔다. 내년 1월, 독일."

역시 빈손으로 돌아오지 않으셨어.

손을 흔들며 유유히 사라지는 손 대표의 뒷모습이 어찌나 믿음 직스러운지, 해온은 가슴이 뭉클했다.

"수고하셨어요!"

휴게실에 홀로 남겨진 해온은 그 자리에 그대로 누워 창밖 구름 한 점 없는 쪽빛 하늘을 바라보았다. 여기까지 와준 내 자신이 조금은 기특하단 생각이 들었다. 말로 표현할 수 없는 상실감에 빠져 허우적대다가 그대로 죽어버릴 줄 알았는데, 어쨌든 지금까지 잘살고 있으니 고맙기도 했다. 내가 생각했던 것보다 난 꽤나 강한 사람인 것 같아서, 참 다행이었다.

03. It`s Ok, I'm Fine

푸쉬쉬쉬.

어렸을 땐 압력밥솥 수증기 빠지는 소리가 그렇게 좋았다. 그 소리를 시작으로 온 집 안에 고소한 밥 냄새가 퍼지고, 식구들이 하나둘 식탁 앞에 모여 어미 새를 기다리는 아기 새들마냥 엄마가 밥그릇에 밥을 퍼 담아주실 때까지 발을 동동 구르며 기다리곤 했다.

물론 지금도 마찬가지다. 하루 세끼 중 다 같이 둘러앉아 밥을 먹는 때는 저녁때가 유일하기에. 엄마가 만들어준 음식을 먹는 건 아침이나 저녁이나 매한가지인데도, 다 같이 먹는다는 그 이유 하나로 병준과 동화를 다시 어린아이 때처럼 들뜨게 만든다.

"구병준! 저기 위에 접시 좀 내려줘."

엄마의 도움 요청에도 불구하고 휴대폰을 붙잡고 여자친구와 메시지를 주고받던 병준이 일어나지 않자, 소파에 비스듬히 누워 있던 동화가 병준의 등을 툭툭 찼다.

"병구, 엄마가 부르시잖아."

"잠깐만."

"휴대폰 확 부숴 버릴라. 빨랑 안 일어나?"

벌떡 일어난 동화가 휴대폰 뺏는 시늉을 하자 병준이 빛의 속도로 일어나 주방으로 향했고, 동화도 그 뒤를 따랐다.

"설거지하기 귀찮게 뭐 하러 접시에 옮겨 담아. 대충 먹자."

예쁜 접시 위에 소담히 담은 백김치 하나를 집어 먹으려고 손가락을 뻗던 병준이 결국 엄마에게 등짝 한 대를 얻어맞고서야 찬장 가장 위에 놓여 있던 커다란 접시를 내렸다.

"한 끼를 먹더라도 정갈하게 차려 먹어야지, 아무렇게나 먹으면 써?"

엄마보다 키가 두 뼘이나 큰 장성한 아들의 투덜거림을 엄마는 단숨에 제압했다. 남이 들으면 절대로 혼내는 건지 모를 만큼 아주 나긋나긋한 음성으로 말이다.

음악을 하시던 아버지는 대학 강단에 서기 전까진 고정적인 수입이 없었다. 그래서 엄마는 아버지와 결혼 후 평생을 가족들 먹여 살리느라 고생을 하셨다. 국내 3대 메이저 신문사 중 하나인 H일보의 문화부 기자 출신이었던 엄마는 퇴직 후 지금은 대학에서 강의를 하시면서 평론가 일도 겸하고 계신다. 사회생활과 가정 일을 동시에 완벽하게 해내셨다.

마음은 늘 엄마를 많이 도와드려야지, 하지만 실상은 그렇지가 못하다. 나잇살 먹어서 캥거루 새끼들처럼 엄마 품을 떠나지 못하고 있으니 어쩔 땐 제 자신이 한심스러울 때도 있었다. 젊어서는 예민한 남편에게 시달리고, 나이 들어서는 늙은 자식들 때문에 고생하시니 면목 없다. 하지만 내 몸 피곤하다고 늘 짜증이 먼저 나가니, 돌아서고 나면 죄송스러울 때가 한두 번이 아니었다.

그런 면에서 병준은 엄마를 참 잘 돕는 착한 아들이다. 아침 일찍 출근하시는 엄마를 대신해 아침상을 차리고 집 안 청소도 도맡아 한다. 빨래와 설거지는 대부분 동화가 하지만 동화가 하지 못하면 그것도 병준이 한다. 하루 종일 몸 쓰는 일을 하는 병준이지만 일찍 철이 든 병준은 엄마 돕는 걸 귀찮아하지 않는다.

밥상이 모두 차려지고 옹기종기 모인 셋. 근데 뭔가 허전했다. 각자 수저를 챙겨 들던 병준과 엄마, 동화는 서로의 얼굴을 보며 눈을 깜박었다.

"해온이 어딘가 전화해 봐."

엄마의 말에 병준은 고개를 저으며 그냥 밥을 퍼 먹었다.

"오늘 저녁 약속 있댔어."

"든 자리는 몰라도 난 자리는 표가 난다더니, 입 하나 주니까 괜히 허전하네."

나도 동감.

무슨 약속인지 병준에게 묻고 싶었지만, 동화는 질문을 삼키고 수저 가득 밥을 떴다.

그러고 보니 오늘 오후에 해온을 보지 못했다. 건물 안에서 오다가다 최소 서른 번은 봐야 하는데. 퇴근할 때는 늘 뒤따라 나서서 함께 저녁을 먹곤 했는데. 요즘엔 레슨이 밤늦게까지 계속 있어서 밥 먹고 다시 병준이랑 사이좋게 무용원으로 돌아갔는데.

"도시락 싸줄까? 해온이 가져다줄래?"

"저녁 약속이니까 저녁 먹지 않았을까? 냅둬, 엄마. 한 끼 굶는다고 안 죽어."

"으이그, 친구란 놈이 말하는 거 봐라."

엄마에게 타박을 받은 병준은 입을 삐죽였고, 그런 병준이 안쓰러워 동화는 병준의 밥그릇에 병준의 머리와 꼭 닮은 장조림 속 메추리알을 올려주었다. 그러자 병준이 죽일 듯 노려보았고 동화는 다정하게 웃으며 빡빡머리를 쓰다듬어 주었다.

해온이의 친구는 대부분의 병준의 친구이고, 알고 지내는 지인 역시 두 사람의 교집합이 크다. 그래서 늘 함께 다니곤 했는데 병준이는 지금 집에 있고, 해온이는 누굴 만나고 있는 걸까.

❋

9월이 끝나가는데도 아직까지 한낮엔 덥고, 해가 지면 그제야 제법 선선한 바람이 불었다. 나무의 푸름이 절정에 달한 시기라 그런지 작은 공원 안에 온통 나무 냄새, 풀냄새가 가득했다. 가로등 불빛 아래 오글오글 모여든 온갖 날벌레들이 동화의 눈앞에서도 얼쩡거렸지만 손을 휘휘 저어 내쫓을 뿐 자리를 떠나지 않았다. 날벌레들의 방해도 잊을 만큼 듣고 있는 음악이 마음에 들어서가 아니었다. 살갗에 닿는 시원한 바람결이 좋아서 견뎌보고 있는 중이었다. 올해는 유독 늦은 밤 이 공원에 들르는 일이 잦았다.

해밀빌딩과 동화네 집 딱 중간에 위치한 이곳은 울창하다는 표현이 적합할 정도로 우거진 나무들이 숲을 이룬, 도시에서 보기 힘든 형태의 공원이었다. 관상용 나무들이 아닌, 진짜 숲에서 자라는 나무들이 대부분이고 인위적으로 잔디밭을 조성하지도 않았다. 사람들이 다니는 길도 그냥 흙길, 자리를 펴고 앉아 도시락을 까먹는 곳도 그냥 흙바닥이었다.

이 공원에 동화의 지정석이 있는데, 지난여름 태풍에 쓰러진 나무를 베어 만들었다는 통나무 의자다. 이 통나무는 올 여름 내내 동화와 해온의 차지였는데, 오늘은 동화의 맞은편 통나무 자리가 비어 있어 다리를 쭉 펴고 그 위에 발을 얹고 앉아 있는 중이었다.

내가 앉아 있는 통나무와 해온이 앉던 통나무의 거리가 고작 이것밖에 안 되다니. 우리가 그동안 참 가까운 거리에 앉아 마주 보고 있었구나. 새삼스레 이 좁은 거리가 마음에 와 닿았다.

"어?"

처음엔 잘못 본 건가 싶었다. 저 멀리서부터 걸어오는 남자의 모습이 낯설지 않다는 생각은 들었지만 걸음걸이를 보니 내가 아는 그 남자가 아닌 것 같았다. 그런데 점점 거리가 가까워지면서 그 남자가 신해온이란 게 확실해졌고, 한나절 사이에 평소와 다른 모습을 하고 나타난 탓에 반가움보단 걱정이 앞섰다. 동화는 이어폰을 빼고 해온을 향해 이리 오라고 손짓했다.

"앉아."

어서 오란 인사 대신, 동화는 해온이 앉던 통나무를 손바닥으로 톡톡 쳤다. 그러자 해온이 비틀거리며 통나무에 걸터앉아 두 손으로 얼굴을 감싸며 마른세수를 했다. 어디서 벌써 한잔하고 왔는지 앉을 때 소주 냄새가 훅 풍겼다.

많이 지쳐 보였다. 축 늘어진 어깨와 무겁게 내려앉은 눈꺼풀. 무슨 일인지 궁금하지만 묻지 않기로 마음먹었다.

"저녁은?"

해온은 고개를 가로저었다.

"레슨 하러 안 갈 거야?"

이번엔 고개를 끄덕였다.

"그럼 가자, 밥 먹으러."

"생각 없어."

밥을 먹을 만한 저녁 약속 자리가 아니었나 보다. 밥 먹는 걸 세상에서 가장 좋아하는 밥돌이가 이 시각까지 밥도 못 먹은 걸 보면.

"밥돌이가 밥 생각 없을 리가 있나. 얼른 일어나. 맛있는 거 사줄게."

먼저 일어난 동화가 해온의 팔을 잡아당겼지만 해온은 힘을 주고 일어나질 않았다. 동화가 다시 한 번 힘을 모아 해온을 있는 힘껏 당기려던 그 순간, 해온이 동화의 손을 더 센 힘으로 확 끌어당겼다. 그로 인해 두 사람은 두 뼘도 되지 않는 좁은 거리를 두고 서로의 얼굴을 마주하게 되었다.

해온의 숨소리가 그대로 귓가에 닿을 만큼 좁은 거리. 내쉬는 따뜻한 숨이 뺨에 닿을 만큼 가까운 거리.

이렇게 가까운 거리에서 해온의 얼굴을 보는 건 3년 전 공항에서의 불미스러운 접촉사고 이후 처음이었다. 눈을 깜박이는 것도 부담스러운 이 거리에서 벗어나고자 상체를 뒤로 젖혔지만 해온의 다른 쪽 손이 동화의 어깨를 감쌌다. 해온과 맞닿은 무릎부터 어떻게 해보고 싶지만 꼼짝 못하게 힘을 주어 어찌할 방도가 없었다. 나 혼자만 이러지도 못하고 저러지도 못해서 아등바등, 해온의 표정은 얄미울 정도로 평온했다.

"여자한테 힘 자랑하냐?"

해온은 대답 대신 더 센 힘으로 동화의 손과 어깨를 제 쪽으로 끌어당겼다. 발끝에 온 힘을 모아 버티고 있는 동화의 입장에선 미치고 팔짝 뛸 노릇이었다.

"얼른 놔라. 확 들이받아 버린다. 옥수수 한번 털려볼래?"

"종알종알종알."

"뭐?"

"뭘 그렇게 종알거려."

얘가 지금 뭐라고 하는 거야. 취한 정도로 마신 것 같진 않은데.

"너 진짜……."

"그냥 이렇게 앉아 있어."

그제야 해온이 손에 힘을 풀고 동화의 어깨를 눌러 억지로 통나무에 앉혔다. 그러나 아까부터 잡고 있던 손은 놓지 않았다. 엄지로 손등을 느리게 살살 문지르며 눈을 빤히 쳐다봤다.

그때, 네 번째 찰나의 순간이 찾아왔다. 평생토록 기억되는 힘을 발휘하기도 한다던 그 찰나의 순간.

동화는 아까 듣고 있던 음악을 다시 재생하고 이어폰 한쪽을 해온의 귀에 꽂아주고 나머지 하나를 자신의 귀에 꽂았다. 동화를 늘 마음 아프게 하는 해온의 서러움 가득 담긴 두 눈이 오늘 유독 깊은 생각에 잠긴 듯했다.

뭐라고 위로를 해야 좋을지 모르겠다. 내가 해줄 수 있는 게 아무것도 없어서, 지켜봐 주는 것조차 가슴이 쓰렸다.

"나한테 무슨 말을 해야 하나, 그런 거 고민 안 해도 돼. 이걸로도 충분하니까."

동화는 옅게 웃으며 해온의 어깨를 토닥였다.

"노래 좋지?"

"좋은 거 듣지만 말고 만들기도 해봐."

끝까지 입은 살아가지고.

동화는 아랫입술을 꾹 깨물었다가 풀며 화를 조절했다.

"모든 게 다 지나치게 완벽해서 현실감이 없다."

한숨 섞어 뱉은 해온의 그 말에 동화가 눈썹을 구겼다. 그러자 해온은 피식 웃으며 어깨를 으쓱였다. 쑥스러울 때 가끔 짓는 표정을 하고 말이다.

"뭐가 완벽한데?"

"날씨도, 바람도, 노래도, 구동화도."

그 모든 것 안에 나도 포함이란 사실에 괜히 웃음이 났다. 농담처럼 던지는 해온의 말에 종종 헷갈리기도 하지만 잠시나마 설레는 이 기분이 내심 좋았다. 혹시 해온이도 나와 비슷한 마음을 가진 건 아닐까…… 하는 설렘. 확신을 하는 순간 망상으로 끝나 버릴까 봐 아직 입 밖으로 내본 적 없는 그 마음을 아직은 감당할 만했다.

동화와 눈을 맞추고 있던 해온이 천천히 고개를 돌려 먼 곳을 바라보았다. 동화도 해온의 시선을 따라 고개를 돌렸는데, 그 끝엔 서로의 어깨에 머리를 기대고 앉아 있는 어린 연인이 있었다.

"자."

옆으로 방향을 틀어 앉은 동화가 어깨를 톡톡 두들기며 내보이자 해온이 기가 막혔는지 코웃음을 쳤다.

"싫음 말고."

다시 마주 보고 앉으려 동화가 몸을 돌리는데, 해온이 옆으로 돌아앉았다. 그리곤 동화의 어깨에 머리를 기댔다. 신해온답게, 예의상 무게를 싣지 않는 그런 매너는 전혀 없었다.

"세상 참 만만치 않지?"

동화의 말에 헛웃음이 터진 해온이 힘을 주어 동화의 어깨를 머리로 쿡 찍었다.

"뜬금없이. 빌게이츠 오백 원 줍는 소리 하고 앉아 있다."

"누난 다 알어, 인마."

"웃겨. 누나는 무슨."

"어허. 말하는 싸가지 하고는. 진지하게 말하면 좀 진지하게 들어."

해온이 어깨에서 머리를 떼려 하자, 동화는 손바닥으로 억지로 눌러 끌어안듯 고정시켰다.

"세상이 만만하면 사는 게 재미없지."

"신해온 완전 허세네. 인생을 재미로 사냐?"

"한 번 살고 가는 인생 재미있으면 좋지, 그게 뭐 또 허세야."

"너 지금 재밌게 살고 있어?"

"하고 싶은 거 하고 살 수 있으니까."

"하긴. 하고 싶은 일 하면서 돈 버는 것만큼 행복한 건 없지."

내가 하고 싶은 걸, 좋아하는 걸 배우는 게 아니라 좋은 대학 가기 위해, 좋은 곳에 취직하기 위해 뭔가를 배우는 요즘 사람들. 이젠 그게 당연한 것이 되어버린 현실. 그런 면에서 보면 우리 같은 사람들은 축복받은 인생을 살고 있는 건 지도 모른다. 최소한 하고 싶은 것을 하면서 살고 있으니까.

동화의 어깨에서 머리를 뗀 해온이 이번엔 제 어깨에 동화의 머리를 기대게 했다. 어깨를 감싸며 끌어당기는 해온의 손길에 잠시 움찔하긴 했지만 이내 아무것도 아니라는 듯 태연하게 굴며 긴장을 감췄다.

"구동화는 하고 싶은 거 다 하면서 살고 있나?"

"아니. 하고 싶은 걸 다 해보기 위해 열심히 살고 있는 단계."

"뭘 하고 싶은데?"

"여행."

"가면 되지."

"1년 동안 열심히 일하고, 일해서 번 돈으로 1년 동안 여행 다니는 그런 여행."

해온이가 웃고 있는지, 기대고 있는 어깨가 들썩들썩 거렸다. 하긴, 동화의 이 야심찬 계획을 말해주면 들은 사람 거의 대부분 웃었다.

"멋지네."

"그러니까 월세 좀 깎아줘."

"시끄러."

단호하네.

동화는 해온의 품을 떠나 정자세로 고쳐 앉아 음악을 끄고 이어폰을 수거했다.

저마다의 이유로 해온과 동화 모두 만만치 않은 세상살이에 가끔은 지치기도 한다. 그럴 때마다 이렇게 말장난으로 답답함을 풀고 나면 조금은 숨통이 틔는 것 같아 어쭙잖은 대화를 주고받는다.

"다 괜찮아. 우린 젊으니까. 더 열심히 살면 돼."

"난 젊고, 구동화는 세 살이 더 많지."

"너나 나나 앞으로 살날이 더 긴 건 같잖아."

이를 악물고 죽일 듯이 노려보자 해온이 웃으며 볼을 꼬집어 당겼다. 팔자주름 생겼다며 놀릴 때마다 볼을 잡아당기더니, 이것이 이젠 시도 때도 없이······.

"가자. 배고프다."

"생각 없다며!"

"생각이 바뀌었어."

해온이 먼저 일어나더니 손을 내밀었다.

뭐지. 갑자기 공주님 대접인가.

동화는 흥 하고 내민 손을 거절한 후 혼자 일어나 앞장서서 걸었다. 그러자 잽싸게 옆에 다가온 해온이 동화의 팔에 제 팔을 끼워 넣고 팔짱을 걸었다.

털어내면 다시 걸고, 털어내면 다시 걸고.

그렇게 한참을 투닥거리다가 도착한 곳은 해온이 좋아하는 닭강정 집이었다.

"사장님, 갈릭 닭강정으로 큰 컵 하나 주세요. 콜라 작은 거 하나 가져갈게요!"

동화가 주문을 하고 테이블에 앉자 여자직원이 컵과 치킨무, 꼬치를 챙겨다 주었다.

"밥을 먹어야 되는데."

"이따 배고프면 또 먹지 뭐."

"좋겠다. 배고프면 밤에도 막 먹을 수도 있고. 그렇게 먹어도 왜 살이 안 찌지?"

"난 먹는 거 이상으로 움직이잖아, 누구랑 다르게."

"알면서 그냥 해본 소리야. 그걸 꼭 대답하고 그래."

동화가 정색을 하고 노려보았지만 해온은 그런 동화의 반응이 만족스러웠는지 미소를 지었다. 그사이, 친절한 여자직원은 닭강정을 갖다 주었고, 배가 고팠는지 해온은 정신없이 닭강정을 집어먹었다.

맞은편 자리에 턱을 괴고 앉아 해온이 먹는 모습을 지켜보던 동화는 해온에게서 눈을 떼지 못하고 힐끔거리는 여자직원의 모습을 발견하고 작게 한숨을 쉬었다.

어딜 가나 여자들의 시선과 관심을 받는 남자라……. 감당이 되려나.

"다음에 맛있는 거 사줄게. 닭강정 말고 더 좋은 걸로."

"1년 벌어서 1년 여행 갈 거란 사람이 돈을 그렇게 펑펑 써도 돼?"

"그러니까 월세를…… 읍."

해온이 닭강정 하나를 동화의 입에 넣어 뒷말을 막아버렸다.

"나한텐 어머니가 차려주신 음식이 가장 좋은 거고 가장 맛있는 거야."

내겐 너무도 당연한 것이 해온에겐 감사한 것이 몇 가지가 있다. 그중 하나가 엄마가 차려주는 음식들.

해온의 말에 괜히 울컥해진 동화는 콜라를 벌컥벌컥 들이켜곤 괜히 헛기침을 했다. 정작 말을 꺼낸 사람은 아무렇지 않게, 담담하게 웃고 있었지만 여전히 상처 가득한 해온의 두 눈에 자꾸만 동화의 시선이 멈췄다.

마음이 넓거나 천성이 따뜻한 사람은 아니지만, 이런 나라도 곁에 있어주면 괜찮지 않을까? ……아예 혼자인 것보단 낫지 않을까?

✳

현관문을 열고 집 안에 들어선 해온은 불을 켜지 않고 곧장 거실로 향했다. 건너편 건물에서 쏟아내는 밝은 불빛이 해온의 집 안까지 스며들어 아주 어둡진 않았다.

"아고."

바닥에 주저앉자마자 해온의 입에서는 앓는 소리부터 흘러나왔다. 어깨와 발목, 무릎, 허리 등 관절이란 관절은 다 아팠다. 몸살이라도 걸린 것처럼 온몸이 욱신거렸다. 그러나 이 모든 통증은 이미 오래전부터 익숙해진 것들이다. 춤을 시작한 이래로 늘 함께

해 왔으니까.

　그대로 옆으로 쓰러지듯 맨 바닥에 누운 해온은 한참 동안 눈을 깜박이다가 그대로 눈을 감았다. 아무래도 오늘은 쉽게 잠들지 못할 것 같아 벌써부터 머리가 지끈지끈 아파왔다.

　해온은 사람들이 흔히 말하는 혼외자다. 이혼을 앞두고 아내와 별거 중이던 남자와 만난 한 여자, 그 사이에 태어난 게 해온이다. 이혼 후 남자는 해온의 어머니가 아닌 다른 여자와 재혼을 했고, 그렇게 혼외자가 되었다.

　해온이 태어났을 때나, 27년이 흐른 지금이나 해온의 생물학적 아버지는 온 국민이 다 아는 유명한 정치인이다. 해온의 어머니는 미래가 촉망되던 작가였는데, 그 사람의 자서전을 집필하게 되면서 만났다고 한다. 막 등단한 신인 작가는 엄청난 고료와 유명세뿐 아니라 덜컥 아이까지 갖게 되었다.

　너만 사랑한단 말을, 아이를 호적에 올려주겠다는 말을 바보처럼 믿었단다. 그는 다른 여자와 결혼을 준비하면서 해온의 어머니에게 딸기를 사다 주었고, 신혼여행을 다녀와선 해온의 출산을 지켜봤단다. 해온이 열 달 만에 첫 걸음마를 떼었을 때 그는 다른 여자와의 사이에서 첫 아이를 얻었고, 그로부터 일주일이 지나 해온의 어머니를 찾아와 거액이 담긴 통장을 두고 떠났다고 한다.

　해온이 어머니로부터 들은 아버지의 대한 정보는 그것이 끝이었다. 어머니가 극단적인 선택을 하기 전까진.

　어머니는 상처가 많았다. 우울증에 공황장애까지, 집 밖엔 거의 나가질 않았다. 해온이 기억하고 있는 어머니의 모습은 늘 그랬다.

햇빛도 보지 못해 핏기라곤 없는 새하얀 얼굴, 앙상한 몸, 미간에 찌든 짜증, 말보다 더 많이 뱉었던 한숨, 물처럼 마시던 고급 와인. 가끔씩 날 보며 세상이 무너진 사람처럼 목 놓아 울곤 했다. 그럴 때면 해온은 방에 들어가 문을 잠그고 아주 크게 음악을 틀었다. 세상에서 어머니의 울음소리가 가장 듣기 싫었다.

몸과 마음 모두 형용할 수 없이 나약해져 버린 어머니를 해온을 늘 지켜봐야 했다. 그 어린 나이에도 엄마를 보살펴야 한다는 생각에 자연히 또래보다 성숙하게 자랐다. 친구들이 당장 내일 일을 고민할 때 해온은 1년 후, 10년 후를 고민했다. 그래야만 했고, 그럴 수밖에 없었다.

거액이 담긴 통장 덕에 살림은 부족한 것 없이 넉넉했다. 어머니는 하고 싶은 건 다 하라고 하셨다. 그래서 해온은 이것저것 안 배워본 것이 없었다. 골프, 수영, 승마, 테니스, 피아노, 첼로, 미술, 발레…… 그중 해온은 발레가 가장 재미있었고, 그래서 발레를 선택했다.

다행히도 어머니는 춤을 추는 해온을 무척이나 좋아해 주었다. 단 한 번도 콩쿠르 경연장에 직접 오신 적 없어도, 트로피나 상장을 가져다주면 환히 웃으며 좋아했다. 머리도 쓰다듬어 주고, 엉덩이도 토닥여 주고, 운이 좋으면 품에 안길 수도 있었다. 그게 좋아서, 해온은 계속 춤을 췄다.

세상에 가족이라곤 단둘뿐이지만 그래도 그렇게나마 행복하게 살 수 있었던 걸 잔인하게 깨버린 건, 23년간 잊고 지냈던 생부였다. 어느 날 갑자기 빌딩 하나를 억지로 쥐어주더니, 채 한 달도 지나지 않아 장관 후보자 청문회 자리에서 내연녀와 혼외자에 대해 온 국민 앞에서 강하게 부인했다. 내연녀는 한때 도움을 구걸하던 여자로, 혼외자는 자신의 30여 년 공직 생활 모두를 걸면서까지 부인했다. 그 잘난 입으로, 몇 마디의 말로 해온과 해온의 어머니를 이 세상에 없는 존재로 만들어 버리고, 본인은 장관 자리에 올랐다.

해온은 그제야 깨달았다. 억지로 쥐어준 그 빌딩이 입막음용이 었다는 것을. 자신의 앞길을 막지 말라는 협박이었다는 것을.

당신의 아이가 유명한 무용수이자 안무가로 자랐다며 자랑하던 어머니의 말에 그저 조용히 살아주면 좋겠다고 말하던 것 모두가 그제야 이해되었다.

아버지란 사람이 23년 만에 처음으로 나타나 꺼낸 말, 조용히 살아달라……. 해온은 그다지 상처받지 않았다. 기대란 걸 해본 적이 없으니 실망도 없고 아픔도 없었다.

하지만 어머니는 달랐다. 기대란 걸 해왔기에 실망도, 아픔도 해온의 상상을 초월했다. 나약해질 대로 나약해진 마음의 어머니 는 그 사실을 무척이나 견디기 힘들어했고, 결국 극단적인 선택을 하셨다. 그것도 해온이 지켜보는 앞에서.

그 후, 해온은 처음이자 마지막으로 그를 찾아갔다. 다른 건 몰 라도 어머니의 사망 소식은 직접 전해야겠다고 생각해서였다. 자신 을 버린 남자에게 원망보다 그리움이 더 컸던 어머니였기에, 그런 어머니의 마지막 선택을 알려야 했다. 최소한 양심의 가책 정도는 느끼게 하고 싶었다. 지난날을 후회한다거나, 어머니를 찾아가 이 제라도 용서를 비는 일 같은 건 바라지도 않았다.

결론적으로 그를 찾아갔던 건 해온의 실수였다. 그는 상상 그이상으로 비열했다. 저런 하찮은 사람 때문에 웃고 울다가 결국 스스로 목숨까지 끊었던 어머니의 모질었던 인생에 해온은 분노가 치밀어 몇 날 며칠을 눈물로 지새웠다.

"네 엄마가 죽은 게 나랑 무슨 상관이지?"

"정말 아무것도 느껴지는 게 없습니까? 한 여자 인생을 그렇게 갈기갈기 찢어놓고도, 죄책감도 못 느끼는 겁니까? 당신의 아이를 낳아 기르기까지 한 여잡니다!"

"내가 낳으라고 한 적 없고, 기르라고 한 적 없다."

원치 않았던 존재란 사실을 아버지란 사람을 마주 보고 직접 듣게 될 줄은 몰랐었다. 가시 같은 말을 쏟아내면서도 태연한 얼굴을 하고 미안함도 느끼지 못하던 그의 모습을 보면서도 바보같이 주먹을 움켜쥐는 것 말곤 아무것도 하지 못했다.

"말씀이 지나치십니다!"

"그래서 평생 동안 잘 먹고 잘살 만큼 쥐어줬잖아! 뭐가 부족해서? 아주 배가 불렀지. 난 책임을 다했다!"

"애초에 엄마랑 한 약속과 다르잖아요! 그 거지 같은 약속만 믿고…… 엄만 당신을 기다리셨다고요."

"약속……. 그래, 네가 날 찾아온 진짜 이유가 그거구나. 하지만 그걸 빌미로 날 협박하기에는 그동안 네가 받아먹은 게 많지.

앞으로도 조용히 살아. 어디 가서 함부로 입도 뻥긋할 생각 말고. 여기까지 찾아온 용기가 가상하니 섭섭지 않게 챙겨주마."

그는 뭐가 그리도 당당했을까. 내가 원한 적 없다, 난 책임이 없다 같은 말로도 부족해서…… 해온을 엄마의 죽음을 이용해 협박이나 하러 온 파렴치한 놈으로 만들어 버렸다.

더는 상대할 가치가 없는 사람이었다. 아니, 솔직히 말하자면 그때의 신해온은 그를 더는 감당할 자신이 없었다. 진이 빠져 발한 걸음 뗄 기운도 남아 있지 않았지만, 해온은 이를 악물고 그에게서 돌아서며 다짐했다.

얼마의 시간이 걸리더라도 상관없다. 꼭 저 사람을 엄마 앞에 무릎 꿇리고 말 것이다.

"네 엄마는 네가 죽인 거야! 네가 세상에 태어나지만 않았어도 네 엄만 거기까지 흘러가지 않았을 거다!"

그가 뱉은 그 마지막 말은 지금까지도 해온의 가슴속에 남았다. 너무 아프고 독한 말이지만, 어쩔 땐 그 말이 진짜인 것만 같아서…… 때때로 들춰보곤 한다.

내가 선택할 수 없는 부분이었지만…… 정말로 내가 태어나지 않았더라면, 엄마의 선택을 되돌릴 수 있었을까?

태어나 두 번째로 만난 아버지란 자와 나눈 대화는 참으로 지독하게 아팠고, 해온에겐 큰 계기가 되었다. 미국으로 떠나야겠다고 결심한 건 그 무렵의 일이었다. 지금의 해밀빌딩을 상속받고, 어머니를 떠나보내고, 〈숨〉 사람들에게 임대를 놓고, 미국의 유명 무용단에서 입단 제의가 온 것 모두 1년 안에 한꺼번에 일어났다.

해온은 어디로든 떠날 수밖에 없었다. 당장 이곳을 벗어나지 않으면 죽을 것 같았다. 숨이 막혀서 견딜 수 없었다. 마음을 추스릴 여유도 필요했고, 생각을 정리할 시간도 필요했다. 엉망이 되어버린 머릿속을 어떻게 해서든지 비워내야 했다.

성공에 대한 욕심을 갖게 된 것도 그 무렵이다. 그가 가장 원하는 건 내가 조용히 살아주는 것. 그렇다면 그 반대의 인생을 살게 되면 그가 어떻게 나올지 궁금했다. 어디까지 올라가서 뒤통수를 쳐줘야 어머니가 느꼈던 고통을 그도 느낄 수 있을지 못내 궁금해졌다.

해온은 뒷주머니에서 지갑을 꺼내 신분증 뒤에 숨겨둔 어머니의 사진을 만지작거렸다. 차마 꺼내 볼 수가 없었다. 마지막으로 보았던 어머니의 모습이 떠오를까 봐 겁이 나서 볼 수가 없었다. 그저 아직도 그 자리에 잘 있는지 만져 보는 것만으로도 충분했다. 보들보들하고 좋은 꽃향기가 나던 어머니의 볼을 만지는 기분이 들어, 그것으로 만족할 수 있었다. 이대로 잠이 들면 왠지 어머니가 꿈에 나와줄 것 같은데 쉽게 잠이 오질 않아 해온은 마음이 급했다. 억지로 눈을 꾹 감고 어머니가 예쁘게 웃어주던 모습을 떠올리며 해온은 천천히 고른 숨을 내쉬었다.

자식이 지켜보는 앞에서 그런 최악의 선택을 했어야만 했을까.

해온은 수백, 수천 번을 생각했다. 하지만 끝내 이해할 수 없었다. 어머니가 느꼈을 고통과 아픔을 감히 상상조차 할 수 없으니 절대 그러지 말았어야 했다는 결론을 얻는다고 해서 내가 잘잘못을 논할 수 있는 일이 아니니까. 본인이 아니고서는 그 누구도 그 아픔의 크기를 말할 수 없으니 해온은 앞으로도 어머니의 선택을 이해해 보려 노력하지 않을 것이다. 어머니가 택한 것이니, 그 선택의 몫으로 남겨두고 다신 열어보지 않을 마음속 깊은 곳에 꼭꼭 파묻어 버렸다.

✻

"이야. 음식물 쓰레기 버리기엔 너무 억울한 날씨네."

대문을 열고 나오자마자 동화는 하늘을 올려다보며 쓸쓸한 표정을 지었다. 이렇게 좋은 날, 고무장갑을 낀 양손엔 일반쓰레기봉투와 음식물쓰레기통이 들려 있으니 자연히 한숨부터 새어 나왔다.

가을은 가을인가 보다. 잔인할 정도로 날이 좋았다. 구름 한 점 없는 말간 하늘은 진짜 말도 안 되게 예뻤다. 눈을 찡그리면 주름 간다고 웬만해선 햇빛을 정면으로 보는 일이 없는데 오늘만은 달랐다. 동화는 결국 쓰레기봉투를 바닥에 내려놓고 고무장갑을 벗어 손으로 작은 그늘을 만들면서까지 하늘을 올려다보았다.

그때 전화벨이 울렸다. 조 원장이었다. 오늘 만나서 놀아주려고 전화한 건가 싶어 신이 난 동화는 냉큼 통화를 연결했다.

"조만만이."

[너 낼모레 저녁 시간 있지?]

"토요일? 왜? 나랑 놀아주려고?"

[전에 말했던 그 사람 만나보라고.]

"별로 생각 없는데……."

기어이 소개를 시켜줄 모양이다. 동화는 대문 옆에 쪼그려 앉아 바닥에 굴러다니는 작은 돌멩이를 괜히 집어 던졌다.

[네 전화번호 그 사람한테 먼저 알려줬어. 아마 오늘 중에 연락 갈 거야. 약속 잡고 시간 정해서 둘이 만나. 알았지?]

"야! 말이 다르잖아! 부담 없이 다 같이 밥 먹는 자리로 한다며!"

[시댁 당숙 어른 돌아가셔서 우리 지금 대구 내려가고 있어. 내려간 김에 친정 들렀다가 주말 지나고 올라올 거야.]

"학원은 어쩌고?"

[다른 샘들 있잖아.]

"그럼 나중에 다 같이 봐."

[상대 쪽에서 너 빨리 만나보고 싶대.]

"그 사람이 날 어떻게 알고?"

[우리 공연도 몇 번 보러 왔었고, 우리 결혼식 때 봤나 봐. 네가 부케 받았었잖아. 하여간 그렇게 알고 있어. 윤 선생이 네 얘기 워낙 많이 해놔서 걱정 안 해도 돼. 만나서 잘해, 알았지? 끊는다.]

조 원장은 혼자서 다다다다 말을 쏟아내더니 일방적으로 통화를 끝내 버렸다. 휴대폰이 조 원장의 얼굴이라도 되는 듯 휴대폰을 보며 긴 한숨을 내쉰 동화는 고개를 떨궜다.

어쩌지. 이건 애초의 계획과 너무 많이 다른데.

딩동.

그때, 모르는 번호로 메시지가 도착했다. 타이밍상 발신자는 소개팅남일 것 같았다.

"엄머, 어떡해."

동화는 아랫입술을 잘근잘근 깨물며 어쩔 줄 몰라 했다.

이걸 읽어 말어.

한참을 망설이던 동화는 실눈을 하고 조금씩 휴대폰 화면을 보았다.

[안녕하세요, 동화 씨. 영이 씨한테 연락받으셨나요? 이렇게 불쑥 연락드려서 언짢으신 건 아닌지 모르겠습니다. 이번 주 토요일 저녁 시간 어떠세요?]

뭐라고 답을 보내야 하지? 이렇게까지 말하는데 핑계 대고 미룰 수도 없고.

빤짝거리는 커서를 한참 동안 노려보던 동화는 뭐라고 적을지 한참 동안 고민했다. 휴대폰을 손톱으로 톡톡 두들기며 몇 번에 걸쳐 생각을 정리한 동화가 이내 마음을 굳힌 듯 입술을 다부지게 앙다물며 고개를 끄덕였다.

"예의는 갖추자."

[안녕하세요. 안 그래도 방금 영이한테 연락받았어요. 그럼 그때

잠깐 뵙기로 해요. 좋은 하루 보내시구요~]

동화는 눈웃음 이모티콘을 넣을까 말까 고민하다가 물결표를 대신 넣어 답장을 전송했다.

"혼자 뭐 하는 거야."

"엄마야!"

고개를 드는 순간 동화 앞에 해온이 불쑥 다가섰다.

봤을까? 시력이 그렇게까지 좋진 않았던 걸로 알고 있는데.

예상치 못했던 해온의 등장에 깜짝 놀란 동화는 휴대폰을 잽싸게 주머니에 넣고 쓰레기봉투를 들고 일어섰다.

"놀라긴. 죄졌어?"

"가, 갑자기 나타나니까 놀랐지. 흠흠."

"말까지 더듬고."

"아니라니까."

"뭐가 아닌데?"

말문이 막힌 동화는 해온을 보며 눈을 깜박였다.

나 왜 이러냐. 왜 여기서 말이 막히지.

"수상한데……."

해온이 눈을 가늘게 뜨며 허리를 숙이고 내려다보자 동화는 괜히 눈을 못 맞추고 고개를 돌려 딴청을 부렸다.

아니, 근데 해온이가 메시지 봐도 상관없지 않나? 어차피 소개팅하고 다니는 거 알고 있는데. 내가 왜 얘한테 그걸 감추려고 하지? 왜 숨기는 거지? ……그렇다고 당당할 것까진 없지. 자랑할 것도 아니고. 알아서 좋을 것도 없고. 물론 알아서 나쁠 것도 없지만.

"넌 아침부터 돌아다니고 난리야."

"내 다리 가지고 길도 못 다녀?"

슬쩍 보니 해온의 손에 들려 있는 건 편의점 비닐봉투였다. 딱 보니 삼각김밥과 컵라면이 들어 있었다.

"너 왜 아침 먹으러 안 왔어?"

"이제 일어났어. 배식 시간 끝났잖아."

"니가 언제부터 그런 거 따졌다고. 이런 거 먹지 말고 밥을 먹어야지."

"이것도 밥이야. 팔백만 삼각김밥인 무시해?"

"참나. 무슨 삼각김밥인이 팔백만씩이나. 너 엄마한테 다 일러 줄 거야. 어제저녁도 안 먹어놓고……."

가뜩이나 말라가지고. 무용이 체력 소모가 워낙 크다 보니 자주 많이 챙겨 먹는 편인데 이렇게 먹어서야 어디 간에 기별이나 가려나.

해온은 동화의 타박에도 태연하게 웃으며 봉투 안에서 소시지 하나를 꺼내 까먹었다.

"오늘 저녁에도 못 가."

"너 좀 이상하다. 무슨 일…… 있는 건 아니지?"

조심스럽게 묻자 해온은 어깨를 으쓱이며 그저 웃기만 했다.

"내일 아침은 꼭 먹으러 와."

"만날 밥 얻어먹고 간다고 구박할 땐 언제고."

"울 엄마가 허전해서 그런다. 네가 예뻐서 그런 줄 알아?"

해온이 또 웃었다. 쌍꺼풀 없는 눈두덩 위에 웃을 때마다 쌍꺼풀 라인이 폭 패이는 해온의 눈을 동화는 무척이나 좋아했다.

그렇게 자꾸 웃지 마라. 정들까 무섭다.

"어머니한텐 내가 전화드릴게. 먼저 간다."

해온이 손을 흔들며 뒷걸음질로 조금씩 멀어졌다.

"넘어진다. 앞에 보고 걸어."

동화의 말에 고개를 끄덕인 해온은 돌아서 걸으면서도 골목을 꺾어 나갈 때까지 계속 손을 흔들었고, 동화는 그 자리에 서서 해온의 뒷모습을 끝까지 지켜보았다.

"마른 것 같은데……"

펄럭이는 셔츠 자락을 끝으로 완전히 시야에서 사라지자, 동화도 그제야 대문을 열고 발을 디밀었다. 그러다 다시 나와 고개를 쭉 빼고 방금 해온이 사라진 곳을 보았다. 보일 리가 없는데도, 그냥 이렇게 보고 있으면 해밀빌딩으로 터벅터벅 걸어가는 해온의 모습이 눈앞에 훤히 그려져 왠지 지켜보고 있는 기분이 들어 그대로 좀 더 있고 싶었다.

신경 쓰여서 견딜 수가 없네.

동화는 그렇게 5분을 더 서 있다가 대문을 닫고 집으로 들어갔다.

04. 너는 알고 있을까

"엄마, 나 사랑에 빠진 것 같아."

한낮부터 내리기 시작한 비 때문에 어두컴컴해진 오후, 거실에 누워 엄마와 함께 드라마를 보던 동화가 또 한 번 사랑을 고백했다.

"어우, 저 변덕."

"변덕이라니. 나의 소중한 감정을 모독하지 마."

"수하는 벌써 버렸냐?"

"수하 끝난 지가 언젠데. 지금은 소지섭이 더 좋아. 저 어깨 좀 봐."

배우들이 어찌 그리도 멋있는지, 아주 그냥 사랑에 안 빠질 수가 없다니까.

문제는 그 사랑이 드라마 종영과 함께 식어버린다는 것. 드라마가 끝나고 새로운 드라마가 시작될 때면 어김없이 동화는 새로운 사랑을 찾아 헤맨다. '이번엔 누구와 사랑에 빠져볼까' 하고, 마치 굶주린 하이에나처럼. 드라마를 볼 때마다 사랑하는 사람이 바뀌니 이젠 지지난달 뜨겁게 사랑했던 배우도 기억나질 않는다.

"으이그, 이번엔 얼마나 가려나."

"당연히 종영과 동시에 끝이지."

베개를 끌어안고 데굴데굴 구르던 동화는 드라마 속 남자배우가 뱉는 대사를 따라 하며 마치 자신이 상대 여배우가 된 듯이 얼굴을 붉혔다. 그 꼴을 지켜보던 엄마는 혀를 끌끌 차며 안쓰럽단 눈빛으로 동화를 보았다.

"연애를 그렇게 열정적으로 해봐."

"내 남친이 드라마 주인공이 아니잖아."

"어떻게 좋아하는 사람이 매번 바뀌니? 넌 취향이란 것도 없어?"

"있지 왜 없어. 지금은 남자다운 남자가 좋아졌어. 저 봐. 섹시하잖아!"

박력 넘치는 엔딩에 넋이 나간 동화가 입을 헤 벌리고 있자 엄마는 동화의 머리카락을 다정하게 쓰다듬으며 TV 볼륨을 줄이고 진지한 분위기를 조성했다.

"그런 거 말고 구체적으로 말야. 이런 남자랑 연애를 하고 싶다든지, 결혼하고 싶다든지 그런 거 없냐고."

"있어."

"어떤 남잔데?"

"남자다운 남자."

"으이그."

엄마의 타박에도 굴하지 않고 동화는 헤헤 웃으며 TV 채널을 이리저리 돌렸다.

"넌 그런 건 어쩜 그렇게 날 안 닮았니."

"그렇다면…… 내 생모는 따로 있는 거 아냐?"

"그래. 주워왔다, 주워왔어."

"그럴 줄 알았어요, 아줌마. 기억나는 것도 같네요."

"이게 진짜!"

결국 동화는 시원하게 등짝 한 대를 얻어맞았다.

"아윽! 아퍼, 엄마!"

"내가 저걸 낳고 미역국을 석 달을 먹었네. 아휴."

"엄마도 참. 내가 엄마 말고 아빠를 닮았나 보다. 아빠가 좀 즉흥적이고 줏대가 없었잖아."

어린아이처럼 무작정 품을 파고들자, 엄마는 징그럽다고 저리 가라며 타박을 하시다가 웃음이 터져 한참을 큭큭대셨다.

"엄마, 저거 봐. 등산복 나온다."

이리저리 채널을 돌리던 동화가 등산복 판매가 한창인 홈쇼핑 채널을 틀어두자 평소 홈쇼핑에는 관심이 없던 엄마도 슬쩍 TV 앞으로 다가왔다.

다음 주, 엄마는 이모들과 함께 제주도로 여행을 떠나신다. 자식들 다 키워놓은 후로 매년 가을마다 우애 좋은 네 자매는 가까운 곳으로 여행을 다니시는데, 큰마음먹고 제주도에 가신다며 몇 달째 설레어하시는 참이다.

"새 옷 사서 입고 가. 혹시 알아? 이쁜 울 엄마한테 반해서 데이트 신청하는 남자가 있을지?"

"엄마한테 못하는 소리가 없어."

"뭐, 어때. 연애하고 그러면 좋지."

"너나 해, 너나. 다 늙어서 연애는 무슨. 너 오늘 저녁에 선보러 간다고 안 했니?"

'선' 소리에 깜짝 놀란 동화는 입에 오렌지를 까 넣다가 사레가 들려 한참 동안 기침을 쏟아냈다.

"선 아냐! 소개팅이라고."

"그게 그거지. 준비 안 해?"

"좀 이따 할 거야. 아직 시간 멀었어."

약속 시각은 오후 6시. 만나기로 한 장소가 집에서 멀지 않아 4시부터 준비해서 가면 충분할 듯해 늦장을 부리는 중이었다.

"영이가 주선하는 거라며. 예쁘게 하고 가."

"원래 예쁘거든?"

동화가 눈을 동그랗게 뜨며 눈꺼풀을 끔벅이자 엄마는 고개를 절레절레 저으며 주방으로 가버리셨다. 거실에 홀로 남은 동화는 억지로 자리에서 일어나 방으로 향했다. 옷 서랍장에서 속옷을 챙겨 욕실로 향하려던 동화는 거울에 비친 제 모습에서 눈을 떼지 못했다.

소개팅까지 남은 시간은 세 시간.

보통은 설레어야 되는 거 아닌가? 왜 아무런 기분도 들지 않는 거지? 선보러 나가는 것이 마치 해치워야 할 숙제처럼 느껴졌다.

이거, 맞는 건가? 이거 아닌 것 같은데…….

※

"저 왔어요."

해온이 1년 만에 어머니 앞에 섰다. 여섯 살 때 어머니의 무릎에 앉아 함께 찍은 사진과 유골함이 전부인 곳에 어머니가 계셨다. 말간 유리에 비친 자신의 얼굴을 빤히 보던 해온은 간만에 차려입은 정장이 어색해서 자꾸만 넥타이로 손이 갔다.

"그분이 또 찬조금이란 걸 챙겨주셨어요. 생전에 좀 챙기시지. 그쵸?"

사진 속의 어머니는 옅은 미소를 머금고 계셨다. 살아생전엔 쉽게 볼 수 없었던 어머니의 밝은 모습은 사진으로만 허락되었다.

"이번에도 전부 다 보육원에 드리고 왔어요. 원장님이 제 손을 잡고 너무 많이 우셔서……."

어머니는 일찍이 부모님을 여의고 세상에 홀로 남겨져 친척집을 떠돌다가 결국 보육원에 맡겨졌다고 했다. 자라는 내내 갖은 설움을 받았고, 자라서는 온전치 못한 사랑에 아파만 하셨다. 평생을 힘겹게 지내다가 떠난 가여운 사람. 참으로 가여운 사람……. 해온은 어머니 생각만 해도 가슴에 못이 박히는 듯 참을 수 없이 고통스러웠다.

해온은 어머니가 떠나신 후, 어머니 기일 때마다 그 사람이 찬

조금 명목으로 보내오는 거액을 어머니가 자라셨던 보육원에 매번 기부를 하고 있었다. 그 사연을 모두 알고 있는 보육원 원장님은 해온에게 고마워하면서도 참 많이 가슴 아파하셨다.

"잘 지내요. 아프지 말고. 밖에 산책도 자주 나가고, 바람도 쐬고 그래……. 갈게요."

코끝이 찡해진 해온은 말을 잇지 못했다. 흠흠 헛기침을 해봐도 차오르는 눈물 때문에, 해온은 결국 두 눈을 꾹 감고 이를 악물었다.

항상 그랬다. 오래 머물지 못하고 채 10분도 지나지 않아 이곳을 떠나 버렸다. 마음은 그게 아닌데, 어머니를 바라보고 있기 힘겨웠다. 나쁜 아들이라며 사람들이 손가락질한다 해도 어쩔 수 없다. 아직은 마음이 그렇다.

날 두고 떠난 어머니. 떠나는 순간까지 내게 고통을 주고 가신 그분. 해온에겐 너무도 잔인하도록 아픈 기억을 남긴 사람이라 1년에 한 번 이곳에 오는 것도 큰 용기를 필요로 했다. 온 힘을 다해 그날로부터 벗어나려고 발버둥 치며 살아왔다. 고작 이것밖에 안 되는 놈이라, 더는 방법이 없었다. 어쩔 수 없었다.

✳

대화도 잘 통하고, 관심사도 많이 겹치고, 그간 소개를 받았던 사람들 중 가장 좋은 사람인 듯했다. 나쁘지 않은 것만은 확실했다.

"저 정기공연 때도 매번 갔었어요."

"아, 그러셨어요?"

"그때 들었던 노래들이 동화 씨가 만든 거였구나. 알고 들었으면 더 좋았을 텐데."

"뭐, 만든 것도 있고 편곡한 것도 있고 그래요."

"이번 공연 때는 신경 써서 들어야겠어요. 와, 정말 멋진 일을 하시네요."

"아휴, 뭘요. 감사합니다."

알아주니 고맙기도 하고, 과분한 칭찬이 낯간지럽기도 하고.

원래 그런 사람인 것 같았다. 사소한 것도 그냥 넘어가지 않고 챙기는 사람. 타고나길 다정한 그런 사람.

"사실 걱정했어요. 이 나이 먹도록 소개팅을 한 번도 안 해봐서 나가서 무슨 얘길 해야 하나, 어떻게 해야 하나 긴장했거든요."

"전혀 안 그래 보였는데."

"그랬다면 천만다행입니다. 동화 씨가 워낙 편하게 대해주셔서."

그는 이야기를 나누다가 종종 손끝으로 눈썹을 쓱쓱 쓸었다. 동화는 그런 그를 보며 해온을 떠올렸다. 긴장을 하면 눈썹을 가만 두지 못하던 그 버릇이 하필이면 이 남자를 보며 떠올라 동화는 혼자서 몇 번이나 웃었다.

"웃으니까 보조개가."

"아, 예. 오른쪽에만 있어요."

사진작가라더니 눈썰미가 남다르네. 흔적만 남은 보조개라 웃을 때 아주 잠깐 보일 뿐인데.

사람을 볼 때 눈을 너무 빤히 쳐다보는 게 쑥스러워서, 동화는 두 손으로 뺨을 감쌌다.

"음식은 입에 잘 맞으셨는지 모르겠어요."

"좋았어요. 아주 맛있게 먹었습니다."

"다행이네요. 오랜 단골집인데 분위기도 좋고, 음식도 잘하는 집이라 꼭 여기서 동화 씨를 만나고 싶었어요."

저렇게 훤칠하고 성격도 좋은 사람이 왜 아직까지 혼자인 건지 이해가 되지 않을 만큼, 객관적으로 봐도 그는 참 괜찮은 남자였다. 기대하지도 않았는데 덕분에 좋은 시간을 보내게 된 것 같아 고맙기도 하고, 조금 미안한 마음도 들었다. 여기 앉아 그를 마주하고 있는 내 마음은 이 사람에 비해 너무 성의 없는 거 아닐까 하는 미안함 말이다.

"동화 씨, 다음 주 주말에는 시간 어떠세요?"

"다음…… 주요?"

설마, 지금 애프터 신청인가? 지금 이 자리에서 바로?

추진력도 굉장한 분이네.

"선약이 있으신가요?"

"아뇨, 그런 건 아닌데."

"그럼 저 만나주세요."

이런 직구는 낯선데. 이걸 어떻게 받아쳐야 하지?

난감해진 동화는 최대한 자연스럽게 미소를 지으려 안간힘을 썼다.

이렇게까지 말을 하는데 차마 거절할 수도 없고. 제일 가까운 사람들의 지인인데 예의도 지켜야겠고.

그래, 한 번 더 만나자. 어쩔 수 없잖아.

"그래요. 다음 주에 봬어요."

미소와 함께 건넨 답이 마음에 들었는지 그의 얼굴은 한결 밝아졌지만 동화의 마음은 그만큼 무거워졌다. 정확히 누굴 향한 건지는 모르겠지만 명치가 저릿할 만큼, 가슴이 답답할 만큼 미안한 마음이 몸을 괴롭혔다.

근데, 이 남자 이름이 뭐였더라?

❊

담배 한 대 피우려고 2층 야외 테라스로 나온 해온은 넥타이를 풀고 입고 있던 슈트 재킷을 벗어 테이블 의자에 걸어두었다. 그리곤 셔츠의 손목 단추도 풀어 걷어 올리고, 목까지 채워둔 단추도 하나 풀며 담배에 불을 붙였다. 이제야 숨통이 틔는 것 같았다.

"이제 들어왔냐?"

뒤에서 불쑥 나타난 건 병준이었다. 병준이도 담배 생각에 테라스를 찾은 건지 입에 담배를 물고 있었다. 해온은 병준의 담배에 불을 붙여주고 테라스 난간에 등을 기대고 병준과 마주 보았다.

"어. 오늘 많이 바빴지?"

"그렇지 뭐. 어머니한테 다녀왔어?"

해온은 고개를 끄덕였고, 두 사람의 입술 새로 긴 한숨과 함께 연기가 피어올랐다.

"누나 남자 만나러 나갔다."

"남자?"

"이만 한 치마 입고."

병준의 손끝이 무릎에서 한 뼘이나 올라간 높이를 가리키고 있었다. 씨익 웃는 병준 때문에 해온의 눈이 저절로 커졌다. 평정심을 잃은 해온의 표정은 도무지 관리가 되질 않았다.

이 여자가 미쳤나. 어딜 그러고 나다녀.

"얼굴을 보아하니…… 이젠 감출 생각이 없구나?"

"내가 나쁜 짓 하는 건 아니잖아?"

"미친놈."

해온이 해맑게 웃으며 눈을 맞추자, 병준이 고개를 흔들었다.

해온과 동화를 가장 가까이에서, 자주 함께하는 사람이다 보니 병준에겐 숨길 수가 없었다. 숨긴다고 눈치 못 챌 바보도 아니고. 병준은 해온에게 딱히 좋다, 나쁘다 말을 하지도 않고, 그냥 지켜보는 중인 듯했다. 둘이 어떻게 되나 한번 보자, 이런 식으로.

"언제부턴데."

"몰라. 기억 안 나."

"나 참, 미치겠네."

머리카락이 없어서 그런지, 병준이가 손끝으로 머리를 긁적이면 삭삭 소리가 났다. 별거 아닌 것에 웃음이 터진 해온은 엄지와 검지로 코를 움켜쥐고 잠시나마 진지하려 애썼다.

"좋아한다고 말은 해봤어?"

"아니."

"왜 안 해? 뭐가 걱정인데?"

"뭘 걱정하는 건 아니고, 넌 누가 좋아지면 바로 좋다고 얘기해?"

"……그렇진 않지."

"나도 그래. 좋다고 말했을 때 상대방 첫 반응이 당황이면 서운하잖아. 일방적인 건 싫어."

무슨 말인지 알겠다는 듯, 병준이 고개를 끄덕였다.

"내가 워낙에 교감을 중요하게 생각하는 사람이라."

"미친……. 좋아한다고 말하긴 할 모양이네."

"해야지. 네가 날 매형이라고 부를 날이 머지않았다."

해온이 어깨를 으쓱이며 도도한 표정을 짓자 병준이 기함을 했다.

"근데 왜 좋아? 도대체 어디가?"

"예쁘잖아."

"와, 이거 진짜 미친놈이네."

병준은 도저히 믿을 수 없다는 듯 담배를 비벼 끄고 테라스를 벗어나 건물 안으로 들어가 버렸다. 해온은 난간에 기댄 채 뒤를 돌아 길을 내려다보았다.

언제부터 동화가 좋아졌을까. 뭔가 결정적인 사건이 있었나?

"음……."

곰곰이 생각해 보았지만 그런 건 없었다. 그냥 동화를 보고 있으면 막연히 좋았던 것 같다. 이야길 나누면 가슴이 뛰었고, 자꾸 보고 싶고, 생각나고 그랬던 것 같다. '스며든다' 라는 표현이 가장 적절할 듯싶다. '지금 내가 구동화를 좋아하고 있는 건가?' 하고 깨달은 후부턴 동화가 더 좋아졌다. 병준의 말대로 진짜 미친 놈이 되어가고 있었다.

"근데 오늘 치마를 입고 남자 만나러 갔다 이거지⋯⋯."

이제 진짜 가만두면 안 되겠네.

※

토요일 저녁 지하철을 이용할 때마다 느끼는 거지만, 정말 딱 죽을 맛이었다. 데려다 주겠다는 남자의 제안을 거절하고 약속이 있단 거짓말까지 해가며 지하철에 몸을 실은 건 온전히 동화 스스로의 결정이기에 지금의 고생에 대해 누굴 탓할 수도 없었다. 간만에 신은 구두 덕에 발이 터져 나갈 지경이지만, 이 역만 빠져나가면 10분 거리에 해밀빌딩이 있으니 이를 악물고 계단을 오르는 중이었다.

손에 들고 있던 휴대폰이 진동했다. 조 원장이었다. 빨리 계단을 오를 생각에 정신없이 뛰던 동화는 숨차 죽을 것 같았지만 차분하게 숨을 고르고 통화를 연결했다.

"왜."

[야! 잘됐다며?]

"뭔 소리야."

[방금 태민 씨한테 연락받았어. 소개해 줘서 고맙단 소릴 몇 번이나 하더라. 너한테 호감 장난 아니던데?]

맞다. 정태민. 그 남자 이름은 정태민이었다. 아까 처음 만나자마자 인사 나눌 때 분명 이름을 들었는데, 그 후로 헤어질 때까지 그 사람 이름이 생각나질 않아 답답하던 차에 이제야 기억이 났다.

"……그래?"

솔직히 그 사람의 진심을 의심하기도 했다. 원래 저렇게 모든 사람에게 다정하고 배려가 깊은 사람은 아닐까, 원래 립서비스가 좋은 사람인가 싶어서 말이다. 다들 한 자락 깔아놓고 간을 보긴 해도, 처음부터 그렇게까지 호감을 오픈하는 사람은 많지 않아서 성큼 다가오는 그 사람의 진심을 쉽게 믿을 수 없었다.

[뭔 반응이 그렇게 뜨뜻미지근해? 넌 별로야?]

"아니, 그런 건 아닌데……. 잘 모르겠어."

이건 그 사람이 별로고 아니고의 문제가 아니었다. 동화는 이 만남 자체가 과연 옳은 건지 아닌지가 헷갈리기 시작했다.

[그럼 더 만나봐. 뭐가 문제야?]

"만나는 건 어렵지 않은데, 나 이렇게 애매한 마음으로 만나는 거 그분한테 예의 아니지 않아?"

모름지기 이런 의도의 만남이라 함은, 앞으로의 발전 가능성을 염두에 두고 진행하게 마련인데, 지금의 마음가짐으로는 그다음 만남에서도 지금 갖고 있는 내 마음이 변할 것 같지 않았다. 이건 그 사람이 좋은 사람이고 아니고와는 별개의 문제였다.

[일단 만나보고 결정해. 다음 주에 또 만나기로 했다며. 자꾸 보다 보면 마음이 변할 수도 있잖아.]

"에휴, 모르겠다."

[좋은 쪽으로 생각해. 알았지? 끊는다!]

이래도 되나. 나 나쁜 년 되는 거 아냐?

휴대폰을 가방 안에 넣은 동화는 고개를 떨구고 발끝을 보며 걸었다.

그 남자와의 만남이 훈훈하게 마무리되었음에도 불구하고 마음이 개운하지 않은 이유를 어쩐지 알 것도 같았다. 정확하게 누구에 대한 죄책감인지도 알 것 같았다.

하지만 확실한 것이 없는 관계에 기대를 거는 것보단, 내게 호감을 표하는 상대에게 좀 더 마음을 여는 것이 맞는 건 아닐까? 객관적으로 보자면 분명 그게 맞는데…… 아무래도 마음은 다른 쪽을 향해 기운 것 같았다.

"길에 돈이라도 떨어졌어?"

귀에 익은 음성에 동화는 주위를 두리번거렸다.

"여기."

고개를 드니 그곳에 해온이 있었다. 건물 2층에 있는 야외 테라스에 나와 손을 흔들고 있었다.

오늘따라 옷도 멋지게 입었네. 설레게…….

"뭐 하고 서 있어. 빨리 올라와."

해온의 재촉에 동화는 고개를 끄덕이고 발길을 옮겼다. 걸을수록 점점 마음이 급해졌다.

건물 안에 들어선 동화는 1층 로비를 지나 정신없이 2층으로 올라갔다. 그러느라 발 아픈 것도 잊고, 오는 내내 지하 작업실에 들러 신발부터 갈아 신어야지 하고 마음먹었던 것도 깜박했다.

"하아. 하아."

너무 다급해 보이고 싶지 않은 마지막 자존심에 동화는 2층 야외 테라스로 나가기 전 숨부터 골랐다.

"후우."

숨 한 번 크게 몰아쉬고 아까 해온이 있던 테라스로 나간 동화는 뒤돌아서 있는 해온에게 천천히 다가갔다. 하얀 셔츠에 슈트 팬츠 차림의 해온은 두말할 것 없이 완벽했다.

자식, 멋있긴 진짜 멋있네. 오늘 따라 왜 이렇게 반가운 거야.

"여기서 뭐 해?"

동화의 인기척에 해온이 돌아서더니, 팬츠 주머니에 양손을 꽂고 아니꼬운 시선으로 동화의 머리부터 발끝까지 천천히 훑어보았다.

뭐가 묻었나?

동화는 두리번거리며 옷매무새를 살폈지만 이상한 점을 찾지 못했다.

"진짜네."

"응?"

"진짜 이만한 치마 입었네."

뭐지, 저 못마땅한 표정은? 그래도 나름 다리 라인에는 자신 있는데.

"왜? 이상해?"

"예뻐서 그러지."

"……뭐래."

무슨 그런 말을 저런 표정으로 하냐고.

머쓱해진 동화는 괜히 머리를 긁적이며 입술을 씰룩였다.

"그렇게 예쁘게 하고 다른 남자 만나러 다니니까…… 열받네."

빈말일까? 아니면 진심일까?

동화는 진심이길 바랐다. 진심에 가까운 표정을 하고 있으니 더욱 그랬으면 했다. 하루가 다르기 자라나는 호감을 이제 더는 혼자 감당하기 버거워졌기 때문이다.

남자를 만난 건 어떻게 알았을까. 대문 앞에서 마주쳤을 때 메시지 주고받는 걸 봤던 걸까? 아니면 병준이가 그새 얘기한 건가?

눈앞이 아찔해진 동화는 눈을 질끈 감았다. 죄책감의 근원과 마주하니 후회가 밀려들었기 때문이다. 그리고 너무도 적나라하게 드러난 자신의 진심 때문에 창피했다. 이 상황에선 네가 왜 열받냐고 맞받아쳐야 자연스럽게 이 상황에서 벗어날 수 있는데, 그럴 수가 없었다. 이렇게 몽땅 마음이 드러난 상태에서는 낯간지럽게 차마 그럴 수가 없었다.

어떻게 해야 자연스럽게 넘어갈 수 있을까. 머리야, 돌아가라.

"그치? 내가 좀 예쁘지?"

"어쭈."

제법이라는 듯 해온이 웃었다. 동화는 일부러 더 환히 웃으며 해온에게 가까이 다가섰다.

"오랜만에 여성스러운 매력을 한껏 뽐내봤는데, 어때? 누나 오늘 되게 예쁘지?"

해온은 대답하지 않고 동화를 빤히 보기만 했다.

"그래서 그 남자는 마음에 들고?"

뭐라고 대답해야 하나. 들고 말고 할 것 없다고, 잘 모르겠다고 솔직하게 말을 해야 하나.

근데 자극하고 싶은 이 못된 마음은 뭐지. 이렇게 해서라도 해온의 진심을 조금 더 들춰보고 싶었다.

"머리 굴리는 소리 여기까지 들린다. 그 남자 마음에 들었냐고 물었어."

고민 끝에 돌파구를 찾은 동화는 해온에게 한 걸음 더 가까이 다가가 눈을 맞췄다.

"마음에 들었으면? 더 만나볼까?"

"그걸 왜 나한테 묻는 건데."

"그러게. 내가 왜 너한테 묻는 걸까?"

해온은 말을 잇지 않았다. 말없이 눈만 깜박였다. 생각을 하는 건지, 아니면 그냥 가만히 있는 건지 분간이 되질 않아 오히려 기다리고 있는 동화만 가슴이 타들어갔다.

……너무 많이 갔나?

후회하기엔 질러 버린 말이 너무 셌다. 뱉어놓고서야 그걸 알았다. 심장 두근대는 소리가 해온에게까지 들릴 것만 같아 동화는 간신히 숨을 쉬고 있었다.

"내가 만나지 말라고 하면, 안 만날 거야?"

해온이 꺼낸 질문은 동화의 예상 가능 범위 안에 있었다. 동화가 빙긋 웃으며 고개를 끄덕이니, 해온도 덩달아 웃었다.

"그럼…… 만나봐."

그러나 이어진 해온의 말은 동화의 예상 가능 범위 밖의 말이었다.

이게…… 진심일까?

"만나?"

되묻자 해온이 고개를 끄덕였다. 그 순간, 가슴이 바닥으로 툭 떨어진 듯 휑했다. 쓸려 나간 마음 탓에 절로 미간이 구겨졌다.

"한 번 더 만나보면, 좀 더 확실해지겠지."

확실해진다라……

해온의 마음이 더 또렷해질 거란 말일까, 아니면 내 마음이 더 또렷해질 거란 말일까.

아리송한 해온의 말에 동화의 미간은 펴질 줄을 몰랐다. 그럴수록 해온은 더 얄밉게 웃으며 속을 박박 긁었다.

도대체 신해온의 진심은 뭘까.

"비 온다."

투둑투둑, 한두 방울씩 떨어지던 빗줄기가 갑자기 굵어졌다.

"뭐 하고 서 있어."

멍하니 서 있던 동화의 손목을 잡아챈 해온이 의자에 걸어둔 재킷과 넥타이를 챙겨 들고 성큼성큼 건물 쪽으로 걸었고, 동화는 해온이 잡아끄는 대로 따라 걸었다. 발을 내딛을 때마다 쿵쿵거리며 전신을 관통하는 찌릿한 통증이 찾아왔다.

"나 발 아파서 빨리 못 걸어."

동화는 해온에게 잡혀 있던 손목을 털어내고 발목을 붙잡으며 주저앉았다. 그러자 순식간에 해온이 동화를 번쩍 안아 들었다.

"야!"

"얌전히 있어. 무거우니까."

동화는 해온이 정말로 무거울까 봐 하는 수 없이 두 팔로 목을 감았다.

내쉬는 숨이 닿을 만큼 가까운 거리. 그래서 숨 쉬는 것조차 조심스러운 거리. 점점 해온과 가까워지고 있다는 게 피부에 확 와닿는 순간이었다.

"내려줘."

건물 안으로 들어섰지만 해온은 여전히 동화를 내려주지 않았다.

"이제 내려."

해온은 1층으로 내려가는 계단 앞에서 동화를 바닥에 내려놓았다. 동화는 흐트러진 옷매무새를 다시 바로잡았고, 해온의 구겨진 셔츠도 툭툭 털어주었다.

확실히 며칠 사이 해온의 얼굴은 상해 있었다. 담배도 늘었는지 늘 뿌리던 향수 향도 좀 더 진해졌다. 충혈된 두 눈도, 움푹 팬 눈꺼풀도 마음에 걸리고, 까슬하게 올라온 턱 밑 수염도 신경 쓰였다.

이 와중에도 온통 동화의 관심은 해온의 현재 상태에 쏠려 있었다. 몸 어디가 아픈 건 아닌지, 어디서 마음을 다친 건 아닌지, 힘들진 않은지, 혼자 견딜 만은 한 건지…….

그때, 해온이 동화의 손목을 다시 한 번 움켜쥐자 그 손길에 놀란 동화는 숨을 들이켠 채로 해온을 바라보았다.

"……왜."

해온은 동화를 빤히 내려다보기만 할 뿐, 좀처럼 입을 열지 않았다. 생각 많은 눈을 한 해온은 적당한 말을 찾고 있는 듯했다.

"고민 중이야."

"무슨 고민?"

또다시 침묵이 이어졌다. 평소보다 열 배쯤 크게 들리는 해온의 숨소리에 동화는 입안이 바짝바짝 말랐다.

"구동화를 볼 때마다 드는 고민. ……근데, 답이 이미 나와 있는 고민."

나 지금 그 말 알아들은 거면…… 어떻게 되는 거지.

동화는 해온에게 잡힌 손목을 슬쩍 틀어 손을 빼보려 했지만 그럴수록 해온은 더 세게 손목을 붙잡았다.

"답이 나와 있는 거라면…… 확인하는 것만 남았네?"

"그래야지. 하지만 서두르진 않으려고."

해온의 확신에 찬 눈빛에 그제야 동화도 숨을 편히 쉴 수 있었다. 진심을 본 것이다. 농담에 감추고 장난에 섞었던 해온의 진심을 정면으로 마주한 순간이었다.

"얼른 그 구두부터 벗어야겠다. 업어다 줄까?"

"됐어. 내려가자."

동화는 그 자리에서 구두를 벗고 양손에 한 짝씩 들고 앞장서서 계단을 내려갔다. 일부러 조금 거리를 두고 뒤따라 내려와 주는 해온이가 고마웠다. 서두르지 않아줘서, 그리 멀지 않은 거리에 해온이 있어서, 저녁 내내 체한 것처럼 답답했던 속이 조금은 후련했다.

ㅁ5. 미연시 (미친 듯이 연애했는데 시* 꿈)

"와. 사람 진짜 많다!"

한 걸음 내딛는 것도 쉽지 않은 볕 좋은 주말 오후의 놀이동산. 마치 전쟁 통에 피난을 가듯 사람들과 한데 엉겨 버린 동화는 종 종걸음으로 해온의 뒤를 따르고 있었다.

"그러니까 손 꼭 잡아."

사람 물결에 휘청거리는 동화를 단단히 잡아주고 있는 해온의 손. 그 손 덕분에 동화는 마음이 불안하지 않았다. 동화보다 한 걸음 앞장서서 사람들 사이를 헤치며 걷는 해온의 뒷모습은 무척이나 든든했다.

"저쪽에 가면 숲이 있어. 거긴 조용할 거야."

그래, 어디든 좋다. 너랑 이렇게 손잡고 걷는 게 왜 이렇게 설레고 좋지?

해온의 말대로 얼마 지나지 않아 거짓말처럼 숲이 나타났다. 수십, 수백 년쯤 나이가 들었을 법한 커다란 나무들과 빨갛고 노랗게 물든 나뭇잎이 수북이 쌓인, 마치 동화 속에서나 나올 법한 그런 아름다운 숲이었다.

"자. 여기 앉아."

해온이 가리킨 곳은 아름드리나무 아래 놓인 예쁜 벤치였다. 해온은 그 위에 체크무늬 얇은 담요를 깔아주었고, 그 위에 앉은 동화는 고개를 뒤로 젖혀 나뭇가지 사이로 쏟아지는 말간 햇살을 마음껏 누렸다.

"여기 진짜 좋다. 너 여긴 어떻게 알았어?"

곁에 앉은 해온을 향해 고개를 돌리니, 해온이 그녀를 빤히 쳐다보고 있었다.

"왜 그렇게 봐?"

해온은 대답 대신 옅게 웃어 보일 뿐이었다.

"뭐야……."

싱겁긴.

동화가 투덜거리자, 해온이 거리를 좁혀 바짝 곁으로 다가와 앉았다.

"여기 기대."

그리곤 제 어깨를 톡톡 치며 기대라고 말했다. 수줍었지만 거절하고 싶진 않았다. 왠지 지금 이 순간을 놓치면 다신 오지 않을 것만 같아서, 동화는 해온의 어깨에 머리를 기댔다.

와, 좋다. 정말 좋다. 말로 표현할 수 없을 만큼…… 딱 그만큼 좋다.

이런 날을 종종 상상하곤 했었다. 나른한 오후, 함께 따스한 햇볕을 받으며 눈을 감은 채 도란도란 이야기를 나누는 상상.

그 상상이 정말로 이뤄지다니. 감격스러운 순간이었다.

"여기 누워볼래?"

해온이 이번엔 제 허벅지를 톡톡 두들겼다. 이번에도 동화는 빼지 않고 해온의 허벅지를 베고 누웠다.

역시 단단해. 연습할 때나 공연 때 보았던 탄탄한 근육의 질감이 피부에 닿아 그대로 느껴져.

그제야 쑥스러워진 동화는 머리를 움직이지 못하고 목과 어깨에 힘을 주어 버렸다. 그러나 해온이 그걸 눈치챘는지, 손바닥으로 부드럽게 어깨를 쓰다듬으며 앞으로 쏟아진 머리칼도 뒤로 넘겨주었다. 그 바람에 자꾸만 해온의 손끝이 목덜미에 닿아 동화는 간지러워 미칠 지경이었다.

"우리 바닥에 누워보자."

그래, 어디 한번 누워보자. 그것참 좋은 생각이네.

바닥에 담요를 깔고 해온과 나란히 누운 동화는 숨을 깊게 들이쉬며 나무 냄새를 음미했다. 등에 닿는 폭신한 나뭇잎과 크고 작은 돌멩이들, 움직일 때마다 바스락거리는 소리, 숲에서 나는 냄새, 모든 것이 완벽했다. 우리를 보며 여유롭게 지나가는 다정한 연인들과 화목한 가족들의 모습이 전혀 부럽지 않았다.

"나랑 연애하니까 어때? 좋지?"

뭘 그런 걸 물어……. 아니, 잠깐. 우리 지금 연애하는 거야? 고백도 제대로 안 했으면서!

그래, 뭐, 이런들 어떠하고 저런들 어떠하겠어. 정색하고 고백했으면 아마 오글거려서 얼굴도 제대로 못 쳐다봤을 거야. 자연스러운 게 좋지. 그럼.

"몰라······."

동화가 두 손으로 얼굴을 가리며 고개를 돌리자, 해온이 동화의 귓불을 만지작거렸다.

"예쁜 얼굴 좀 보자. 이리 가까이 와봐."

아후, 난 정말 모르겠다.

해온은 동화의 목 아래에 팔을 넣어 받치고 어깨를 당겨 품 안에 쏙 끌어안았다. 그리곤 이마 위에 살며시 입을 맞추며 부드러운 손길로 등을 쓰다듬었다. 얼마 지나지 않아, 다정했던 손길이 조금씩 본능을 찾아 움직였다. 옆구리를 지나 허리로, 허리를 지나 엉덩이로, 한참을 떠돌던 손이 티셔츠 안으로 파고들었고 동화는 해온의 손을 막으며 저지했지만 집요한 손길을 결국 이겨내지 못했다.

"안 되는데······."

동화가 얼굴을 붉히자 해온이 옅게 웃으며 귓가에 아주 작은 소리로 속삭였고, 제대로 들리지 않아 동화가 되물었다.

"······뭐라고?"

"······어나."

"어?"

해온이 일어나 손을 내밀자, 그제야 말귀를 알아들은 동화가 해온을 향해 손을 뻗었다.

"야! 일어나라고!"

그렇다고 발로 툭툭 차는 법이 어디 있냐? 녀석도 참, 으이그.

"엄마! 구동화 죽었나 봐!"

……뭐지. 이 귀에 익은 목소리는.

눈이 번쩍 떠졌다. 동화는 몸이 굳은 채로 눈동자만 좌우로 돌려 주변을 살폈다. 분명 방금까지만 해도 햇살이 쏟아지는 나무 아래 누워 있었는데, 지금 동화가 누워 있는 곳은 지나치게 익숙한 곳, 동화의 방이었다.

"와…… 씨……."

뭐야. 나 꿈꾼 거야?

밀려드는 허무함에 영혼까지 쓸려 나가 버린 듯했다. 멍하니 눈만 끔벅이던 동화는 두 손으로 얼굴을 가리며 나지막이 신음을 흘렸다.

"정신 차려. 어제 술 먹었냐?"

혼자 있고 싶어…… 나가줘…….

동화가 손을 휘휘 저으며 내쫓자, 병준은 혀를 끌끌 차며 방을 빠져나갔다.

무슨 꿈이 이렇게 생생해? 내가…… 결국 이 지경까지 온 거야?

"으윽."

머리끝까지 이불을 뒤집어쓴 동화의 발차기가 시작되었다.

비록 꿈이었지만 나의 상상대로 움직인 해온에게 죄책감이 밀려들었다. 도대체 꿈속에서 해온이한테 무슨 짓을 시킨 거야! 나 진짜 어떻게 된 거 아냐? 돌았나?

"빨리 나와서 밥 먹어!"

엄마의 부름에 마지못해 자리를 털고 일어나려던 동화는 다리에 힘이 풀려 침대에 털썩 주저앉았다. 시계를 보니 벌써 아침 9시. 평소보다 늦은 아침 식사였다.

간신히 주방으로 발길을 옮긴 동화는 식탁 앞에 앉으며 집 안 곳곳을 둘러보았다. 다행히 아직 해온이는 오지 않은 듯했다.

"해온이는?"

엄마가 '해온'이라고 이름을 부르는 순간, 동화는 머리끝이 쭈뼛 서 병준을 보았다. 꾸역꾸역 밥을 입안에 밀어 넣고 있던 병준이 욕실을 향해 손가락을 뻗는 순간, 등줄기가 오싹해졌다.

"똥 싸."

하아…… 화상아. 내 두근거림 물어내!

병준의 짧은 그 대답에, 설레었던 동화의 가슴이 짜게 식어버렸다. 단 두 음절로 간밤의 꿈을 와장창 깨버린 병준 덕에 동화는 정신을 되찾을 수 있었다.

꿈속의 그놈은 이제 이 세상에 없는 거다. 아까 꿈에서 본 그놈은 저기서 볼일을 보고 있다고.

누나 마음고생할까 봐 손수 환상을 깨준 은인, 병준의 밥그릇 위에 볶은 멸치를 올려준 동화는 한숨 한 번 몰아쉬고 머리카락을 한데 모아 묶고 숟가락을 들었다. 그때, 욕실 문을 열고 해온이 웃으며 나왔다.

"엄마 간다! 싸우지들 말고 사이좋게 지내. 알았지?"

오늘은 엄마가 제주도로 여행을 떠나는 날. 양손 가득 짐가방을 챙겨 든 엄마는 설레는 얼굴을 하고 집에 남겨진 자들에게 인사를 건넸다. 마치 어린아이를 어르듯 말하는 엄마 때문에, 병준과 해온, 동화는 동시에 웃음이 터졌다.

"조심히 다녀오세요!"

"곰국이랑 카레랑 해놨으니까 챙겨 먹고."

"걱정 마요. 도착하면 전화해."

엄마는 뒤도 돌아보지 않고 곧장 집을 빠져나가셨다. 1년 만의 여행에 무척 들뜬 모양이다.

엄마를 배웅하고 다시 주방에 남겨진 세 사람은 식탁에 옹기종기 모여 앉았다.

"오늘도 유난히 못생겨 보이는데."

"알아, 알아, 안다고."

뜬금없는 해온의 말에도 동화는 전혀 당황하지 않았다. 동화가 해온의 말을 잽싸게 가로채자, 병준은 뭐가 그리도 재밌는지 키득거렸다.

"신해온 좋겠네. 엄마가 너 좋아하는 거 잔뜩 해놔서."

이 집이 신해온 집인지, 구 남매 집인지 이젠 헷갈릴 지경이다. 언제부턴가 자연스레 해온이가 좋아하는 음식들이 식탁 위에 오르는 날이 많아졌다.

"어머니가 날 많이 예뻐하시니까."

어깨를 으쓱이며 말하는 게 어찌나 얄미운지. 이런 애를 데리고 불온한 생각을 하다니, 제정신이야? 구동화?

순간, 며칠 전 테라스에서 해온이 자신을 번쩍 안아 들던 순간이 떠올라 얼굴에 열이 화르륵 올랐다. 동화는 그날로부터 도통 벗어나질 못하고 있었다. 아마도 간밤에 그런 불온한 꿈을 꾼 건 그날의 기억 때문일지도 모르겠다.

"예쁨 독차지하는 기념으로 반찬 정리는 내가, 설거지는 동구가."

더 열받는 건, 그날 이후 신해온은 평소와 다를 것 없이 날 대하는데 나 혼자서만 너무 의식하는 것 같아, 지고 있단 기분이 든다는 것. 분명히 봤는데, 신해온의 진심을 분명히 봤는데 변한 건 아무것도 없었다. 여유로운 성격이란 걸 알지만, 이런 상황에서도 여유를 부리는 신해온이 놀라울 따름이었다.

"빈 그릇 빨리빨리 갖고 와."

고무장갑을 끼고 수세미에 세제를 쭉 짜는데, 그 순간 등 뒤에 와 닿는 낯선 느낌에 동화는 그대로 얼어붙었다. 슬쩍 고개를 돌려보니 동화의 등에 닿은 건 해온이었다.

"야! ……너!"

지금…… 뒤에서 나 안은 거야?

깜짝 놀란 동화는 벌어진 입을 다물지 못하고 해온을 보았다. 해온은 태연한 얼굴을 하고 동화를 내려다보았고, 그제야 정신을 차린 동화가 싱크대 쪽으로부터 등을 돌리고 있는 병준이 뭘 하고 있는지부터 확인했다. 그새를 못 참고 병준은 누군가와 휴대폰으로 메시지를 주고받고 있었다.

"잘 먹었습니다."

해온은 능청스럽게 싱크대 안에 그릇을 내려놓고 유유히 거실로 떠났다. 아주 잠깐 동안 닿아 있었지만, 여전히 닿아 있는 듯한 착각에 동화의 얼굴이 점점 더 붉게 달아올랐다.

이러면…… 내 정신 건강에 안 좋은데. 사람 설레게 진짜……미쳐 버리겠네.

"사장님! 저 오렌지에이드 한 잔 주세요, 얼음 왕창 담아서."

동화는 출근하자마자 타는 속을 달래기 위해 곧장 〈그늘나무〉로 달려갔다. 창가 테이블 위에 가방을 내려두고 유리에 비친 자신의 모습을 보며 옷매무새를 정돈하던 동화는 건물 건너편에 서서 횡단보도를 건너려 신호를 기다리고 있는 해온을 발견하고 휙 돌아섰다.

"동화 씨, 아침부터 어쩐 일이야? 열받는 일이라도 있어?"

"빨리 걸었더니 좀 더워서요."

"나 출근할 땐 추웠는데. 이러다 가을 건너뛰고 여름 지나 바로 겨울 오는 거 아닌가 몰라."

"그러게요. 허허."

어색하게 웃으며 자리에 앉은 동화는 흐트러진 머리카락을 한데 모아 묶었다.

"안녕하세요!"

다리가 길어서 그런가 빨리도 왔네.

해온이 〈그늘나무〉의 문을 열고 안으로 들어섰다. 일이 있다는 핑계대로 일부러 집에서 먼저 출발했는데 결국 여기서 또 만나고 말았다.

"빡빡이는?"

"이따 온대."

해온은 아주 자연스럽게 동화의 옆자리를 차지하고 앉았다. 그리곤 묶다가 빠진 머리칼을 귀 뒤로 다정히 넘겨주었다.

이거, 낯설지 않아. 꿈에서 본 적 있는 것 같아.

"맛있게 드세요."

때맞춰 음료가 나왔다. 동화는 사장이 직접 가져다준 오렌지에이드를 한 모금 마시고 빨대를 꽂아 해온에게 내밀었다.

"줄까?"

어쩐 일로 그 좋아하는 오렌지에이드를 마다하시나.

해온이 고개를 젓자, 동화는 볼이 홀쭉해지도록 빨대로 에이드를 쭉쭉 빨아 당겼다. 물론 입으론 에이드를 빨고 있지만 기분에는 에이드가 코로 들어가는지 귀로 들어가는지 모를 지경이었다.

하다하다 이젠 옆에만 있어도 가슴이 뛰는구나. 내가 어쩌다 이 지경이 되었지? 이 정도였단 말야?

"구동화."

"왜."

"궁금한게 있어."

"뭔데."

"나 언제부터 좋아했어?"

"켁! 켁켁!"

사레가 든 동화가 눈이 빨개지도록 켁켁거리자 해온은 아무렇지 않게 동화의 등을 쓸어주었다. 하도 기침을 쏟아내서 동화는 결국 눈물을 흘리고 말았다.

"뭐라고?"

"나 먼저 내려간다."

동화는 손을 흔들며 멀어지는 해온을 보다 고개를 푹 떨구고 말았다. 신해온을 상대하는 건 감정 소모가 너무 큰 일이었다.

그냥 한 번 찔러봤을 뿐인데, 반응이 이렇게 격하면…….

"또 찔러보고 싶어지는데."

긴장하고, 놀라고, 때론 얼굴을 붉히고, 말을 더듬고.

그동안 해온은 몰랐던 '여자' 구동화의 모습에 그것들이 있었다.

해온은 자꾸만 웃음이 나서 참을 수가 없었다. 그동안 보고 듣고 겪었던 그 구동화가 맞나 싶을 정도로, 그동안 단 한 번도 보여준 적 없는 다양한 모습들을 보여주고 있기 때문이다.

"답이 나와 있는 거라면…… 확인하는 것만 남았네?"

그날, 동화의 그 말에 해온은 확신이 생겼다. 아무것도 아니라고 하기엔 우리 사이엔 분명 뭔가가 있음을. 어느 밴드의 노래 제목처럼, 그렇고 그런 사이가 되었다는 것을.

그래서 결심했다. 느리더라도 정확하게 다가가기로 말이다. 못 견디게 간지러운 이 설렘을, 이 과정들을 하나도 빠짐없이 기억하며 정해진 답을 향해 갈 것이다.

그녀는 내가 지칠 때면 쉬어갈 수 있게 곁을 내주는 사람이다. 보면 힘이 나고 희망을 갖게 만드는 사람. 생각만으로도 마음을 즐겁게 해주는 그런 사람이다. 그녀가 아니었다면 이렇게까지 바보처럼 웃을 일이 없었을 것이다. 한 사람으로 인해 내게 이렇게 많은 변화가 생길 줄은 그전엔 짐작조차 하지 못했었다.

그 사람도 나와 같을까? 나도 그 사람에게 조금이나마 영향을 주고 있는 걸까?

……그녀는 알고 있을까. 그녀가 내게 어떤 존재가 되어가는지를. 하루가 다르게 커져 가는 마음을.

알아주길 바라면서 시작했던 마음은 아니기에 몰라준다 해도 서운하진 않다. 하지만 이 끝엔 분명 기대 이상의 로맨스가 존재할 거라 믿고 있기에, 해온은 서두르지 않을 뿐이다.

❋

대학별로 1차 실기 합격자 명단이 발표되자 해밀빌딩 미술, 무용, 음악원 학생들도 하나둘 합격 소식을 알려왔다. 그 덕에 단골 실내 포차에서 갈매기살로 조촐히 전체 회식이 열렸는데 간만에 〈숨〉의 정단원들이 거의 다 모이게 되었다.

동화의 옆자리를 차지한 사람은 손 대표였다. 손 대표는 무척이나 기분이 좋아 보였는데, 그도 그럴 것이 내년 1월 독일 초청공연이 성사되어 세부 일정까지 마무리 지은 데 이어 미국에서도 초청 공연 제의를 받았기 때문이다. 굳이 아쉬운 구석을 찾자면, 모두 외국 공연이라는 것 정도. 그래도 점점 〈숨〉의 프로젝트 공연이 빛을 발하고 있으니 행복하지 않을 수가 없었다. 나도 이렇게 뿌듯한데 대표님은 오죽하실까.

술을 물처럼 들이켜던 손 대표는 동화의 빈 잔을 가득 채워주고 짠 소리가 나도록 시원하게 건배를 나눴다.

"준비는 잘 돼가는 거지?"

"이제야 물어보시는 거예요? 아, 대표님 진짜."

모두들 이 바쁜 와중에도 이달 말에 열리는 서울국제공연예술제와 11월 말에 무대에 올리는 정기공연 준비에 한창이었다. 특히 예술제는 해온이 만들고 병준이 무대에 서는 특별한 공연이기에 동화가 특별히 더 신경을 쓰고 있었다.

"예술제 음악 준비는 해온이랑 끝냈구요, 11월 초에는 정기공연 음악 작업 마무리할 것 같아요. 예술제 끝나는 대로 레코딩 들어가려고요."

"이야! 다들 구동화에게 박수!"

서른 명에 가까운 사람들이 모이다 보니 모여 앉은 테이블별로 각자 이야기를 나누다가, 손 대표의 말에 일동 집중을 하더니 격한 박수 세례와 환호성을 쏟아냈다. 아마 뭔 소릴 하는 건지도 모르고 그랬을 것이다.

"피곤하겠지만 당분간 수고 좀 해줘."

"에?"

동화가 되묻자 손 대표는 굉장히 미안하단 표정을 지었다.

"피아노 연주."

"아아! 걱정 마세요. 곡 작업 거의 다 돼서 그 정도는 시간 있어요. 정 제가 시간이 안 되면 학생 보내면 되고요. 신경 쓰지 마세요. 제가 알아서 할게요."

중요한 공연 전 무용 연습 때마다 동화가 직접 라이브로 연주를 하며 연습을 맞춰주곤 하는데, 손 대표는 그걸 미안해하곤 했다. 물론 미안해하는 손 대표의 마음도 이해는 하고 있다. 곡 작업만으로도 충분히 바쁘고 정신없는데, 수십 번씩 반복되는 연습에서 계속 연주까지 해야 하니 부담이 되는 것도 사실이다. 그래도 늘 해왔던 일이기에, 남의 일이라고 생각하지 않고 우리 일이라고 생각했기에 동화는 나름 즐겁게 생각하고 있었다.

오직 춤을 위한 음악을 만드는 일은 쉽지 않은 작업이 분명하다. 좋은 곡을 찾아 춤을 추기 좋게 편곡하는 일도 쉽진 않다. 그래도 동화는 즐겁다. 아니, 즐겁다보단 보람을 느낀다는 표현이 더 적절할 것 같다.

"있지, 나 새로운 목표가 하나 생겼어."

손 대표가 제법 큰 목소리로 의미심장한 말을 꺼내자 다들 귀를 기울였다. 손 대표는 흠흠 헛기침을 두어 번 하곤 잠시 뜸을 들였다.

"〈퍼스트 포지션〉이나 〈라당스〉 같은 다큐 영화 만들어보고 싶은데, 다들 어떻게 생각해?"

〈퍼스트 포지션〉은 세계적인 콩쿨 유스아메리카그랑프리에 도전하는 어린 무용수들의 이야기를 담은 다큐멘터리 영화이고, 〈라 당스〉는 350년 전통의 파리국립오페라발레단의 연습 과정부터 무대에 오르기까지의 모든 과정을 담은 다큐멘터리 영화였다. 이 두 영화에 대해 다들 잘 알고 있었기에 사람들은 설렌 표정으로 기대감을 표했다.

"당연히 좋죠!"

"멋져요!"

여기저기서 박수와 환호가 쏟아졌다. 무용수 아니랄까 봐, 손 대표는 자리에서 일어나 한 손을 부드럽게 떨어뜨렸다가 팔을 촤 악 펼치며 공손하게 인사를 건넸다.

"다들 오케이한 걸로 알고, 일단 정기공연 끝내놓고 계획 한번 세워보자고. 제작사에서 컨텍이 들어오긴 했는데 아무것도 정해 진 건 없어. 시간이 좀 걸릴지도 모르지만 해낼 수 있을 거야."

"맞아요! 할 수 있어요!"

"좋아요!"

중요한 법안이라도 통과시킨 듯 손 대표는 테이블을 손바닥으 로 탁탁탁 세 번 내려쳤다. 그리곤 결정을 기념하는 건배가 이어 졌다.

"적당히 마셔."

막 술잔을 입에 가져가려는데, 어느새 슥 다가온 해온이 술잔을 빼앗아 제 입에 털어 넣곤 빙긋 웃으며 말했다.

"벌써 취한 것 같은데?"

"아직 괜찮아."

"어디 봐."

해온은 동화의 손바닥부터 확인했다. 술에 취하면 손과 발만 빨개지는 특이체질이라 해온은 늘 술자리에서 동화의 손을 체크하곤 했다.

"뭐야, 둘이 눈 맞은 거야? 분위기가 왜 이렇게 묘해?"

손 대표가 툭 던진 농담에 해온은 긍정의 미소를 지었고, 동화는 잠깐 얼어붙었다가 정신을 되찾았다.

"어, 수상한데. 구동화 표정 관리 안 되고."

"그럴 리가요. 저 눈 높아요, 대표님."

"왜! 우리 해온이가 어디가 어때서. 이만하면 훌륭하지. 어디서 이런 놈 만나기 쉽지 않아!"

손 대표의 적극적인 PR이 마음에 들었는지, 해온은 그저 고개를 끄덕이며 아슬아슬한 이 사태를 방관하고 있었다.

"해온이는 춤출 때만 멋져요. 나머진, 에이……."

순발력 있었어. 대단해, 구동화.

동화는 제 자신에게 감탄을 하며 조용히 한숨을 내쉬었다.

"맞아. 신해온은 무대 위에서 가장 멋있지. 어딜 내놔도 안 꿀려."

해온은 어느 무대에 세워놓아도 압도적인 존재감으로 분위기를 휘어잡곤 했다. 다들 그 사실을 알기에 동화와 손 대표의 말에 수긍하며 저마다 해온에 대해 한마디씩 거들었다.

그 와중에 웃긴 건 동료들의 극찬을 아주 당연하다는 듯, 늘 들어오던 얘길 듣듯이 덤덤한 표정을 하고 있는 신해온의 반응이었다.

"전 무용수 몸이 플로어에 닿을 때 나는 소리가 좋은데, 해온이는 그 소리를 잘 이용하는 것 같아요."

직접 공연장에서 볼 때만 느낄 수 있는 무용수와의 생생한 교감이 있다. 맨발을 플로어 위에 턱턱 내딛는 소리, 발을 구르는 소리, 발바닥이 플로어를 빠르게 스쳐 지나갈 때 만들어내는 마찰음, 얼굴에 송골송골 맺힌 땀방울, 손가락 마디마디의 움직임, 거친 호흡, 펄럭이는 옷자락 소리……. 사람이 만들어낼 수 있는 세상 모든 생동감을 눈앞에서 직접 보고 느낄 수 있는 것이 무용 공연의 가장 큰 매력이 아닐까 싶다. 그런 면에서, 영리한 무용수인 해온은 그런 사소한 소리들을 놓치지 않고 적절히 이용해 안무를 만들어내곤 했다.

"역시 음악 전공자. 무용도 귀로 먼저 느끼네."

"아유, 그런 건 아닌데."

음악을 하다 보니 자연스레 들리는 것에 좀 더 관심을 갖게 된 것뿐이다. 어쩌면 당연한 일이고 지극히 자연스러운 일이었기에, 동화는 쑥스러워 헤실헤실 웃었다.

"춤출 때 말고 언제 또 멋진 것 같애?"

동화의 곁에 바짝 붙어 앉은 해온이 주변 사람들이 듣지 못하도록 작은 목소리로 물었다. 동화는 그런 해온을 힐끔 본 후 누군가 가득 채워준 술잔을 단숨에 비우고 눈썹을 치켜세웠다.

"글쎄……."

"잘 생각해 봐, 생각날 때까지."

해온과 눈을 맞추던 동화는 스멀스멀 올라오는 취기에 순간 비틀대며 중심을 잃었다. 그러자 해온이 잽싸게 동화의 팔을 잡아 지탱을 해줬고, 동화는 그런 해온의 어깨를 붙잡고 다시 중심을 잡았다.

"실은, 그냥 가만히 있어도……."

맑은 두 눈과 여유로운 웃음, 손끝에까지 묻어나는 깊은 감정. 그 존재만으로도 빛이 나는데 거기에 타고난 재능까지. 신이 작정하고 만들었다고 해도 과언이 아닐 것이다. 동화의 눈에 비친 신해온은 이성으로서의 호감이나 나이와 성별을 떠나 아름다우면서도 동시에 강한 사람이었다.

"흐음……."

도저히 참을 수 없는 졸음이 밀려들었다. 눈을 끔벅이는 속도가 현저히 느려지던 동화는 결국 말을 잇지 못하고 눈을 감아버렸다.

아주 잠깐 존 것 같은데, 정신을 차려보니 해온의 집이었다. 분위기에 취해 너무 빨리 잔을 비운 탓에 한 방에 훅 간 모양이다.

덮고 있던 이불을 옆으로 치우고 일어나던 동화는, 그 이불이 하필 지난 밤 꿈에서 보았던 체크무늬 담요와 소름 끼치게 똑같아 식겁을 했다. 이불을 둘둘 말아 거실 한구석에 던져 놓은 동화는 두리번거리며 해온을 찾았다.

"신해온."

해온은 대답이 없었다. 혹시 2층에 올라간 건가 싶어 위를 올려다보았지만 인기척은 없었다. 벽에 걸린 시계를 보니 새벽 1시. 하는 수 없이 동화는 가방을 챙겨 들고 나갈 채비를 했다.

"깼어?"

막 현관으로 가려는데, 뒤에서 불쑥 나타난 해온이 가방을 잡아당겼다. 그것도 상의를 탈의한 채로.

"옷은 됐다 국 끓여 먹을래? 좀 입고 다녀."

"내 집에서 내가 벗고 다닌다는데 왜 난리야."

샤워를 하고 나오는 길인지, 해온에게서 늘 나던 바디로션 향기가 났다. 동화는 젖은 머리칼을 수건으로 툭툭 털며 주방으로 가는 해온의 뒷모습을 바라보며 저도 모르게 흡족한 미소를 지었다.

"야, 근데 나 왜 여기 있어? 병준이는?"

"내가 구 씨 남매 때문에 살 수가 없다, 살 수가."

해온은 한숨 섞인 푸념을 쏟아내며 현관 쪽으로 턱짓을 했다. 해온이 가리킨 곳엔 상의를 탈의하고 대자로 뻗은 병준이 있었고, 동화는 부끄러워서 도저히 얼굴을 들 수가 없었다.

"아휴, 참…… 미안하게 됐다. 쟤 그냥 여기서 재우고 낼 아침에 끌고 와주라."

"잠깐 앉아 있어. 데려다 줄게."

"혼자 가도 돼."

"말 들어."

냉장고 홈바를 열어 생수 한 병을 꺼낸 해온이 벌컥벌컥 물을 들이켰다. 옆태가 매우 훌륭했다. 아무래도 이 좋은 광경을 좀 더 구경해야 할 듯싶어, 동화는 가방을 내려두고 소파에 걸터앉았다.

"넌 술 다 깼어?"

"별로 안 마셨어. 난 구동화가 아니거든."

동화가 눈을 흘기며 째려보자, 해온은 티셔츠를 꿰어 입으며 다가왔다.

"술 마시고 아무 데서나 자고. 큰일 날 여자네."

"다 아는 사람들이니까 마음을 너무 놔서 그런 거지. 다른 자리에선 절대로 안 그래. 그 정도로 마시지도 않아."

말해놓고 보니, 해온을 안심시키려 애쓰는 말만 쏟아냈다. 부끄러워진 동화는 괜히 죄 없는 머리카락을 배배 꼬며 입술을 씰룩였다.

"다 아는 사람일지라도 항상 조심해. 언제 돌변할지 모르니까."

"우리가 일이 년 본 사이야? 절대 그럴 사람들 아니거든?"

확신에 찬 동화의 말에 해온이 고개를 갸웃거렸다.

"확실해? 난 좀 다른데."

허리를 숙이며 시선을 맞추고 선 해온 때문에 일어날 수가 없었다. 그렇다고 확 밀치고 빠져나갈 수도 없고, 계속 앉아 있자니 얼굴이 타들어갈 것만 같고, 난감했다.

"병준이를 생각해."

"병준이도 알아."

"뭘 알아? 걔가 뭘 아는데?"

"글쎄. 뭘 알고 있을까?"

이거…… 뭐지?

동화의 머릿속은 뒤죽박죽이 되었지만 해온은 태연하게 동화의 곁에 자리를 잡고 앉아 긴 팔로 그녀의 어깨를 감싸 안았다.

"요즘 부쩍 긴장을 자주 한다."

"아니거든?"

"맞거든?"

그런 건 모른 척해주면 참 좋겠는데, 그냥 넘어가는 법이 없었다. 동화는 혹시나 병준이 잠에서 깨 이 놀라운 광경을 보게 될까봐 자꾸만 현관 쪽을 힐끔거렸다.

"데려다 준다며. 빨리 가자."

다시 한 번 일어나 보려 시도했지만, 엉덩이를 들썩임과 동시에 다시 해온에 의해 주저앉게 되었다. 뒤로는 소파 등받이가 등에 딱 붙어 있고, 앞에는 신해온이 버티고 있어 그 사이에 꼼짝없이 갇혀 버렸다.

"아까 하던 말, 마저 하고 가야지."

"무슨 말?"

"내가 언제 멋져 보인다고?"

도대체 내가 무슨 소릴 한 거야. 이제 진짜 막 나가는구나, 구동화. 왜, 술김에 고백이라도 해버리지.

동화는 눈을 질끈 감고 머리를 굴렸다. 어떻게 하면 이곳을 빠져나갈 수 있을까.

오래 걸리지 않아 답을 찾고 결심을 굳힌 동화는, 다부진 표정으로 해온을 올려다보았다. 그리곤 망설임 없이 해온의 허리를 두 팔로 와락 끌어안으며 자리에서 일어섰다. 동화는 해온과 몸과 몸 사이에 아주 작은 틈도 없이 완전히 밀착될 정도로 세게 끌어안아 버렸다. 발버둥 칠 수 없게, 뿌리칠 수 없게.

작전은 성공적이었다. 덕분에 해온과 소파 사이에서 무사히 탈출할 수 있었다.

문제는 뒷수습. 팔을 벌린 채 가만히 있던 해온이 조심스레 동화의 등을 감싸 안았다. 동화가 서서히 팔의 힘을 풀수록, 해온은 좀 더 힘을 주어 떨어지지 않으려고 했다.

"……놔."

"네가 먼저 안았잖아."

"그거야, 네가 안 비켜주니까……."

"대답하면 보내줄게."

해온의 어깨에 이마를 기댄 동화는 선뜻 입을 열지 못했다. 현관 앞에 찌그러져 자고 있는 병준이 언제 갑자기 잠에서 깰지 몰라 마음은 불안하고, 이렇게 안고 있으니 3년 전 갑작스러운 입맞춤이 자꾸 떠올라 가슴은 떨리고, 아직 덜 깬 술기운에 속에서 열은 오르고, 미치고 환장할 노릇이었다.

"생각 안 나."

"이러면 생각이 나려나?"

해온이 상체를 뒤로 살짝 젖혀 시선을 맞춰왔다. 고개만 살짝 틀어도 입술이 닿을 것 같은 위험한 위치 선정. 동화는 눈앞이 캄캄해졌다.

"으하하함!"

갑작스러운 병준의 요란한 하품에 깜짝 놀란 동화는 해온을 있는 힘껏 밀치며 현관 쪽으로 달려 나갔다.

"잘 자. 나 간다!"

동화의 엄청난 힘에 의해 엉덩방아를 제대로 찧고 만 해온은 어이가 없다는 듯 주저앉은 채로 웃음을 터뜨렸고, 동화는 그런 해온을 제대로 살필 틈도 없이 뒤도 돌아보지 않고 곧장 집을 빠져나왔다. 건물을 완전히 빠져나올 때까지 계속 앞만 보고 달렸다.

"휴우."

시야에서 해밀빌딩이 완전히 사라질 때까지 달리고 또 달렸던 동화는 거친 숨을 몰아쉬며 허리를 숙였다. 왜 이렇게 발이 아픈가 했더니 정신이 없어서 구두도 반대로 신고 달렸던 것이다. 동화는 구두를 제대로 챙겨 신고 집을 향해 천천히 걸음을 옮겼다.

처음 계획은 아주 간단했다. 확 끌어안아서 뒤로 물러서게 하는 것. 그 과정에서 동화는 오류를 한 가지 범했는데, 서로에게 호감을 갖고 있는 남자와 여자 사이에 무의미한 스킨십은 존재하지 않는다는 걸 간과한 것이다.

띵동.

메시지가 도착했다. 발신인은 예상대로 신해온. 동화는 아랫입술을 꼭꼭 깨물며 눈매를 찡그렸다.

[자꾸 도망가면 쫓아가고 싶어진다. 잡으면 가둬 버릴 건데, 한번 해보자는 거야?]

내가 에너자이저의 도전정신에 불을 붙였구나.

피식 웃음이 터진 동화는 뭐라고 답장을 보내줄까 곰곰이 생각하다가 톡톡 글자를 적어 넣기 시작했다.

[도전 받아들여 주겠네. 근데 나 달리기 무지 잘함. ㅎㅎ]

　메시지를 전송한 동화는 가방 안에 휴대폰을 넣고 성큼성큼 큰 보폭으로 길을 걸었다. 혹시나 정말로 해온이가 뒤에서 쫓아오고 있을까 봐 연신 뒤를 힐끔거리며 발길을 재촉했다.
　그나저나 밤공기 한번 되게 좋네. ……혼자 걷기 아까울 정도로.

06. 그땐 왜 몰랐었는지

"동구 이번엔 진짜 6개월 안에 시집가는 거다!"

지난 1년간 참석했던 가까운 친구의 결혼식 다섯 번 중 벌써 세 번째, 부케는 동화의 몫이 되었다. 부케를 내려다보며 씁쓸하게 웃던 동화는 오늘 결혼한 친구 은정의 말에 미간을 구겼다.

"말이 되는 소릴 해. 올 때 말린 망고나 좀 사다 줘라."

동화의 부탁에 친구들은 웃음을 터뜨렸지만 동화는 웃지 못했다.

"으이그, 알았어. 잘 다녀올게! 오늘 와줘서 진짜진짜 고마워, 얘들아!"

끝까지 남아준 친구들과 차례로 포옹을 나눈 은정은 신랑과 함께 차에 올랐고, 차가 주차장을 빠져나가 도로에 나설 때까지 친구들은 손을 흔들어주었다. 차가 시야 밖으로 완전히 사라진 후,

친구들과 작별 인사를 나눈 동화는 그나마 조 원장과 함께라서 돌아가는 길이 덜 쓸쓸했다.

"차 좋네."

"신랑 친구 장모님 거래."

"남한테 빌리는 게 빠르겠다."

강남에선 벤츠 E 클래스가 소나타라더니, 그 말이 정말인 듯했다. 수입차가 워낙 많은 동네라 그런지 은정 부부가 탄 벤츠가 길에 진입해 차들과 한데 뒤섞이니, 야심차게 렌트한 벤츠가 눈에 띄지도 않았다.

이런 동네에선 겁나서 어디 운전이나 할 수 있으려나.

"우리도 가자, 친구야."

조 원장이 동화의 팔에 팔짱을 걸며 잡아당기자 동화도 천천히 발길을 옮겼다.

"야, 잠깐 거기 서봐. 사진 찍어줄게."

"뭘 이런 걸 찍는다고…… 저기 뒤에 가서 찍어. 더. 더. 뒤로 더 가봐."

말로는 투덜거리면서도, 동화는 부케를 얼굴에 바짝 대고 손으로 브이를 그리며 포즈를 취했다. 간만에 차려입은 예쁜 옷, 예쁜 구두를 위해서라도 좋은 사진 한 장쯤은 남기고 싶었다.

"역시 자연광이 좋다니까. 봐봐. 이쁘게 잘 찍었지?"

조 원장이 휴대폰으로 촬영한 사진을 보여줬는데, 동화 눈에도 꽤 예뻐 보였다.

"모델이 좋은 거지. 나한테 보내줘."

조 원장에게 사진을 전송받은 동화는 자랑하고 싶은 마음에 병준과 해온에게 그 사진을 보냈다. 동화가 그 둘에게 듣고 싶은 말은 이미 정해져 있었고, 그들은 만족스러운 답을 보내야만 했다.

지하철 역사 안으로 들어서니 주말 낮이라 그런지 사람들로 가득했다. 몸에 딱 맞는 원피스에 재킷을 입어 움직이기가 편치는 않았지만, 은근히 자신감이 넘쳤다. 화장, 머리, 구두까지 온전히 나를 위한 투자를 아낌없이 퍼부었기 때문이다.

띵동.

그때, 기다리던 메시지가 도착했다. 발신인은 신해온.

[무슨 말이 듣고 싶어서 이렇게 예쁘게 찍어가지고 보낸 거야?]

말도 어쩜 이렇게 예쁘게 하는지.

동화는 웃으며 답 메시지를 적었다.

[굿 보이.]

그나저나 빡빡이 이놈자식은 답장은커녕 메시지 확인도 안 하고 뭘 하는지.

그사이 열차가 도착했다. 운 좋게도 가장 한가한 칸에 타게 되어 자리에 앉아서 갈 수 있게 되었다. 평소 잘 신지 않던 높은 굽의 구두를 신고 네다섯 시간을 정신없이 서 있었더니 발이 아파 견딜 수 없던 참인데 하늘이 도운 것이다.

"아고고. 다리야."

"너 얼른 시집가라, 나 더 나이 들기 전에. 왜 이렇게 힘들지?"

자리에 앉자마자 앓는 소리를 하던 두 사람은 어르신들이 들으면 기가 막힐 소릴 하고 있단 생각에, 눈이 마주치자 피식 웃어버렸다.

"아, 배고파."

"아까 은정이가 떡 챙겨준 거 어쨌어? 안 챙겼어?"

"당연히 챙겼지. 음흠흠."

동화는 커다란 가방 안에서 떡과 음료수, 손질한 과일이 담긴 팩을 꺼냈다. 멀리 지방에서 올라오는 하객들을 위해 버스 타고 돌아가며 먹으라고 실어줄 음식이었는데, 여유가 있다며 친구들에게 하나씩 안겨줬다. 안 그래도 가방이 무거워 짐이 될 것 같아 놓고 오려고 했는데, 두고 왔으면 크게 후회할 뻔했다.

친한 친구 결혼식이다 보니 괜히 정신만 없어서 제대로 밥을 챙겨 먹지 못했다. 하긴 어느 결혼식에 가서도 뷔페를 마음껏, 양껏 먹어본 기억이 없었다. 맛이 없거나, 정신이 없거나 늘 둘 중 하나였다.

이곳이 지하철 안이라는 것도 잊고 정신없이 집어 먹던 동화는 맞은편 자리에 앉아 있는 잘생긴 남자를 보곤 웃음을 터뜨렸다.

"야, 우리 너무한 거 아냐?"

"뭐가?"

입이 터져라 방울토마토를 꾸역꾸역 넣고 있던 조 원장에게, 동화는 가만히 귓속말로 말했다.

"앞에 저렇게 잘생긴 남자가 앉아 있는데 배고프다고 체면 안 차리고 막 먹잖아."

"그게 뭐. 어차피 관상용인데. 그리고 생각하는 것만큼 사람들은 우리한테 관심이 없어요."

"……그런가?"

늘 그랬던 것 같다. 남들이 날 어떻게 생각할까, 아버지는 날 어떻게 평가할까 초조해했다. 낯선 것에 대해 거부감도 많고, 가능하면 익숙한 것을 찾고…… 생각해 보면 난 꽤나 겁이 많고 두려움도 많은 사람이다.

문득 든 생각에 동화는 가슴이 철렁 내려앉았다.

해온을 향한 내 마음을 알면서도 생각이 많았던 건, 사람들의 시선을 의식하는 내 못난 자존감 때문은 아니었을까. 둘만의 관계에 집중하지 않고, 동생 친구라서, 연하라서, 한 건물에서 함께 일하는 사이라서 등등의 부실한 이유를 만들어내면서 용기를 낼 생각조차 해보지 않았던 건 아닐까.

……내가 그렇게도 용기 없는 사람이었나?

적당한 유리병을 찾아 부케를 꽂아두고 무용원에 올라갔지만 해온은 없었다. 휴게실에도 없고, 혹시나 해서 야외 테라스에 나가보니 담배를 피우고 있는 병준이만 보였다.

"빡빡이, 내가 보낸 사진 봤어, 안 봤어?"

"사진? 뭔 사진?"

병준은 그제야 주머니를 뒤적이며 휴대폰을 찾았다.

"아아. 은정이 누나 결혼식 다녀왔구나?"

무심한 놈. 지 여자 친구랑 메시지 주고받을 땐 온갖 정성을 다 쏟더니.

"너, 진짜 그러는 거 아니다. 네 누나가 둘이냐 셋이냐? 세상에 단 하나뿐인 누나한테 어쩜 그렇게 무심할 수가 있어?"

"아, 또 왜 그래. 내가 언제 누나한테 무심했다고."

병준이 코맹맹이 소리를 내며 다가와 팔짱을 끼자 동화는 팔을 확 뿌리치며 옆구리를 꼬집었다.

"필요 없어! 나쁜 놈."

씩씩대며 째려보자, 병준이 손을 싹싹 비는 시늉을 하며 불쌍한 표정을 지었다.

"해온이는?"

"소극장에서 연습하고 있을 거야."

"알았어. 이따 집에 갈 때 봐."

막 돌아서려는데, 병준이 손목을 잡아챘다. 뭔가 할 말이 있는 듯 입술을 입안으로 말아 넣고 몸을 배배 꼬았다.

"누나, 나 오늘 저녁 약속 있어."

"그래? 그래도 일찍 들어와."

"근데…… 나 집에 못 들어가."

"왜?"

"정인이 한국 들어왔어."

"정인이 한국 들어왔는데 네가 왜 집에 안 들어오는데?"

동화의 물음에 병준은 빙긋 웃으며 어깨를 툭 쳤다.

"뭘 그런 걸 묻고 그래, 쑥스럽게."

이놈 자식이!

동화는 병준의 등을 짝 소리가 나도록 세게 쳤다.

"어우, 나쁜 놈. 밤에 나 혼자 있으라고? 너 엄마한테 다 이를 거야!"

"문 꼭 잠그고 자! 엄마한테 일러도 오늘은 못 들어간다!"

더 맞을까 싶어 병준은 잽싸게 도망쳤고, 그런 병준을 붙잡으려 뒤따르던 동화는 이내 포기하고 터덜터덜 걸었다.

동화는 곧장 1층 소극장으로 향했다. 문을 열고 안으로 들어가니, 핀 조명 하나만 밝힌 채 연습 중인 해온이 보였다. 동화는 맨 뒤 오른쪽 가장자리에 앉아 그런 해온을 말없이 지켜보았다.

이미 많은 양의 연습을 했는지, 상의를 탈의한 해온의 상체가 땀으로 흠뻑 젖어 있었다. 까만 트랙탑 팬츠 차림의 해온은 한 손에 휴대폰을 들고 음악을 들으며 춤을 추기 전 동선을 체크했다. 얼마 지나지 않아 모든 정리를 머릿속으로 마쳤는지, 바닥에 휴대폰을 내려두고 물을 한 모금 마신 후 손발을 털며 천장을 올려다보았다. 준비를 마친 해온은 눈을 감고 가만히 박자를 셌다.

쿵 소리가 나도록 바닥에 주저앉은 해온은 마치 감당하기 힘든 고통의 무게에 좌절한 사람 같았다. 바닥에 누워 가슴을 들썩이며 숨을 내쉬던 해온은 옆으로 구르다가 몸을 웅크린 채로 다시 한 번 숨을 골랐다. 그러다 몸을 크게 펼치며 일어나 쓸쓸한 표정으로 허공을 보았다. 무언가를 잡아당기듯 팔을 곡선으로 뻗은 해온은 천천히 달리다가 아주 느리게 빙그르르 턴을 돌았다. 그와 동시에 툭 하고 떨어뜨린 두 팔……. 얼굴을 양손으로 감싸며 터벅터벅 걷다가 주먹을 움켜쥐고 무대 반대 방향으로 힘차게 달려갔다. 왼쪽 다리를 옆으로 뻗어 스트레치를 하더니 제자리에서 높이 뛰었다가, 착지하자마자 맨바닥에 정수리를 대고 무게중심을 잡은 후 두 다리를 일자로 뻗으며 차례로 옆으로 돌다가 물구나무 자세로 잠시 멈췄다.

지켜보는 사람마저 숨을 멎게 만드는 움직임……. 마치 바닥을 향해 힘껏 집어 던진 고무공처럼 튀어 오른 해온은 차례로 다리를 넘기며 앞으로 구른 후, 발레처럼 부드럽고 우아한 움직임으로 아름다운 선을 만들어내기 시작했다.

해온이 숨을 쉬면 동화도 그때 숨을 쉬고, 해온이 일그러진 표정을 지으면 동화도 미간을 구겼다. 그저 연습일 뿐인데도 최선을 다하는 모습에 동화는 숨조차 제대로 쉬지 못하고 몰입했다.

또각또각.

고요한 소극장 안을 울리는 이질적인 소리에, 해온에게 고정되어 있던 동화의 시선이 자연스레 옮겨졌다. 한 여자가 무대로 향하는 계단을 내려가고 있었다. 낯선 얼굴이었다. 치렁치렁한 긴 머리에 한눈에 봐도 세련된 옷차림, 무대에서 가장 먼 이곳까지 퍼지는 향수 향기. 반갑지 않은 여자의 등장에 동화는 눈을 떼지 않았다.

여자는 무대 바로 앞에 섰다. 한창 몰입 중이던 해온은 그때까지도 몰랐다.

"신해온."

턴을 돌던 해온이 그제야 여자를 발견했다. 그 바람에 해온의
발이 바닥에 툭 하고 떨어져 동화는 깜짝 놀라고 말았다. 하지만
아무런 소리 내지 않고 가만히 지켜보기만 했다.

누굴까. 분명 처음 보는 얼굴인데.

여자를 바라보는 해온의 눈빛도 동화와 다르지 않았다. 해온은
아무런 말 없이 여자를 의아하단 표정으로 내려다보았다.

그 순간, 손에 쥐고 있던 휴대폰이 진동했다. 낯선 번호. 동화는
하는 수 없이 소극장을 빠져나왔지만 시선은 자꾸 소극장을 향했
다.

"여보세요?"

[안녕하세요. 정태민입니다. 통화 가능하세요?]

그 남자였구나. 여태 번호 저장도 안 했네.

"네. 어쩐 일이세요?"

[우리 내일 만나기로 한 거 잊지 않으셨죠?]

까맣게 잊고 있었다. 다음번엔 어디서 만날지 내가 정하기로 해
놓고 말이다. 동화는 눈을 질끈 감으며 입술을 깨물었다.

"일이 바빠서 깜박했어요. 죄송합니다."

[아니에요! 안 그래도 바쁘셔서 연락이 없으신 거라 생각했어
요. 생각해 두신 데 있으세요?]

근데 진짜 저 여자는 누구지? 신경이 쓰여서 견딜 수가 없네.

해온의 표정을 봐서는 아는 사이 같지 않은데⋯⋯. 거기다 한창
몰입해서 연습 중인데 예의 없이 불쑥 끼어들다니.

[⋯⋯동화 씨?]

맙소사.

지금 통화 중에 무슨 짓을 한 거야.

"아! 죄송해요. 어디까지 얘기하셨죠?"

[하하. 동화 씨 지금 많이 바쁜가 보다. 이따 저녁에 다시 전화할까요?]

지금은 온통 신경이 다른 곳에 가 있어서 다른 생각을 할 여유가 없었다. 누굴 만날 기분도 상황도 아니었지만 상대방 또한 배려를 해야 했다.

"제가 다시 연락드릴게요. 죄송합니다."

[전 괜찮으니까 자꾸 죄송하다고 하지 마세요. 혹시 내일 시간내기 어려우면 다음으로 미뤄도 돼요. 부담 갖지 마시고 연락 주세요. 기다리고 있을게요.]

다 엉망이 되어가는 기분이다. 이 남자에게는 무성의하고 예의 없는 여자가 돼버린 것 같고, 점점 일은 꼬여가는 것 같았다.

이러면 안 되는데…….

근데 도대체 저 여잔 누구인 거야!

"누구……?"

앞에 마주 선 여자는 난생처음 보는 사람이었다. 속을 알 수 없는 표정과 도도한 눈빛, 독한 말을 쏟아낼 것만 같은 새빨간 입술이 인상적이었다.

"서윤진."

예상대로 말투는 톡 쐈고, 예상이 어긋나지 않는다면 무례한 쪽에 가까운 사람일 것이다. 해온은 땀에 젖은 얼굴을 수건으로 닦아내고 바닥에 두었던 티셔츠를 입었다.

"서윤진이 누군데."

여자가 피식 웃었다. 상대방을 기분 나쁘게 하는 차가운 비웃음이었다. 그럴수록 해온의 표정은 점점 싸늘해졌다.

"네 동생."

"하!"

최근에 들어본 중 가장 어이가 없는 말이라서, 절로 웃음이 나왔다.

"미안하지만 난 동생이 없는데?"

"나도 최근에 알았어, 나한테 동갑내기 오빠가 있다는 거."

표정이 굳어버린 해온은 윤진의 얼굴을 빤히 쳐다보았다. 해온의 어머니 대신 재혼했다던 그 여자 사이에 낳은 딸인가 보다. 내가 걸음마를 떼었을 때 태어났다던 그 아이.

······ '오빠' 란 말이 이렇게 소름 끼치는 말이었나?

"근데?"

"어떻게 생겨먹었나 궁금해서 와봤지."

"와, 너 대단한 애다."

더는 상대하고 싶지 않았던 해온은 고개를 가로저으며 바닥에 있던 물병을 집어 들었다.

"그 여잔 죽었다며?"

해온이 그대로 얼어붙었다. 그리곤 이를 악다문 채로 윤진을 내려다보았다. 흔들림 없는 시선에 분노는 점점 차올랐고, 움켜쥔 주먹이 부들부들 떨렸다.

"……너 뭔데."

"한 대 치겠다. 27년 만에 처음 만난 동생인데."

동생 같은 소리 하고 있네.

해온은 서늘한 얼굴로 무대에서 내려와 윤진을 그대로 스쳐 지나갔다.

"긴장할 거 없어. 오늘은 정말 궁금해서 와본 거니까."

'오늘은'이란 말이 귀에 들어오는 순간, 그 말이 발목을 붙잡았다. 멈춰 선 해온은 다시 윤진과 마주 섰다.

"평생 서로 마주치지 말고 살자. 미안하지만, 매달려도 나 네 오빠 안 해."

"나라고 네가 달가울 리 있겠니? 안타깝게도 우린 조만간 또 보게 될 거야. ……기대되지?"

이죽이던 윤진이 해온의 어깨를 톡톡 두들기며 뒤돌아 나가 버렸다. 해온은 한참 동안 멍하니 서서 그 모습을 지켜봤고, 두꺼운 문이 닫히자 눈을 감고 깊게 숨을 골랐다.

화가 치밀었다. 도대체 나 자신도 모르게 무슨 일이 벌어지고 있는 건지 알 수가 없어 갑갑했다. 알고 싶지도 않던 사람이 불쑥 나타나 헛소리를 지껄이고 가는 이유가 궁금하면서도, 더는 알고 싶지 않았다. 왜 또다시 만날 일이 생긴다는 걸까.

"하아……."

긴 한숨을 토하듯 뱉어낸 해온은 계단에 걸터앉아 양손으로 얼굴을 감쌌다. 머릿속이 터져 버릴 것만 같았다.

미국에서 귀국한 여자친구를 만나러 간 병준 덕에, 오늘 저녁은 동화와 해온, 단둘이서 먹게 되었다.

딴생각 중인 건지 해온은 멍한 표정으로 밥을 뒤적였다. 밥돌이 스럽지 않은 해온의 모습에 동화는 눈을 떼지 못했다.

"밥 그따위로 먹으면 밥그릇 뺏어버린다."

동화의 말에 그제야 정신을 번쩍 차린 해온이 부지런히 밥을 먹었다. 동화는 팔짱을 끼고 느긋하게 앉아 해온을 바라보았다.

"피곤해 보인다."

"연습도 해야 되고, 레슨도 해야 되고, 안 피곤하면 그게 이상한 거지."

벌써 몇 번째 한숨을 쉬는 건지.

몸이 피곤해 보인다기보다 지쳐 보인단 말이었는데……. 그래 서 차마 그 여자 이야길 묻지 못한 건데…….

"오늘도 저녁 레슨 가?"

"아니. 손 대표님이 직접 봐주신대서 쉬려고."

"그래. 밥 먹고 얼른 가서 쉬어."

"안 갈 건데?"

안쓰러운 마음이 순식간에 사라졌다. 동화는 일어나 냉장고에 서 청포도 한 송이를 꺼내 씻었다.

"결혼식 잘 다녀왔어?"

"어. 드레스는 정말 마법의 옷인 것 같아. 진짜 예쁘더라."

"부러워?"

해온의 물음에 동화는 어깨를 으쓱였다.

잘 모르겠다. 부러운 건지 아닌 건지. 분명한 건 기분이 묘하다 는 것 정도.

"사진에 있던 그 부케 받은 거야?"

"어. 또 내가 받았다."

"어디 있어?"

"작업실에. 왜? 갖고 싶냐?"

해온이 정색을 하며 다 먹은 밥그릇을 들고 싱크대로 다가왔다. 순간 움찔한 동화가 옆으로 비켜섰고, 그릇을 담가둔 해온이 빙긋 웃으며 식탁으로 가 반찬을 정리했다. 그간 병준을 도와 여러 번 해봤던지라 능숙한 솜씨로 해냈다.

"병준이 진짜 안 들어온대?"

"밤은 길고 청춘은 불타고. 너라면 들어오고 싶겠어?"

"당연히 안 들어오지."

능청스러운 미소에 동화도 한결 마음이 편해졌다. 어찌 됐든 웃 는 얼굴을 했으니 그러면 된 거다.

"정인이가 어쩐 일로 들어왔지?"

"그러게. 만나봐야 알겠는데?"

대학교 1학년 때부터 쭉 사귀어왔던 병준과 정인은 비슷한 시 기에 해온과 다 같이 미국으로 떠났는데, 지금까지 미국에 남아 있는 건 정인뿐이었다.

"저쪽으로 가져가."

청포도를 담은 접시를 건네주고 거실로 가라 턱짓을 하자, 해온이 접시를 건네받았다. 잠시 스친 손길에 움찔했지만, 동화는 태연한 척 돌아서서 식탁 위를 행주로 닦았다. 청포도를 똑똑 따먹으며 거실로 가는 해온의 뒷모습에 동화는 아랫입술을 꼭꼭 깨물었다.

동화는 냉장고에서 맥주 두 캔을 꺼내 거실로 향했다. 소파에 등을 기대고 바닥에 앉은 해온 곁에 동화도 앉아 TV를 켰다. TV에선 한창 주말 드라마가 방송 중이었다.

"저 남자랑은 사랑에 안 빠졌어?"

"응. 별로."

사랑에 빠질 만큼 매력적인 주인공이 아닌지라, 드라마도 설렁설렁 보게 되었다. 동화는 채널을 돌리다가 영화 채널에 멈췄다. 전형적인 할리우드 액션 영화였는데, 스릴 넘치는 차량 추격 총격신이 한창이었다.

"이거 볼래?"

"보나마나 주인공은 전직 CIA 요원이거나 현직 CIA 요원 중 하나겠지."

"첩보 영화야 뻔하지 뭐."

"불 끌까?"

TV 욕심이 남다르던 동화는 엄마를 꼬드겨 가장 큰 TV를 달아 놓은 참이었다. 그래서 영화를 볼 때면 불을 끄곤 했는데, 해온은 그것을 물은 것이다. 그걸 알면서도 동화는 순간 놀라고 말았다.

"어?"

"불 끄냐고."

불을 끄러 가기 위해 해온이 일어서자, 동화는 손목을 덥석 잡아 말렸다.

"아, 아니. 그냥 보자, 그냥. 그냥 봐도 괜찮을 것 같애."

"눈 시리다고 하지 마라."

해온은 다시 앉으며 맥주 한 캔을 따 벌컥벌컥 마셨다. 맥주가 넘어갈 때마다 요동치는 목울대를 보며, 동화는 저도 모르게 침을 꼴깍 삼켰다.

"괜찮다니까."

"이따가 불 꺼달라고 하면 가만 안 둔다."

이번엔 청포도 한 알을 입에 넣고 오물거리는 입술을 보았다.

"저 여자 잘 뛴다."

해온의 말에 그제야 정신이 든 동화는 TV로 시선을 옮겼다. 영화 속 여주인공이 팔에 총을 맞아 피투성이가 된 와중에도 팔을 앞뒤로 내저으며 힘차게 달리고 있었다.

"구동화도 저 정도는 뛰는 건가?"

맥주 한 모금을 마시던 동화는 멈칫하고 말았다. 차마 고개를 돌릴 수 없었다.

"……저렇게 빠르진 않아."

해온이 입매를 늘이는 게 살짝 보였다. 동화는 슬쩍 옆 눈으로 흘깃 해온을 훔쳐보다가 시선이 닿자 잽싸게 눈을 깜박였다. 목이 탔다.

무사히 공항에 도착한 여주인공은 불안한 눈빛으로 주변을 두리번거리다가 손목을 잡아챈 정체 모를 남자의 손에 이끌려 기둥 뒤에 숨었다. 그리고 이어진 뜨거운 키스신.

왜 하필 이런 타이밍에……. 그냥 불 끄는 게 나을 뻔했네.

"그때……."

잠시 숨을 고르는 사이에 찾아든 정적. 어쩐지 해온이 무슨 말을 꺼낼지 알 것 같아서 동화는 긴장했다.

"그때 내가 왜 입 맞췄는지 알아?"

동화는 고개를 가로저었다. 그러자 해온이 동화의 다리를 앞으로 쭉 뻗게 만들더니 허벅지를 베고 옆으로 누웠다. 당황한 동화는 말을 잇지 못했고, 손을 어디다 둬야 좋을지 주먹을 폈다 쥐었다 등 뒤로 숨겼다가 옆으로 뺐다가 어쩔 줄을 몰라 했다.

"나 잊지 말라고. 잊어버리지 말고 나 기억하고 있으라고. …… 내가 돌아올 때까지 기다려 달라고."

금방이라도 심장이 터져 버릴 것처럼 날뛰었다. 분명 술을 마셔서 그런 건 아니다. 신해온의 말 때문이었다.

"그 순간에 희한하게 용기가 생기더라. 너무 절박했나 봐."

해온이 눈을 감고 몸을 웅크렸다. 추워서 그런 건가 싶어서, 소파 위에 있던 얇은 담요를 내려 덮어주었다. 그리고 어디 둘지 몰라 난감했던 손을 해온의 어깨에 올렸다.

토닥토닥.

길고 힘든 하루를 보낸 것 같아 보였던 해온에게 달리 해줄 수 있는 게 없어서 마음이 아팠다. 3년 전 무엇 때문에 멀고 먼 미국

까지 떠난 건지 대충은 알고 있었기에, 그날 내게 해준 입맞춤이
그런 의미였단 걸 이제 알게 되어 미안했다.

동화는 주머니에서 휴대폰을 꺼내 메시지를 작성했다.

[죄송해요. 아무래도 내일 힘들 것 같아요.]

태민에게 메시지를 전송한 후 테이블 위에 휴대폰을 올려두고,
해온이 먹다 남긴 맥주를 단숨에 비웠다.

띵동.

[어쩔 수 없죠. 좋은 밤 보내요. 연락 기다릴게요.]

동화는 고른 숨을 뱉으며 잠이 든 해온의 머리카락을 가만히 쓰
다듬어 주었다. 잠들지 않았을 수도 있다. 쉽게 잠들지 못하는 사
람이란 걸 알고 있으니까. 그래도 내 곁에서 잠들어 있다고 믿고
싶었다.

ㅁ. 숨은 마음 찾기

쉽게 잠들지 못해 한참을 뒤척이다 간신히 잠든 탓에, 자고 일어났는데도 잔 것 같지 않게 몸이 무거웠다. 잠에서 깬 후로도 쉽게 침대를 빠져나오지 못하던 동화는 억지로 몸을 일으켜 방을 빠져나왔다.

방문을 열고 나서니 가장 먼저 보이는 건 소파에서 잠이 든 해온이었다. 여유로운 일요일 아침, 쏟아지는 아침 햇살이 집 안을 밝히고, 그 가운데 해온이 잠들어 있으니 어쩐지 기분이 묘했다.

이 집엔 해온과 나 오직 둘뿐. 마치…… 신혼부부라도 된 기분이랄까.

동화는 해온이 깨지 않도록 발꿈치를 들고 조용조용 걸어 주방으로 향했다. 다른 건 몰라도 해온에게 아침은 꼭 챙겨 먹여야겠다는 의무감이 불타올랐기 때문이다.

"잘 잤어?"

"어, 깼네?"

해온이 소파에서 벌떡 일어나 앉았다. 눈도 뜨지 못한 채 부스스한 머리칼을 긁적이는 모습이 어찌나 귀엽던지, 동화는 해온을 보며 자꾸만 새어 나오는 웃음을 어쩌지 못했다.

"아우, 불편해 죽는 줄 알았네."

"그러게 병준이 방에서 자지 그랬어."

"난 밤새 무릎베개 해줄 줄 알았지."

"꿈도 야무지네. 빨리 씻고 와."

해온은 눈을 감은 채로 씨익 웃더니 손등으로 눈두덩을 비비며 욕실로 갔다. 동화는 밤새 불려둔 쌀을 압력밥솥에 쏟아 안쳐 두고, 냉장고에서 엄마가 양념에 재워놓고 간 불고기를 꺼냈다.

"나 칫솔 하나만!"

"맨 위 수납장에 새 거 있는⋯⋯. 잠깐만, 내가 찾아줄게."

불고기에 넣을 야채를 손질하던 동화는 손을 닦고 욕실로 향했다. 그곳에서 윗옷을 훌렁 벗은 해온을 마주쳤으나 태연한 척, 욕실 수납장을 열어 새 칫솔을 찾아주었다. 해온은 여전히 눈을 반쯤 감은 채로 치약을 짜서 억지로 칫솔질을 하기 시작했다.

밤새 푸릇하게 자란 수염이 눈에 들어왔다. 입안을 헹구고 힘겹게 눈꺼풀을 밀어 올리는 순간, 서너 겹으로 겹치는 쌍꺼풀 라인도 시선을 사로잡았다.

"같이 씻으려고?"

내 정신 좀 봐. 정신 놓고 계속 보고 있었네.

동화는 냉큼 욕실을 빠져나와 문을 쾅 닫고 주방으로 향했다.

샤워를 하고 욕실을 나서니 집 안에 온통 구수한 밥 냄새가 진동했다. 젖은 머리카락을 수건으로 털며 나온 해온은 곧장 주방으로 가 식탁 앞에 자리를 잡고 앉았다. 그리곤 한창 요리 중인 동화의 뒷모습을 지켜보았다. 뒤에서 비친 햇살 탓에 얇은 티셔츠 안으로 동화의 맨살이 고스란히 비쳤다. 해온은 만족스러운 표정으로 흐뭇하게 웃으며 동화의 뒤태를 감상했다.

"불고기야?"

"어. 엄마가 너희들 하루에 한 끼는 꼭 고기 먹이랬어."

"역시 어머니!"

"냉장고에서 반찬 먹을 거 꺼내 올래?"

해온은 냉큼 자리에서 일어나 냉장고 문을 열고 반찬을 꺼냈다. 워낙 많이 준비해 두고 가서서 뭘 골라야 할지 몰라 해온은 한참을 고민했다. 일단 김치와 콩나물무침, 멸치볶음을 꺼낸 해온은 아무래도 다른 반찬까진 필요 없을 것 같아 식탁 위에 반찬통을 내려놓았다.

"다른 거 도와줄 거 없어?"

"밥 푸게 이거 좀 저어."

동화에게서 납작한 볶음 국자를 건네받은 해온은 곁에 서서 불고기를 볶았다. 지글지글 맛있는 소리가 벌써부터 식욕을 자극했다. 불고기를 볶는 팬 바로 옆에선 말간 시래기된장국이 끓고 있었는데, 그 냄새 역시 환상적이었다.

부지런히 저으며 옆을 보니, 동화는 밥을 푸고 있었다. 화장기 없는 얼굴에 도톰히 부은 두 눈이 무척이나 귀여웠다. 대충 끌어다 묶은 머리칼도, 집중할 땐 어김없이 나오는 입술과 바쁘게 움직이는 작은 손도 귀여웠다. 동화가 움직일 때마다 은은하게 퍼지는 샴푸 향과 로션 향이 내 몸에서도 나니 기분이 묘했다. 같은 향기가 나고 있다는 그 사실만으로도 마음이 설레었다.

해온은 자꾸만 웃음이 나서 견딜 수 없었다. 꿈에서나 상상해 보던 일들이 하나둘 실제로 일어나기 시작했기 때문이다. 동화를 지켜보던 해온은 동화의 곁에 바짝 다가서서 엉덩이를 툭 하고 옆으로 밀쳤다. 그러자 무방비 상태였던 동화가 옆으로 휙 밀렸고, 깜짝 놀란 해온이 동화의 팔을 붙잡았다.

"워어!"

"야, 돌았어?"

"미안. 그렇게 많이 밀릴 줄 몰랐네?"

해온이 다시 한 번 엉덩이를 툭 치니 동화는 어이가 없다는 듯 헛웃음을 터뜨렸다.

"하지 마라."

그런다고 그만할 신해온이 아니지.

해온은 또 한 번 동화의 엉덩이를 툭 쳤다.

"이씨!"

결국 동화가 밥풀이 잔뜩 붙은 밥주걱을 들고 해온에게 돌진했다. 해온은 동화의 공격을 피하려 허리를 숙이고 냉큼 동화의 허리를 두 팔로 끌어안아, 번쩍 들어 올려 어깨에 걸쳤다.

"안 내려? 빨랑 내려!"

리프트라면 숟가락 드는 일만큼 많이 해왔던지라 그 누구보다 자신 있었다. 해온은 두 발을 대롱대롱 구르는 동화를 어깨에 얹고 거실로 향했다.

"오빠라고 해봐."

"이게 진짜 처돌았나. 좋은 말로 할 때 내려라!"

이 와중에도 입은 살아가지고.

동화가 풀썩거릴 때마다 나는 향이 좋아서, 해온은 동화를 어깨에 얹은 채로 거실을 뱅글뱅글 돌았다.

"들 만하네. 몸 만들어서 무용 할래? 여자단원도 부족한데."

"너 어깨뼈 뾰족해서 배겨! 빨리 내려!"

해온은 다시 주방으로 가 동화를 식탁 의자에 앉혔다. 동화는 이글이글 불타는 눈빛으로 해온을 죽일 듯 노려보았고, 해온은 냉큼 가스레인지 쪽으로 돌아섰다.

"불고기 탄다. 저거 먼저 하고 맞을게."

울분을 참지 못한 동화가 그래서 네가 아개라는 둥, 저런 또라이가 또 없다는 둥 욕을 퍼부었지만 그래도 들어줄 만했다. 오히려 웃음이 났다.

팔만 뻗으면 닿는 그곳에 그녀가 있으니, 더는 바랄 것이 없었다. 오래전부터 지금까지 변함없이 그곳에 있어주니, 가슴이 뻐근해질 만큼 고마웠다.

✻

곧장 지하 연습실로 내려가려던 해온은 참새가 방앗간을 그냥 지나칠 수 없듯이 어김없이 〈그늘나무〉에 들렀다. 그곳엔 또 다른 참새, 손 대표가 커피 한 잔을 앞에 두고 창밖 세상을 구경하고 있었다.

"일찍 나오셨네요?"

"네가 늦은 거지. 2차 시험이 낼모렌데 선생이란 인간이! 병준이는?"

"정인이 들어왔다고 만나러 가서 사라졌어요."

"병준이 연애하는 동안 넌 뭐 했냐? 사지 멀쩡한 놈이. 쯧쯧."

해온이 어깨를 으쓱이며 웃자, 손 대표가 해온의 어깨를 툭 쳤다. 해온은 카운터에서 오렌지에이드 두 잔을 포장해 달라고 주문하고 손 대표의 맞은편 자리에 앉았다.

"어제 그 여잔 만났어?"

"여자요?"

"너 찾기에 소극장에 있다고 가르쳐 줬는데, 못 만났어? 까만 원피스 입은……."

"아, 만났어요."

지난밤부터 오늘 아침까지 동화와 보낸 꿈 같은 시간에 흠뻑 젖어 현실 감각을 잃은 모양이다. 해온은 쓰게 웃으며 손끝으로 눈썹을 긁적였다.

"누군지 물어봐도 되나?"

"……그 사람 딸이요."

해온의 대답에 손 대표는 잠시 생각을 하는 듯 말을 잇지 않고 고개만 끄덕였다.

"난 또 우리 샘님 연애하시나 했네."

"에이, 제 스타일 아니에요."

농담으로 넘기자, 손 대표가 또 한 번 해온의 어깨를 다독여 주었다.

"더 계실 거예요?"

"어. 이거 마저 마시고. 먼저 가봐."

해온은 손 대표에게 고개를 숙여 정중히 인사를 하고 카운터로 가 에이드 두 잔을 받았다. 그리곤 동화가 있는 지하 연습실로 걸음을 옮겼다.

조만간 다시 보게 될 거라던 윤진의 말이 자꾸 머릿속을 맴돌았다. 별일 아닐 거라 생각하면서도, 내심 그 말이 마음에 걸렸다. 죽을 때까지 다시 만날 일이 없으면 좋겠는데, 두 번 다신 엮이고 싶지 않은데 예감이 좋지 않았다.

그냥, 조용하게 살 걸 그랬나?

아니지. 누구 좋으라고. 더 성공해야지.

지하에 내려온 해온은 자신의 연습실 맞은편에 있는 동화의 작업실 문 앞에 다가섰다. 한 뼘쯤 열려 있는 작업실 문틈 사이로, 피아노 앞에 앉아 악보와 씨름 중인 동화의 뒷모습이 보였다. 언제 봐도 예쁜 그 뒷모습. 늘 눈에 아른거리고, 볼 때마다 안아버리고 싶은 강한 충동을 느끼는 그 뒷모습에 해온은 냉큼 작업실 안으로 들어갔다.

"잘 안 돼?"

그제야 인기척을 느꼈는지, 동화가 뒤를 돌아보았다. 마치 슬로우 모션이라도 걸어둔 것처럼 아주 느리게 움직이는 듯 보였다.

"왔어?"

아무런 의미 없이 지어 보이는 미소에도 가슴 설레어하던 숱한 날들…… 오늘도 크게 다르진 않았다. 동화의 미소에 마음이 녹아내린 해온은 당장에라도 동화를 안고 싶은 충동을 가라앉히기 위해 안간힘을 쓰고 있었다. 그런 해온의 심정을 아는지 모르는지, 동화는 손에 쥐고 있던 연필을 내려두고 해온에게 손을 뻗으며 가까이 다가왔다.

쿵, 쿵.

심장이 미친 듯이 뛰기 시작했다.

"너 같은 천재들은 나의 고통을 모른다."

동화는 불퉁하게 말하며 해온의 손에 들린 에이드를 받아 들었다. 해온은 잠시 고민했다. 이대로 안아버릴까? 그럼 또 미친놈 소릴 듣겠지. 그래도…… 그냥 안아버릴까?

"전에 병준이가 좋다고 했던 곡이 있는데, 들어볼래?"

해온이 고민하는 사이, 동화는 노트북을 열고 의자에 앉았다. 머릿속엔 온통 다른 생각뿐이지만, 해온은 습관처럼 고개를 끄덕였다. 그러자 동화가 클릭 몇 번으로 음악을 재생시켰다.

음악이 귀에 들어올 리가 없었다. 바이올린으로 연주했구나, 정도. 동화는 자신의 반응을 보기 위해 얼굴을 빤히 보고 있었고, 그럴수록 가슴은 더욱 빨리 두근거렸다.

"하나 더 들어봐."

그런 해온의 표정을 만족스럽지 못한 것이라 읽었는지, 동화가 또 다른 곡을 재생했다. 여전히 해온의 눈엔 동화의 모습만 들어올 뿐인데 그걸 알지 못했다.

"이게 둘 다 비발디 화성의 영감이라고 협주곡 모음집 작품 3번에 있는 곡들인데, 첫 번째 들은 건 협주곡 8번 3악장이고 두 번째 들은 건 6번 3악장. 두 번째가 낫지? 메이저보단 마이너가 나을 것 같고, 템포도 알레그로보단 프레스토가 더 좋을 것 같은데."

자기가 좋아하는 것들에 대해 이야길할 때 지어 보이는 특유의 순한 표정. 마치 간이며 쓸개며 다 빼줄 기세인 상냥하고 친절한 말투.

아마도…… 5년 전 처음 안무곡을 의뢰하던 날, 이 모습에 반한 것 같다. 그때와 지금, 달라진 거라곤 길었던 머리카락이 짧아졌다는 것뿐. 동화는 늘 같은 모습으로, 늘 그 자리에 있어주었다. 내게서 더 멀어지지 않았다.

"몇 가지 들어봤는데, 이무지치 버전이 제일 좋은 것 같애. 다른 레코딩도 들려줄까?"

부지런히 마우스를 클릭하는 동화의 작은 손을 해온이 제 손으로 감쌌다. 모니터에 시선을 두고 있다가 깜짝 놀란 동화는 토끼 눈을 하고 해온을 보았다.

"왜?"

"저게 어제 받은 부케야?"

"어. 예쁘지?"

"한번 들어봐."

동화는 냉큼 부케를 들고 일어나더니, 이내 머쓱했는지 수줍게 웃었다.

"예쁘네."

"부케 던지는데 한 번에 못 받아서 반짝이 가루가 다 떨어졌어. 원래는 더 예뻤는데."

"지금도 충분히 예뻐."

부케 말고 당신이 예쁘다고.

동화가 또 한 번 웃었다. 부케를 가만히 내려다보며 손끝으로 꽃잎을 쓸더니 코에 가까이 가져가 향을 맡았다.

그 순간, 해온은 새하얀 웨딩드레스를 입고 부케를 손에 쥔 동화의 모습을 상상했다. 해 질 녘 바다가 내려다보이는 평화로운 정원 한가운데 서 있는 그녀의 모습을……. 세상 그 어떤 존재보다 아름다운 그 모습에 해온은 쉽게 상상 속에서 헤어 나오질 못했다.

"나…… 물어볼 거 있는데."

"뭔데?"

말을 고르는지 동화는 쉽게 입을 열지 못했다. 고개를 기울여 눈을 맞추자, 동화가 어색하게 웃었다.

"나 어제…… 너 소극장에서 연습하는 거 봤어."

말과 말 사이에서 그것이 전부가 아니란 걸 읽은 해온이 고개를 끄덕였다. 연습하는 것뿐 아니라 다른 것도 본 것이다.

그래서 자꾸 생각 많은 눈을 하고 날 봤던 거구나. ……진작 물어보지.

"다 봤어?"

동화는 고개를 가로저었다.

"다는 못 보고, 조금."

"근데 어젠 왜 안 물어봤어?"

"그냥…… 좀 힘들어 보이길래……."

급한 성격에 궁금해서 어떻게 참았을까.

해온은 웃고 말았다.

"그래서, 질투가 좀 나시던가?"

"참 나, 질투 같은 소리 하고 있네. 못 보던 여자라 누군가 궁금해서 그런 거지."

"신경 안 써도 되는 사람이야."

대답이 만족스럽지 못했는지, 동화의 표정은 좀 전보다 더 어두워졌다.

"있지, 여자는 남자가 그렇게 말하는 거 제일 싫어해. 확실하게 대답을 해주든가, 아니면 확실하게 행동을 하든가. 입장 바꿔서 생각해 봐. 만약 내가……."

"만약 구동화가 다른 남자랑 있는 걸 보면, 내 기분이 어떨지 생각해 보라고?"

동화가 아차 싶은 표정을 지었다.

귀여웠다. 불안하게 흔들리는 시선도, 갈 곳 잃은 두 손도, 오물오물 거리는 입술도 모두. 모른 척 넘어가고 싶지 않은 못된 마음에 해온은 일어서서 동화에게 가까이 다가섰다.

"근데 난 단련됐어. 구동화가 워낙 사랑에 자주 빠지니까."

"그거랑 그거랑 같냐?"

"물론 다르지. 그래서 참는 거야, 드라마니까. 딱 ……드라마까지만 참아줄 거야."

시선을 바닥에 고정한 동화는 새침한 얼굴로 눈을 깜박였다. 그러나 해온의 눈엔 동화의 입술만 보였다.

"동생이래."

"동생?"

"……그 사람 딸."

"아……. 내가 괜한 걸 물었네."

동화의 표정이 짐짓 심각해지자, 해온은 일부러 환히 웃었다.

"저녁에 영화 보러 갈래?"

"바빠."

"나도 바빠. 그래도 보러 가자. 나 올라간다, 수고해."

쪽.

한계에 다다른 해온이 결국 동화의 볼에 입을 맞췄다. 안는 걸론 만족 못할 것 같고, 그렇다고 입을 맞추면 발등 정도는 밟힐 것 같고, 그래서 차선을 선택한 것이다.

해온은 당황한 표정으로 멍하니 눈만 깜박이고 있는 동화에게 손을 흔들어주며 작업실을 빠져나왔고, 걷는 내내 입가엔 미소가 떠나질 않았다.

✳

생각해 보니 해온과는 늘 익숙한 곳만 다녔다. 해밀빌딩, 집, 공연장 몇 곳, 단골 식당 몇 곳이 전부였다. 하긴, 해온과 함께하든 안 하든 동화의 동선도 거의 비슷했다.

그래서 조금 새로운 기분이 들었다. 해온과 처음으로 낯선 곳에 왔기 때문이다. 신해온과 단둘이 영화를 본 것도 처음 있는 일이었다.

"이번엔 또 이정재야?"

"남자 중의 남자였어. 내가 왜 그동안 이정재를 몰라봤지?"

"드라마로도 부족해서 이제 영화까지…… 에휴."

내쉬는 한숨이 왜 그리도 반가운지. 해온의 타박이 듣기 좋았다.

영화관 주변 맛집을 검색까지 해가며 찾아온 참이다. 멋진 레스토랑도 아니고, 고작 순대볶음에 소주 한 병이 전부지만 그래도 좋았다. 좀 더 함께하고 싶은 마음에, 오죽하면 밥을 다 먹어놓고도 아쉬워서 먼저 일어나잔 소리도 못하고 버티고 있을까.

"동화 씨!"

귀에 익은 목소리에 동화는 고개를 두리번거렸다. 그때, 막 식당 안으로 들어온 태민과 눈이 딱 마주쳤다. 동화는 벌어진 입을 다물지 못했다.

"안녕하세요."

고개를 끄덕여 인사를 건넨 후, 동화는 슬쩍 해온의 표정을 먼저 살폈다. 아직까지 아무런 변화가 없었고, 오히려 평온해 보이기까지 했다.

이건 정말 내가 원하던 그림이 아닌데. 이대로 땅속으로 사라지고 싶다.

"여기서 뵙네요. ……연락 기다리고 있었는데."

웃고는 있지만 어색함에 숨이 막힐 것 같았다.

"전 친구들이랑 밥 먹으러 왔는데, 동화 씨는……."

그는 자신의 맞은편에 앉은 남자가 누군지 궁금하단 눈빛이었다. 동화는 해온과 태민을 차례로 보며 뭐라고 인사를 시켜야 좋을지 몰라 입술만 달싹였다.

"신해온입니다."

해온이 자리에서 일어나 손을 먼저 내밀었고, 태민은 환하게 웃으며 해온의 손을 맞잡아 악수를 나누었다.

"정태민입니다. 반가워요. 어디서 많이 뵌 얼굴 같다 했는데, 무용수 맞으시죠?"

"네, 맞아요."

"제가 〈숨〉 정기공연 때 갔었거든요. 인상적이었어요."

두 사람은 태연한 얼굴로 인사를 나누었지만, 동화는 지금 가시방석 위에 앉은 듯했다.

"저흰 지금 식사 마치고 나가려던 참이었어요. 태민 씨, 식사 맛있게 하세요."

"아쉽네요. 그럼 다음에 뵈어요."

다시 한 번 어색한 인사가 오고 갔다. 동화는 서둘러 가방을 챙겨 들었고, 해온도 그 뒤를 따랐다. 식당을 빠져나오자마자 절로 한숨이 새어 나왔다.

이 넓고 넓은 서울에서, 하필이면 지금, 그것도 해온이와 함께 있는데 어떻게 딱 마주쳤지?

"가자."

얼굴이 화끈 달아올라 차마 해온의 얼굴을 볼 수가 없었다. 이 상황에서 무슨 말을 해야 할지도 모르겠고, 얼른 이 상황을 벗어나고 싶을 뿐이었다.

"그 남자야?"

바쁘게 걷자, 해온이 손목을 잡아당기며 곁에 세웠다. 동화는 고개를 끄덕이곤 해온의 걸음에 맞춰 천천히 걸었다.

"사람 좋아 보이네."

동화의 걸음이 더욱 느려졌고, 그 탓에 팬츠 주머니에 손을 넣고 걷는 해온의 뒷모습을 보게 되었다.

서운함이 밀려들었다. 어떻게 보면 내가 자초한 상황인데, 내가 미안해해야 할 상황인데, 해온의 말에 괜히 마음이 서걱거렸다. 그냥 느낀 그대로 말한 걸 수도 있다. 나 역시 그를 처음 봤을 때 좋은 사람이란 인상을 받았으니까. 그게 전부인 말일 수도 있는데, 왜 이렇게 마음이 이상한 건지…….

동화는 그 자리에 멈춰 섰다. 자신이 곁에서 함께 걷고 있지 않다는 걸 알면서도 해온은 계속 걷고 있었다.

그렇다면…… 내가 가면 되지. 돌아서길 기다리지 말고, 돌아와 주길 바라지 말고 내가 먼저 다가가면 되지.

스무 걸음 이상 벌어진 사이를 좁히기 위해 동화는 어깨에 메고 있던 가방을 손으로 꽉 쥐고 해온에게 달려갔다. 그리곤 해온의 앞을 가로막고 섰다.

"구동화."

"어?"

"한 번 더 만나보니까 어때? 확실해졌어?"

생각을 읽을 수 없는 깊은 두 눈과 옅은 미소.

3년 전, 미국으로 떠나던 그날도 이런 얼굴을 하고 있었다. 돌이켜 보니, 단 하루도 잊지 않았다. 그날의 신해온을, 그날의 입맞춤을, 그날의 내 마음을 모두 말이다.

동화는 해온의 물음에 고개를 끄덕였다.

"확실해졌으면, 이젠 만날 일 없겠네? ……다신 만나지 마라. 길에서 우연히라도 만나지 마. 세 번째는 내가 싫어."

왜 하필 지금 이 순간 눈물이 핑 도는 건지.

울컥했지만 동화는 안간힘을 쓰며 참았다. 시큰한 코끝을 손등으로 문지르며 참고 또 참았다.

"그래, 그럴게."

고개를 끄덕이자, 해온이 웃으며 손을 내밀었다.

"가자."

해온이 내민 손 위에 제 손을 포개며 빈틈없이 손깍지를 꼈다. 맞잡은 손과 해온의 얼굴을 한 번씩 보곤 그제야 함께 걸었다. 가로등 불빛 아래 두 사람의 그림자가 길게 드리워졌다. 마치 하나로 엉겨 붙은 모습이었다. 동화는 걷는 내내 맞잡은 손과 나란히 움직이고 있는 발, 그리고 해온의 얼굴을 보았다.

"진짜 달리기 잘하네."

그 후로 해온은 아무 말이 없었다. 지하철로 세 정거장이나 되는 거리를 말없이 걷기만 했다.

✻

윤진에게 전화가 걸려왔다. 마저 해줄 얘기가 있으니 만나자고. 뭐, 마음먹으면 전화번호쯤이야 쉽게 알아낼 수 있겠지만 생각보다 나에 대해 많은 걸 알고 있는 것 같아 기분이 좋지만은 않았다.

해밀빌딩 근처에 위치한 한 카페에 들어선 해온은 단번에 윤진을 찾아냈다. 지난번에 찾아왔을 때 못지않게 머리부터 발끝까지 힘을 주고 창가에 앉아 있으니 시선이 안 갈 수가 없었다. 해온은 윤진이 앉아 있는 테이블로 가 맞은편에 자리를 잡았다.

"환한 데서 보니까 잘생겼다. 누굴 닮았나 했더니, 할아버지를 꼭 닮았네?"

"용건만 간단히 해. 우리가 마주 보고 앉아서 얼굴도 모르는 너네 가족 얘기 나눌 사이는 아니잖아?"

그냥 대꾸하지 말 걸 그랬나.

해온의 발끈하자 윤진이 웃으며 서류 봉투 하나를 내밀었다.

"그래, 간단히 하자. 그때 보니까 멍청한 것 같진 않고, 제법 말귀는 알아듣겠다 싶어서 불렀어. 미리 얘기해 줄 게 있거든."

해온은 봉투를 열어 그 안에 들어 있던 서류 파일을 꺼냈다. 파일 안에는 눈에 익은 통장 사본과 거래 내력이 빼곡하게 찍힌 서류가 있었다.

"뉴스는 봤지? 너랑 내 아버지인 서창욱 씨가 국무총리 후보자로 지명됐어. 근데 예전에 너랑 네 어머니 차명계좌 관리하던 보좌관이 3대 메이저 언론사에 전부 폭로 의사를 밝힌 모양이야. 물론 기사는 쉽게 못 나가. 아빠가 최선의 시나리오를 완성하기 전까진."

해온은 서류를 다시 봉투 안에 넣고 윤진의 얼굴을 보았다. 왜 여기 앉아서 저 여자에게 이런 얘길 듣고 있어야 하는 건지 이유를 알지 못해서였다.

"청문회는 얼마 안 남았고, 언론에 들어간 이상 조만간 어떤 방법으로든 들통 나게 돼 있는데, 아빠가 구상한 시나리오는 너무 구려. 네가 날 좀 도와줘야겠다."

"내가 왜?"

"아빠, 네 존재를 세상에 까발릴 생각이거든. 뭐라더라…… 차라리 양심고백을 해서 동정 여론을 만들겠다던가?"

기가 막혀서 웃음도 나질 않았다.

해온은 두 눈을 질끈 감고 화를 억눌렀다.

"공직 생활 30년을 걸고서 부인해 놓고 이제 와서? 그런다고 동정 여론이 생기나? 완전 매장되는 건 아니고?"

해온의 말에 윤진이 한심하다는 듯 비웃었다.

"순진하긴. 기사 몇 개면 동정 여론 만드는 건 일도 아냐. 미리 말해두는데, 네가 좋을 건 하나도 없어. 변하는 건 아무것도 없거든. 넌 계속해서 혼외자일 거고. 쉽게 말해서, 아빠가 널 언론에 먹잇감으로 던진다는 거야."

이를 악다문 해온은 자리를 박차고 일어섰다.

"맘대로들 해. 나랑 상관없는 일이야."

"앉아. 내 얘기 아직 안 끝났어."

해온이 그대로 돌아서자 윤진이 손목을 잡아챘다. 갑작스러운 윤진의 행동에 불쾌해진 해온은 윤진의 손을 거칠게 뿌리쳤다.

"여자한테 너무 거치네. 혼외자라 그런가 매너가 엉망이야."

인내심에 한계가 달한 해온이 숨이 닿을 만큼 윤진에게 바짝 다가섰다.

"한 번만 더 말 그렇게 밉게 하면, 오빠가 엉덩이 걷어차 줄 거다. 알았니?"

"보통 아니네."

상대하고 싶지 않았다. 이런 불편한 관계 안에서 놀아나고 싶지 않았다. 하지만 힘이 풀려 버린 다리는 쉽게 움직이질 않았다. 가슴이 뛰어서 머리가 아찔했다.

"난 그 시나리오 절대 반대야. 고맙지? 내가 다음 달에 결혼을 하는데, 우리 시댁에선 구설수에 오르는 걸 극도로 싫어하시거든. 그러니까 네가 막아. 가여운 동생을 위해서 오빠가 한 번만 나서 주라."

"미안한데, 번지수를 잘못 찾았어. 다 오픈된다 해도 난 상관없거든. 네 말대로 난 계속 혼외자니까. 내가 나서봤자 아무것도 얻을 게 없는데 뭐 하러. ……힘내라."

힘겹게 걸음을 옮기는데, 윤진이 다가와 앞을 가로막고 섰다.

"맨입으론 안 하시겠다……. 약았네, 우리 오빠. 좋아! 후원해 줄게. 원하는 만큼 얼마든지. 공연하기 많이 힘들잖아. 수익도 없는데 돈도 많이 든다며."

"너 돈 많나 보다?"

"나도 많지만 우리 시댁이 더 많아."

"넌 네 아버지보다 시댁이 더 중요한가 봐?"

윤진이 시리게 웃더니 나른한 표정으로 고개를 뒤로 젖혔다.

"아버지는 무슨. 너 그거 알아? 너 동생 또 있다? 올해 초등학교 입학했어. 아빠는 하난데 자식 셋이 다 엄마가 달라. ……완전 골 때리지?"

완전 개족보가 따로 없네.

헛웃음부터 나왔다. 그리고 이제 조금 윤진의 행동을 이해할 수 있었다. 모난 말과 차가운 시선 속에 감춰둔 상처를 조금은 알 것 같았다.

"그 초딩한텐 네가 가진 빌딩보다 더 비싼 거 줬어. 거제도에 있는 리조트. 어때? 샘나지?"

나와 비슷한 인생을 살게 될, 얼굴도 이름도 모를 그 아이의 인생이 진심으로 가엽고 안타까웠다.

"……나 이거 까발려지면 파혼당해. 놓치고 싶지 않은 사람이야."

윤진은 더 이상 비아냥거리지 않았다. 아까보다 조금은 간절해진 표정으로, 사뭇 진지한 목소리로 말했다.

"다시 한 번 말하지만, 나랑은 상관없는 일이야. 엮이고 싶지 않아. 네가 피해를 입게 돼서 유감이다."

"이제까지 내가 한 얘기 뭐로 들은 거야!"

윤진이 신경질적으로 소리를 지르자, 주변 사람들의 시선이 두 사람에게 쏠렸다. 그러나 윤진은 전혀 신경 쓰지 않았다.

"앞으로 공연하기 힘들어질 텐데…… 괜찮겠어?"

"간절한 네 심정은 알겠는데 그런 협박은 안 통해. 다 가져가도 상관없어."

해온은 윤진을 남겨두고 곧장 카페를 빠져나왔다. 그리고 횡단 보도를 건너 해밀빌딩 쪽으로 걷는 동안 단 한 번도 뒤를 돌아보 지 않았다. 돌아본다면 어쭙잖은 동정심이라도 생길까 봐 마음 독 하게 먹고 빠르게 걸었다. 간절해진 담배 생각에 입안이 바싹 타 들어갔다.

머리가 지끈지끈 아파왔다. 어머니가 돌아가신 후로, 이제 다 끝난 일이라 생각했는데, 어쩌면 다시 시작된 건지도 모르겠다. 누군가에겐 평생의 고통이자 죽음을 결심하게까지 만들었던 혼외 자란 굴레를 아무런 죄책감도 없이 각자의 욕심을 채우는 수단으 로 이용하려는 자들……

아팠다. 마음이 쓰렸다. 한심하게도…… 눈물이 날 것 같았다.

어떻게 여기까지 왔는데, 내가 어떻게 버텨왔는데…… 고작 이런 꼴 보자고, 혼자서라도 한 번 살아보겠다고 아등바등 거렸나……

단 한 번도 어머니를 원망한 적 없었지만, 오늘만큼은…… 조 금, 아주 조금…… 어머니가 미웠다.

ᴍ8. 손을 내밀면 닿는 거리

차도, 인도 할 거 없이 길 위엔 온통 나뭇잎이 수북하게 쌓였다. 자루에 쓸어 담고 나면 그 다음날 또 그만큼의 나뭇잎이 쌓여 있어, 환경미화원분들은 하루에도 몇 번씩 나뭇잎을 쓸어 담아갔다.

2층 테라스에 앉아 길 위를 내려다보던 해온은 싸늘한 늦가을 바람에 코끝이 시려 콧등을 찡그렸다. 재킷을 단단히 여미며 담배를 입에 문 해온은 불을 붙이고 필터를 길게 빨아들였다.

단풍이 언제 들었다가 졌는지도 모를 만큼 바쁜 시간을 보냈다. 무용원뿐 아니라 미술원, 음악원 입시생들 대부분 원하던 학교에 합격을 했고, 코앞으로 닥친 예술제 준비도 거의 마무리되었다. 11월 중순에 있을 정기공연 작업도 순조롭게 진행 중이고, 그렇게 한 해가 저물고 있었다.

해온은 이른 오전에 받은 메시지 한 통에 오전 내내 마음이 무거웠다. 언젠가 연락이 오겠거니, 생각을 하곤 있었지만 정말로 연락을 받고 나니 오만 가지 생각들로 머릿속이 가득 차 몸과 마음이 괴로웠다.

이 실장이 자리를 만들자고 했다. 일방적인 통보였다. 안 가면 그만이고 피하면 그만인데 쉽게 마음먹어지질 않는다. 공연을 못 하게 할 거란 윤진의 협박이 무서워서도 아니고, 윤진이 제시한 후원 조건에 끌려서도 아니었다. 우습게도 동갑내기 동생이라며 불쑥 나타난 윤진이 불안한 시선을 감추며 시비 걸던 게 눈에 밟혀서, 놓치고 싶지 않은 사람이 있단 그 말이 자꾸 생각이 나서 밑지는 셈치고 자리에 나가봐야겠단 쪽으로 생각이 기울고 있었다.

후회할지도 모른다. 아니, 백 퍼센트 후회하게 될 것이다. 가서 어떤 얘길 듣게 될 건지 윤진을 통해 미리 들었고, 아버지란 자에게 기대란 것조차 없으니 전보다 더 실망을 하게 되거나, 완전히 미워하게 되거나 둘 중 하나가 될 것이다.

어쩌면 그래서 더 가고 싶은 건지도 모르겠다. 어떻게 해서든, 어떤 방법이 되었든 이젠 제발 깨끗하게 정리하고 싶으니까.

"나도 한 대 주라."

해온은 자신을 향해 걸어오는 손 대표에게 일어나 인사를 한 후 담배를 건넸다.

"아이고, 죽겠다."

손 대표가 의자에 앉으며 앓는 소리를 하자, 해온은 웃음을 참지 못했다.

"날씨 한번 참······."

해온은 손 대표의 옆에 앉아 하늘을 올려다보았다. 오전 내내 바람이 심상치 않더니, 점점 먹구름까지 드리워지고 있었다.

"비가 올 것 같지?"

"네. 그럴 것 같아요."

"이번에 비 오고 나면, 나뭇잎 다 떨어지겠다."

"아쉬우세요?"

"난 그렇게까지 감성적인 사람은 아니다."

해온은 담배를 끄고 작게 한숨을 내쉬었다.

"고민 있냐?"

"아뇨."

"그럼 없다 치고, 견딜 만하냐?"

꽤 날카로운 질문이었다.

해온은 옅게 웃으며 고개를 끄덕였고, 손 대표는 그럴 리 없을 텐데, 하는 표정으로 눈매를 찡그렸다.

견디고는 있지만, 견딜 만해서 견디는 건 아니었다. 죽을힘을 끌어모아 안간힘을 쓰며 버티는 중이다. 정신적으로 무척이나 힘들고 괴로운 시간을 보내고 있지만, 아직은 버틸 만했다. 혼자가 아니라서, 곁에 동화가 있어줘서 얼마나 다행인지 모른다.

"차마 너한텐 고통을 예술로 승화시키라는 낯간지러운 소린 못 하겠다."

"제가 가진 고통을 전부 예술로 승화시킬 재주가 있었다면, 전 아마 전 세계를 통틀어 천 년에 한 번 나올까 말까 한 전대미문의 예술가가 되었을 거예요."

"에라이, 미친놈아."

해온의 농담에 손 대표가 그 커다란 손으로 해온의 등을 가격했다.

"대표님, 저 예술 하긴 그른 것 같아요."

"네가 예술 안 하면 누가 예술 하냐?"

"돈 앞에서 흔들리던데요."

"돈 앞에선 누구나 흔들려. 그건 예술과 별개야. 우린 먹고사는 게 제일 중요한 인간이니까."

"우리한테도 후원자가 생기면, 훨씬 더 좋겠죠?"

"왜? 누가 네 하룻밤을 주면 후원이라도 해준다디?"

"아, 진짜 대표님!"

손 대표는 일부러 농담을 섞어 툭툭 뱉었다. 해온이 웃자 그제 야 조금 편한 표정으로 벤치에 기대앉은 손 대표는 하늘을 올려다 보며 눈을 깜박였다.

"후원 못 받아도 지금까지 잘해왔어. 물론 힘들긴 했지. 무대 한 번 올릴 때마다 수천만 원씩 깨지고, 티켓 수익은 없고, 티칭해서 번 돈 다 꼴아박고 있으니까."

그래도 우린 그나마 사정이 나은 편이다. 전용 소극장이 있어서 적어도 대관 걱정은 없으니 말이다. 그마저도 없었다면 정기공연 을 여는 것도 쉽지 않았을 것이다. 두 달에 한 번은커녕 1년에 한 번쯤 열 수 있었을까?

"그래도 이게 어디야? 무용 해서 먹고살면 그걸로 된 거지."

"대표님은 예술이랑 현실 사이에서 타협해야 하는 순간이 올 때 어떻게 하셨어요?"

해온의 물음에 손 대표는 기억을 되짚어보는 듯, 한동안 말을 잇지 못했다. 담배 한 대를 다 피울 때까지 고개를 갸웃거리기만 했다.

"타협했어."

"네?"

"타협해서 여기까지 온 거야. 안 그랬으면 나 잘난 맛에 연습실 거울만 보고 하루 종일 땀 뺐겠지. 혼자 예술 한답시고."

이러니 존경하지 않을 수 있을까.

손 대표는 예술에 대한 생각의 깊이와 넓이가 보통의 예술가들과 확실히 달랐다. 평단의 시샘과 눈총을 묵묵히 견뎌내면서도 순수예술의 대중화라는 자신의 신념을 묵묵히 지키고, 대중과의 소통에서는 늘 열린 마음으로 모든 걸 수용할 줄 아는 예술가.

이런 사람 곁에서 숨을 쉬는 것만으로도 많은 걸 얻고 깨달을 수 있으니 해온은 자신이 행운아라고 생각했다.

"난 하루 종일 연습만 하려고 죽어라 무용한 거 아냐. 무대에 서야지. 사람들한테 보여줘야지. 타협을 비굴한 거라고만 생각 안 해도 돼. 그거, 쓸데없는 자존심이야. 난 그 자존심 버리려고 〈숨〉 창단했어."

하나의 목표를 가지고 오직 열정 하나로 모인 사람들. 애초에 이 프로젝트가 만들어진 이유, 각 분야의 예술가들이 모인 이유, 그리고 해온이 이 프로젝트에 참여한 이유는 모두 같았다. 무대에

서고 싶어서. 컨템포러리라는 장르 안에 자신을 가두고 대중과 멀어지는 현대예술가 말고, 현대예술이 난해하고 어렵지만은 않다는 것을, 충분히 대중적으로 다가갈 수 있다는 것을 사람들에게 알리고 더 많은 무대에 마음껏 서기 위해 한데 모인 것이다.

"만약에요…… 이건 정말 만약인데요. 우리 이 건물 없으면……."

그런 상황에서 이 건물이 어떻게 돼버린다면, 만약 이 건물을 포기해야 하는 상황이 온다면…….

"이 건물 없으면 다른 건물에서 하면 되고, 공연할 데 없으면 만들면 되고, 뭐가 걱정이지?"

진심으로 그 이유를 모르겠다는 듯한 손 대표의 순수한 눈빛에 해온은 정신이 번쩍 들었다.

처음 〈숨〉이 출발했을 땐, 정말 아무것도 없었다. 이리저리 부딪히고 깨지고 마음을 다치면서 여기까지 온 것이다. 4년 전, 현금 삼천만 원을 들고 불쑥 찾아와 당당하게 건물 좀 쓰자고 말하던 손 대표의 모습이 떠올랐다. 가진 건 이게 전부라고, 내가 너 죽자 살자 가르쳐서 이만한 무용수로 만들었으니까 도와달라고. 만약 그때 손 대표가 자존심 챙기기에 급급한 사람이었다면 그렇게까지 할 수 있었을까? 과연 〈숨〉이 여기까지 올 수 있었을까?

"내가 명색이 대푠데, 네 스승인데, 너 혼자서 다 짊어지는 병신 같은 짓은 하지 마라. 날 허수아비로 만들지 마."

단호한 말에 해온은 고개를 끄덕였다.

"그런 짓 절대 안 합니다. 혼자 안 죽고 대표님이랑 같이 죽을 거예요."

"그래. 요즘 같은 세상에 의리가 어디 있어? 다 같이 죽는 거지. 그치? 역시 잘 통해."

손 대표는 해온의 어깨를 감싸 안고 다독여 주었다. 그 덕에 마음 한구석에서 피어오르던 불안함과 걱정들이 눈 녹듯 사라지는 것 같았다.

믿을 구석이 있다는 게, 기댈 구석이 있다는 게 사람 마음을 이렇게까지 따뜻하게 만들어주는구나. 한 치 앞이 보이지 않을 때마다 길을 보여주고 함께 걸어주는, 고맙다는 말로는 표현이 부족한 나의 스승님.

오늘만큼은 해온도 모든 걸 내려놓고 손 대표의 품에 안겼다. 많이 지쳐 있었지만 괜찮은 척, 아무렇지 않은 척하며 버텨왔는데…… 지금은 그럴 필요가 없었다.

매년 10월 중순에 열리는 무용예술제는 발레, 현대무용, 한국무용, 세 가지 장르를 구분 짓지 않고 통틀어서 치르는 국내 유일의 창작무용 경연 축제다. 이번 예술제에서는 전국무용제 대상 자격으로 예술제에 초청을 받아 초청공연으로 무대에 서게 된 손 대표의 팀과 해온이 안무를 짜고 병준과 해온이 무대에 서는 자유참가 부문으로 나누어 참여하게 되었다.

예술제 전 마지막 전체 연습.

먼저 해온과 병준이 무대 위에 올랐다. 전 단원이 지켜보는 가운데 두 사람의 실전과 같은 리허설이 시작되었다.

해온은 병준의 내면과 감정이 되었다. 마치 한 몸처럼 움직이지만, 같은 음악 위에서 해온은 느리게 움직이고, 병준은 빠르게 움직였다. 바닥에 쏟아지는 땀방울, 헉헉대는 숨소리, 떨리는 손끝, 수축하는 다리 근육, 모든 움직임을 작품으로 만들어내는 두 사람의 모습에서 동화는 한시도 눈을 떼지 못했다. 내가 만든 음악을 타고 몸을 움직인다는 것 자체가 감격스러운 일이었다.

해온과 잠깐씩 스치듯 시선이 닿을 때마다 가슴이 뛰었다. 무대 위의 신해온은 마치 쉽게 다가가기 힘든 무언가로 둘러싸인 것 같았다. 나와는 다른 세상에 있는 사람 같은, 넘보면 안 될 것만 같은, 말로 설명하기 힘든 거리감이 있었다.

혼자서 연습할 때와 둘이 함께 무대에 섰을 땐 느낌이 전혀 달랐다. 음악으로 표현하자면, 아르페지오적인 느낌이랄까. 혼자 출 땐 하나의 멜로디를 그리는 것 같고, 둘이 출 땐 화음과 같은 잔영을 만들어냈다.

"어우……."

그 순간, 뒤로 덤블링을 하며 한 발씩 착지하던 해온이 쿵 소리를 내며 불안정하게 착지를 했다. 동화뿐 아니라 객석에 앉아 있던 단원들 모두 깜짝 놀라 동시에 탄식이 흘러나왔다. 정작 당사자인 해온은 아무 일 없었다는 듯 태연하게 마무리를 했고, 단원들의 뜨거운 박수갈채를 받으며 무대를 내려왔다. 이내 파트너인 병준이 가장 먼저 해온의 발목을 살폈다.

"발목에 무리 간 것 같은데……. 해온이 오늘 몸 무거워 보이지 않아?"

무용 하는 동생 뒷바라지 12년차, 나름 반쪽짜리 무용 전문가인 동화는 해온이 오늘 유난히 몸이 무거워 보여 지켜보는 내내 마음이 조마조마했었다. 부상을 입을 정도로 다친 건 아니지만 걱정되는 건 어쩔 수 없었다.

"그런 것 같기도 하고."

동화의 옆에 앉아 있던 조 원장이 시름에 잠긴 동화의 어깨를 다독여 주었다.

트레이닝복을 걸친 해온이 오른발을 절뚝이며 걸어와 맨 앞자리에 앉아 있던 동화 곁에 앉았다. 동화는 물을 건네며 땀으로 흠뻑 젖은 얼굴을 손수건으로 닦아주었다.

"발 괜찮아?"

"감기 기운이 있어서 잠깐 정신 놨어."

"병원 가야겠다. 얼굴이 말이 아니야."

"그 정돈 아니야. 괜찮아, 내 몸은 내가 잘 알아. 걱정하지 마."

해온은 퀭한 두 눈을 하고도 괜찮다고 말했다. 전혀 괜찮지 않아 보이는데도 말이다.

막내 단원들이 바닥을 닦는 사이, 다음 무대 준비를 위해 조 원장이 무대 위로 올라가 작품을 배치했다. 손 대표의 팀 리허설을 위해 무용수들이 무대 위로 오르고, 이내 조명이 어두워지며 음악이 시작되었다. 이 곡 역시 동화가 만든 안무곡이었다.

세상에 무관심한 현대인들의 모습을 담은 작품이었다. 손 대표의 작품답게 곳곳에 유머가 배치되었다. 우스꽝스러운 몸짓, 어글리한 동작, 마치 연극을 보는 듯한 무용수들의 다양한 표정, 독특

한 손 대표의 취향이 고스란히 담겨 있었다. 그러나 음악은 극단적으로 모던하고 단조롭다. 음악과 안무가 전혀 어우러지지 않는 것이 안무곡의 포인트였다.

"동구."

해온이 아주 작은 소리로 이름을 불러 동화가 고개를 돌렸다. 그 순간, 해온이 검지로 볼을 쿡 찔렀고, 기가 막힌 동화는 입을 벌린 채 아무 말도 하지 못했다.

뭐지, 이 모질이는.

동화가 허탈하게 웃자 해온도 덩달아 따라 웃었다. 무대에 선 해온을 지켜보는 동안에도, 무대에서 내려와 옆에 앉은 후로 단 한 번도 웃지 못했는데 해온의 말도 안 되는 장난 덕에 웃고 말았다.

해온이 손을 내밀었다. 동화는 해온의 손 위에 제 손을 포갰고, 이내 빈틈없이 손깍지를 꼈다.

요즘 부쩍 해온의 두 눈에 서러움이 그렁했다. 때론 불안함이 비치기도 했고, 그것을 감추려 억지로 웃어 보이는 횟수도 늘었다. 여전히 다정하고 여유롭지만, 그래서 마음이 더 쓰였다. 괜찮은 척을 하느라 더 많은 기운을 빼는 건 아닌지 염려되었다.

걱정스러웠다. 감당하기 힘든 건 아닌지, 얼마만큼 힘든 건지…… 궁금한 것 투성이지만 동화는 보채지 않기로 했다. 곁에 있는 것으론 위로가 되지 않겠지만, 그래도 손 내밀면 닿는 거리에서 지켜봐 주고, 믿고 기다려 주기로 마음먹었다.

약만 먹겠다고 고집부리는 해온을 억지로 병원에 끌고 갔다 왔더니 내가 몸살이 날 것 같았다. 동화는 미지근한 물 한 컵과 약봉지를 들고 해온에게 다가갔다.

그사이, 해온은 소파에 누워 눈을 감고 있었다. 몸이 안 좋긴 안 좋은 모양이다. 저렇게 무기력한 모습은 해온을 알고 지낸 후로 처음 보는 것이었다.

"약 먹고 쉬어. 일어나 봐."

어깨를 잡고 흔들자 해온이 마지못해 눈을 떴다. 팔꿈치를 세워 무게중심을 잡고 상체를 일으킨 해온은 동화가 건넨 약을 손바닥에 쏟아 입안에 털어 넣고, 물 한 컵을 끝까지 들이켰다.

"죽 사다 줄까?"

"됐고, 여기 앉아."

해온이 소파 위를 손바닥으로 톡톡 쳤다.

아프니까 한 번 봐준다.

동화가 자리에 앉자 해온이 냉큼 동화의 다리를 베고 누웠다. 동화는 보들보들한 해온의 머리카락을 조심스레 쓰다듬으며 그새 눈을 꼭 감아버린 해온의 얼굴을 가만히 내려다보았다.

"뭐라도 좀 먹어야……."

"손."

한 번 더 봐준다.

손을 내주자 해온이 손을 꼭 잡고 제 가슴 쪽으로 당겨 품었다. 아무래도 해온의 투정이 길어질 것 같아, 동화는 소파 등받이에 등을 기대고 편히 앉았다.

"아파?"

"조금."

"힘들어?"

"……조금."

해온의 뾰족한 어깨를 다독이던 동화는 테이블 아래 넣어두었던 얇은 담요를 꺼내 해온을 덮어주었다.

"아프니까 구동화 되게 다정하다. 자주 아파야겠어."

눈을 감은 채로 씩 웃는 게 어찌나 얄밉던지, 동화는 해온의 볼을 꼬집어 버렸다. 그러자 귀찮은 듯 한쪽씩 천천히 눈을 뜬 해온이 미간을 구기며 동화를 노려보았다.

그 눈빛은 오래지 않아 부드럽게 바뀌었고, 점점 따스해졌다. 시선을 피할 타이밍을 놓쳐 버린 동화도 해온을 빤히 보았다. 좀처럼 눈을 뗄 수 없었다. 눈을 깜박이는 시간이 아까울 만큼 마치 뭔가에 홀린 사람처럼 계속해서 눈을 바라보았다.

그때, 해온의 손이 동화의 목덜미를 부드럽게 감쌌다. 나지막한 숨이 절로 새어 나올 만큼 강한 끌림에 사로잡혀, 이 상황을 어떻게 해야 할지 생각 자체를 할 수가 없었다. 그냥 자연스럽게 나도 인지하지 못하는 사이에, 해온과 얼굴이 점점 가까워지고 있었다.

목을 감싼 해온의 손이 뺨을 타고 내려와 손끝이 입술에 머물렀다. 동화는 숨을 참았다. 빠르게 내쉬는 숨소리가 쑥스러워서, 감춰지지 않는 두근거림이 수줍어서 어찌할 바를 몰랐다. 입술에 닿은 해온의 손끝이, 슬며시 떨리는 낯선 그 촉감이 동화의 가슴을 꽉 움켜쥐고 있었다.

똑똑.

"누나!"

문밖에서 들려오는 병준의 목소리에 두 사람은 동시에 긴 한숨을 내쉬었다. 그와 동시에 터져 버린 웃음. 마치 꿈을 꾸다가 동시에 잠에서 확 깬 듯한 허무함에 민망해진 두 사람은 고개를 저으며 아쉬움을 삼켰다.

"들어와."

병준이 문을 열고 안으로 들어오자, 해온이 마지못해 일어나 앉았다. 다 죽어가는 표정으로 몸을 길게 늘어뜨리고 터덜터덜 걸어오던 병준은 그제야 해온을 발견하고 별로 놀란 기색 없이 해온과 동화 사이에 앉았다.

"신해온도 있었네?"

해온이 손을 흔들자, 그러거나 말거나 병준은 해온을 소파 저 끝으로 밀어내고 털썩 엎드렸다.

"누나, 나 어깨 좀 만져 줘."

"넌 부탁할 일이 있어야만 누나 찾아오지?"

"동구 사생활 보호차, 잦은 출입을 삼가는 거지."

"어이구, 입만 살아가지고."

동화는 병준의 허리를 타고 올라가 앉아 어깨를 꾹꾹 주물러 주었다. 워낙 손힘이 남다른지라 병준이나 해온이를 비롯한, 〈숨〉의 다른 무용수들도 종종 어깨와 목을 만져 주곤 하는데 다들 시원하다며 좋아했다.

그 모습을 빤히 보고 있던 해온이 뭔가 다짐한 듯 고개를 끄덕이며 미소를 지었다.

"어우, 좋다. 됐어! 나 간다."

마사지가 만족스러웠는지, 병준이 어깨를 휙휙 돌려보고, 팔을 쭉 뻗어 올려 스트레칭을 하며 동화의 작업실을 나섰다.

"나도."

그럴 줄 알았어.

이런 기회를 놓칠 리 없는 신해온이 소파에 넙죽 엎드렸다.

"난 허리."

"이것들이 내 손이 얼마짜린 줄 알고."

자리에서 일어선 동화가 체중을 실어 허리를 꾹꾹 눌러주자 해온의 입에서 윽 소리가 새어 나왔다.

"더 세게."

지금도 충분히 아픈 것 같은데.

속는 셈치고, 이번엔 해온의 등에 올라타 허리를 꾹꾹 눌렀다. 좀 전보다 족히 두 배 이상 센 힘이었다.

"이 정도?"

"어. 딱 좋다. 종아리도."

허벅지로 내려가 앉은 동화는 해온의 종아리도 모든 손가락 끝에 힘을 모아 주물렀다. 돌덩이처럼 딱딱하게 굳은 근육에 오히려 동화의 손가락이 아플 지경이었다.

"찔러도 피 한 방울 안 나오겠다. 안 아파?"

"다리는 다리요, 팔은 팔이니, 감각을 잃은 지 오랩니다."

순간, 소극장 맨 뒷자리에 앉아도 보이던 탄탄하고 매끈한 해온의 다리가 떠올랐다. 춤출 때 더욱 돋보이던 허벅지 근육. 마른 몸 인데도 어쩜 이렇게 몸 곳곳에 빈틈없이 근육이 자리 잡았는지, 볼 때마다 아주 흐뭇했다.

"꽉꽉 주물러. 애무해?"

해온의 말에 발끈한 동화는 쫙 소리가 나도록 해온의 등짝을 때렸다.

"성희롱으로 고소한다."

고개를 뒤로 돌려 찌릿 노려보자, 해온이 음흉하게 웃었다. 아차 하는 순간, 해온과 동화의 위치가 뒤바뀌어 버렸다. 어느새 동화는 소파에 누워 있었고, 해온은 그런 동화의 위에 있었다. 깜짝 놀란 동화의 두 눈이 절로 커졌고, 한 뼘 정도 간격을 두고 맞닿은 얼굴 때문에 심장이 마치 소주 두 병을 먹은 것만큼 빨리 뛰었다.

"동구……"

그 순간, 또 한 번 불청객이 들이닥쳤다. 이번에도 역시 구병준. 동화는 눈을 질끈 감고 아랫입술을 꾹 깨물었다.

"아이고, 미안. 나 못 봤다!"

병준이 잽싸게 문을 닫고 사라지자, 해온이 소리 내어 웃기 시작했다. 동화는 해온을 밀쳐 내고 소파에서 일어나 손에 잡히는 대로 해온에게 집어 던졌다.

"야! 너 어쩔 거야! 미쳤어, 미쳤어. 내가 못 살아!"

"못 봤다잖아."

"그 말을 믿냐?"

해온은 바보처럼 계속 웃고 있었다. 이것저것 던지다 못해 손바닥으로 때려도 웃어댔다.

"지금 웃음이 나와? 뭐가 좋다고 자꾸 웃는 건데!"

저거 어디 나사 하나 빠진 거 아냐?

그나저나, 구병준 입을 어떻게 막지? 입이 가벼운 놈은 아니지만, 중요한 순간 약점이랍시고 거래를 하려 들 텐데…….

✳

동문 모임이 있어 늦게 들어오신다는 엄마의 연락을 받고 동화는 부랴부랴 저녁 식사를 준비했다. 며칠 전부터 쌍으로 수제비 타령을 하던 병준과 해온을 위해 동화는 집에 오자마자 밀가루 반죽을 치대고 있었다.

"나 왔어!"

연습 좀 더 하고 오겠다더니, 그새 병준이 집에 들어왔다. 동화는 주방에서 고개만 빼꼼 내밀어 병준을 반겼다.

"해온이는?"

"약속 있대."

"뭐야, 수제비 먹고 싶다더니."

"나도 먹고 싶어 했었거든? 이제 막 노골적으로 말하기로 한 거야?"

동화는 병준을 노려보며 쫀득하게 치댄 반죽을 들어 보였다. 그러자 병준이 입을 꾹 다물고 곁에 다가와 옆구리를 쿡쿡 찔렀다.

"도와줄까?"

"감자 썰어."

"네, 누나."

온순해진 병준이 소매를 걷고 감자를 씻었다. 동화는 그런 병준에게 도마와 칼을 챙겨주고 국물을 낼 바지락을 손질했다.

아까 낮에 마주쳤을 때만 해도 약속 얘긴 없었는데, 갑자기 무슨 일이 생긴 걸까.

해온에게 내가 모르는 일들이 하나둘 늘어갈수록, 불안한 마음보단 걱정스러운 마음이 더 컸다. 내가 모르게 혼자 힘들어할까봐, 아파할까 봐, 마음 다칠까 봐 그게 너무도 걱정스러웠다.

❊

결국 여기까지 오고 말았다. 뭘 기대하고 온 건 아니었다. 그렇다고 미련이 남아서도 아니었다. 그저 어떤 표정으로 내게 말을 할지 그게 조금 궁금했을 뿐이다.

실은 마음의 준비를 모두 마친 상태였다. 어떤 말을 한다 해도 상처받지 않을 준비, 담담하게 맞받아칠 준비, 오늘이 지나고 나면 아버지와 얽혔던 모든 일을 완전히 잊을 준비, 그 모든 준비를 말이다.

이 실장이 알려준 장소는 강남의 고급 일식집이었다. 직원의 안내를 받아 식당 안 가장 깊은 곳까지 들어가니 보기만 해도 숨이 막히는 미닫이문이 보였다. 그 문을 열고 안으로 들어가자 나란히 앉은 두 사람이 보였다. 이 실장과 아버지였다.

"들어오시죠."

이 실장의 말에 직원은 문을 닫고 사라졌다. 해온은 두 사람을 향해 살짝 고갤 숙여 인사를 건넸다.

"거기 앉아."

해온은 아버지의 맞은편에 앉았다. 단 한 번도 마주 보고 앉아 식사 자리를 가져 본 적이 없어서 못 견디게 불편했다. 처음 아버질 찾았던 그날 이후 두 번 다신 볼 일 없을 거라 생각했는데, 예상보다 재회가 빨랐다.

아버진 여전한 모습이었다. 대중들이 좋아하는 서글서글한 눈매에 부드러운 인상, 고생과는 거리가 먼 새하얀 피부에 단정한 입매. 그 누가 이 사람의 실체를 짐작이나 하고 있을까.

내겐 참으로 나빴던 사람…… 내게 씻을 수 없는 고통과 아픔을 주고, 그거로도 모자라 내 어머니까지 앗아간 사람. 그 어떤 이유에서도 그 사실은 변하지 않을 것이다.

"식사 먼저 하지."

"아뇨. 말씀 먼저 하세요."

젓가락을 집어 들던 아버지는 해온의 말에 다시 내려놓았다.

"그래, 그게 피차 좋겠구나. 이 실장?"

이 실장이 익숙한 봉투 하나를 내밀었다. 몇 해 전, 빌딩을 줄 때도 이런 봉투에 서류를 담아 건넸었다.

"널 내 아들로 인정하겠다."

낳으라고 한 적도, 키우라고 한 적도 없다던 날 아들로 인정하시겠다…….

사뭇 진지한 말투에 해온은 웃음이 터져 버렸다. 해온이 웃은 이유를 알지 못하는 두 남자는 잔뜩 미간을 구긴 채 못마땅한 얼굴로 해온을 바라보았다.

"갑자기 왜요? 꼴이 우스워지실 텐데."

"그건 네가 걱정할 것 없다."

"걱정해 드린 거 아니에요."

아버지의 고갯짓에, 이 실장이 봉투를 열어 얇은 서류를 꺼냈다. 대충 슥 보니 서류의 맨 위엔 제주도 주소가 적혀 있었다. 이번에도 거래를 하려는 것 같았다.

"인정 안 해주셔도 되고, 이런 것도 필요 없어요."

"넌 이것들이 필요 없겠지만, 난 네가 필요해."

"언론의 화살받이로 필요하신 거겠죠. 적당히 연기도 좀 해줬으면 싶으실 거고……. 근데 그런 건 거래가 아니라 부탁을 하셔야죠."

"이런 건방진……."

해온은 물이 가득 담긴 컵을 아버지에게 드렸다. 화를 꾹 참고 있는 게 보였다.

"물론, 부탁을 하셔도 들어드릴 마음은 없어요."

"지금 네가 누리고 있는 것들, 누구 덕인지는 알고 건방을 떠는 게냐?"

"알죠. 그것도 모를 만큼 배은망덕하게 자라진 않았으니까. 근데 필요 없는 걸 어떡해요?"

턱 근육이 움찔거릴 정도로 이를 악다문 아버지가 상체를 숙여 해온에게 가까이 다가왔다. 해온은 시선을 피하지 않고 당당하게 마주했다.

"난 네가 생각하는 것 이상으로 영향력이 있는 사람이다. 여기서 네가 일을 복잡하게 만들면, 난 무슨 짓을 할지 몰라."

순간 해온은 윤진이 퍼붓던 어쭙잖은 협박이 떠올랐다.

부녀지간 아니랄까 봐, 어쩜 그렇게 닮았는지.

"그럼 저, 공연하기 힘들어지는 건가요?"

"공연뿐이겠니?"

"그 집 식구들은 협박을 참 좋아하시네요."

"뭐?"

"아들이 되어도 공연하기 힘들고, 아들이 되지 않아도 공연하기 힘들 거면, 안 하고 힘든 게 낫겠죠?"

무슨 소릴 하는 건지 이해를 하지 못한 아버지는 어리둥절한 표정으로 이 실장을 보았다. 이 실장 역시 내막을 알 리 없으니 해온만 빤히 보고 있을 뿐이었다.

해온은 자리를 털고 일어나 옷매무새를 가다듬었다.

"오늘 안 나오면 나중에라도 혹시나 후회할까 봐, 궁금해서 나와봤어요. ……그냥 나오지 말걸 그랬네요."

"신해온!"

"절 너무 착하게 보셨어요. 제게 주셨던 거 다 가져가셔도 상관없습니다. 어차피 처음부터 제 거는 아니었으니까. 근데 아마……가져가실 방법이 없는 걸로 알고 있는데요?"

아버지의 움켜쥔 주먹이 부들부들 떨렸다. 해온은 침착함을 잃지 않고 계속 눈을 맞췄다.

"어차피 제 허락 같은 거 필요 없으시잖아요. 하고 싶은 대로 하세요. 아들로 인정을 하든 안 하든 제가 혼외자인 건 변하지 않으니까. 동정 여론도 만들려면 만드세요. 연기하는 거 봐드릴게요. 분명히 말씀드리지만, 제가 언론의 화살받이가 돼드리진 않을 겁니다. 빡 돌면 저도 제가 무슨 말을 할지 모르거든요."

"너 이 자식!"

"근데 따님이 곤란해하는 것 같던데, 그래도 굳이 하실 건가요?"

"네가 윤진이를 만났니? 그 아이한테 무슨 얘길 들은 거야? 그래서 네가……."

해온은 고개를 가로저었다.

"전 앞으로도 조용히 살지 않을 거예요. 공연 못하게 하셔도 상관없어요. 세상이 이렇게 넓은데 설마 저 하나 춤출 무대 없겠어요? ……다신 뵐 일 없었으면 좋겠네요."

두 남자를 향해 허리 숙여 공손히 인사를 드리고, 그대로 식당을 빠져나왔다. 식당을 나온 후로 머릿속이 하얘진 해온은 멍한 얼굴로 계속 걷고 또 걸었다.

얼마쯤 걸었을까. 골반부터 허벅지까지 온통 뻐근해질 만큼 걷다가 정신을 차려보니, 두 시간 가까이 정처 없이 걸었다는 걸 알게 되었다. 해온은 그 자리에 주저앉고 말았다. 마음속 깊은 곳에서부터 솟아오르던 알 수 없는 감정 덩어리가 목구멍을 꽉 틀어막고 가슴을 쥐어뜯고 있었다.

우습네. 마음이 왜 이럴까. 혹시…… 저 사람한테 기대라도 한 건가? 설마…… 내가 저 인간 같지도 않은 사람한테? 미친놈……

아직도 정신 못 차렸어. 등신 같은 놈…… 덜떨어진 놈……. 뭘 기대한 거야, 뭘! 도대체 뭘 기대한 거냐고! 어머니 기일마다 돈 조금 쥐어주는 거, 그게 어머니를 기억하고 있어서라고 생각한 거야? 죄책감이라도 느껴서 챙긴 거라고 생각한 거야? 병신 같은 놈…… 그거 적선한 거야! 동정도 아니고, 적선이라고!

"흐흡…….."

어찌할 틈도 없이, 눈물이 터져 버렸다. 손바닥으로 입을 틀어막아도 소용없었다. 두 손으로 얼굴을 감싸도 꺽꺽 숨이 넘어갈 만큼 울음이 쏟아졌다.

이제 정신 제대로 차려, 신해온. 뒤도 돌아보지 말고, 다신 생각도 하지 말고, 완전히 다 잊어버려……. 원망할 것도 없어. 저주할 것도 없어! 그냥 잊어…… 아주 작은 기억도 남기지 말고 모두 잊어버려…….

그렇게 한참 동안 그 자리에서 모든 감정을 토해낸 해온은 긴 한숨을 끝으로 마음을 여몄다. 제 자신도 그 끝을 알지 못했던 감정의 바닥을 확인한 순간이었다.

✻

동화는 연습실로 와달라는 해온의 메시지를 받고, 샤워 후 머리도 채 말리지 못한 채 해온이 기다리고 있는 지하 연습실로 향했다. 문을 열고 안으로 들어서니 불을 켜지도 않은 채 한쪽 구석에 앉아 TV를 보고 있는 해온이 눈에 들어왔다.

"불 켤까?"

해온이 고개를 가로저으며 이쪽으로 오라고 손짓을 했다.

"뭐 보고 있었어?"

"첫 무대."

TV 화면에서는 서너 살쯤 된 남자 아이가 박수 소리에 맞춰 뒤뚱뒤뚱 엉덩이를 좌우로 씰룩이며 춤을 추고 있었다. 화면 속의 아이는 해온이었고, 해온의 첫 무대 장소는 집, 무대 의상은 하늘색 내복이었다.

정글 숲을 지나서 가자. 엉금엉금 기어서 가자. 늪지대가 나타나면은 악어 떼가 나올라, 악어 떼!

꼬마 해온이는 어머니가 불러주는 노래 가사에 맞춰 까치발을 하고 살금살금 걸었다. 귀여운 모습에 간간이 어머니의 웃음소리도 들렸다. 이날 공연의 관객은 해온의 어머니뿐이었다.

TV 화면에서 시선을 떼지 못하는 해온의 모습에 동화는 해온의 어깨를 쓰다듬었다.

"역시 신해온. 데뷔 무대부터 아주 센세이션했네?"

그제야 해온이 고개를 들어 눈을 맞추고 옅은 미소를 지었다.

눈물이 그렁그렁 매달린 두 눈…… 보기만 해도 가슴이 철렁 내려앉는 서러운 눈……. 처음 보는 해온의 모습에 동화는 아무 말도 할 수가 없었다.

"할 말이 있는데, 어디서부터 얘길해야 하나……."

해온이 말끝을 흐리며 깊은 한숨을 내쉬자, 동화는 해온의 앞에 웅크리고 앉아 두 손으로 해온의 얼굴을 감쌌다.

"들을 준비 됐어."

거칠게 일렁이는 눈빛, 차오른 눈물, 많이 지쳐 보이는 표정…… 해온을 지켜보는 것이 너무도 마음이 아프고 가슴이 저몄다. 동화는 재촉하지 않고 기다렸다. 해온이 꺼낼 이야기를…… 해온이 꺼낼 진심을…….

"지금 내가 줄 수 있는 건 마음뿐인데…… 이런 나라도 괜찮겠어?"

단 한 번도 상상해 본 적 없는…… 너무도 가슴 아픈 고백이었다.

그냥 좋아한다고나 하지, 사랑하게 됐다고 말하지……. 그게 뭐야. 왜 그렇게 아프게 말하는데…….

동화는 해온의 손등에 입을 맞춘 채로 두 눈을 꾹 감았다. 눈물이 쏟아져서 더는 해온을 바라볼 수가 없었다.

"널 놓칠까 봐 두려워. 네가 없으면 안 되는데…… 네가 옆에 있어주면 나 잘할 수 있거든……. 더 힘낼 수 있거든……. 그러니까…… 내 옆에 있어줄래?"

눈물을 참으려 입술을 꾹 깨문 동화가 천천히 고개를 들어 해온을 바라보았다.

보통의 고백과는 달랐다. 설렘, 황홀함, 두근거림, 감동…… 해온의 고백엔 그 이상의 것이 존재했다. 진심……. 가슴속 가장 깊숙한 곳에서 꺼낸 그 뜨거운 진심이 동화의 마음을 울렸다. 동화는 천천히 고개를 끄덕이며 미소를 지었다.

"지금처럼…… 아니, 지금보다 더 가까이에 있을게."

동화는 그대로 해온을 끌어안았다. 해온은 그런 동화를 숨도 쉬지 못할 만큼 세게 안았고, 그렇게 한참 동안 서로를 부둥켜 안은 채 말을 잇지 못했다.

내가 누군가에 꼭 필요로 한 존재가 되었다는 것만큼 가슴 벅찬 일이 또 있을까.

고민하고 망설이며 흘려보낸 시간들이 아까웠다. 그때 그 순간들 모두 해온의 곁에 있어줬더라면 해온이 지금보다 덜 힘들었을 텐데, 덜 아팠을 수도 있었는데 하는 후회가 밀려들었다.

"……그동안 충분히 잘해왔고, 지금도 잘하고 있어. 넌 네가 생각하는 것보다 훨씬 더 강한 사람이거든."

내가 이 남자에게 얼마만큼의 힘을 줄 수 있을진 모르겠지만, 해줄 수 있는 거라곤 고작 이야길 들어주고 어깨를 내어주고 품을 내어주고 지친 그를 안아주는 게 전부겠지만, 적어도 외롭게 하지 않을 거란 자신은 있었다. 이런 나라도 괜찮겠냐는 그 말은 오히려 내가 해줬어야 할 말이었다.

품에서 겨우 서로를 떼어낸 두 사람은 눈물로 얼룩진 얼굴을 서로 닦아주며 그제야 미소를 지었다.

"확인 성공."

그리고…… 입맞춤.

견딜 수 없는 상실감과 고통으로부터 모든 걸 버리고 도망치듯 떠나야 했던 그날, 차마 기다려 달란 말을 하지 못하고 '안녕'이란 인사를 대신한 것처럼 나눴던 첫 입맞춤……. 그 후로 3년이 지났고, 많은 것이 변했다.

해온은 강해졌고, 동화는 용기를 얻었다. 가까워진 두 사람의 거리는 서로를 향한 마음이 자라 맞닿게 된 것이다.

때. 그 밤

"앗, 뜨거, 뜨거!"

잽싸게 귓불을 잡은 동화가 발을 동동 구르며 어쩔 줄을 몰라
했다.

"장갑 뒀다 뭐 할래."

조 원장이 타박과 함께 건넨 건, 지금 이 상황과 전혀 어울리지
않는 목장갑이었다. 이거 말고 다른 거 없냐고 말하고 싶었지만,
동화는 군말 없이 장갑을 받아 손에 끼웠다.

예술제 하루 전.

동화는 조 원장의 집에서 함께 포춘쿠키를 굽고 있었다. 동그랗
게 구운 쿠키 위에, 윤 선생이 손수 적어준 메시지가 적힌 가는 종
이를 넣고, 쿠키가 식기 전에 잽싸게 반으로 접고 또 한 번 반으로
접는 작업 중이었다. 이 쿠키들은 내일 예술제 공연을 보러 온 관

객들에게 하나씩 나눠줄 예정이었다.

예술제 공연 중 해온과 병준의 공연이 가장 높은 티켓팅율을 보였다. 물론 관객의 90%는 지인이고, 그중 절반은 초대권 관객이지만, 시간 내 찾아와 자리를 채워주는 것만으로도 감사했다. 지난여름, 모 패션지에서 선정한 '주목해야 할 젊은 무용수' 특집 화보에 두 사람이 실리기도 했고, 그나마 무용계 내에서는 유명한 축에 드는지라 일반 관객 예매율도 나쁘진 않았다.

"그래서 어떡할 건데?"

"뭘 어떡해."

"너희들 진짜 연애하는 거야?"

동화가 몸을 배배 꼬며 수줍게 웃자, 조 원장이 고개를 뒤로 젖힌 채 껄껄 웃었다.

"이야…… 진짜 안 어울린다."

"이 조만만이가!"

목을 조르는 시늉을 하며 득달같이 달려들자, 조 원장은 마지못해 두 손을 들고 항복했다. 한 번 참아주기로 한 동화는 다시 제자리로 돌아와 쿠키를 접었다.

"나도 멋지게 고백해 주고 싶은데. 어떻게 생각해?"

"지랄하고 앉았네, 진짜."

"와, 너 말 진짜 예쁘게 한다."

이번엔 참지 않겠다는 의지를 담아 주먹을 불끈 쥐고 다가가니, 조 원장이 잽싸게 저 멀리 달아났다.

"근데 너 해온이 감당 되겠어?"

"그게 무슨 뜻이야?"

"얼굴 잘생겨, 몸매 착해, 성격 좋아, 재능도 타고나. 뭐 하나 빠지는 게 없잖아. 너 알지? 해온이 여자 선후배 동기들한테 인기 장난 없는 거. 이 동네 고딩들까지 마음 홀딱 뺏어먹은 앤데, 너 어쩌려고 그래?"

생각해 보니 그러네…….

"내가 그런 남자랑 살아보니까 보통 힘든 게 아냐. 으이구, 딱해라. 우리 동구 맘고생 문이 훤히 열렸네?"

약을 올리는 동시에 남편 자랑을 하다니. 대단해.

새치름한 표정으로 조 원장을 보던 동화는 다시 돌아와 쿠키를 접었다.

평소 남의 이야기 잘 들어주고, 타고나길 다정한 사람이라 해온 주변엔 사람이 많은 편이었다. 그것도 어리고 예쁜 애들 위주로.

"일단 너는 해온이한테 도장부터 꽉 찍어. 너 내일 두고 봐라. 늘씬하고 예쁜 학교 후배들이 케이크랑 꽃다발 사들고 와서 '해온 오빠!' 이러면서 해온이한테 얼마나 꼬리 치는지."

"걱정 마. 해온이는 눈길도 안 줄 거야."

"남잔 다 똑같거든?"

"해온이는 그런 애 아니라니까."

자신 있게 말했지만 내심 불안했다.

이러면 안 되는데. 믿어야 되는데.

그 순간 학교 다닐 때 보았던 무용원 여학생들 모습이 떠올랐다. 하나같이 어쩜 그렇게 예쁘고 날씬한지……. 365일 명절도 휴

일도 없이 매일 만나 연습을 하다가 유난히 눈이 많이 맞았던 그 엄청난 숫자의 캠퍼스 커플들도 기억났다. 그러고 보니 동화의 동생 구병준도 그런 커플들 중 하나였다.

"조만만이! 너 나랑 해온이 이간질시키지 마."

"너 나중에 내 앞에서 신해온 바람난 것 같다고 울고 짜고 하지 마라. 술 안 사준다."

"아주 쟤를 갖다 들이부어라, 들이부어. 저거 친구 맞아?"

결국 동화는 하던 일을 손에서 놓고 소파로 가 털썩 앉았다. 그러자 조 원장이 쪼르르 따라와 옆에 냉큼 앉았다.

"그래도 기특하네. 옆에 두고 그렇게 헤매더니."

동화는 조 원장의 말에 웃음이 났다.

우리가 그 정도였나?

"그렇게 티가 많이 났어?"

"우리 빌딩 사람들 붙잡고 물어봐라. 다 알지."

그 정도였구나.

동화는 또 한 번 웃음을 터뜨렸다.

"연애하니까 좋냐?"

고개를 끄덕이자, 조 원장은 발을 동동 구르며 손발이 오그라든다 어쩐다 혼자 난리를 피웠다. 동화는 드라마 시작 시간에 맞춰 TV를 켜고 테이블 위에 있던 과자를 집어 먹었다.

"너야말로 진정한 승자다. 세 살이나 어린 연하남을⋯⋯. 흐흡."

"얼마나 큰 용기가 필요했는지 알아?"

"거창하네. 연애하는 데 얼마나 큰 용기까지 필요한데?"

"난 늘 다른 사람 시선에 예민했거든. 남들이 날 어떻게 생각할지, 어떻게 평가할지⋯⋯. 남들에게 늘 좋은 사람이고 싶었고, 나쁜 소리 듣기 싫어서 예의 바른 척, 착한 척했었어. 그래서 그동안 내가 내 인생을 제대로 살지 못했고."

모든 시작을 아버지 탓으로 돌리고 싶진 않다. 타고난 기질일 수도 있고, 내가 선택한 것들도 있으니까. 모든 건 나로부터 시작된 것들이니 누굴 탓한다고 해서 위로가 되는 건 아니었다.

"이젠 그 용기가 생긴 거야?"

"어. 적어도 신해온 하나만 볼 용기는 생겼어. 다른 거 생각 안 하고, 미리 걱정 안 하고, 그냥 지금 이 순간을 행복하게 살 용기."

기특하단 눈으로 바라보던 조 원장이 동화의 머리를 쓰다듬자, 민망해진 동화는 벌떡 일어나 다시 주방으로 돌아갔다. 쿠키를 접으려니 그새 식어버려 뚝뚝 부러져 버렸다.

"야! 다 식어서 부러졌다! 빨랑 다시 구워."

"알았다, 웬수야. 간다, 가!"

깨진 쿠키를 야금야금 주워 먹던 동화는 예쁘게 접은 포춘쿠키 하나를 슥 빼놓았다.

"제일 예쁜 거 해온이 줘야지."

"아오, 진짜. 누군 연애 안 해봤나."

조 원장의 구박에도 아랑곳하지 않고, 동화는 포장지에 쿠키를 담아 네임펜으로 '신해온'이라고 이름까지 적었다.

늦은 밤, 작업실로 돌아온 동화는 내일 예술제 때 쓸 음원을 다시 한 번 확인했다. 공연장 음향팀에 이미 음원을 넘기긴 했지만, 혹시 모를 만약의 사태에 대비해 파일을 하나 더 준비해 가져가야 하기 때문이다.

"오케이. 준비는 다 됐고."

불을 끄고 작업실을 나서던 동화의 눈에 바로 맞은편에 위치한 자료실이 들어왔다. 〈숨〉 단원들의 공연 기록과 영상, 〈숨〉의 정기공연에 썼던 소품들, 의상들, 영상이 가득한 그곳.

동화는 문을 열고 안으로 들어가 해온의 예전 공연 DVD를 찾아보았다.

"와…… 이것도 있었네."

동화가 꺼내 든 건 5년 전 해온이 처음 동화의 음악을 받아 나갔던 그해 콩쿨 수상작 경연 영상이었다. 동화는 DVD를 넣고 재생했다. 그리고 해온을 찾았다.

화면 속에 스물두 살의 신해온이 있었다. 앳된 얼굴의 해온은 긴장한 기색 하나 없이 여유로운 표정으로 무대 한가운데 섰다.

"어우……."

해온의 안무에는 인간의 몸이 어쩜 저렇게 움직일 수 있을까 싶을 정도의 고난도 동작이 가득했다. 아무래도 병역면제가 걸린 콩쿨이다 보니, 당시에 해온이 경연에서 선보였던 테크닉은 요즘 해온이 소화하는 안무 동작들과 큰 차이가 있었다. 전형적인 콩쿨용 작품. 테크닉으로는 흠 잡을 곳 없이 완벽하고 깔끔했지만, 지금보다 덜 섬세한 표현력과 설익은 표정에 동화는 살짝 웃음이 나기도 했다.

동화는 다른 영상을 찾기 시작했다. 겉표지에 신해온이란 이름이 적힌 건 모조리 다 챙겼다. 그리고 하나씩 열어봤다. 해가 거듭될수록 눈에 띄게 성장하며 점점 더 완성되어 가는 모습이 무용인이 아닌 제가 보기에도 눈에 훤히 보일 정도였다. 5년 전의 신해온과 지금의 신해온은 기량의 차이가 확연했다. 그간 꾸준히 성장한 기량 안에는 테크닉을 포함해 감정 전달과 안무 창작 능력, 안무의 대중성과 예술성 등이 모두 담겨 있었다.

동화는 자신이 놓치고 있었던 해온의 재능을 다시 한 번 확인하게 되었다. 그리고 문득…… 성치 않은 해온의 발이 떠올랐다.

여기까지 오는 동안 얼마나 많은 노력을 했을까, 얼마나 많은 땀과 눈물을 쏟았을까.

동화는 해온이 미국의 무용단에서 수석 무용수로 있을 때 공연했던 작품 영상을 틀었다. 그것은 동화가 가장 좋아하는 영상이었다. 아예 안 본 사람은 있어도 한 번만 본 사람은 없다던 그 마약 같은 영상. 무용을 하는 수많은 사람들이 꼭 찾아보는 그 영상.

"……멋지다."

해온이 무대에서 사라질 때까지, 동화는 단 한 순간도 눈을 떼지 못했다. 15분 동안 그 넓은 무대를 혼자서 너끈히 채우는 두둑한 배짱과, 타의 추종을 불허하는 존재감, 그리고 완벽한 안무 구성……. 해온이는 무대 위에서 춤을 출 때 가장 밝게 빛이 나는 사람이었다.

동화는 화면에서 한참 동안 눈을 떼지 못했다. 출구 없는 이 영상 덕에, 아무래도 오늘은 여기서 밤을 샐 것 같았다.

✳

예술제 공연이 열릴 무대에서 마지막 리허설을 마친 해온은 그
냥 헤어지기 아쉬워 병준과 단골 실내포차에 들렀다. 병준이가 가
장 좋아하는 안주 소야, 소시지 야채볶음 하나를 가운데 두고 맥
주 500cc 딱 한 잔씩만 마시기로 했다.

"발목 괜찮아?"

"그런 넌 괜찮냐?"

괜찮을 리가 있나.

바보 같은 질문에 병준과 해온은 서로를 보며 웃었다.

온몸 성한 곳이 없었다. 가방 안에는 늘 근육통에 먹는 약과 근
육통에 바르는 크림, 밴딩 테이프가 한가득이다. 이젠 이골이 났
다. 늘 그래 왔기에 특별할 것도 없었다.

"참 멀리도 왔다. 그치?"

새삼스러운 병준의 말에 해온은 들고 있던 잔을 내려놓았다.

병준을 처음 만났던 그날이 떠올랐다. 발레에서 현대무용으로
장르를 바꾼 후 처음 나갔던 콩쿨 경연. 무대에 오르기 전부터 사
람들은 하나같이 병준의 금상 수상을 호언했고 결과 역시 다르지
않았다. 참가자들 모두 대기실에서 몸을 풀고 있는데, 혼자서 도
도한 표정을 하고 물을 마시며 내겐 시선조차 주지 않았던 구병
준. 그 구병준이 어느새 가장 가까운 친구가 되어 내가 만든 안무

로 무대에 올라 춤을 추고 있었다.

이렇게 친구가 될 줄 알았다면 처음 만났던 그날 상냥하게 인사나 먼저 해볼걸. 괜한 시간 낭비했네.

"우리 언제까지 계속 같이할 수 있을까?"

병준이 제법 진지한 얼굴로 물었고, 해온도 진지하게 생각했다.

"음……. 누구 하나 관 뚜껑 덮을 때까지?"

"좋네. 만약에 내 관 뚜껑 먼저 덮게 되면 너 그 옆에서 춤춰라."

"미친……. 좋아! 아주 신명나게 춰줄게!"

해온이 어깨를 들썩이자 병준이 기겁하며 손사래를 쳤다.

"그만해, 새끼야. 사람들이 쳐다보잖아."

"남들이 봐주면 좋은 거지. 공연장에서 공연해도 가뜩이나 관객 없는데."

어이가 없다는 듯 병준이 웃음을 터뜨렸다. 해온은 병준의 잔에 일방적으로 건배를 하고 잔의 절반을 비웠다.

"너, 알고 있었지?"

"뭘."

"내가 구동화 좋아하는 거."

"아마 건물 사람들 다 알고 있을걸?"

"그 정도로 티가 많이 났어?"

당연한 걸 뭘 묻냐는 듯 병준이 무덤덤한 표정으로 고개를 끄덕였다.

"……넌 어떤데?"

구병준 앞에서 이렇게 긴장되었던 순간이 또 있었을까?

처음 콩쿨에서 마주쳤을 때와는 비교도 되지 않을 만큼 가슴이 뛰었다. 해온은 병준의 답을 기다리며 마른침을 삼켰다.

"난 너도 좋고 동구도 좋아."

"……그게 다야?"

"반대는 안 한단 소리야."

그제야 웃음이 나왔다. 해온은 안도의 한숨을 쉬며 병준의 입에 소시지를 넣어주었다.

"내가 말린다고 그만둘 거 아니잖아."

"당연하지."

"그러니까 묻지 마. 앞으로도 계속 묻지 마. 둘이 알아서 해."

귀여운 놈.

해온은 병준의 볼을 꾹 꼬집어 흔들었다.

"고맙다."

"나중에 헤어지고 내 앞에서 동화 욕이나 하지 마."

"상상을 해도 꼭 그런 부정적인 상상을 하고 그래. 내가 말했잖아, 넌 날 매형이라고 부르게 돼 있다고."

병준이 코웃음을 치며 잔에 바닥이 보이도록 끝까지 비웠다.

"내가 널 매형이라고 부르는 그날이 오면, 넌 굉장한 처남을 맞이하게 될 거다. 기대해."

"괜찮아. 나에겐 동구 방패가 있으니까."

움찔하는 것도 왜 이렇게 귀엽지?

해온이 병준의 얼굴을 두 손으로 감싸며 볼에 쪽 소리가 나게 입을 맞추자, 식겁한 병준이 해온을 거칠게 밀어내고 쌍욕을 퍼부었다.

"……미안하게 됐다. 내가 많이 부족한데…….."

"쓸데없는 소리 하지 말고, 쓸데없는 걱정도 하지 말고…… 그냥 가, 인마. 남들 다 하는 연애 유별날 것도 없어. 그냥 해."

"병준아……."

"아오! 그렇게 다정하게 부르지 마. 죽여 버릴라, 진짜!"

해온이 병준의 허리를 와락 끌어안고 가슴에 얼굴을 파묻었다.

"병준아아!"

"꺼져, 인마! 이 새끼가 돌았나!"

병준이 온 힘을 쏟아 해온을 품에서 떼어내려고 노력했지만, 그럴수록 해온은 더 세게 병준을 끌어안았다.

불행으로 가득한 내 인생에 행복의 물꼬를 터준 건 병준이었다. 병준을 만나고, 친구가 되고, 병준의 누나 동화를 알게 되고, 인정할지 모르겠지만 병준의 가족 일부가 되면서 해온의 인생 안으로 따스한 행복의 빛이 스며들었다.

그래서 너무도 고마웠다. 말로 다 표현할 수 없을 만큼…….

✳

예술제 공연이 열리고 있는 A예술극장 대극장에 동화는 세 시간 전부터 도착해 있었다. 오전부터 진행된 두 번의 리허설은 레슨 때문에 참여하지 못했지만, 한 시간 전 마지막 리허설에 참여

해 음향을 꼼꼼히 체크한 참이다.

공연 20분 전 로비로 나온 동화는 티켓 박스 근처에 놓인, 윤 선생이 직접 디자인한 오늘 공연 팜플렛을 챙겼다. 하나는 해온과 병준의 공연이었고, 또 하나는 손 대표 팀의 공연이었다. 해온의 안무작은 러닝타임이 30분. 손 대표가 이끄는 팀 공연은 30분의 인터미션 후 60분간 진행될 예정이었다.

—프로젝트 〈숨〉 | 안무 신해온

팜플렛 맨 앞장 오른쪽 하단에, 작품의 안무가 이름이 적혀 있었다. 오직 이름뿐이었지만, 그 이름 하나만으로도 공연에 대한 기대감을 증폭시켰다. 사람들이 흔히 천재라 칭하는, 타고난 재능의 젊은 예술가에게서 느껴지는 특유의 자신감이 고스란히 담겨 있었다.

반으로 접혀 있던 팜플렛을 펼치니 해온과 병준의 이력과 함께 작품의 소개, 기획의도가 한눈에 보였다. 그중 가장 눈에 띈 건 쌍둥이처럼 꼭 닮은 두 사람의 수상이력과 지나치게 멀쩡한 프로필 사진이었다.

공연 10분 전이 되자 관객들이 서둘러 공연장 안으로 입장했다. 지난밤 밤새도록 조 원장과 만든 포춘쿠키는 〈숨〉의 막내 단원들이 입장하는 관객들에게 나눠주고 있었다.

동화도 쿠키 하나를 받고 공연장 안으로 들어갔다. 객석은 삼분의 일 정도가 찬 상태였고, 그나마도 아는 얼굴들이 대부분이었다. 학교 선후배, 동기, 제자들, 그 외의 무용 관계자들. 아직 입장하지 않은 관객들 역시 매번 보던 사람들이었다. 모두 입장을 하고 나면 객석의 절반 이상은 찰 듯해서 조금 마음이 놓였다.

동화는 무대가 정면으로 보이는 정중앙에 자리를 잡고 앉아, 아까 못다 읽은 작품 소개글을 몇 번이고 다시 읽었다. 볼 때마다 느끼는 거지만 현대무용은 참으로 난해하고 어려운 것 같았다. 뭐가 이렇게 철학적이고 심오한지. 그래도 〈숨〉은 나름 대중적이라고 하는데, 도대체 이게 대중적인 거면 뼛속까지 현대무용 공연의 경우엔 어떠려나?

"이게 뭔 소리야……."

동화가 이런 말을 하면 해온은 난해하게 느끼라고 만든 거라고, 난해하다고 느꼈으면 잘 이해한 거라고 말하곤 했었다. 무엇을 담고 있는지에 집중하지 말고, 이해하려 하지 말고, 그저 무용수의 모든 움직임을 보고 느껴지는 대로 받아들이면 된다고 말이다.

"에휴, 모르겠다!"

또각.

아까 받은 포춘쿠키를 반으로 가르니 얇고 긴 종이가 나왔다. 글씨 잘 쓰는 윤 선생이 직접 자필로 써준 메시지였다.

　―꽃을 좋아하는 사람은 그 꽃을 꺾지만, 꽃을 사랑하는 사람은 그 꽃에 물을 준다.

무슨 뜻이지? 꺾어서 내 것으로 만들지 말고 그곳에 두고 돌보란 건가? 어젠 포장하느라 제대로 읽어보질 못했는데, 이런 것도 적었구나.

동화는 고개를 갸웃거리며 다시 한 번 메시지를 읽고 입안에 쿠키를 넣었다. 동화는 옆자리에 와 앉는 〈숨〉 단원들과 눈인사를 나누며 얌전히 앉아 공연이 시작되길 기다렸다. 얼마 지나지 않아 공연장 안은 암전이 되었고, 작은 불빛이 무대 위에 떨어지는 것으로부터 공연은 시작되었다.

둘의 등장부터 숨이 막혔다. 누런색의 늘어진 니트 한 장을 걸치고 나온 병준과, 병준의 뒤에 바짝 붙어 서 있다가 음악의 시작과 함께 옆으로 툭 쓰러지는 해온. 해온이 바닥에 쓰러지는 순간, 동화는 저도 모르게 주먹을 움켜쥐었다. 무용수의 움직임을 무용으로 봐야 하는데 오늘은 그게 잘 되지 않을 것 같았다.

그 후로 공연이 진행된 30분 내내 동화는 가슴을 졸이고 무대를 봐야 했다. 안무의 진행을 잘 알고 있기에 어디에서 해온이 바닥에 쓰러지고 구르는지, 어디에서 가장 힘들지를 알고 있어서 몰입이 되질 않았다.

무대가 끝난 후, 인터미션 사이에 관객들과 인사를 나누려 두 무용수가 공연장 로비로 나왔다. 로비에는 공연 후 쏟아져 나온 사람들로 가득했지만 동화는 단번에 해온을 찾을 수 있었다. 상대성 오징어 이론에 입각해 해온은 주위 사람들을 오징어로 만들고 있었기 때문이다.

대충 옷을 챙겨 입은 병준과 해온은 지인들에게 둘러싸여 정신 없이 사진을 찍고, 꽃다발과 선물을 받고, 헤실헤실 웃어댔다. 동화는 그들로부터 멀찍이 떨어져 서서 자신의 차례가 오기만을 기다렸다.

그때, 고개를 두리번거리던 해온과 시선이 닿았다. 동화가 손을 흔들자 해온은 망설임 없이 동화를 향해 성큼성큼 걸어 다가왔다. 점점 더 가까워질수록 해온이 밝게 웃자, 동화도 덩달아 환하게 웃어 보였다.

"와…… 꽃이네?"

평소 해온이 좋아하는 노란색 계열의 꽃으로 만든 꽃다발을 내밀자, 선물하는 사람 기분 좋으라고 입을 쩍 벌리며 감격했다.

"구동화한테 꽃다발 처음 받아보는 것 같은데?"

"미안해. 그동안 내가 너무 무심했다."

동화는 멋있었다, 고생 많았다, 라는 의미로 해온과 가벼운 포옹을 나누며 등을 토닥여 주었다.

"어땠어?"

"숨도 제대로 못 쉬었어."

"어떤 의미로?"

동화가 눈썹을 씰룩이자 해온이 따라 했다.

"당연히 좋은 의미지. 난 이제 됐으니까 얼른 가서 마저 인사해. 사람들 기다린다."

해온과 인사를 나누려고 기다리고 있는 사람들이 따가운 시선으로 동화를 보고 있었다. 한국에서 가장 주목받고 있는 두 무용수의 신작 초연이라 더욱 많은 관심이 쏠린 듯했다. 해온의 경우에는 3년 만의 귀국 후 첫 무대였기에 더더욱 관심을 모았다.

"인사만 받고 다시 올게. 손 대표님 공연 같이 봐."

동화는 고개를 끄덕이며 기꺼이 해온을 보내주었다. 해온은 동화와 멀어지며 몇 번이나 뒤를 돌아보았고, 동화는 그런 해온이 불안해하지 않도록 기다리고 있겠단 말을 반복하며 손을 흔들어 주었다.

그제야 마음이 놓이고, 뿌듯하단 생각도 들었다. 팜플렛 가장자리에 적힌 '음악 구동화'의 존재감이 동화의 어깨를 으쓱이게 만들었다.

이 맛에 이 짓을 못 그만두지.

내가 만든 음악을 타고 무용수가 춤을 추는 것만큼이나, 아주 작은 곳에라도 이렇게 기록이 남는 게 참 좋았다. 남들은 눈여겨보지 않을지라도 자기만족도 상승에는 굉장히 효과적이었다.

손 대표님 팀의 공연을 보기 전에 커피라도 한잔 마실까 싶어 돌아서던 동화는 낯익은 남자의 깜짝 등장에 그대로 걸음을 멈췄다.

"어? 태민 씨."

동화의 앞을 막고 선 남자는 정태민이었다. 재킷 양쪽 주머니에 손을 찔러 넣고 웃고 있었다.

"오랜만이에요."

"네, 오랜만이네요."

머쓱해진 동화는 괜히 손끝으로 목덜미를 긁적였다.

"공연 잘 들었어요."

"아, 감사합니다."

눈으로 보는 무용 공연인데도 자신이 만든 음악을 위해 잘 들었다고 말해주니 고맙지 않을 수가 없었다.

"아까 공연, 그때 봤던……."

"맞아요. 신해온……. 그 친구 안무작이에요."

"꽤 유명한 친구던데요?"

아마도 해온에 대해 알아본 모양이다. 동화가 웃으며 고개를 끄덕이자 태민도 덩달아 고개를 끄덕였다.

"음…… 아무래도 저한테 더 이상 기회가 없는 것 같은데, 맞나요?"

뭐라고 대답을 해야 좋을지 몰라 동화는 진심으로 난감했다. 입술을 잘근잘근 깨물며 슬쩍 고개를 끄덕이자 태민이 손사래를 쳤다.

"아! 바로 대답 안 하셔도 돼요!"

예상치 못한 갑작스러운 만남에, 어떤 말을 해야 할지 아무런 준비도 하지 못한 상태라 갑자기 말문이 막혀 버렸다. 순간 머릿속으로 무례하지 않게 어떻게 말을 꺼내면 좋을까 고민하던 차에, 태민이 한 걸음 뒤로 물러서 줬다. 정말 다행이다 싶어 한숨을 내쉬자 태민도 똑같이 한숨을 내쉬었다.

이 남자, 진짜 좋은 사람이네.

"다음 공연도 저희 팀 공연인데, 보고 가실 거죠?"

"안타깝지만 선약이 있어서요."

"그러시구나……."

"왠지 느낌에 신해온 공연이면 동화 씨를 볼 수 있을 것 같아서

온 거예요. 만나서 반가웠습니다."

태민이 먼저 악수를 청했다. 동화는 잠시 망설였지만, 아름다운 마무리를 지어야겠단 생각에 악수를 받고 고개를 끄덕였다.

"와주셔서 감사해요."

"공연장에서 가끔 뵈면 지금처럼 인사해요, 우리."

"네, 그래요."

태민은 손을 흔들며 유유히 로비를 빠져나갔다. 태민의 씁쓸한 퇴장에 조금 미안한 마음이 든 동화는 그가 완전히 시야 밖으로 사라질 때까지 지켜보고 있었다. 새끼손톱만큼 작아졌을 때, 동화는 다시 공연장으로 들어가려 몸을 돌려세웠다.

그때.

"아우, 깜짝이야!"

해온이 동화의 앞에 불쑥 나타나 양팔을 벌리고 가로막았다. 갑작스러운 등장에 깜짝 놀란 동화는 가슴을 쓸어내리며 해온을 째려보았다.

"놀랐잖아. 기척도 없이."

"둘이 무슨 얘기 했어?"

그새 그걸 본 모양이다. 동화는 고개를 가로저으며 다시 공연장 진입을 시도했다. 하지만 해온이 또 한 번 막아섰다.

"대답해."

"그냥 인사했어. 얼른 들어가자."

"인사를 뭘 그리 오래 해?"

"공연 좋았대. 너 완전 멋있었댄다."

해온은 여전히 못마땅한 표정을 짓고 있었다. 동화는 이대론 안 되겠다 싶어 해온의 팔에 팔짱을 걸며 잡아당겼다.

"우리 사진 찍고 들어갈까?"

"장난해, 지금? 빨리 바른대로 말해."

역시 단호해. 정색하면 살짝 무섭기도 하고…….

동화는 해온과 눈을 맞추고 진심을 담아 얘기했다.

"별 얘기 안 했어. 그냥 보면 인사나 하자고……."

"또 만나겠다고? 내가 세 번째는 안 된다고 그랬지!"

'별 얘기 안 했어'가 아니라, '보면 인사나 하자고'에 포커스를 맞춘 해온이 기겁을 했다. 순간 동화는 말실수라도 한 건가 싶어 머리를 굴려보았지만, 딱히 짚이는 게 없어 고개를 갸웃거렸다.

"오다가다 공연 보다 보면 아무래도 만날 일이 있겠지."

"안 돼. 공연 보러 다니지 마."

"에이, 그건 너무 억지다."

"뭐? 억지?"

마침내 입장 안내 멘트가 흘러나왔고, 동화는 빙긋 웃으며 해온을 끌고 공연장 안으로 들어갔다.

"얼른 들어갑시다."

"이따 공연 끝나고 다시 얘기해."

"알았어, 알았어."

이건 전혀 예상하지 못했던, 상상 그 이상의 모습이었다. '남자' 신해온이 이런 모습일 줄은 생각조차 하지 못했었다.

신해온은 연애할 때 이런 모습이구나, 하는 생각에 모든 것이 새삼스러웠다. 늘 여유롭고 무심한 듯 보였는데, 전혀 다른 사람처럼 굴었다. 때론 철없는 아이 같고, 때론 기대고 싶은 오빠 같고, 다정하고 상냥한 줄로 알았더니 남자다울 때도 있고…….

그동안 내가 알고 있었던 신해온은 '남자' 신해온의 전부가 아니었다. 어쩌면 내가 아직 보지 못한 모습들이 더 많이 남아 있을지도 모른다. 그래서 앞으로 보게 될 새로운 모습들이 기대가 되고 점점 더 궁금해졌다.

무사히 예술제 공연을 마친 〈숨〉의 단원들은 1차 곱창집, 2차 호프집, 3차 민속주점을 거쳐 4차 노래방으로 이동하고 있었다. 해온과 동화는 4차로 이동하던 중에 몰래 빠져나와 동화의 집 근처 공원으로 향했다.

술도 깰 겸 시원한 늦가을 바람을 쐬며 따뜻한 캔커피 하나씩을 손에 쥐고 통나무에 앉았다. 해온의 어깨에 머리를 기대고 앉은 동화는 달도 뜨지 않은 까만 밤하늘을 올려다보며 콧노래를 흥얼거렸다. 아무 말 하지 않아도 어색하지 않고, 오히려 마음이 편해지는 이 순간이 무척이나 반갑고 설레었다.

"발목은 좀 어때? 괜찮아?"

"오늘 지나봐야 알 것 같아. 지금 막 공연 끝내서 이게 공연을 해서 아픈 건지 다친 건지 어쩐 건지 잘 모르겠어."

해온이 다리를 쭉 뻗고 발목을 좌우로 살짝 까닥였다.

"내일 병원 가봐."

"그 정도는 아니고."

"그래도 가. 병준이랑 손잡고 가. 안 가면 내가 끌고 갈 거야."

"내 몸은 내가 더 잘 알아. 이 정도는 괜찮아."

"아니, 너보다 의사 샘이 더 잘 알아. 까불지 말고 내 말 들어."

더 이상 고집을 부렸다간 지난번처럼 정말 동화의 손에 붙들려 병원에 끌려갈 것 같아, 해온은 그제야 고개를 끄덕였다.

"……다치지 마라."

해온은 고개를 슬쩍 돌려 동화의 얼굴을 내려다보았다. 아스라 해진 동화의 눈동자가 가로등 불빛에 반짝이고 있었다.

"병준이 미국 가서 부상 입었단 소식 들을 때마다 내가 얼마나 마음이 아팠는데……. 멀어서 가보지도 못하고, 병준이 속상할까 봐 내색도 못하고, 자꾸 걱정하면 부담스러울까 봐 괜찮아졌냐고 묻지도 못했어."

그때의 기억이 떠올랐는지 동화의 눈시울이 붉어졌다.

그땐 모두가 마음고생을 많이 했었다. 입단 오디션도 거치지 않고 무용단의 예술감독이 병준과 해온의 공연을 보고 직접 스카우트를 해간 케이스였다. 그렇다 해도 보통은 다시 오디션을 보게 마련인데, 그런 것도 없이 곧장 무용단에 합류했다. 모든 이들의 기대를 한 몸에 받고 향한 미국 무대, 그러나 제대로 몇 번 서보지도 못하고 다시 짐을 싸야 했다. 그나마 병준이는 워낙에 긍정적인 애라 그 상황들을 피하지 않고 버텨냈다. 나약한 사람이거나 자존심만 강한 사람이었다면 자존감을 잃고 폐인이 되었을 것이다. 한국으로 돌아와 부지런히 재활치료를 받고 다신 무대에 서지 못할 거라던 진단을 뒤집어 여봐란 듯이 무대 위에 선 병준을 해온은 존경하고 있었다.

"지금도 그때 생각만 하면……."

"알았어. 병원 간다니까? 내일 병준이 손 꼭 잡고 다녀올 테니까 걱정하지 마. 알았지?"

결국 동화의 눈에서 후두두둑 눈물이 떨어졌다. 술을 좀 마셔서 그런지 지나치게 감성적이 되어버린 동화는 감정을 주체하지 못했다. 해온은 그런 동화의 눈물을 닦아주고, 품에 안아 등을 토닥여 주었다.

"이제 집에 가자."

먼저 일어난 해온이 손을 내밀자, 동화가 두 팔을 활짝 벌렸다.

어쩌라는 거지. 안아달란 건가? 그럼 안아줘야지.

해온이 동화를 안으려 하자, 동화가 대뜸 어깨를 뒤로 밀쳤다.

"왜?"

"기지개 켠 거야, 이 변태야."

"변태라니! 그리고 무슨 기지개를 옆으로 해?"

머쓱해진 해온이 발끈하자, 동화가 눈을 흘겼다.

"그리고 좀 안으면 어때! 그런 걸 가지고 뭘 변태씩이나……."

"바늘 도둑이 소 도둑 되는 거야."

와, 비유 봐라.

동화의 기가 막힌 비유에 할 말을 잃은 해온은 이내 평정심을 되찾고 씨익 웃으며 동화의 얼굴 가까이 자신의 얼굴을 들이밀었다.

"나 상처받았어."

"그래서?"

"뭐가 그래서야. 보상은 해줘야지."

해온은 자신의 입술을 검지로 톡톡 두들겼다. 그러자 동화가 옅게 웃더니 고개를 돌려 좌우를 살폈다. 그 모습이 어찌나 귀여운지, 해온은 참지 못하고 동화의 얼굴을 양손으로 감싸며 쪽 소리가 나게 입을 맞췄다.

"스케일이 작네, 신해온."

한쪽 눈썹을 치켜세우며 씰룩이는 동화의 모습에, 해온은 그제야 동화가 1, 2, 3차에 걸친 회식 자리에서 꽤 많은 술을 마셨던게 떠올랐다. 동화의 손을 뒤집어보니 불이 난 것처럼 빨개져 있었다. 하도 멀쩡해 보여서 해온이도 속은 것이다.

"얼른 집에 가자."

동화를 일으켜 세운 해온은 한쪽 팔로 동화의 어깨를 감싸며 발길을 옮겼다. 바르게 잘 걷다가도 한 번씩 휘청거리는 바람에 해온은 긴장하지 않을 수가 없었다.

"잠깐만."

설마…….

"고양이 우는 소리 안 들려?"

해온은 눈을 질끈 감고 이를 악물었다. 주정뱅이가 주정을 부리기 시작한 것이다.

"안 들려."

"아냐, 잘 들어봐. 어디서 새끼 고양이 우는 소리가 들리는데?"

해온의 품을 빠져나간 동화는 고양이를 찾기 위해 자세를 낮추고 사방을 두리번거렸다.

"없다니까."

"너 진짜 못됐다! 이 추운 날 고양이가 길에서 얼어 죽으면 어쩌려고 그래, 이 잔인한 살인자야!"

동화의 모함에 할 말을 잃은 해온은 울먹이면서 애타게 고양이를 찾는 동화를 잡아 세웠다. 그리고 등에 업었다. 내려달라고 발버둥을 칠 줄 알았는데, 다행히 얌전히 업혀 있었다.

"고양이 찾아야 되는데……."

"없다니…… 알았어. 너 집에 데려다 주고 내가 와서 찾아볼게. 됐지?"

"그럴래? 그래, 그럼."

그제야 안심을 하고, 동화가 해온의 목을 꼭 끌어안으며 폭 업혔다. 잠도 못 자고 공연 준비를 하느라 온몸이 너덜너덜 걸레가 된 것 같았는데, 희한하게도 동화를 업을 만큼의 힘이 남아 있다는 게 우습고 신기했다.

해온은 아까 동화가 흥얼거리던 콧노래를 따라 부르며 고요한 밤길을 가만히 걸었다. 믿을 수 없을 만큼 모든 것이 완벽한 하루였다.

10. 가장 소중한 건

"얼른 밥 먹어!"

새벽까지 이어진 회식으로 병준이는 여전히 비몽사몽이었고, 동화는 그나마 병준이보단 상태가 나았다. 주말이라 평소보다 늦은 아침 식사에 두 사람은 눈을 반쯤 감은 채 식탁 앞에 앉았다.

"어? 엄마……."

힘겹게 눈을 뜬 동화는 밥그릇 옆에 놓인 국그릇에 눈물이 핑 돌았다. 술을 마신 다음날엔 절대로 국을 주시지 않는데, 무려 고 춧가루를 푼 시원한 콩나물국이 놓여 있어 감격하지 않을 수가 없었다.

"내 새끼들, 수고했어."

병준도 국의 존재를 확인하고 엄마의 품을 파고들었다. 엄마는 다 큰 아들의 토실한 엉덩이를 토닥여 주며 옅게 웃었다.

"기왕이면 기사도 잘 부탁드립니다."

이어진 공손한 배꼽인사에 엄마가 웃으며 자리에 앉았다. 엄마는 매주 H신문에 문화평론 기사를 내는데, 이번에 당연히 예술제 평론을 내시기 때문이다.

예술제에서 해온과 병준은 자유참가 부문 최우수단체상을 수상하며, 내년 예술제 경연 부문 자동 출전 기회를 얻었다. 거기에 병준은 남자연기상을, 동화는 음악상을 받아 〈숨〉은 그야말로 축제 분위기였다.

"해온이 빨리 오라고 전화해 봐."

"해온이 여기 왔습니다!"

때맞춰 현관문을 열고 들어온 해온이 손을 흔들며 동화의 맞은편에 자리를 잡았다.

"아까 어떤 기자가 자기 블로그에 글 올린 걸 봤는데, 신해온 존재감에 대해 아주 논문을 써났더라. 예술제 공연 중에서 단연 돋보였다고."

"그 기자분 새벽에 감성적일 때 글 쓰셨나 보네요. 하핫."

"아냐. 엄마가 스무 팀 공연 다 봤잖아. 너희랑 손 대표 팀이 제일 반응 좋았어."

"아휴, 어머니, 자꾸 저 비행기 태우고 그러시면…… 부끄러워요."

웬 애교?

해온이 두 손으로 얼굴을 감싸자 동화는 기겁을 했고, 엄마와 병준은 그런 해온을 사랑스러운 눈길로 바라보았다.

난 아직 내공이 부족한 건가…….

"해온이 많이 먹어. 그동안 레슨하랴, 안무 짜랴, 연습하랴 고생 많았어."

"감사합니다!"

해온은 엄마가 건넨 밥그릇을 넙죽 받고 인사를 한 후 밥을 푹푹 떠먹었다. 엄마는 해온의 밥 먹는 모습에서 도통 눈을 떼지 못하셨고, 동화는 고개를 저으며 계속 밥을 먹었다.

"오늘 다들 쉬는 거야?"

엄마의 물음에 세 명 모두 동시에 고개를 저었다.

"난 관계자 미팅."

"난 오전 레슨."

"전 인터뷰가 있어서……."

해온의 말에 일동 입을 모아 '오' 하고 부러운 탄성을 쏟아냈다. 해온은 쑥스러웠는지 손끝으로 눈썹을 긁적였다.

"누난 관계자 미팅이면, 곡 의뢰 들어온 거야?"

"응. 편곡."

예술제 준비로 미루었던 작업을 하게 되었다. 미디어 퍼포먼스 작품에 쓰일 30여 분가량의 곡 작업인데, 처음 작업을 하게 된 팀이라 설레기도 하고 약간 긴장도 되었다.

"근데, 누나가 하는 일이 정확하게 뭐야?"

뜬금없는 병준의 물음에 너무도 어이가 없었다. 동화는 혀끝으로 입안을 쑥 밀며 강한 분노를 표현했다.

아직까지 내가 뭘 하는 사람인지도 모르고…… 저거 동생 맞아?

"네가 생각하기엔 내가 뭘 하는 사람 같니?"

"음⋯⋯."

"그럼 다시 묻자. 사람들이 '네 누나 뭐 하는 사람이야?' 라고 물으면 넌 뭐라고 대답하냐?"

"어⋯⋯. 음악하는 사람. 설명하기 귀찮을 땐 그냥 실용음악원 한다고 해."

그래, 뭐, 그것도 틀린 말은 아니지.

해맑게 웃는 병준에게 동화는 부드러운 미소를 지어 보이며 까슬까슬한 병준의 빡빡머리를 쓰다듬었다.

"보통은 날 사운드 디자이너라고 부른단다."

"올. 그럴듯한데? 실용음악원 원장보단 사운드 디자이너가 더 멋있네. 앞으론 그렇게 얘기할게."

아랫입술을 꾹 깨물며 노려보자, 천진난만한 표정을 짓던 병준이 눈을 내리깔고 다시 밥을 먹었다.

"신해온, 넌 알고 있었어?"

"아니."

너무도 당당한 해온의 대답에 동화는 기가 막혔다. 어마어마한 대답을 아무렇지도 않게 뱉어놓고는, 뭘 잘했다고 병준이랑 하이 파이브까지 하는지⋯⋯ 정말 한 대 쥐어박고 싶었다.

"그럼 저녁은 집에서 먹을 거야?"

"어."

병준에 이어 동화도 대답을 하려는데, 해온이 식탁 아래로 발을 툭 찼다.

"동화는?"

"나는……."

해온이 눈썹을 씰룩이고 눈을 깜박이며 이상한 제스쳐를 취했고, 동화는 입 모양으로만 '뭐?' 라고 물으며 눈짓을 보냈다.

"오늘 저녁에 약속 있을걸요?"

동화를 대신한 해온의 대답에 병준은 웃음을 터뜨렸고, 깜짝 놀란 동화는 눈이 절로 커졌다. 중간에서 엄마만 애들이 왜 이러나 싶은 표정으로 번갈아 가며 바라보았다.

"엄마, 있잖아, 얘네……."

동화가 병준의 발등을 발꿈치로 쿡 찍으며 눈짓을 하자 이상한 기운을 눈치챈 엄마는 해온과 동화를 차례로 보았다.

"어, 저기…… 내가 해온이 저녁 사주기로 약속한 게 있거든. 오늘 사주려고."

"그래? 그럼 오늘 저녁엔 오랜만에 병준이랑 오붓하게 단둘이서 먹어야겠네."

"어. 허허."

병준이는 웃겨 죽으려 하고, 해온이는 귀가 점점 빨개지고, 동화는 어색하게 웃었다.

"두 사람도 오붓하게 즐거운 시간 보내고."

엄마의 일격에 얼어붙은 동화는 엄마가 해온에게 찡긋 윙크하는 모습에 가슴이 덜컥 내려앉았다.

"다 먹고 치우고 나가렴."

엄마가 손을 흔들며 주방을 빠져나가자 해온은 엉거주춤 일어

나 인사를 하고 다시 앉았다. 해온과 눈이 마주친 동화는 안도의
한숨을 쉬며 병준을 향해 턱짓을 했고, 신호를 받은 해온이 병준
의 두 팔을 의자 뒤로 결박하고 꼼짝 못하게 만들었다.

"병구 죽일까?"

"나 왜! 뭐! 언제든 밝혀질 건데!"

당당한 병준의 표정에 동화는 고등어조림 안에 든 송송 썬 고추
만 골라 수저 한가득 올려 담아 병준에게 다가갔다.

"벌려."

병준이 입을 꾹 다물고 필사의 저항을 하자, 동화는 한 손으로
병준의 볼을 꽉 눌러 벌리고 입안에 고추를 쏟아 넣었다. 얼굴이
빨개진 병준이 발버둥을 쳤지만, 2인조는 인정사정 봐주지 않았
다. 결국 병준의 눈에서 눈물이 흘러나온 후에야 결박을 풀어주고
물을 허락했다.

"어쩜 남자가 저렇게 입이 싼지……. 쯧쯧. 설거지 뽀득뽀득 잘
하고 와라."

동화는 싱크대 안에 비운 그릇과 수저를 담아두었다.

"동구는 몰라도 너는 나한테 그러면 안 돼, 진짜. 어떻게 우정이
변하니?"

"미안하다."

눈물겨운 우정이네.

해온도 동화의 뒤를 따라 주방을 빠져나왔다. 거실 소파에 나란
히 앉은 둘은 테이블 위에 놓아둔 귤 바구니에서 귤을 꺼내 까먹
으며 TV를 틀었다.

"미팅은 어디서 하기로 했어? 우리 빌딩?"

"아니, 대학로. 내가 그쪽 사무실로 가기로 했는데, 왜?"

"왜긴. 끝나고 데이트할라고 그러지."

부끄럽게, 진짜.

동화가 입술을 꾹 깨물고 웃음을 참자, 해온이 옆구리를 손가락으로 쿡 찔렀다.

"난 강남인데."

"내가 먼저 끝날 것 같은데, 끝나고 강남으로 갈까?"

"그래 주면 고맙고. 학교 근처에서 보자. 끝나는 대로 전화해."

다시 생각해 봐도 데이트란 말, 너무 간지러워…….

"근데, 뭐 할 거야?"

해온은 대답 대신 어깨를 으쓱였다.

이러면 기대하게 되는데.

동화는 귤을 하나 까놓고도 새 귤을 집어 들고 또 하나를 더 깠다. 머릿속엔 온통 데이트란 단어가 둥둥 떠다녀, 지금 내가 귤을 까는 건지 귤이 날 까는 건지 모를 지경이었다.

*

남부터미널역에서 내려 학교 방향으로 걷던 동화는 건물 유리창에 비친 자신의 모습을 틈틈이 확인하며 옷매무새와 머리카락을 매만졌다. 평소보다 조금 더 신경 쓴 화장이 신경 쓰여 가방 안에서 거울을 꺼내 본 것도 여러 번. 굽이 높은 구두를 신으려다가 아무래도 오래 걷게 되면 다리가 아플 것 같아 낮은 구두를 신은 게 영 마음에 걸렸다. 힘들더라도 다리 라인을 생각해서 높은 걸 신을걸 하는 때 늦은 후회에 몇 번이나 한숨을 쉬었는지.

예술의 전당 인근에 다다르자 저녁 공연을 보러 가기 위해서 인지 길 위엔 제법 사람들이 많았다. 오늘따라 유독 눈에 많이 들어오는 건 다정한 연인들의 모습. 자연스레 서로의 얼굴을 만지고, 손을 잡고 걷는 연인들을 보고 있으니, 해온이 보고 싶어졌다.

띵동.

[나 지금 출발해.]

해온에게서 온 메시지를 확인하고 기분이 좋아진 동화는 주변을 두리번거리다가 몇 번 가본 적이 있는 카페로 발걸음을 옮겼다. 다행히도 카페 안은 한적했고, 동화는 청포도주스 하나와 해온이 좋아하는 캐롯 파운드를 하나 골라 주문하고 창가에 자리를 잡았다.

[애니초초로 들어와.]

메시지를 보낸 동화는 반대편 자리를 옮겨 앉았다. 해온이 걸어올 방향으로 말이다.

동화는 또다시 거울을 꺼내 보았다. 물론 오늘 중요한 외부 미팅이 있어서 더 신경을 쓴 것도 있었지만, 신해온와 연애를 시작하다 보니 당연히 외모에 신경이 쓰였다. 같이 다니면서 적어도 여자가 돈이 엄청 많은가 보다, 소리는 듣지 않아야 하니까.

주문한 음료가 나오고, 휴대폰으로 게임 다섯 판을 하고, 아까 미팅 때 예술감독과 나누었던 메모를 다시 확인하며 꽤 오랜 시간을 혼자 보냈지만 무료하지 않았다. 기다림이 길어질수록 설렘은 배가됐다. 동화는 이어폰을 꺼내 휴대폰에 꽂아 음악을 재생했다. 언젠가 해온이 듣기 좋다 했던 그 노래였다.

같은 곡을 다섯 번째 다시 들을 무렵, 저 멀리서 헐레벌떡 달려오는 해온의 모습이 눈에 들어왔다. 바디 쉐이프에 딱 어울리는 하얀 셔츠와 청바지 차림, 뒤로 멘 가방과 팔에 걸친 재킷이 동화뿐 아니라 길을 걷는 사람들의 시선까지도 사로잡았다. 카페 입구에 서서 상체를 숙이고 숨을 고른 해온이 문을 열고 카페 안으로 들어오자 동화는 웃음부터 났다. 좌우를 두리번거리던 해온은 금방 동화를 찾았고, 이내 웃으며 다가왔다.

"오래 기다렸지?"

가까이 다가오는 순간 훅 하고 끼친 찬바람에 동화는 해온의 손을 잡았다. 얼음장같이 찬 해온의 손은 빨갛게 얼어 있었다.

"안 추워?"

"어. 뛰었더니 덥다."

맞은편에 앉으며 가방을 내려놓는 동안 동화는 해온의 뺨도 만져 보았다. 뺨도 찼다.

"천천히 오지 왜 뛰고 난리야."

"빨리 보고 싶으니까."

하아. 진짜.

그렇게 대답하면 내가 할 말이 없는데…….

"뭐 마실래?"

"난 됐어. 마저 먹고 얼른 나가자."

"어디 갈 건데?"

해온은 캐럿 파운드를 덥석 집어 먹곤 동화가 마시던 주스도 벌컥벌컥 들이켰다.

"말 안 해줄 거야?"

"응."

뭐가 이렇게 자신만만해. 불안하게.

뭔가 미심쩍은 동화가 주스를 마저 마시며 시간을 끌어보았지만, 얼마 지나지 않아 마지못해 자리에서 일어서고 말았다.

"가자."

해온이 손을 내밀었고, 동화는 더 이상 망설이지 않았다. 저렇게까지 나오는 걸 보면, 뭔가 단단히 준비를 하긴 한 모양이다.

이거, 좀 기대되는데?

동화는 해온의 빠른 걸음에 맞춰 카페를 나서는 순간, 오늘 굽이 높은 구두를 선택하지 않았음에 안도했다.

"버스 타고 가자."

"버스?"

평소 동화는 버스보단 지하철을 선호하는 편이었다. 버스는 길이 막힌다거나 번호와 노선을 외우기 힘든 여러 가지 변수를 갖고 있기 때문이다.

"어! 저기 있다."

버스정류장을 발견한 해온의 걸음이 점점 더 빨라졌다.

"저 버스 타자."

"저거 타면 어디 가는데?"

버스정류장으로 들어서는 버스는 낯선 번호를 달고 있었다. 당연히 가는 방향도 모르고 노선도 모른다. 간추려 적어둔 지명 또한 낯설었다.

저걸 타고 도대체 어딜 가자는 거지?

일단 동화는 해온을 믿고 버스에 올랐다. 주말 오후에 볼 수 있는 버스 안과는 달리, 승객은 우리를 포함해 채 열 명도 되지 않았다.

믿음이 약해지려는 순간, 마주 보게 된 해온의 두 눈은 확신에 차 있었다.

"진짜 말 안 해줄 거야? 우리 어디 가는데?"

"나도 몰라."

"뭐?"

"중요한 건 우리가 '같이' 있다는 거지 '어디'가 중요한 게 아냐."

"말 돌리지 말고."

정색을 하니, 그제야 해온이 빙긋 웃었다.

"내 계획은 가장 먼저 오는 버스를 타고 아무 곳에나 내리는 거야."

"미쳤나 봐……."

확실히 해온은 겁이 없었다. 두려움도 모른다. 반면에 동화는 걱정도 많고, 낯선 곳을 좋아하지 않으며, 겁도 많다.

"재미있을 것 같지 않아?"

잔뜩 신이 난 해온과 달리, 동화는 고개를 절레절레 저으며 불안함을 표했다.

"길도 모르고 가는 거지?"

"어. 그냥 가는 거야. 가능하면 처음 가보는 곳으로, 완전 낯선 곳으로."

"돌아올 땐 어떡하려고?"

"어떻게든 오면 되지."

돌아올 방법 같은 건 아예 생각조차 하지 않는 듯했다. 그런 것들은 별로 개의치 않는다는 저 해맑은 표정. 동화는 두 눈을 질끈 감으며 연신 고개를 저었다.

"해보기도 전에 걱정하지 마. 겁내지도 말고, 두려워하지도 말고. 내가 있잖아."

어쩜 저렇게 자신감이 넘칠 수 있지?

그냥 내리자고 말을 꺼내려던 동화는, 일단 입을 다물고 곰곰이 생각했다.

그래, 일단 믿어보자. 이 나이에 설마 길을 잃기야 하겠어? 휴대폰 있고 돈도 있는데 돌아오는 거야 어떻게든 올 수 있겠지. 지레 겁먹지 말자. 이럴 때 아니면 언제 또 이런 짓을 해보겠어.

물론 그렇게 마음을 먹는다고 해서 없던 용기가 샘솟은 건 아니었지만, 적어도 마음은 조금 더 편해진 것 같았다. 동화는 그제야 긴장했던 표정을 풀고 해온을 바라보았다.

"아까 뭐 듣고 있었어?"

휴대폰을 꺼내 이어폰을 꽂고 한쪽을 건네자 받아 든 해온이 귀에 꽂았다. 동화는 아까 듣고 있던 음악을 재생했고, 무슨 곡인지를 확인한 해온은 만족스러운 듯 고개를 끄덕였다. 그리곤 제 어깨에 동화의 머리를 기대게 한 후 손을 꼭 잡았다.

도착한 곳은 삼십 평생 서울에 살면서도 처음 와본 동네였다.

이곳에서 무려 데이트를 하게 되다니…….

동화는 벌써부터 눈앞이 캄캄했다.

"일단 밥부터 먹어야겠지?"

저녁때를 훌쩍 넘긴 시각, 아무런 준비 없이 두 시간가량 서울 투어를 하고 나니 배가 무척이나 고팠다. 일단 식당부터 찾기로 하고 동화는 해온과 함께 낯선 길을 걸었다.

마치 지방 소도시와 같았다. 2, 3층을 넘지 않는 나지막한 상가 건물이 길에 듬성듬성 있었고, 그나마도 불 꺼진 곳이 대부분이었다. 도로 위엔 차들도 많지 않았다.

"해장국 먹을래?"

우리가 아무리 아침, 저녁으로 집 밥을 함께 먹는 사이긴 하지만 그래도 명색이 첫 데이트인데…….

"좀 더 찾아보자."

"그럴까?"

해온은 이래도 흥, 저래도 흥, 신나게 길을 걸었다. 콧노래까지 흥얼거리며 이곳이 생각보다 나쁘지 않음을 끊임없이 어필했다. 하지만 걸으면 걸을수록 더욱 외진 곳이 나왔고, 하는 수 없이 두 사람은 발길을 멈춰야 했다.

"안 되겠다. 아까 거기로 다시 가자."

이렇게 걷다간 정말 밤새도록 걷게 될 것 같아 동화가 해온을 돌려세워 아까 걸어온 길을 다시 걸었다. 인도 위나 차도 위나 한적한 건 마찬가지였다. 서울 시내와 달리 바닥에 쏟아진 나뭇잎을 모두 쓸어내지 않아 걷는 데 운치가 있었다. 바스락거리며 발아래 밟히는 나뭇잎 소리에 저절로 시선이 발끝으로 향했다.

"춥지 않아?"

"아니, 딱 좋아."

숨을 깊게 들이켜니 시원한 밤바람이 가슴속 깊숙이 스며들었다. 해온과 눈이 마주친 동화가 슬쩍 웃자 해온이 어깨를 감싸 안았다. 아주 잠깐이지만 배고픔도 잊을 만큼 달달한 순간이 찾아왔다.

"근데 여긴 어디지?"

궁금함에 가방 안에서 휴대폰을 꺼낸 동화가 지도 어플을 열려 하자, 해온이 냉큼 휴대폰을 빼앗더니 자신의 재킷주머니에 넣었다.

"나중에, 나중에 봐."

그래. 이렇게 된 이상 여기가 어딘 게 무슨 상관이겠어. 해온이 말대로 지금 이곳에 누구와 함께 있느냐가 중요한 거지.

"저기 중국집 있다. 저기로 갈까?"

중국음식이나 해장국이나 별반 다를 것 없었지만, 면 요리를 더 좋아하는 동화는 첫 데이트 요리로 중국음식을 결정했다. 목적지를 정한 두 사람은 재빨리 식당으로 향했다.

"안녕하세요."

가게 안으로 들어서자 손님을 보고 당황한 가게 주인이 동화와 해온을 맞이했다.

"어, 어서 오세요."

"식사 되죠?"

"그럼요. 앉으세요."

동화는 자리를 잡고 앉아 식당 안을 둘러보았다. 식당 안 조명은 절반이 꺼져 있었고, 손님이라곤 자신들이 전부였다. 이 동네와 꼭 닮은 식당이었다.

"뭘로 드릴까요?"

"저희 짜장면 두 개랑 탕수육 작은 거 하나 주세요."

주인이 주문을 받고 주방으로 들어가자, 주인의 아들로 추정되는 꼬마가 보고 있던 TV를 동화와 해온 쪽으로 돌려주었다.

"우린 괜찮은데."

수줍음이 많은 귀여운 꼬마는 주방 안으로 쏙 들어가 버렸다.

"왠지 기대된다."

"나도."

막연히 낯설기만 했던 이 동네가 조금은 정감 어리게 느껴졌다. 동화는 테이블 위에 놓인 수저통에서 두 쌍의 수저를 챙겨 가지런히 내려놓았다. 그사이 주방으로 숨었던 꼬마가 양파와 춘장, 단무지, 김치를 챙겨 쟁반에 담아 내어왔고, 해온이 냉큼 일어나 꼬마가 들고 온 쟁반을 건네받았다.

"고마워."

머리를 쓰다듬어 주자, 꼬마는 또다시 주방으로 달려 들어갔다. 해온은 테이블 위에 반찬을 내려두고 물컵에 물도 가득 따라두었다. 얼마 지나지 않아 요리가 나왔고, 늦은 저녁에 배가 무척이나 고팠던 두 사람은 서둘러 젓가락을 챙겨 들었다.

"잘 먹겠습니다!"

"맛있게 드세요."

해온의 우렁찬 인사에 주인이 대답을 하며 다시 식당 안 한쪽에 앉아 TV를 보았다.

"여기 처음 오셨나 봐요?"

"네. 서울에서 태어나서 평생 살았어도 여긴 처음이에요."

"길을 잘못 들었어요?"

"아뇨. 아무 버스나 타고 아무 데서나 내렸거든요."

해온의 말에 주인은 재밌다는 듯 웃었고, 어느새 주인의 무릎을 베고 누워 있던 꼬마는 금방이라도 잠이 들 것처럼 눈꺼풀을 느리게 끔벅였다.

"두 사람 애인 사이인가 봐요? 잘 어울리네."

"감사합니다."

주인의 말을 넙죽 받는 해온 때문에 쑥스러워진 동화는 찬물 한 잔을 몽땅 들이켰다.

"사장님, 여기 데이트할 만한 데 있어요?"

"데이트라……. 여긴 그런 데 없어요."

"그럼 사장님은 데이트 어디서 주로 하셨어요?"

"그냥 손잡고 동네나 빙빙 돌았지. 우리 동네 가로수길이 예쁘거든요. 거기서 몰래 뽀뽀도 하고."

그날의 기억이 떠올랐는지 주인은 수줍게 웃었다.

"우리도 동네나 빙빙 돌자. 손잡고."

해온의 제안에 동화가 고개를 끄덕였다.

"이 동네 버스도 빨리 끊기는데, 가만있어 봐. 지금 몇 시지?"

동시에 시계를 바라본 세 사람은 열 시가 다 되어가고 있음을 확인했다.

"버스 끊기면 택시 타죠, 뭐."

"에이, 이 동네 택시가 얼마나 귀한데."

전혀 예상하지 못했던 주인의 말에 동화의 눈은 동그래졌지만 해온은 별로 당황한 기색이 없었다.

"사장님, 콜택시는 부르면 오죠?"

"그럼요. 비싸서 그렇지, 오긴 오죠."

"그럼 전화번호 좀……."

전화번호를 받으려 일어나는데, 해온이 동화의 손목을 잡았다.

"여기 잘 만한 데는 있어요?"

"저 아래로 한참 내려가면 모텔이 한 세 개 있어요."

"그럼 됐네."

믿을 수 없을 만큼 태연한 해온의 표정에 동화는 어이가 없었다.

"되긴 뭐가 돼? 자고 가자고?"

"어. 자고 가자. 내일 일요일인데 뭐 어때."

일요일이라서가 아니라, 같이 잔다는 게 문제잖아, 이 멍충아!

속이 부글부글 끓었지만 동화는 언성을 높이지 않았다. 몇 시간 만에 갑자기 눈치가 없어진 건지, 아니면 작정을 한 건지 동화는 답답해서 견딜 수가 없었다.

"다 먹었으면 일어나자."

해온이 냅킨으로 입술을 닦으며 일어나 서둘렀다. 느긋하게 굴다 갑자기 서두르는 게 수상해 노려보자 해온은 순진한 표정을 지었다.

"동네 돌아봐야지. 우리 데이트하러 왔잖아."

애 보는 앞에서 차마 욕은 못하겠고⋯⋯.

동화는 일단 화를 꾹 참고 일어섰다.

"얼마예요?"

해온이 계산을 하는 사이, 카운터에 놓인 박하사탕 하나를 집어 먹은 동화는 조심스럽게 해온의 재킷을 뒤졌다. 휴대폰을 꺼내기 위해서였다.

"잘 먹었습니다."

"예. 또 놀러 오세요."

"감사합니다."

하지만 휴대폰 스틸은 결국 실패로 돌아갔고, 소득 없이 식당을 빠져나온 동화는 긴 한숨을 내쉬며 하늘을 올려다보았다. 아등바

등해 봤자 적어도 오늘은 신해온 손아귀에서 놀아나게 생겼으니 기운 빼지 말자고 다짐하며, 어떻게 여기까지 오게 된 건지 차근차근 기억을 되짚어보았다.

"와. 배부르다."

해온은 무척이나 만족스러운 표정으로 배를 내밀었다. 동화는 고개를 갸웃거리며 해온의 얼굴을 빤히 보았다.

"왜?"

"뭔가…… 계획적인 냄새가 나는데……."

"계획은 무슨. 아까 나랑 아무 버스나 타고 와놓고."

심증은 있는데 물증은 없고.

동화는 해온을 향해 손바닥을 펴 흔들었다.

"내 휴대폰 내놔."

"싫은데."

"안 내놔?"

달려들자 해온이 동화의 양쪽 손목 모두를 잡고 버렸다.

"어쭈!"

"동네 한 바퀴 돌아보고. 그리고 결정하자."

바보같이 또 욱해서 남자를 힘으로 상대하려 했네. 이래서 채식을 해야 한다니까.

동화는 해온의 팔에 안겨 마지못해 걸었다. 좀 전까진 어둡고 컴컴해서 조금은 무서웠던 그 길이, 이 길을 걸으며 연애를 했다던 식당 주인의 말을 듣고 나서인지 어딘가 로맨틱해 보였다. 고개를 들어 가로수를 보니 예쁘긴 예뻤다. 보름쯤 더 일찍 와봤더라면 더 좋았을 것 같다는 생각도 들었다.

"안 추워?"

동화는 대답 대신 고개를 끄덕였다.

"익숙한 데 말고 낯선 곳에 와보고 싶었어. 그러면 네가 날 의지하지 않을까 싶어서."

무슨 뜻인지, 무슨 의도였는지 동화는 그제야 알 것 같았다. 피식 웃음이 터진 동화는 해온의 허리에 팔을 두르고 꼭 감싸 안았다.

"넌 이미 나한텐 충분히 남자야."

"동생 친구로 지낸 시간이 길어서……."

"그래도 오래전부터 넌 나한테 남자였어."

해온의 발걸음이 조금 느려지자 동화도 속도를 맞춰 걸었다. 차마 쑥스러워서 얼굴을 못 쳐다보겠고, 엄한 발끝만 바라보았다.

"네가 생각하는 것보다…… 그것보다 더 많이, 더 오래 좋아했어."

하필 오늘, 지금 이곳에서 꺼낼 줄은 몰랐지만 꼭 말해주고 싶었다. 내가 널 얼마나 많이 좋아하는지, 얼마나 많이 생각했는지……

"정말…… 나라도 괜찮은 거지?"

걸음을 멈춘 해온 때문에 동화도 그 자리에 멈춰 섰다. 그리고 해온의 얼굴을 보았다.

"네가 뭐가 어디가 어때서."

모든 사람들 앞에선 항상 자신감 넘치고 당당하면서 왜 자꾸 내

앞에서만 작아지는 건지, 불쑥 화가 치밀었다.

"나한테는 큰 약점이 하나 있어."

"상관없어. 네가 선택할 수 있는 게 아니었잖아."

"그로 인해 앞으로 힘든 일이 닥칠 수도 있고."

"꼬셔놓고 이제 와 협박하는 거야?"

해온이 피식 웃었고, 동화는 해온의 품 안에 파고들어 허리를 두 팔로 꽉 끌어안았다.

"대충은 알고 있어. 네 아버지가 누군지, 그 때문에 네가 어떻게 살아왔는지, 얼마나 힘들었는지, 아팠는지……."

"밝히겠대, 내가 자기 아들이라는 거. 협조하지 않으면 공연하기 힘들어질 거라고 협박을 하더라. 근데 그 남자 딸이 찾아와선 협조하면 공연하기 힘들게 만들 거래."

그래서 요즘 부쩍 힘들어했구나. 혼자서 얼마나 힘들었을지…… 지금 그 속이 어떨지 짐작조차 할 수 없어서, 그 어떤 말로도 위로가 되지 않을 것 같아 너무도 가슴이 아팠다.

"내가 원하든 원하지 않든 그 사람은 밝힐 것 같고, 당분간 힘들어질 건 확실하게 됐어. 그 사람의 아들이란 이유 하나로 내 의지와는 전혀 상관없이……."

쏟아낸 말과는 달리 해온의 얼굴은 평온했다. 해온의 품을 빠져나온 동화는 해온의 두 뺨을 양손으로 감쌌다.

"상관없다고, 마음대로 하라고 말은 했는데…… 솔직히 겁나. 여기까지 오는 동안 나 정말 죽을 만큼 힘들었거든. 죽을 용기로 여기까지 온 거거든. 나 때문에 우리 빌딩 사람들 피해 입을까 봐,

공연에 폐가 될까 봐…… 정말로 내가 설 무대가 없어질까 봐……
두려워."

해온의 두 눈 가득 눈물이 차오르고 있었다. 하지만 차오른 눈
물은 일렁이기만 할 뿐, 쉽게 흘러내리지 않았다. 해온의 강한 의
지가 보였다. 힘겹지만 끝까지 버텨보겠다는 그 의지가, 그 누구
보다 강하고 단단한 마음이 보였다.

"아무 걱정 하지 마, 내가 있잖아, 라고 말하기엔 솔직히 내가
너무 힘이 없다. 위로는 나중에 할게. 난 널 믿으니까."

말도 안 되는 위로에 해온이 웃었다.

"내가 말했지? 3년 전에 네가 여길 떠날 때보다 지금의 넌 비교
도 할 수 없을 만큼 강해졌어. 가만 보면 넌 그걸 잘 모르는 것 같
아."

동화는 해온의 손을 꼭 쥐었다.

"겁먹어도 돼. 두려워해도 돼. 결국 넌 이겨낼 거니까. ……난
그걸 알아."

입술을 굳게 다물고 잠시 생각에 잠겼던 해온이 천천히 고개를
끄덕였다. 그리곤 주머니에서 휴대폰을 꺼내 건넸다.

"자."

동화는 휴대폰을 받지 않고 가만히 내려다보았다.

"안 받아?"

휴대폰에서 해온의 얼굴로 시선을 옮긴 동화는 옅은 한숨을 길
게 내쉬며 입가에 미소를 머금었다.

"셋 셀 때까지 안 받으면 내일 아침까지 안 줄 거야. ……하나,

……둘."

동화는 해온의 손에 들려 있던 휴대폰을 다시 해온의 재킷주머니에 넣었다.

"……셋."

셋을 셈과 동시에 동화는 해온의 목에 두 팔을 걸고 천천히 거리를 좁혔다. 코끝끼리 닿을 무렵 잠시 숨을 멈췄던 동화는 고개를 슬쩍 틀어 그대로 입을 맞췄다.

조심스레 맞닿은 입술을 천천히 움직이니 숨결을 타고 조금씩 틈이 생겼다. 해온의 두 팔이 동화의 허리를 감싸자 용기를 얻은 동화는 발꿈치를 들어 해온에게 완전히 안겼다.

곁에 있어주는 것밖엔 내가 해줄 수 있는 게 없다. 현실이 그렇다. 난 돈도 없고, 빽도 없고, 가진 것보단 없는 게 훨씬 더 많으니까. 나라도 괜찮겠냐는 말, 내가 묻고 싶은 말이었다. 지금 상황을 아무것도 해결해 줄 수 없는 내가 오히려 짐 하나를 더 얹는 건 아니냐고 말이다.

하지만 그럼에도 불구하고 우리는 연애를 선택했다. 혼자보단 둘을 택했다. 그만큼 우린 서로에게 서로가 필요했고, 기댈 곳, 숨 쉴 곳이 필요했다.

누군가 끝까지 함께할 자신 있냐고 묻는다면…… 지금은 무조건 예스라고 대답할 수 없다. 난 겁이 많고 두려움이 많으니까. 하지만 갈 수 있는 곳까진 가보고 싶다. 중도에 포기할 생각이었다면 시작조차 하지 않았을 것이다. 해온이를 둘러싼 이런저런 상황들, 감당하기 벅찬 것도 사실이지만…… 지금은 그저 그가 좋을 뿐이다. 오직 신해온 하나만 놓고 생각하자면 날 좋아해 주는 그가 좋고, 그와 함께하는 시간이 좋은 것이다.

그 사람이 좋기 때문에 그 외의 것들을 감당할 자신이 생겼다. 애정이 깊어진다면 그 자신감 또한 자랄 것이다. 그렇게 되면 난 그에게 좀 더 힘이 되어줄 수 있겠지. 그렇게 하루하루 함께 시간을 쌓고 싶다. 그 모든 순간을 쌓아 추억을 만들고 싶다.

지금 내게 가장 소중한 건, 신해온과 함께 쌓는…… 지금 이 시간이다.

11. 긴 하루

"다 씻었어?"

젖은 머리카락을 수건으로 툭툭 털며 욕실을 나서자마자 문 앞에서 기다리고 있던 동화와 눈이 마주쳤다. 어색한 말투에 웃음이 났지만, 해온은 고개를 끄덕여 대답을 대신하곤 옆으로 비켜섰다.

내가 지금 무슨 짓을 하고 있는 거지.

동화가 욕실에 들어가자 해온은 바닥에 주저앉아 머리를 마저 말렸다. 욕실 쪽에서 살갗을 타고 바닥에 떨어지는 물소리가 들려와 자꾸만 심장이 두근거렸으나 아직은 견딜 만했다. 흠흠 헛기침을 하고 마음을 다독일수록, 이 낯선 공간에 단둘이 있다는 사실에 심란한 마음을 좀처럼 숨길 수가 없었다.

힐끔 거울을 보는데, 나도 모르게 너무도 자연스레 상의를 탈의하고 나왔단 사실에 움찔했다. 이러면 안 되지 싶어 해온은 셔츠를 챙겨 입고 단추를 채웠다.

　TV를 볼까 하다가 컴퓨터를 켜고 어제 공연 관련 뉴스를 검색했다. 예술제 공식 사이트와 블로그에 올라온 후기글을 읽으며 무엇이 부족하고 무엇이 좋았는지 빠짐없이 체크하고, 동작 빠른 막내 단원들이 공식 홈페이지에 업로드한 현장 사진과 무대 동영상도 보았다.

　"뭐 해?"

　얼마 지나지 않은 것 같은데 동화가 욕실을 나왔다. 무심결에 뒤를 돌아본 해온은 심장이 바닥으로 쿵 하고 떨어지는 듯했다. 동화는 목욕가운을 입고 젖은 머리카락을 수건으로 감싼 채 쭈뻣쭈뻣 걸어왔다. 시선은 저절로 동화의 늘씬한 다리로 향했고, 자신도 모르게 침을 꿀꺽 삼키고 말았다.

　"벌써 사진 올려놨구나? 잘 나왔네."

　이 낯설고 좁은 공간에 우리 둘만 있다는 사실을 자각하지 못한 건지, 동화는 평소처럼 아무렇지 않게 옆에 바짝 다가왔다. 향기로운 냄새에 정신이 아찔해져 옆으로 조금 물러서자 동화가 더 가까이 다가왔다. 미칠 지경이었다. 해온은 목 끝까지 단추를 채우며 마음을 다독였다.

　"야, 쫄지 마. 안 덮쳐."

　동화의 말에 민망해진 해온이 웃음을 터뜨리자, 동화는 침대에 걸터앉아 머리에 감고 있던 수건을 풀어 머리카락을 탁탁탁 두들겼다. 해온은 동화의 등 뒤로 돌아가 앉아 수건을 빼앗았다.

　"내가 할게."

"팔도 짧은 게. 가만있어 봐."

머리카락이 짧아 오래 걸리지 않을 듯싶었다. 한 손으로 동화의 어깨를 잡고, 다른 한 손에는 수건을 들고 동화의 머리카락을 털었다. 이내 동화의 머리카락은 푸들 강아지처럼 잔뜩 헝클어졌고, 해온은 손가락으로 흐트러진 머리카락을 정리했다. 보드랍고 촉촉한 머리카락이 손가락 사이를 스치자 가슴 한구석이 간질간질거렸다. TV를 보며 키득거리는 동화의 작은 웃음소리에 가슴이 떨렸다.

"너 저 영화 봤어?"

이 와중에 영화가 눈에 들어오다니, 놀라웠다. 확실히 여자와 남자는 다르구나 싶었다.

별로 궁금하지 않았지만 대답은 해줘야 할 것 같아 힐끗 보니 처음 보는 영화였다.

"아니."

"저거 재밌는데. 근데 결말이 너무 충격적이었어."

화면 상단에는 〈원데이〉라고 영화의 제목이 적혀 있었다.

"난 흥행에는 실패해도 오래도록 기억에 남는 그런 영화가 좋아."

"그런 영화들이 꽤 있지. 그런 음악도 꽤 많고."

"맞아! 음악도 그래. 진짜 숨겨진 명곡들 많은데. 나만 알고 있기 아까운 그런 거."

때맞춰 두 배우가 전라로 수영을 하기 시작했다. 눈 둘 곳이 없어진 해온은 침대에서 내려와 바닥에 앉아 두 다리를 쭉 펴고 스트레칭을 시작했다.

"나도 해볼래."

가만히 지켜보던 동화가 냉큼 내려오더니 맞은편에 앉아 해온의 스트레칭을 따라 했다. 해온은 다리를 양옆으로 쫙 벌린 채로 발끝을 굽히고 허리를 반듯하게 세워 천천히 숨을 고르고 있었다.

"아아, 발에 쥐 날 것 같애."

"능력껏 해. 욕심내지 말고."

다시 다리를 앞으로 모아 발끝을 쭉 펴고 상체를 숙이자, 동화도 같은 자세로 따라 했다.

"안 숙여져."

바둥바둥 거리는 동화를 돕기 위해 해온이 동화의 손을 잡고 쭉 잡아당겨 주자 동화가 앓는 소리를 했다. 그 순간, 가운 사이로 봉긋하게 모인 동화의 가슴이 슬쩍 보여 해온은 잡고 있던 손을 놓고 말았다. 그 탓에 동화는 옆으로 벌러덩 누워버렸다.

"하아. 더는 못하겠다."

별로 한 것도 없으면서 동화는 가슴이 들썩이도록 숨을 골랐다. 해온은 마음을 다스리는 차원에서 좀 더 몸을 풀었다.

"난 네가 예술가로 남을 줄 알았어. 완전 예술가."

동화가 말하는 '예술가'의 의미가 무엇인지 알 것 같았다. 자기만의 세계에 빠진 불통의 예술가, 점점 더 어렵고 난해해지는 자기 잘난 맛에 사는 도도한 예술가를 말한 것이다.

"될 수 있으면 많이, 오랫동안 무대에 설 거야. 대표님이 그러시더라. 연습만 하려고 그 고생하면서 땀 쏟은 거 아니라고. 나도 평생 연습실에서만 땀 쏟기 싫어."

공연을 할 수 있다는 건, 내가 설 무대가 있다는 건 정말 행복한 일이다. 죽어라 연습만 하다가 제대로 피워보지도 못하고 지고 만 예술가들이 얼마나 많은지 해온은 누구보다 잘 알고 있기에, 무대에 설 때마다 진심으로 감사했다.

"발 이렇게 하는 거 해봐."

동화가 자그만 발을 간신히 아치형으로 구부리며 부탁하자, 해온이 제대로 된 발등의 고 라인을 보여줬다.

"우와! 만져 봐도 돼?"

고개를 끄덕였더니 놀라운 걸 발견한 사람처럼 눈을 동그랗게 뜨고 발등을 만졌다.

"신기하네. 넌 좀 타고난 거지? 만들어서는 이렇게까진 안 나오던데."

"노력해서 안 되는 게 어디 있어. 근데 왜 갑자기 무용에 관심 폭발인데? 진짜로 지방 빼서 무용할래?"

"됐다. 설사 무용을 배운다 해도 니들한텐 안 배워, 절대."

동화가 단호하게 고개를 절레절레 흔들며 다시 침대 위로 올라갔다. 쿠션을 베고 가로로 누워 TV를 보던 동화는 졸음이 쏟아지는지 눈꺼풀을 느리게 끔벅이고 있었다.

"아 참, 포춘쿠키 메시지 뭐 나왔어?"

"아직 안 봤는데."

"뭐야. 내가 죽자고 만들었더니!"

"어디 뒀더라……."

서운해하는 동화 때문에 해온은 당장 가방을 뒤졌다. 분명히 받아서 챙긴 것까진 기억이 나는데, 어디에 뒀는지 그다음부터가 기억나질 않았다.

"너 진짜 그러는 거 아냐. 나 잘 거야!"

동화는 휙 돌아누워 이불을 머리끝까지 쓰고 몸을 잔뜩 웅크렸다. 해온은 일단 쿠키를 찾아야겠단 생각에 가방을 뒤집어 탈탈 털었는데, 다행히도 쿠키가 담긴 작은 봉투가 툭 튀어나왔다. 비닐 포장이 조금 찌그러지긴 했지만 쿠키는 멀쩡했다. 포장을 벗겨 쿠키를 꺼낸 해온은 양쪽 엄지에 힘을 주어 반으로 분질렀다.

또각.

해온은 포춘쿠키 반쪽을 입에 넣고 메시지가 적힌 종이를 읽어 보았다.

—당신의 사랑을 응원합니다.

읽는 순간 기분이 좋아지는 메시지였다. 그저 글귀에 지나지 않지만, 해온에겐 힘이 되어주는 메시지였다.

작은 종이를 다시 가방 안에 넣은 해온이 침대로 향했다. 이불을 살짝 내려 보니 동화는 진짜로 잠들어 있었다. 조금 허탈하긴 했지만 해온은 동화의 곁에 누워 다시 이불을 덮어주었다. 얼굴로 쏟아진 머리칼을 귀 뒤로 넘겨주고, 동화의 목 아래로 팔을 넣어 품 안으로 끌어안았다. 쌔근쌔근 내쉬는 동화의 숨소리에 해온도 마지못해 잠을 청했다.

＊

11월이 시작되고도 보름이 지났다. 아직까지 첫눈은 내리지 않았지만 겨울은 성큼 다가와 있었다. 그사이 동화에게도 어김없이 새로운 사랑이 찾아왔다. 같은 해, 같은 날에 태어난 칠봉이. 당분간 입지 않을 가을 옷을 옷장 안에서 꺼내고, 당분간 입게 될 겨울 외투를 옷걸이에 걸던 동화는 도통 TV에서 시선을 떼지 못하고 있었다.

"드라이할 거 있으면 가지고 나와!"

엄마의 말에 동화는 서둘러 방 안으로 달려가 세탁소에 맡길 가을에 입었던 카디건을 챙겼다. 그사이 병준이도 양팔 가득 두꺼운 겨울 외투를 안고 나왔다.

"둘이 가위바위보 해."

동화와 병준은 빛의 속도로 가위바위보를 했고, 늘 그랬듯 동화가 승리했다.

"안녕, 잘 다녀와."

동화는 병준의 품에 옷을 안겨주곤 손을 흔들며 해사하게 웃었다. 신발을 신으며 중얼중얼 욕을 하는 것 같긴 했지만 동화는 괘념치 않고 다시 바닥에 앉았다. 엄마의 다리를 베고 옆으로 누우려는데, 엄마는 한창 빨래를 개키고 있었다.

"웬 셔츠? 아빠 옷이야?"

"어. 공연 때 입었던 옷이 얼마나 많은지, 버리고 버려도 계속 나오네."

아빠는 늘 청바지에 하얀 셔츠 차림으로 피아노를 연주하셨다. 거기에 구불구불한 단발머리와 맨발로 무대에 오르셨는데 그런 아빠의 모습은 늘 화제를 모으곤 했다. 오랜만에 떠오른 아빠에 대한 기억 탓에 동화의 마음이 서걱거렸다.

"정기공연 얼마 안 남았지? 준비는 잘돼가?"

"응. 다들 정신없어."

"네 아버지가 봤으면 정말 좋아했을 텐데……."

과연 그랬을까.

아빠의 뒤를 이어 정통 클래식을 전공하지 못하게 되었을 때, 크게 실망하셨었다. 당시 아빠의 기준에선 낯선 장르를 선택한 딸이 못마땅하셨던 것 같다.

"아빠 칭찬 한 번 들으려고 손이 퉁퉁 붓도록 연습하곤 했었는데. 이거 봐. 아직도 손 못생긴 거."

뭉뚝한 손끝과 힘줄이 솟아오른 작은 손. 아빠의 마음에 만족할 수 있는 연주를 하기 위해 어린 나이부터 강도 높은 연습을 소화했고, 덕분에 손목 통증을 달고 살았다. 부족한 재능 탓에 결국 피아노에서 작곡으로 전공을 바꾼 후에도 고강도의 훈육은 계속되었다. 그럴수록 어린 마음에 아빠가 점점 미워졌고, 대화도 단절되었다.

"애 좀 봐. 아빠는 널 무척 자랑스러워하셨어."

"아니거든?"

천재 피아니스트의 딸. 그러나 그 딸은 천재성을 물려받지 못했고, 약간의 피해의식마저 가지고 있었다. 동화는 아빠의 작은 꾸중도 상처로 받아들이던 마음 여린 아이였다.

"내 말이 이해가 안 돼?"
"도대체 이게 왜 어렵니?"
"타고난 재능이 없으면 죽어라 노력이라도 해야지. 이것도 저것도 아닌 어중간한 건 아빤 딱 싫다."

나도 그런 내가 싫었다. 이것도 저것도 아닌 어중간한 내가 정말 싫었다. 부족한 노력을 탓했다면 난 지금 이만큼 노력 중이라고 맞받아칠 수 있었을 텐데, 애초에 타고나질 못한 내 재능을 타박하면 맞받아칠 말이 없었다. 나라고 그렇게 태어나고 싶어서 태어난 게 아닌데, 왜 나한테 그런 아픈 말을 하는지, 서럽고 속상했다.
그때, 엄마가 안방에서 앨범 한 권을 들고 나오셨다. 앨범 안에는 아주 어렸던 동화와 젊고 아름다웠던 부모님의 모습이 담겨 있었다.
"너, 네가 연주할 때 아빠가 어떤 표정으로 널 보고 있었는지 알아?"
아빠가 찍은 사진의 포커스는 전부 동화의 얼굴뿐이었다. 손이나 피아노가 아니라 동화의 얼굴이었다. 아빠의 시선으로 담은 동화의 연주는 오직 동화의 표정들이었다.
"손은 왜 다 잘라 먹었대……."

"아빠, 네가 피아노를 치는 모습을 보는 것만으로도 무척 행복해했어."

그리고 누군가 찍어준 무대 위의 날 바라보는 아빠의 모습……. 물가에 내놓은 자식을 보듯이 안타까운 시선으로 두 손 꼭 모아 기도를 하며 보고 계셨다.

"그런 사람이…… 날 그렇게 구박했나?"

"평생 피아노 하나만 끌어안고 산 사람이야. 서툴렀지. 내가 생각해도 네 아빠 방법을 잘 몰랐어. 어떻게 예뻐해 줘야 하는지, 어떻게 달래주고, 안아줘야 하는지를 말이야. 네 아빠 네가 딸이란 생각보다 자기 후계자란 생각이 더 커서 그랬던 거야. 표현을 제대로 하지 못한다고 널 사랑하지 않았던 건 아니야."

하나둘씩 떠오르는 아빠에 대한 기억들…….

담배를 입에 물고 날 안았다가 담뱃불이 어깨에 닿아 내가 자지러지게 울자, 아빠 원하는 걸 말하라고 하셨다. 그때 난 피아노를 배우고 싶다 말했고, 아빠 무척이나 기뻐하며 그 다음날 바로 피아노를 한 대 사주셨다. 이 좁은 집에 피아노가 두 대씩이나 있었다.

콩쿨에서 좋은 성적을 내지 못했을 때 아빠가 실망했을까 봐 지레 겁을 먹었던 건 나였다. 잘못 채워진 단추는 계속해서 어긋났고, 풀고 처음부터 채우려는 노력조차 하지 않은 것 역시 나였다.

"그런 일로 주눅이 든 너에게 화가 난 거지, 네 실력 때문에 화를 내셨던 건 아니야."

지금 생각해 보니 그랬다. 아빠를 점점 멀리하고 피했던 건 나였다. 아빠는 나름대로 대화를 시도하려고 다가오셨지만, 숨고 도망간 건 나였다.

그땐 왜 그렇게 지레 겁을 먹었을까…….

밀려드는 후회에 동화는 앨범을 접고 다시 TV를 보았다. 머릿속은 멍해지고, 눈물이 날 것 같았다.

살갑지 못했던 딸이라서 죄송했다. 그런 날 지켜보며 외로워했을 아빠의 마음이 조금은 이해가 될 것도 같아서, 가슴이 아팠다.

띵동.

새어 나온 눈물을 손등으로 찍어내고 메시지를 확인한 동화는 화면에서 눈을 떼지 못하고 한참을 쳐다보았다. 도착한 메시지는 새까만 사진 한 장. 이리 돌려보고, 저리 돌려보고, 곰곰이 생각하다 갑자기 머릿속을 스친 생각에 두 눈이 절로 커졌다.

[동구 이모~ 돈 많이 벌어서 저 예쁜 옷 많이 사쥬세요~ 뿌우]

발신인 조 원장으로 두 번째 메시지가 도착하고서야 사진의 정체를 파악한 동화가 자리를 박차고 벌떡 일어섰다.

"엄마! 엄마!"

방 안 옷장을 정리하던 엄마에게 달려간 동화가 휴대폰을 내밀었다.

"영이 아기 가졌나 봐! 이거 봐!"

사진을 본 엄마는 환하게 웃으며 손끝으로 휴대폰 화면을 쓸었다.

"아이고야, 잘됐다! 우리 영이도 드디어 애 엄마가 되는구나!"

동화는 다시 사진을 뚫어져라 보았다. 뭐가 뭔지 잘 구분이 되진 않지만, 일단 이 안에 조 원장의 아이가 있다는 게 믿기질 않았다.

"영이는 시집가서 애기도 가졌는데…… 우리 동화는 에휴……."

기쁨도 잠시, 엄마의 깊은 한숨에 동화는 아무것도 못 들은 척 뒤꿈치를 들고 살살 방을 빠져나왔다.

✻

"손바닥만 한 게 뭐가 이렇게 비싸. 내 옷 두 벌은 사겠다."

조 원장의 임신 기념 선물을 사러 백화점에 나온 동화는 가격표를 확인하고 골랐던 옷을 다시 제자리에 걸었다.

"딸인지 아들인지도 모르는데 옷 사줘도 되나? 모빌이나 촉각 인형 이런 건 어때?"

백화점에 동행한 해온은 옷보단 장난감과 인형에 더 많은 관심을 보였다.

"그냥 축하의 의미인 거지. 하늘색이나 핑크색 말고 하얀색으로 사면 돼."

"이게 좋겠다. 어때?"

해온이 고른 건 귀여운 비행기 그림이 가득 그려진 내복이었다.

"와! 진짜 귀엽다!"

동화는 해온이 고른 내복을 만지작거리며 시선을 떼지 못했다. 살까 말까 망설이는 동화를 대신해 결단력 있는 해온이 얼른 점원에게 고른 옷을 건넸다.

"이거랑 배냇저고리랑 손싸개랑. 됐지? 이렇게 포장해 주세요. 선물할 거니까 예쁘게 포장 부탁드려요."

해온이 생글생글 웃으며 부탁을 하자, 직원이 볼을 붉히며 고개를 끄덕였다.

애는 아무 데서나 끼 부리고 난리야.

그래도 뭐, 진상 짓해서 돈 쓰고 욕먹는 것보단 어딜 가나 인사 잘하고 상냥해서 환영받고 사랑받는 게 좋은 거지.

점원이 포장을 하는 사이, 두 사람은 매장 안의 다른 제품을 구경했다.

"아기가 부디 윤 선생을 많이 닮아야 하는데."

"왜? 원장님도 예쁜데."

"윤 선생이 이목구비가 또렷하고 피부가 하얗잖아. 어응, 얼마나 예쁠까."

밤톨 같은 아이가 내 손을 잡고 날 빤히 바라보다 '이모'라고 부르며 안긴다면, 내 통장을 고스란히 바칠지도 모른다. 얼마나 귀엽고 사랑스러울까. 상상만 해도 가슴이 떨렸다.

"나 닮은 아이도 되게 예쁠 것 같지 않아?"

해온의 뜬금없는 말에 눈이 동그래진 동화는 어이가 없어서 피식 웃어버렸다.

"참 나, 누가 낳아준대?"

"누가 낳아달래?"

나 지금 뭐라고 한 거야? 미친 거 아냐?

상상이 너무 많이 앞서 간 모양이다. 민망해진 동화는 점원이 포장을 하자마자 냉큼 받아 들고 그대로 매장을 벗어났다.

"구동화! 이리 와봐. 방금 뭐라고 그런 거야? 어? 낳아준다고 그런 거야? 난 그냥 날 닮으면 예쁘지 않을까라고 말한 건데. 이상하네."

동화는 좀 더 빠른 걸음으로 걸어 에스컬레이터로 향했지만 집요한 해온이 옆에 바짝 붙어 서서 옆구리를 찌르며 약을 올렸다.

"말이 헛 나온 거야."

"에이, 아닌 것 같은데."

"내가 미쳤어? 네 애를 왜 낳아!"

"그렇다고 미쳤냐고 말할 것까진 없잖아. 너무하네. 애기한테 사과해."

지나치게 평온한 해온의 표정에 동화의 얼굴은 점점 더 빨갛게 달아올랐다.

"영화 보고 갈래?"

"싫어."

"밥 먹고 갈까?"

"배 안 고파."

"쇼핑은?"

"필요한 거 없어."

앞뒤 좌우 살피지 않고 오직 직진으로 무작정 걷던 동화를 해온이 붙잡아 세웠다. 동화는 차마 해온의 눈을 보지 못하고 딴청을 부렸다.

"자꾸 비뚤어질래?"

"그렇게 말하면 내가 철없어 보이잖아."

"잘 아네."

약이 오른 동화가 눈을 흘기자, 해온이 옅게 웃었다.

"나 배고파. 다른 건 몰라도 밥은 꼭 먹고 가자. 오늘 저녁 내내 연습 있어."

이렇게까지 말하는데 고집부리면 난 진짜 나쁜 애인인 거지.

결국 동화는 고개를 끄덕이고 해온이 내민 손을 잡고 천천히 걸음을 옮겼다.

그동안은 바쁜 하루하루에 데이트라 할 것도 없었다. 밥을 먹고, 차를 마시고, 길을 걷는 것 말고는 뭘 해볼 겨를이 없었다. 그래도 우린 매일 연애 중이다. 함께하지 않더라도 이 사람은 나와 연애 중인 것이다. 혼자 밥을 먹어도, 혼자 길을 걷고, 지하철을 타고, 음악을 들어도 난 지금 이 사람과 연애 중이었다.

연애. 생각만 해도 가슴 뛰는 그 말. 얼굴만 봐도 웃음이 나고, 함께 있으면 미치도록 설레는 이 낯선 연애도 이젠 조금씩 적응이 되어갔다.

언젠가 윤 선생이 그런 말을 한 적이 있다. 신해온을 색으로 표현하자면 소색에 가깝다고. 이름도 낯선 소색. 억지로 하얗게 가공하지 않은 광목천의 색. 자연 그대로의 색.

그 말에 동화는 격하게 동감했었다. 해온은 꾸미지 않은 그 자체로도 충분히 아름답고, 그 어떤 색을 물들여도 제 것으로 만드는 재주를 가졌다.

내가 독점하기 미안할 정도로 지나치게 매력적인 사람. 물론 그의 재능은 만인과 나눌 수 있지만 재능 이외의 것은 절대로 공유할 수 없다. 이 남자는, 지금 나랑 연애를 하고 있으니까.

✳

올해 〈숨〉의 마지막 프로젝트 공연을 하루 앞두고, 모든 준비는 끝이 났다. 무대 설치와 리허설을 마지막으로 오늘의 일과도 마무리가 되었고, 내일 공연까지 끝내고 나면 프로젝트 〈숨〉의 1년 활동도 종지부를 찍게 된다. 물론 내년 1월 독일 초청공연을 시작으로 또다시 숨 가쁜 1년을 열게 되겠지만, 마음만은 홀가분했다. 앞만 보고 정신없이 달려온 지난 1년이 단원들 모두에게 소중하고 뿌듯한 순간들이 되어주었다.

절대로 술 마시지 말고 곧장 집으로 들어가라던 손 대표의 어명을 어기고, 병준과 해온은 딱 한 잔만 하고 들어가잔 동화의 꼬드김에 넘어가고 말았다. 단원들 모두가 퇴근한 걸 확인한 후, 건물 앞 편의점에 모인 세 사람은 간단히 맥주 한 캔씩과 오징어땅콩과자 한 봉지를 안주 삼아 이야길 나누었다. 예술인의 고뇌와 미래에 대한 심도 깊은 대화 같은 건 없었다. 늘 그랬듯 서로를 약올리고 비난하는 대화가 주를 이루었다.

"내년이면 니들도 스물여덟이네."

"누난 서른하나고."

동화가 죽일 듯 노려보며 미간을 구기자, 병준이 조금 주눅이
들어 입을 꾹 닫고 바른 자세로 앉았다.

"계속 무용원에서 티칭할 거야?"

동화의 물음에 둘은 동시에 고개를 저었다.

"올. 계획이라도 있나 봐?"

"우리 둘이 댄스 컴퍼니 만들 거야."

"둘이서?"

"어. 일단 둘이 시작하고, 열 명 정도 채워야지. 물론 정인이도
포함."

이미 예상했던 것이었다. 생각보다 빠르게 준비를 하고 있어서
한편으론 안심이 되었다. 이렇게 계속 학생들 레슨만 하다가 아까
운 시간 다 보내는 것 같아 걱정하던 참이었는데, 나름 열심히 준
비를 했다고 생각하니 기특하기도 했다.

"예술제 때 오랜만에 같이 해보니까, 얘만 한 애가 없더라고."

"니네 그거 알아? 니들 둘이 되게 잘 어울려."

둘은 당연하다는 듯 고개를 끄덕이며 웃었다.

"내년부터 우리 얼굴 보기 힘들걸?"

벌써 일을 그만큼이나 진행한 건가?

두 사람 모두 미국의 유명 무용단에서 활동하기도 했고, 이미
국내에서는 또래의 젊은 무용수들 중 손에 꼽힐 정도로 유명했기
에 컴퍼니를 만드는 데 있어서 큰 어려움은 없을 것 같았다.

"자신감 넘치네?"

"우리의 목표는 전 세계를 돌면서 공연하는 건데, 아예 미국이나 영국에서 시작하는 것도 염두에 두고 있어."

"그래. 꿈은 클수록 좋은 거야."

머리로는 수긍이 되지만 마음이 편치 않은 건 어쩔 수 없었다. 해온을 위해서라면 감수해야 할 부분이지만, 만약 그렇게 되면 장거리 연애를 해낼 수 있을지 솔직히 조금은 걱정스러웠다.

"아직 확실한 건 아냐. 한 1년은 한국에서 먼저 자리 잡고 외국으로 나갈 생각도 있어."

내심 해온이도 동화가 신경이 쓰였던 모양이다. 물론 한마디 상의도 없이 외국으로 나갈 생각을 하고 있었다는 것에 서운한 마음이 든 것도 사실이다. 하지만 해온의 말대로 아직 아무것도 확실하게 정한 것도 없는데 미리부터 이야기하지 않아도 될 부분이고, 동화 역시 예술을 하는 사람이기에 그들의 선택을 충분히 이해할 수 있었다.

기회라는 건 마음먹는다고 쉽게 오는 것이 아니니까. 오면 무조건 망설이지 말고 잡아야 하는 것이 기회니까. 만약 반대 입장이라면 해온이는 어떤 선택을 할까 생각하니 쉽게 결론이 났다.

"만약 미국이나 영국으로 나가게 되면, 누나도 같이 갈래?"

"난 이젠 도전보단 안정을 선택할 때지. 지금에 충분히 만족한다. 내가 도와줄 건 없어?"

"왜 없겠어요. 당신은 우리 전속 사운드 디자이너!"

"참 나, 누구 맘대로?"

병준의 눈짓에, 해온이 마치 명령을 받은 기계처럼 영혼 없이 동화를 끌어안았다.

"놔라."

나지막한 동화의 말에 해온이 냉큼 품에서 떨어지더니 공손하게 두 손으로 입안에 과자를 넣어주었다.

"나랑은 데이트도 안 해주고 저녁마다 둘이 속닥거리더니……. 준비는 잘하고 있는 거야?"

"준비랄 거 뭐 있나. 건강한 이 두 몸뚱이와 신해온의 안무만 있으면 되지."

"그렇게 자신만만해하다가 객석 두 줄 채우고 공연하는 수가 있다."

"와, 동구가 우리 저주한다. 미친 것 같지 않아?"

결국 병준이 매를 벌었다. 동화는 딱 소리가 나게 꿀밤을 때려주고 옆구리를 사정없이 꼬집었다.

"손 대표님 도움 많이 받아야겠네."

"많이 도와주신다고 하셨는데, 우리 둘이 하는 데까진 해봐야지. 부딪히고 깨질 준비도 다 했어."

새로운 시작을 앞둔 두 사람의 모습이 제법 믿음직스러워 보였다.

"그래. 두 사람, 원 없이 무대에 서라. 연습실에 처박혀서 땀만 빼지 말고."

동화가 건배를 제안했고, 세 개의 캔이 부딪혔다.

겁 없는 두 남자의 도전을 지켜보면 꽤나 즐거울 것 같았다. 누구나 그러하듯이 이 둘도 수많은 시행착오를 겪고, 쓰디쓴 실패도

맛볼 테지만 둘이서 치고받고 싸우면서도 끝까지 잘해낼 것 같았다. 혼자가 아닌 둘이니까 서로를 의지하면서 잘해내지 않을까?

✳

전날 밤 가벼운 한 잔 덕인지 아침부터 유난히 몸이 가벼웠다. 샤워를 마친 해온은 젖은 머리를 툭툭 털고 옷을 챙겨 입은 후 시계를 보았다. 지금 출발하면 정확히 아침 식사 시간에 맞출 수 있을 것 같아 해온은 마음이 급했다. 충전기에 꽂아두었던 휴대폰을 들고 막 집을 나서려는데, 휴대폰 화면에 찍힌 수십 통의 부재중 전화 기록이 눈에 들어왔다. 그중엔 윤진의 이름도 있었다.

"해온아, 나야! 문 열어봐!"

그때 마침, 동화가 소란스럽게 현관문을 두들겼다.

"나 지금 집에 가려던 길인데 왜 왔어?"

"잠깐 들어가 봐."

무슨 일인지 동화는 숨을 헐떡이며 잽싸게 집 안으로 들어왔다. 머리도 말리지 않고 달려와서는 서둘러 TV를 켜고 노트북을 열어 부팅했다.

"왜 그래? 무슨 일인데?"

동화는 대답 대신 허리에 손을 얹은 채로 TV를 보며 가슴을 들썩였다. 해온의 시선도 자연스레 TV로 향했다.

TV 화면 속에는 손수건으로 두 눈을 가리고 울먹이는 해온의 친부가 있었다. 인사청문회로 보이는 자리에서 그는 연신 눈물을 훔치며 서글픈 표정을 지었고, 〈뉴스속보 서창욱 국무총리 후보자 자진 사퇴〉라고 적힌 커다란 글씨가 화면 하단을 가득 채우고 있었다.

"저는 이 자리에서 모든 걸 내려놓겠습니다. 제 욕심 때문에 평생을 외면해야 했던 가여운 제 아이를 위해서, 더는 나쁜 아버지로 남고 싶지 않은 마음에 이제라도 모든 걸 제자리로 돌려놓을 생각입니다. 죄송합니다. 면목 없습니다."

그는 떨리는 목소리로 혼신의 연기를 하고 있었다. 그가 고개를 떨구자, 사방에서 카메라 플래시가 터지고 정신없이 셔터 소리가 쏟아졌다. 해온의 머릿속은 점점 멍해졌다.

"제 아이는 재능이 많은 아입니다. 뼈저리게 후회했습니다. 국무총리란 자리를 과연 내 아들을 부인하면서까지 가져야 할 이유가 있는가 고민하던 차에, 그 아이의 무대를 보고 마음을 굳혔습니다. 이젠 떳떳하게 자랑하고 싶습니다. 멋지게 자라줘서 고맙다, 내 아들아. ……사랑한다. ……정말 미안했다. 세상 그 어느 누구보다도 너에게 진심으로 사과하고 싶다. 잘못했다. 이 못난 아비를 절대 용서하지 마라."

그리고 그가 무릎을 꿇더니 엎드려 통곡을 하기 시작했고, 사방에서 알아들을 수 없는 엄청난 질문들이 쏟아졌다. 이 실장이 달려와 그를 부축하며 자리를 빠져나갈 때까지의 모습이 여과 없이 생생히 생중계되었다.

가증스러움에 치가 떨렸다. 움켜쥔 주먹이 부들부들 떨리고, 악다문 턱이 깨질 듯 조였다. 해온은 거친 숨을 몰아쉬며 마음을 진정시키기 위해 최선을 다했다.

"해온아……."

"와……."

할 말이 없었다. 헛웃음이 터져 나왔다. 소파에 주저앉은 해온은 포털 사이트 인터넷 뉴스 헤드라인을 살폈다. 윤진의 말대로 국민들의 동정을 부추기는 자극적인 기사 제목들이 헤드라인에 걸렸고, 반응 또한 그러했다.

이 나라는 미화에 아주 능통하구나.

그 순간 해온은 정신이 번쩍 들었다.

"기자들 공연에 못 들어오게 막아야 되는데."

"기자들이 여길 어떻게 알아? 저 사람 아들이 너란 걸 안단 말이야?"

"알아. 저 사람 보좌관이 몇 곳에 이미 폭로했거든. 저 사람은 다 알면서도 적당히 시간 끌면서 이용한 거고."

"세상에, 저런 나쁜……."

"일부러 내 무대를 봤다고까지 말했잖아. 그게 무슨 뜻이겠어. 가서 사진 많이 찍어오란 말이지."

해온은 일단 움직여야 했다. 노트북을 닫고 일어선 그때 때맞춰 손 대표에게서 전화가 걸려왔다. 해온은 거칠게 마른세수를 한 후 통화를 연결했다.

"네, 대표님."

[서프라이즈한 아침이네.]

손 대표의 말에 해온은 피식 웃고 말았다.

[웃는 걸 보니 상태가 최악은 아니구나?]

"죄송합니다."

[미친놈, 죄송할 일도 많다. 일단 머리부터 비우고, 공연 준비하
자.]

"먼저 건물 안으로 기자들 못 들어오게……."

[그런 건 내가 다 알아서 할 테니까 넌 공연 준비만 해. 두 번 말
하게 하지 마라. 끊는다.]

손 대표의 단호한 말에, 부글부글 끓어오르던 분노가 조금 진정
되었다. 동화의 손에 이끌려 다시 소파로 돌아온 해온은 자리에
앉아 숨을 골랐다.

"오늘 아침은 나랑 단둘이 먹자. 잠깐만 기다려."

동화가 걸음을 옮기기 전에 해온은 동화를 끌어안았다. 동화의
배에 얼굴을 묻고, 허리를 두 팔로 꽉 안아버렸다.

"……긴 하루가 될 것 같다."

다정하게 머리를 쓰다듬어 주는 손길에 왈칵 눈물이 쏟아질 것
같았지만, 해온은 이를 악물고 참았다. 비참하고, 창피하고, 부끄
럽고, 속상했지만 다른 사람이 아닌 동화의 앞이라서 그나마 버틸
힘이 생겼다.

"있잖아…… 지금 타이밍 되게 나쁜 거 아는데, ……지금 꼭 말
해야 될 것 같아."

고개를 들어 올려다보자, 동화가 손끝으로 해온의 눈썹을 쓸어주며 빙긋 웃었다.

"사랑해, 해온아. 내가 널…… 아주 많이 사랑해."

그 순간 후두둑 떨어진 동화의 눈물이 해온의 뺨을 타고 흘러내렸다. 동화는 수줍게 웃으며 해온의 볼을 작은 손으로 닦아주었다.

"이런 법이 어디 있어……. 왜 하필 오늘이야……."

"오늘은…… 내가 너한테 사랑한다고 처음으로 고백한 날이야. 잊지 마."

동화가 이마 위에 입을 맞췄다. 그리곤 무릎을 굽혀 앉아 시선을 맞추더니 입술을 포개며 가는 두 팔로 힘껏 끌어안았다. 내쉬는 숨결이, 작은 품이 너무도 따뜻해서…… 해온은 눈물이 날 것 같았다.

✹

해밀빌딩 소극장에서 공연이 시작된 이래로, 가장 많은 사람들이 붐볐다. 물론 백 퍼센트 순수 관객들 때문은 아니었다. 정문 출입문 밖에는 사진을 찍으려 모여든 기자들이 북적였고, 출입문 안쪽은 공연을 보러 온 관객들로 북적였다.

정문 출입문을 제외하곤 빌딩의 모든 출입구가 폐쇄되었다. 무대에 오르지 않는 장르의 단원들의 수고가 이어졌다. 사전 예매를 한 관객들은 티켓 확인 후 입장할 수 있었고, 지인들은 일대일 얼굴 확인을 통해 입장을 할 수 있었다. 이럴 땐 90%에 육박하는 지인 관객층과 좁은 무용계가 감사했다. 모두들 한 마음으로 각자의 불편을 감수하면서 질서 있게 공연을 준비했다.

"자! 비록 분위기가 어수선하긴 하지만, 준비한 대로만 하자."

모든 단원들이 둥그렇게 모여 손 대표의 말에 귀를 기울였다. 동화는 해온의 손을 꼭 잡고 있었다.

"오늘 공연 끝나면 신해온이 회식 쏘는 건가?"

"네! 아버지 찾은 기념으로 크게 한턱 쏘겠습니다!"

해온의 농담으로 조금 가라앉았던 분위기가 살아났다.

"좋아! 시작하자!"

손을 한데 모아 힘차게 파이팅을 외치고 각자 자기 자리를 찾아갔다. 동화는 해온을 말없이 꼭 안아주고 음향 콘솔박스로 올라갔다.

첫 무대는 해온의 독무였다. 해온은 무대 아래에 서서 눈을 감고 마인드컨트롤을 하고 있었고, 이내 불이 꺼지며 공연이 시작되었다.

해온이 성큼성큼 무대에 오르고 팡 소리와 함께 핀 조명을 받았다. 해온을 따라 움직이던 조명이 정신없이 사방을 비추면서 하나둘 그 숫자가 늘어가다가 무대 뒤편 장막에 영상이 비쳐졌다.

해온은 지금 감정을 주체하지 못하고 있었다. 해온의 움직임은 연습 때와 확실히 달랐다. 공연 전 두 번의 리허설에서도 약간 그런 느낌을 받아 긴장을 하고 있었는데, 본공연에서는 더욱더 그러했다. 혹시나 실수로 이어지지 않을까 조마조마해진 동화는 주먹을 움켜쥐고 숨을 죽인 채 해온을 지켜보았지만, 그런 동화의 마음을 읽기라도 한 듯 해온은 유려하게 고난도의 동작들을 무리 없이 소화했다.

이제 30초.

음악은 절정을 향해 치닫고, 해온의 동작에도 점점 더 힘이 실리며 움직임이 격렬해졌다. 해온이 플로어 위를 구르는 소리에, 점프 후 착지를 할 때, 동화는 덩달아 온몸에 힘이 들어갔다.

이제 마지막.

플로어에 머리를 대고 물구나무를 선 해온이 두 다리를 차례로 바닥에 디딘 후 몸을 활처럼 뒤로 젖혀 탄력을 받아 일어서는 동작을 앞두고 있었다.

그때.

쿵.

차례로 하나씩 내려와야 할 두 다리가 그대로 바닥에 동시에 떨어졌다. 엄청난 울림에 관객들도 놀라고, 단원들도 놀랐지만 해온의 표정엔 변함이 없었다. 부드러운 움직임으로 몸을 일으킨 해온은 아름다운 곡선을 만들며 두 번의 가뿐한 점프 후 턴으로 마무리했다.

불이 꺼지고, 동시에 관객들의 커다란 환호 소리와 박수 소리가 소극장을 가득 메웠다.

불길한 예감에 동화는 곧바로 무대를 향해 달려 나갔다. 다른 단원들도 관객들이 동요하지 않게끔 조용히 무대로 모였다.

"어떡해……."

춤을 마무리한 해온은 결국 무대에서 일어서지 못했다. 병준의 등에 업혀 무대에서 내려온 고통에 일그러진 해온의 모습에, 동화는 결국 참았던 눈물이 터뜨리며 두 손으로 얼굴을 감쌌다.

12. 나쁜 꿈

정신이 깨어남과 동시에 찾아온 통증. 굳이 누군가에게 묻지 않더라도 왼쪽 발목 상태가 어떤지 짐작이 갔다. 어딘가 익숙하면서도 단단히 잘못되었단 느낌이 단번에 왔다.

"깼어?"

눈을 뜨자마자 가장 먼저 눈이 마주친 건 손 대표였다.

"대표님."

"수술 잘 됐어. 걱정하지 마."

무대 위에서 바닥으로 두 다리가 떨어지는 순간 그럴 것이라 직감하긴 했지만, 손 대표의 입을 통해 수술이란 말을 들으니 가슴에 화살이 콱 박히는 듯했다.

"저 좀 일으켜 주세요."

아이스크림을 먹고 있던 손 대표가 입에 아이스크림을 물고 해온을 일으켜 앉혔다. 살짝만 몸이 움직여도 발목까지 통증이 내려가 미간이 절로 구겨졌다.

"공연은……."

"너한텐 미안하지만, 중단하지 않고 끝까지 했다."

나 하나 때문에 공연이 엉망이 되진 않았을까 걱정했는데 그나마 다행이란 생각이 들었다.

"다행이에요."

"근데 병준이가 무대에 못 섰어. 너 업고 병원으로 뛰어오느라고."

절로 한숨이 새어 나왔다. 다른 사람도 아닌 병준이가 무대에 서지 못했다는 것에 마음에 돌덩이가 얹힌 듯 묵직해졌다.

"한숨 쉴 거 없어, 인마. 너라도 그렇게 했을 거잖아."

"저희들의 우정을 과대평가하시네요."

"흠. 그런가? 신해온은 119 불러 놓고 무대에 섰으려나?"

손 대표의 어설픈 농담에 해온도 옅게 웃었다.

"네 덕에 우리 공연 기사가 포털 사이트마다 싹 다 도배됐어. 이거 웃어야 돼, 울어야 돼?"

"우는 것보단 웃는 게 낫겠죠?"

"그럼 웃고. 하하하."

손 대표가 애를 쓰고 있다는 게 눈에 훤히 보여, 해온은 슬며시 고개를 저었다.

"기분은 어때?"

해온은 마른세수를 하며 또 한 번 한숨을 쉬었다.

지금의 기분……. 머릿속엔 온통 무대 위에서 불안정하게 착지하던 순간만 떠오르고 가슴이 계속 두근거렸다. 그 때문에 기분은 썩 좋지 못했다.

"하아…… 생각보단 나쁘지 않아요."

"쉬면서 천천히 생각 정리해라. 상황이 아주 나쁘게 돌아가는 것 같진 않아. 이 실장인가 하는 뺀질이한테 전화가 왔는데 당황한 것 같더라."

"그렇다고 가슴 아파하실 분도 아니죠."

"그런 건 애초에 기대도 하지 말고. 그분 연기 잘하시던데? 와, 대단해."

손 대표가 박수를 치며 휘파람을 불었다. 손 대표의 그런 과장된 행동에 해온은 웃고 말았다.

"동화는요?"

"네 짐 챙기러 잠깐 집에 갔어."

정신이 들었을 때, 발목이 아프단 생각 다음으로 '구동화가 보고 싶다'란 생각을 했다. 어떤 표정으로 날 볼지가 걱정되면서도 동시에 그 표정이 너무도 보고 싶었다.

"동화가 엄청 울었어. 난 너 죽은 줄 알았다."

울었구나…….

그제야 조금씩 떠올랐다. 무대가 끝난 후 일어서지 못하고 누워 있을 때 저 멀리서 달려오며 울던 동화의 모습도, 병준의 등에 업혀 소극장을 빠져나가는 동안 계속 내 이름을 부르며 흐느끼던 모습도 하나둘씩 떠올랐다.

"난 이만 마무리하러 들어가 봐야겠다. 혼자 있을 수 있지?"

"그럼요. 얼른 들어가세요."

"곧 동화 올 거야. 내일 다시 올게."

손 대표가 손을 흔들며 병실을 나간 후, 홀로 남겨진 해온은 다시 침대에 누웠다.

곪았던 것이 확 터졌기 때문일까. 희한하게도 원망과 분노에 휩싸였던 마음은 한결 가벼워졌고, 앞으로 어떻게 해야 할지 복잡하게 얽혀 있던 생각들도 단순하게 정리되었다.

침대 옆 테이블 위에 놓아둔 휴대폰이 울어댔다. 발신인은 이 실장. 해온은 동화에게 메시지를 적어 보낸 후 휴대폰 전원을 꺼 버리고 잠을 청했다.

❋

차곡차곡 개켜둔 티셔츠와 속옷, 양말 등을 챙겨 가방 안에 넣은 동화는 욕실에서 면도기와 로션, 수건 등을 챙겨 나왔다. 별로 챙긴 것도 없는데 가방은 금세 꽉 차버려, 동화는 쌌던 짐을 다시 풀어 가지런히 담았다.

어찌할 틈도 없이 순식간에 눈물이 차올랐다. 병준의 등에 업혀 나가던 해온의 모습이 자꾸만 눈앞에 떠올라 미칠 지경이었다.

무슨 정신으로 공연을 마무리 지은 건지 모르겠다. 반쯤 정신이 나간 채로 멍하니 앉아 있었던 것 같다.

띵동.

[빨리 와. 나 지금 혼자 있어.]

해온이 보낸 메시지였다. 다행히 정신이 든 모양이다. 지난밤 소리도 내지 않고 죽은 듯이 자기에 혹시나 하는 마음에 몇 번이나 해온의 숨소리를 확인했던 동화다.

휴대폰 화면에 떠 있는 해온의 사진. 사이드 데벨로페 자세를 하고 있는 무용수 신해온의 모습에 동화는 결국 울음을 터뜨렸다.

"1인실, 너무 큰데."

"자리가 없어서 어쩔 수 없어. 호텔이다 생각하고 그냥 써."

다리를 꼬고 그 위에 접시를 받친 병준이 사과를 깎고 있었다. 애타게 기다리고 있는 구동화는 코빼기도 보이질 않고, 자꾸만 엄한 사람들이 병실로 찾아왔다.

"기자들 아직 빌딩 앞에 모여 있어?"

"어. 당분간은 매일 모이지 않을까?"

"다들 불편하겠다. 어떡하냐?"

"뭘 어떡해. 감수하는 거지."

병준은 대수롭지 않다는 듯 말을 하며 예쁘게 깎은 사과 한 조각을 해온에게 건넸다.

"사무실로 전화가 너무 많이 와서 그게 제일 문제야. 그건 안 받을 수도 없잖아."

"……그래?"

"녹음해 놓고 전화 올 때마다 틀어주고 싶더라. '드릴 말씀 없습니다, 전화하지 마세요'라고."

"하아…… 미안해서 어쩌지."

"곧 잠잠해질 거야. 걱정하지 마. 우리나라 사람들 원래 와르르 끓었다가 금방 식잖아."

그러면 정말 다행인데, 그 사람이 그렇게 되도록 가만두지 않을 것 같아서 그게 걱정스러웠다.

"생각을 해봤는데, 네가 그냥 입 꾹 다물고 있는 게 제일 좋을 것 같다."

"내 생각도 그래. 어차피 그 사람한테는 상대가 안 될 거야. 철저한 준비 없인 안 돼."

어렵지 않게 언론을 움직이고 대중의 심리까지 꿰뚫는, 뼛속까지 정치인인 그에게 감정이 이끄는 대로 섣불리 달려들 순 없었다. 어떻게 하면 좋을지 수백 번의 생각과 고민 끝에 내린 결론은 일단 무반응이었다.

해온이 자리에 눕자 병준이 냉큼 이불을 덮어주었다.

"병준아. 있잖아, 너한테 물어볼 거 있는데……."

"뭔데 그렇게 도입부가 길어?"

"너 다쳤을 때 말야……."

"어디? 발목? 무릎? 아니면 허리? 다친 데가 한두 군데가 아니라서."

병준의 말에 해온은 마음이 아프면서도 웃음이 났다.

"그때, 불안하지 않았어?"

병준은 생각에 잠긴 얼굴을 하고 한참 동안 말없이 눈꺼풀을 끔벅이다가, 힘겹게 입을 떼었다.

"다신 무대에 못 설 거라고 그랬어. 춤출 수 없다고. 춤은커녕 뛰지도 못할 거라고. ……근데, 난 무대로 돌아왔어. 재활치료…… 지옥 같았지. 근데 그 재활치료가 아프고 힘들어서가 아니라, 내가 과연 다시 무대에 오를 수 있을까 하는 걱정들이 내 자신감을 갉아먹어서 지옥 같았어. 그것 말곤 버틸 만했다."

부상, 그로 인한 긴 공백. 병준이 다시 무대 위에 섰을 때 해온은 병준이 칼을 갈았단 느낌을 받았다. 재기할 수 없을 거라 호언장담했던 사람들 앞에서, 병준은 여봐란 듯이 멋지게 재기해 보였다.

……나도 그렇게 할 수 있을까?

해온 역시 가벼운 부상쯤은 늘 달고 살고 큰 부상도 두어 번 겪어봤지만, 이번엔 뭔가 조금 달랐다. 콕 집어낼 수 없는 심적인 부담감. 그것을 깨끗이 털어내는 것이 이번 부상 치료의 핵심이 될 것 같았다.

"내가 병원 오면서 곰곰이 생각해 봤는데…… 우리 미국으로 가는 게 어때?"

병준이 제법 진지한 얼굴로 물었고, 놀란 해온은 쉽게 말을 잇지 못했다.

"바로?"

"어. 시기를 조금 앞당긴다고 생각하고, 우리 어차피 미국으로 갈 생각이었잖아. 정인이랑도 통화해 봤는데, 차라리 시작을 미국에서 하는 게 좋을 거라고 하더라. 내 생각도 그렇고."

댄스 컴퍼니 설립을 준비하면서 미국에서 시작하는 걸 고려하기도 했었다. 한국에서 준비를 마치는 대로 미국으로 떠날 계획을 세우기도 했고. 평소에도 다양한 국가의 무용단에서 게스트 초청이 들어오고 있었고, 일단 미국은 설 수 있는 무대가 많은데다가, 미국에서의 생활이 둘에겐 낯설지 않기 때문이다.

"다리가 이래서……."

"내가 있잖아. 미국엔 정인이도 있고."

좋은 의견인 듯싶었다. 내가 만드는 안무를 세상에서 가장 잘 소화해 주는 든든한 무용수가 있으니 걱정은 없었다. 일단은 병준이를 앞세워 시작하고 재활치료를 끝낸 후에 합류하면 되니까.

"좋은 생각인 것 같긴 한데…… 나 조금만 더 생각해 볼게."

"당분간은 여기 시끄러울 거고, 찔러보는 사람 많아질 텐데 차라리 여길 떠나는 게 나을 것 같아. 서두를 건 없지만 망설이진 마라. 난 네 결정에 따를 거다."

아버지란 사람은 일단 대형 떡밥을 던졌으니 뭐라도 건져 보려고 접촉하려 들 것이다. 혹시나 해온이 허튼소리라도 할까 주변에서 얼쩡거리며 관리하려 할 거고. 그렇게 되면 해밀빌딩 사람들은 점점 더 힘들어질 텐데…….

일단은 이곳에서 멀리 떨어져 생각을 정리할 필요가 있었다. 앞으로 어떻게 해야 좋을지, 가능하면 빈틈없이 철저하게 준비해야 했다.

"나 왔어."

그때, 애타게 기다리던 동화가 문을 열고 들어왔다. 병준은 냉큼 일어나 동화가 들고 온 가방을 받아 들었다.

"왜 이제 와. 보고 싶었잖아."

해온의 투정에 동화가 두 팔을 활짝 벌리며 다가왔다.

"아우, 난 여기 못 있겠다. 커피 한잔 마시고 올게. 뭐 사다 줄까?"

"됐어. 얼른 자리나 비켜줘."

병준이 기함을 하며 병실을 빠져나갔고, 동화가 침대 옆에 놓인 의자에 앉았다.

"컨디션 어때?"

"괜찮아."

"뭐 좀 먹을래?"

"병준이가 사과 깎아줘서 먹었어. 배 안 고파."

동화는 챙겨온 가방을 해온 앞에서 풀어 보였다.

"속옷이랑 티셔츠 몇 개 챙겨왔어. 휴대폰 충전기도 가져왔고, 면도기는 일회용이랑 전기면도기 다 챙겨왔고, 치약, 칫솔, 비누, 휴지랑 물티슈도 여기 있고…… 샤워젤이랑 샴푸, 린스, 수건도 여기 있고……. 보자, 빠진 거 없나?"

"누가 보면 이사 가는 줄 알겠다."

"아! 노트북 가져다줄게. 책도 몇 권 가져올까? 생각나는 거 있음 말해."

"됐고, 이리 와."

해온이 손을 내밀자, 동화는 가방을 바닥에 내려두고 해온을 안

아주었다. 그리곤 등을 다정하게 다독였다.

"많이 놀랐지?"

"누가 할 소릴······."

"엄청 울었다며?"

"아니거든!"

"소문 다 났던데."

해온은 아까보다 더 세게 동화를 끌어안으며 자그만 뒤통수를 쓰다듬었다.

"금방 일어날 거야. 걱정하지 마."

"내 걱정 말고, 네 몸이나 잘 챙겨."

"역시 구동화는 내가 아파야 다정하게 군다니까."

동화가 해온의 옆구리를 꽉 꼬집었다.

"아아! 환자를 이렇게 막 대하는 게 어디 있어!"

해온이 발끈했지만 동화는 잠잠했다. 해온의 품 안에 안긴 동화가 코를 훌쩍이자 해온은 모르는 척 동화의 등을 다독여 주었다. 그럴수록 동화의 훌쩍임이 점점 더 잦아졌고, 동화의 눈물로 가슴팍이 젖기 시작했다.

"네가 그랬잖아, 난 강한 사람이라고. ······그러니까 울지 마. 내가 얼마나 강한 사람인지 꼭 보여줄게."

자신 있었다. 동화를 실망시키지 않을 자신, 더는 나약하게 굴지 않을 자신, 마음 굳게 먹고 휘둘리지 않을 자신 말이다.

턱이 부서지도록 이를 악다문 해온은 유리창에 비친 제 모습을 보며 몇 번이나 그 다짐을 되새겼다.

해온이 잠깐 잠든 사이, 동화는 병실을 나와 휴게실로 향했다. 그곳엔 멍하니 앉아 창밖을 내다보고 있는 병준이 있었다. 내색하지 않았지만, 마음이 꽤나 심란한 모양이다.

　　"청승맞게 여기서 뭐 해. 집에 들어가지."

　　"발길이 안 떨어져서……."

　　누구보다 가까운 사이이니 오죽 마음이 쓰일까.

　　한숨 섞인 그 말이 가슴을 울렸다. 동화는 병준의 빡빡머리를 쓰다듬어 주고 맞은편에 자리를 잡았다.

　　"엄마 언제 오신대?"

　　"오늘 저녁에 오신다고 했어. 장조림 만들어 오신다고 하셨는데."

　　"해온이 좋아하겠다."

　　입가에 걸렸던 미소는 점차 사그라지고, 아주 조금씩 계속해서 가라앉는 분위기에 동화는 마음이 무거워졌다.

　　"너 미국에서 부상당했을 때 말이야."

　　"발꿈치 완전 부서졌을 때?"

　　아무렇지 않은 듯 꺼낸 병준의 직설적인 설명에, 순간 그때의 기억이 떠올라 동화는 소름이 돋았다.

　　"다들 네가 다시 무대에 서지 못할 거라고 말했었잖아."

　　"……그랬지. 불가능하다고 했었지."

　　"그때 무슨 생각으로 버텼어?"

병준이 미간을 구기며 생각을 더듬어보는 동안, 동화는 숨을 죽인 채 대답을 기다렸다.

"난 이것 말곤 할 줄 아는 게 없어. 무용은 내 직업이 아니라…… 내 일상이고, 내 인생이고, 내 하루야. 내가 더 이상 무용을 하지 않는다면 세상에 내가 존재할 이유는 없다고 생각했어. 내 기억 속의 모든 순간에 난 항상 춤을 추고 있었거든. 아마 해온이도 나랑 똑같을 거야. 나보다 더 독한 놈이니까 잘 이겨낼 거고. 그러니까 걱정할 거 없어. 그냥 믿고 기다려 주면 돼. 누군가가 날 믿어주고 있다는 것만으로도 해온이한테는 큰 힘이 될 거야."

병준이가 이만큼 어른스러워 보이는 건 처음 있는 일이었다. 그래서 고마웠다. 고작 말뿐인데도, 마음이 든든해졌다.

동화는 병준의 볼을 꾹 꼬집으며 웃었다.

"구병준, 많이 컸네. 어른 다 됐어."

병준이 어깨를 으쓱이며 잘난 척을 했지만, 오늘만큼은 밉지가 않았다.

＊

해온의 담당 주치의는 늘 크고 작은 부상을 달고 사는 무용수들 사이에선 꽤나 유명한 외과의로 통하는 분이었다. 해온 역시 몇 차례 진료를 받은 적이 있었다. 병준이 한국으로 들어와 재활치료를 하는 동안에도 많은 도움을 주기도 하셨다.

오늘 오전에 촬영한 엑스레이와 CT 촬영 사진을 확인하는 의사의 표정이 그다지 밝아 보이진 않았다.

"그전부터 초기 증상이 있었을 텐데……."

"그 정도 통증은 늘 있어왔으니까요."

"음. 그랬겠죠. 그래서 늘 병을 키우지."

가벼운 타박에 해온은 웃어버렸다.

"수술도 잘됐고, 잘 아물고 있어요. 발목 위쪽 인대는 흔히 찢어지는 부위가 아닌데, 한 번 다치면 다른 쪽보다 훨씬 치료도 어렵고 회복 기간도 오래 걸려요. 아마 착지하면서 바깥쪽으로 발목이 심하게 돌아갔나 봐. 옆쪽 인대도 약간 손상되긴 했는데, 수술할 정도의 염좌는 아니고 같이 재활치료하면 충분할 것 같아."

생각했던 것보단 덜 무시무시한 진단이었다. 해온은 고개를 끄덕이며 아랫입술을 꾹 깨물었다.

"그래도 이만하길 천만다행이지. 하늘이 도왔어."

"선생님, 저 언제쯤 다시……."

"춤출 수 있냐고?"

해온과 시선이 마주친 의사는 고개를 절레절레 흔들었다.

"왜요?"

"추지 마. 안 돼. 인대 다 끊어먹고 싶으면 춰. 절대로 무대 못 서."

나긋나긋하고 부드러웠던 말투는 온데간데없이 사라지고, 의사는 제법 단호한 말투로 잘라 말했다.

"선생님……."

"그런다고 안 출 사람 아닌 거 다 알아. 의사로서 내 대답은 정해져 있는데 왜 묻는 거야? 어차피 내가 시키는 대로 안 할 거잖

아. 내가 그만두라면 그만둘 거예요?"

해온이 고개를 젓자 의사가 깊은 한숨을 내쉬었다.

"거 봐. 그러니까 그런 거 나한테 묻지 말라고."

"감사합니다, 선생님."

고개를 꾸벅 숙여 인사를 건넸더니, 의사가 살갑게 어깨를 감싸 안았다.

"재활치료 열심히 해요."

조금은 가벼운 마음으로 진료실을 빠져나온 해온은 아직 익숙하지 않은 휠체어를 열심히 밀어 병실로 향했다. 좋은 소식을 들은 건 아니었지만, 그래도 작은 희망을 본 것만으로도 만족스러웠다.

"신해온."

병실 문을 열고 막 들어가려는데, 귀에 익은 목소리가 해온을 붙잡았다. 윤진이었다. 그다지 반갑지 않은 윤진의 등장에 해온은 미간을 구기고 말았다.

"인상 쓰지 마. 나도 기분 안 좋으니까."

서윤진과 딱 어울리는 퉁명스러운 말투에 해온은 헛웃음이 났다.

"얘기 좀 할 수 있지?"

일방적으로 통보를 한 윤진이 병실로 들어가자, 해온도 뒤따라 안으로 들어갔다.

소파에 앉은 윤진은 허락도 받지 않고 멋대로 테이블 위에 놓인 주스를 마셨다. 해온은 침대에 걸터앉아 두 다리를 차례로 올리고 긴 한숨을 쉰 후에야 편히 앉을 수 있었다.

"나 파혼당했어. 책임져."

"지금 내 꼴을 보고도 그런 말이 나와?"

윤진이 침대 쪽으로 걸어오더니 이불을 옆으로 밀치고 침대 끝에 걸터앉았다.

"나 얼굴 상한 건 안 보여?"

듣고 보니 얼굴이 조금 핼쑥해진 것 같기도 했다.

그래도 다리 다친 나보단 멀쩡해 보이는데.

"네 아버진 뭐라셔?"

"가서 사무실 한 번 뒤집었더니 뺨 한 대 때리시더라."

"너도 참 대단하다."

칭찬으로 들었는지, 윤진이 어깨를 으쓱였다.

"근데…… 정말 파혼했어?"

"농담인 줄 알았나 봐? 진짜야."

아무렇지 않은 듯 얘길 하고 있지만, 어딘가 그늘진 표정이 눈에 거슬렸다. 해온은 긴 한숨을 내쉬며 눈썹을 긁적였다.

누군가의 불행에 본의 아니게 일조를 한 것 같아 마음이 좋지 않았다. 평생 얼굴도 모르고, 존재도 모르고 살아왔던 사람 때문에 왜 내가 이런 감정을 느껴야 하는지 모르겠지만…….

"근데 책임지란 말은 농담이야. 의붓 남매의 로맨스는 진부하잖아."

이 와중에 농담이 나오다니.

역시 나완 상대가 안 되는 하이레벨이었다.

"그 다리…… 멀쩡해지려면 얼마나 걸린대?"

"글쎄. 한 1년?"

윤진이 고개를 끄덕이곤 깁스한 해온의 다리를 뚫어져라 쳐다보았다.

"다시 춤출 수 있대?"

"모르겠어."

"그걸 왜 몰라! 저기…… 병원 소개해 줘? 나 잘 아는 외과병원 있는데."

갑자기 왜 나타났나 싶었더니…… 쓸데없는 말을 왜 이렇게 주절주절 떠드는 건가 했는데……. 혹시, 내가 걱정돼서 찾아온 건가?

"왜? 걱정돼?"

"걱정은 무슨. 내 코가 석 잔데."

"괜찮아. 내가 알아서 해. 신경 쓰지 마."

"누가 뭐래? 너 진짜 웃긴다."

윤진이 버럭 짜증을 냈지만 해온은 웃음이 났다.

"나 갈 거야."

"멀리 못 나간다."

문을 벌컥 열고 나간 윤진이 채 1초도 지나지 않아 다시 문을 열고 들어왔다.

"복수하고 싶으면 말해. 같이 하게."

그리곤 다시 쾅 소리가 나게 문을 닫고 사라졌다. 해온은 한참 동안 윤진이 박차고 나간 문을 바라보다 자리에 누웠다. 서툴게 쏟아내고 간 윤진의 마음들이 병실 곳곳에 남아 해온의 마음을 따끔따끔하게 찔러댔다.

잠시 눈을 붙였다가 일어났는데 병실 가운데 누군가 움직이고 있었다. 잠이 덜 깬 해온은 손등으로 눈을 비비고 다시 한 번 흐릿한 인영을 바라보았다.

"소란해서 깼구나?"

동화의 어머니였다. 해온은 상체를 일으켜 앉으며 밝게 웃었다.

"언제 오셨어요?"

"방금 왔어. 몸은 좀 어때? 밥은 잘 먹고 있니?"

"네, 괜찮아요. 어머니가 워낙 반찬을 많이 해주셔서 밥도 엄청 많이 먹고 있어요."

매일 아침저녁으로 동화 편에 보내주신 반찬 덕에 맛없기로 유명한 병원 밥도 한 공기 거뜬하게 비우고 있었다.

"선물 들어온 배가 아주 맛있더라. 시원하게 하나 깎아 먹을까?"

"네."

어머니는 금세 배 하나를 예쁘게 깎아 해온에게 건네고 침대 옆에 놓인 의자에 앉았다.

"걱정 끼쳐서 죄송해요."

"그러게 말이다. 이 아들놈들 번갈아 가면서 엄마 마음을 졸이게 만드네."

"효도할게요."

"약속했다? 내가 두고 봐야지. 해온이가 효도를 얼마나 잘하나."

어머니는 배 한쪽을 하나 더 건네주시며 환히 웃으셨다.

"동화가 어렸을 때 악몽을 자주 꿨어. 온몸이 땀으로 흠뻑 젖어서 눈도 못 뜨고 엉엉 울곤 했지. 그래서 애가 겁이 많은가 싶기도 하고……."

어머니는 해온의 손을 꼭 잡아주었다.

"해온아, 넌 나쁜 꿈을 꾼 거야."

따뜻한 그 말에…… 순간 해온의 가슴이 덜컥 내려앉았다.

"근데 꿈이란 게 반드시 깨게 돼 있어. 그러니 한숨 푹 자고 나면 꿈에서 깰 수 있을 거야."

코끝이 찡하고 목이 콱 막혔다. 침도 삼킬 수 없을 만큼, 숨을 쉴 수도 없을 만큼 감정이 북받쳤다. 눈물이 차오르고 금세 시야가 흐려졌다. 뺨을 타고 사정없이 흘러내리는 뜨거운 눈물에 해온은 입술을 꾹 깨물고 울음을 애써 참았다.

"어른이 돼서 너한테 이런 말 하면 안 되지만, 낳는다고 다 부모 자격을 갖는 건 아니야. 연민 두지 마. 그 사람, 아주 나쁜 사람이야. 네 아버지 될 자격 없어. 나도 자식을 둘이나 키운 부모로서…… 정말 가슴이 찢어지는 것 같았다."

어머니의 부드러운 손이 뺨에 닿는 순간, 목 끝까지 차올랐던 울음이 어찌할 틈 없이 터져 버렸다. 창피하게도 어머니의 가슴에 얼굴을 묻은 채 엉엉 소리 내어 울고 말았다.

"상처받지 마라. 그런 사람 때문에 가슴 아파하지도 말고, 마음

쓰지도 말고, 힘들어하지도 마."

해온은 대답을 할 수 없어 연신 고개를 끄덕였다. 넓은 가슴으로 따스하게 안아주는 어머니 덕분에 겨우 감정을 추스린 해온은 고른 숨을 내쉬며 마음을 다독였다.

"엄마가 주책이지? 에휴……. 아 참! 해온이 좋아하는 모과차 타주려고 모과청 가져왔는데 내 정신 좀 봐. 따뜻한 물 받아올 테니까 잠깐 기다려."

어머니는 손등으로 눈물을 훔치며 텀블러를 들고 병실을 나가셨다. 해온은 입술을 꾹 깨물고 다시 한 번 눈물을 삼켰다.

난 아무것도 해드린 게 없는데, 아무 조건 없이 이렇게 큰 사랑을 받아도 되나 싶었다. 분수에 넘치는 이 사랑을 어떻게 보답해야 하나……. 해온은 유리병에 가득 담아온 어머니의 모과청을 보며 다시 한 번 굳게 마음을 먹었다.

입원 일주일째. 동화는 매일 삼시 세끼 때가 되면 병원에 들렀다. 다친 발목을 제외하곤 온몸이 건강한 해온에게 하루는 너무 길고 무료했지만, 동화가 오길 기다리는 낙으로 버티는 중이었다.

"아직도 기자들 찾아와?"

동화는 TV에 시선을 고정한 채로 고개를 끄덕였고, 해온은 그런 동화의 머리카락을 만지작거리고 있었다.

"다양한 방법으로 진입을 시도하고 있어. 어찌나 귀여운지. 출입증을 만들어야 되나 고민 중이야."

"우리나라 기자들이 생각보다 끈기가 있네."

"그런 끈기를 제대로 된 곳에 써먹어야 되는데 말이지."

"나 찾는 전화도 많이 오지?"

"응."

더는 모두에게 피해를 줄 순 없었다. 이런 식으로 가다가는 끝이 보이지 않을 것 같았다.

무음으로 해둔 휴대폰에는 오늘도 이 실장의 부재중 전화가 잔뜩 찍혀 있었다. 그들이 그리던 방향대로 일은 순탄하게 진행되는 중이었다. 위에서는 여전히 밀어주고, 대중들은 그를 동정하기 시작했다. 그의 시나리오대로 착착 진행되어 가니 그는 지금쯤 얼마나 기쁠까. 자숙의 의미로 두문분출하고 계신다던 그분은 모자가정 지원에 몇억 원을 쾌척하고, 각종 예술 단체에도 후원금을 내며 쉼 없이 기사를 찍어냈다. 역시 대단한 분이었다.

"아무래도…… 미국에 가야 할 것 같아."

갑작스러운 해온의 말에 놀란 동화가 입을 다물지 못하고 해온을 보았다.

"그게 무슨 소리야?"

"같이 갈래?"

"무슨 소린지 알아듣게 설명을 해."

해온은 동화의 작은 손을 꽉 움켜잡았다.

"병준이랑 하기로 한 댄스 컴퍼니, 미국에서 시작할까 해."

"지금? 이 몸으로?"

해온이 고개를 끄덕이자, 동화가 긴 한숨을 쉬었다.

"이러면…… 도망가는 것 같잖아."

"3년 전에 미국으로 갈 땐, 그때가 최악인 줄 알았어. 근데……지금도 상황이 만만치 않네."

"해온아."

"빌딩 식구들이 힘들고, 나도 힘들고, 이렇게는 더 이상 안 돼. 버틴다고 될 일도 아니고."

"그럼 우린 너 보내놓고 마음이 어떻겠어."

"오히려 잘된 일이야. 새로운 마음으로 시작하기엔 미국만큼 좋은 곳은 없어. 그곳엔 우릴 원하는 곳도 많고, 정인이도 있고."

동화는 생각에 잠긴 듯 쉽게 말을 잇지 못했다.

"같이 가자. 나랑 같이 가."

시선을 맞춘 채 한참 동안 눈을 깜박이던 동화가 느리게 고개를 저었다.

"다시 생각해 보니까, 지금 이 상황에서 네가 내릴 수 있는 최선의 결정인 것 같다. 그렇게 해."

"구동화."

"근데, 난 안 갈래. 여기서 기다릴래. 그러니까 꼭 돌아와. 도망치지 말고, 자신 있게 돌아와."

있는 힘껏 웃어 보였지만, 동화는 금방이라도 눈물을 떨굴 것 같았다. 두 눈에 눈물이 그렁그렁 차올라 위태롭게 매달려 있었다.

"보고 싶을 텐데."

"휴대폰 뒀다 뭐 할래. 사진 꺼내 보면 되지."

"안고 싶을 텐데."

"가기 전에 실컷 안고 가."

"뽀뽀하고 싶으면?"

"허벅지 꼬집으면서 참아."

해온은 동화를 품에 꼭 끌어안았다. 가녀린 어깨 위에 턱을 얹고 머리카락에 연신 입을 맞췄다.

"빈말이라도 가지 말란 소리 절대 안 하네?"

"난 사리분별을 할 줄 아는 성숙한 사람이니까. 나 완전 멋있지?"

"그래, 멋있다. ……좋냐?"

해온의 어깨를 두 손으로 밀며 얼굴을 마주 본 동화는 해온의 양 볼을 두 손으로 감싼 채 입을 맞췄다.

"기대된다, 얼마나 멋진 남자가 돼서 돌아올지."

"……기대해. 멋진 남자가 돼서 돌아올게."

동화가 빙긋 웃으며 해온을 있는 힘껏 끌어안았다. 빈틈없이 맞닿은 가슴을 통해 동화의 두근거림이 해온에게 고스란히 전해졌고, 그의 일정치 못한 호흡도 귓가에 닿았다. 기대하고 있겠다는 말로 서운함을 감추며 괜찮다 웃어 보이는 그 마음이 지금 얼마나 아플지 알 것 같았다. 아직은 위태로워 보이기만 하는 불완전한 미래에 두렵기도 할 테고, 불안하기도 하겠지만, 동화는 내색하지 않았다. 그게 너무도 고맙고 미안해서…… 해온은 끊임없이 마음을 바로 세우고 다짐을 꾹꾹 눌러 밟았다. 나약해지지 않도록…… 흔들리지 않도록.

13. 내 사람들

1년 후.

이 집 주인 대신 앞치마를 두른 동화는 발바닥에 불이 나도록 주방과 거실을 오갔다.

"이모, 고맙습니다, 해야지!"

"야, 애기 흉내 내지 마."

오늘로서 탄생 백일을 맞이한 조 원장의 아이가 오늘 파티의 주인공이었다. 그러나 동화는 무수리급 고생을 하고 있었다. 백일잔치를 집에서 간단히 한다기에 도와주겠다고 약속했던 것이 화근이었다. 어제저녁부터 조 원장의 집에 끌려와 음식 준비를 하고, 오늘은 꼭두새벽부터 요리를 하고, 손님 대접을 하고, 틈틈이 스냅사진까지 찍는 중이었다.

잠시 짬이 난 틈을 타 수수팥떡 몇 개 집어 먹고, 잡채 조금 먹은 게 오늘 식사의 전부다. 그러나 우습게도 몸은 고되고 힘들지만 마음은 즐거웠다. 날 보며 생긋거리는 아가의 모습에 없던 힘도 불끈 솟으니 앉아 있을 수가 없었다.

대학 총동문회 부회장 아니랄까 봐, 꽤 많은 친구들이 조 원장의 집을 방문했다. 덕분에 동화는 엉덩이 붙이고 쉴 틈도 없이 상을 차리고 거두길 반복하는 중이었다.

"동구가 고생이 많다. 어떡하니? 내가 도움이 못 돼서."

"넌 그냥 가만히 있어. 움직이면 애 나올 것 같아."

작년 이맘때 결혼을 하고, 지금은 배가 남산같이 부른 친구 은정이가 거들겠다며 주방으로 들어왔지만 동화는 그녀를 식탁 의자에 얌전히 앉혀두고 과일 몇 가지를 챙겨 내줬다.

"동구야, 소개팅 안 할래?"

"나 남자친구 있는데?"

"남친 미국에 있다며. 그냥 한 번 만나만 봐. 진짜 놓치기 아까워서 그래. 우리 신랑 대학 후밴데……"

굉장한 비밀이라도 말해주는 것처럼 잔뜩 고개를 숙이고 나지막이 말을 꺼낸 은정을 바라보는 동화의 표정이 심히 못마땅했다.

"차마 임산부한테 욕은 못하겠고…… 너 애 낳으면 그때 다시 보자."

눈매를 가늘게 뜨고 은정을 노려보자, 친구들이 하나둘씩 주변에 몰려들어 한마디씩 거들었다.

"그래도 대단하다. 장거리 연애를 1년씩이나."

"절개를 지킬 줄 아는 여성이야. 다들 날 본받도록 해."

동화가 어깨를 한껏 으쓱이며 도도한 얼굴을 했지만 친구들은 쯧쯧 혀를 차며 안타까운 표정으로 동화를 바라보았다.

뭐지, 이 반응은? 연하 남친이 부러워서 그러는 건가?

"너 한 달 후면 서른둘이야. 어떡하려고 그러냐?"

"어떡하긴 뭘 어떡해. 서른둘 되는 거지."

동화의 대답에 마치 짠 듯 친구들이 동시에 한숨을 내쉬었다. 때맞춰 빈 접시를 들고 오던 조 원장은 주방의 분위기를 읽으며 동화의 표정을 살폈다.

"야야. 요즘엔 서른둘 늦은 것도 아냐. 심란하게 다그치지 마. 본인은 오죽하겠니."

"말리는 니가 더 미워!"

동화는 싱크대 쪽으로 휙 돌아서서 설거지를 시작했다.

장거리 연애 1년째.

거의 매일 이메일을 주고받으며 그리움을 달래고, 영상통화로 아쉬움을 달래는 중이었다. 맛있는 걸 먹을 때나 멋진 곳을 발견했을 때 못 견디게 해온이 떠오르곤 했다. 보고 싶고 안고 싶고…… 동화는 아직까진 그런 그리움의 감정 또한 좋았다.

그렇다고 마냥 해온이만 기다리며 외롭게 지내는 것은 아니었다. 본의 아니게 〈숨〉이란 단체가 세상 사람들에게 많이 알려지게 되면서 관심과 동시에 일거리가 늘어 전보다 족히 두 배 이상 바빠졌다. 단지 전처럼 둘이 아닌 혼자 있는 시간이 길다 보니 해온을 생각할 시간 또한 많아진다는 것. 그래도 해온이의 예전 무대

영상을 찾아보며 마음을 달래곤 했다. 동화는 그렇게 부지런히 시간을 흘려보내고 있었다.

동화는 물에 젖은 손을 앞치마에 슥슥 닦고 휴대폰을 꺼냈다. 홈 화면을 가득 채우고 있는 해온의 모습에 저절로 웃음이 새어 나왔다.

[친구가 나보고 소개팅할 거냐고 묻는데? 어떡할까?]

해온에게 메시지를 보내고, 휴대폰을 주머니에 넣은 후 다시 그릇을 집어 들었다.

띵동.

[산에 묻어버려.]

해온의 답장에 동화는 또 한 번 웃었다. 별것 아닌 것에 기분이 좋아진 동화는 어깨를 으쓱이며, 휴대폰이 마치 해온이라도 되는 듯 손끝으로 살살 문지르다 도로 주머니에 넣었다.

11월 〈숨〉의 정기공연을 마무리하자마자 다시 12월에 공연이 잡혔다. 이름하여, 크리스마스이브 앵콜 공연. 불과 1년 전만 하더라도 언감생심 앵콜 공연은 꿈도 꾸지 못했었는데 무려 앵콜 공연이라니. 이 공연을 결정지으며 〈숨〉의 단원들은 우리가 정말 이래도 되나? 라고 서로가 서로에게 몇 번이나 되묻곤 했었다.

일반 유료 관객들의 티켓 점유율이 높아진 건 올 9월 정기공연부터였다. 그전에는 눈에 띄지 않게 야금야금 오르다가, 몇 차례에 걸친 대대적인 언론 노출로 인해 컨템포러리 장르에 대한 관심도가 상승한 것이다.

〈숨〉의 언론 노출의 시작은 신해온이었지만 증폭제가 된 것은 손 대표였다. 〈숨〉의 공연 홍보차 손 대표가 올린 몇 개의 동영상이 인터넷에서 큰 화제를 모았고, 〈숨〉을 배경으로 한 다큐영화 제작이 확정되면서 연달아 세간의 이목을 집중시켰다. 대중의 호기심은 관심이 되었고, 관심은 티켓팅으로 이어지고 있었다.

누군가는 얻어걸린 행운이라고 말하지만, 동화는 절대로 그렇게 생각하지 않는다. 그동안 손 대표를 비롯해 〈숨〉의 전 단원들이 순수예술의 대중화를 위해 얼마나 많은 노력을 쏟았는지 두 눈으로 보았고, 그 현장 안에 있었기 때문이다.

손 대표에서 시작된 관심이 〈숨〉 단원들에게까지 이어졌고, 그들 중 동화도 속하게 되었다. 사운드 디자이너라는 이름부터 어딘가 매력적인 직업 때문이었다. 대중에게 많이 알려진 직업군이 아니다 보니 거기에서 오는 궁금증이 한몫을 했고, 그 때문에 여러 매체에서 인터뷰 요청이 들어왔다.

"인터뷰는 여기서 끝낼게요. 수고 많으셨어요."

동화는 오늘 세 시간에 걸쳐 모 예술지에 실리게 될 인터뷰를 한참이었다. 요즘 떠오르는 특화된 분야의 아티스트에 대한 특집 인터뷰인데, 하필이면 태민과 묶여서 하게 되었다. 그 사실을 약속 장소에 도착해서야 알게 되었다. 미리 알았더라면 따로 진행해 달라고 부탁이라도 해봤을 텐데. 그랬기에 동화는 인터뷰하는 동안 내내 마음이 편치 않았다.

기자와 가볍게 인사를 나눈 동화는 태민이 사진기자와 이야길 나누는 사이 서둘러 일어났다.

"구동화 씨."

가방을 막 어깨에 메려는데, 태민이 성큼성큼 다가와 발길을 막아 세웠다. 조금 놀랐지만 동화는 태연한 척했다.

"네?"

"1년 만에 만났는데, 이렇게 그냥 갈 거예요?"

이렇게까지 말하는데 거절하기도 미안하고, 동화는 잠시 망설였다.

"그럼…… 차 한잔하고 가실래요?"

그제야 태민이 환하게 웃었다. 동화는 다시 가방을 내려놓고 자리에 앉았다. 언제 어디서 이렇게 또다시 만날지 모르니 굳이 적을 만들어서 좋을 건 없다는 생각에서였다.

커피 한 잔과 오렌지에이드를 주문하고 기다리는 동안 동화는 무슨 말을 꺼내야 할지 몰라 아랫입술만 잘근잘근 깨물었다.

"인터뷰할 땐 말씀 잘하시더니."

"그거야 질문을 미리 알고 대답을 준비한 거라……."

"깜짝 놀랐죠? 여기서 다시 만나서."

"조금…… 요."

"난 우연히 다시 만나서 되게 반가웠는데."

또다시 침묵이 이어지려던 순간, 다행히 주문한 음료가 나왔다.

"신해온 씨는 잘 지내요?"

"네. 미국에 있어요."

"부상 소식은 들었는데…… 미국에서 치료 중인가 봐요?"

"치료는 끝났고, 지금은 공연하고 있어요."

"아, 그렇구나. 언제 다시 와요?"

유리컵 안에 꽂아둔 까만 빨대를 휘휘 젓던 동화는 고개를 갸웃거리며 빙긋 웃었다.

"……곧 올 거예요."

태민이 고개를 끄덕이자, 동화는 여전히 입가에 미소를 띤 채로 창밖을 바라보았다. 오늘 첫눈이 내릴 거라더니 곧 쏟아질 모양이었다.

✳

안 그래도 바람 많은 시카고에 어젯밤 첫눈답지 않게 많은 눈이 쏟아진 탓인지 오전 내내 차가운 칼바람이 불었다. 목도리로 얼굴을 꽁꽁 싸맸지만 틈을 비집고 들어온 한기에 온몸이 오들오들 떨릴 지경이었다.

오전 리허설 전 해온은 병준과 함께 연습실 근처 식당을 찾았다. 잉글리시 머핀 위에 베이컨 하나, 에그 프라이 하나 끼워 넣고 오렌지주스 한 잔을 마시는 게 전부지만 돈 없고 시간 없는 두 사람에겐 훌륭한 만찬이었다.

"많이 먹어라."

"너도."

미국 온 지 1년. 꿈은 클수록 좋은 거라고, 두 사람이 창단한 댄스 컴퍼니의 롤모델은 영국 램버트 댄스 컴퍼니였다. 자체 오케스트라와 산하 교육기관까지 갖춘 영국 최고의 국립현대무용단을 꿈꾸고 있지만 현재 두 사람의 댄스 컴퍼니는 아직 이름도 정하지 못했고, 소속단원이라곤 해온과 병준, 병준의 연인인 정인이 전부였다.

그래도 맨손으로 시작해서 1년 동안 쉼 없이 달려 여기까지 왔다. 거의 매일 쉬지 않고 공연 준비를 하고 무대에 오르고 있으니, 무용가에게 이보다 더 행복한 일이 있을까. 우리가 설 수 있는 무대가 많다는 것, 우리를 불러주는 곳이 많다는 것에 해온은 행복했다.

2주 전, 워싱턴 공연을 마치고 시카고로 온 이유는 전미 투어를 진행 중인 정인이 소속된 무용단에서 시카고 공연에 게스트로 초청을 했기 때문이다. 그래서 이번 공연에는 정인은 본 무용단 무대에 서고, 해온과 병준이 게스트 무대에 서게 된다. 1년은 걸릴 거라던 재활치료를 8개월 만에 끝낸 해온은 무대에 오르지 못하더라도 계속해서 연습을 해왔다. 이번 공연이 드디어 1년 만에 서게 된 해온의 무대인 것이다.

"끝내고 영국으로 바로 갈 거야?"

"왜? 정인이랑 데이트하려고? 절대 안 되지. 내가 못하면 너도 못해야 돼."

"와, 못됐네."

해온의 단호함에 병준이 고개를 저으며 주스를 벌컥벌컥 들이
켰다.

해온과 병준이 다음에 설 무대는 영국. 1월 말에 있을 초청 공연
일정을 소화한 후, 좀 더 지내보고 괜찮다 싶으면 한 1년은 영국에
서 머물 계획이었다. 한 치 앞을 모르는 게 사람 일이라고, 초연
때 300석 소극장에서 시작해 지금은 1,500석 규모의 영국 최고의
무용 공연장 새들러스 웰즈를 가득 채우는 호페쉬 쉑터 컴퍼니처
럼 자신들도 될 수 있으니까.

아침 식사로 유명한 식당답게 오전 10시가 넘어가니 식당 안은
손님들로 가득 찼다. 평소 같았으면 식사를 끝내자마자 바로 일어
섰겠지만 바깥 날씨가 워낙 추워 나갈 엄두가 나지 않아 해온은
주스 한 잔을 더 마실 요량으로 주변을 두리번거리며 웨이터를 찾
았다.

그때 해온의 눈에 들어온 건 웨이터가 아닌 윤진이었다. 절로
한숨이 나왔다.

"넌 또 왜 왔어."

"여기 내 단골식당이야. 내가 먼저 다녔거든?"

윤진은 무척 당당하게 해온의 옆자리에 앉아 웨이터를 부르곤
주문을 했다.

"미국까지 따라와서 난리야."

"웃겨. 나 원래 미국에서 살다가 잠깐 한국 들어간 거야."

"왜? 결혼하려고?"

해온의 비아냥거림에 짜증이 났는지, 윤진은 해온이 접시 위에

가지런히 둔 나이프를 집어 들고 싸늘하게 노려보았다.

"둘이 진짜 남매 같다."

그 모습을 지켜보던 병준이 혼잣말을 중얼거리자 해온과 윤진이 동시에 못 먹을 거라도 먹은 표정을 지으며 병준을 보았다.

"뭐?"

"이봐요! 말을 너무 막 하시네!"

동시 공격에 움찔한 병준은 괜히 빈 접시를 만지작거리며 딴청을 부렸다.

"혼잣말이었는데, 흠흠."

병준과 함께 미국으로 온 지 얼마 지나지 않아 윤진이 나타났다. 그리곤 치료 잘 받고 있냐며 자꾸만 귀찮게 물어댔다. 아마도 약간의 책임감을 느껴서인지 걱정을 한 모양이다.

"오늘 공연이라더니, 이럴 시간이 있나봐?"

"공연을 하더라도 밥은 먹어야 될 거 아냐."

"하긴, 게스트니까 연습할 게 얼마나 있겠어."

한마디를 해도 어쩜 저렇게 얄밉게 하는지.

해온은 어떤 말로 윤진의 심기를 건드릴까 고민하며 어금니를 악다물었다.

"넌 계속 그렇게 돈이나 쓰면서 살 거야?"

"어. 다 쓸 거야. 내가 할 수 있는 복수는 일단 아빠 돈을 다 써 버리는 거거든."

"그런 쓸데없는 복수에 네 시간 낭비하지 말고 다른 걸 찾아봐. 그러다 돈 줄 끊어지면 어쩌려고."

"그렇게는 못할걸? 내가 얼마나 망나니인지 잘 알고 있거든. 흐음, 이번엔 어디다가 투자를 해볼까."

윤진은 가방 안에서 신문을 꺼내 펼쳤고, 해온은 그런 윤진을 보며 고개를 저었다. 지켜본 바로, 윤진은 지난 1년간 명품이나 보석, 그림, 고급 차를 사들이는 것은 물론이고 어마어마한 돈을 엉뚱한 곳에 쏟아붓고 있었다. 나름의 복수인 것이다. 차라리 기부를 하래도 말을 듣지 않는다. 어디다 하는지는 모르겠지만 투자하는 족족 망하고 있는 것 같은데도 세상 태연하다.

"근데 네 아버지 그런 거 안 아까워하잖아. 자식한테 돈 들어가는 거. 워낙 고생하고 커서 자식한텐 절대 가난을 물려주지 않을 거라고 했던 것 같은데."

"그걸 네가 어떻게 알아? 그런 것도 검색하면 나오나?"

"전에 우리 엄마가 썼던 일기를 본 적 있거든. 거기에 적혀 있더라고. 아마 자서전에도 있을걸? 물론 읽어보진 않았지만……."

"일기?"

"어. 우리 엄마 글 쓰던 분이잖아. 네 아버지 자서전도 우리 엄마가 썼고. 일기는 거의 매일 쓰셨어. 이만큼 두꺼운 일기장이 한 스무 권쯤 될걸? 그중 절반은 네 아버지 원망."

어머니가 정말 그리워서 미칠 것 같을 때, 참다 참다 더 이상 못 참을 것 같을 때 꺼내 보던 어머니의 일기. 당시 어머니의 심정이 고스란히 담겨 있던 그 일기를 보고 나면 해온은 차라리 보지 말걸, 하고 후회하곤 했다. 그러면서도 다시 또 열어보게 되는 일기. 아직까지 어머니의 선택을 완전하게 이해한 건 아니지만 읽고 나

면 잠시나마 어머니의 마음을 이해한 것 같은 착각이라도 할 수
있어서 좋았다.

"그 일기 나 보여줘. 아니, 전부 다 나한테 줘."

"왜?"

"제대로 된 첫 번째 복수를 할 수 있을 것 같아."

윤진의 의미심장한 눈빛이 불길했다.

"여기 없지. 한국에 있어."

"그럼 내가 직접 가고."

"왜 그러는데? 네가 그게 왜 보고 싶어?"

"그 일기, 책으로 내자."

"책?"

은밀한 작전 모의라도 하려는 듯, 윤진이 해온의 쪽으로 가까이
고개를 숙이며 말했다.

"넌 진짜 무용밖에 모르는구나. 그런 게 있었으면 진작 말을 했
어야지, 바보야."

"우리 엄마 일기를 책으로 내겠다고?"

"나 진짜 머리 좋지 않냐?"

윤진은 어깨를 으쓱이며 거만한 표정을 지었다.

"넌 그 일기장을 나한테 넘기기만 해. 나머진 내가 다 알아서 할
테니까. 나 먼저 간다."

음식이 아직 나오지도 않았는데 윤진은 서둘러 자리를 떠났다.
해온과 병준은 그런 윤진을 멍한 표정으로 지켜보았다.

"되게 신나 보이는데?"

"그러게. 저렇게 좋을까?"

"그 사람도 참……. 이런 식으로 의붓 남매의 우애를 돈독하게 만들어주네. 복수로 대동단결!"

"고맙다고 해야 되나?"

"나쁘진 않은 것 같다."

윤진이 주문한 음식이 나오고, 하는 수 없이 두 사람은 그 음식을 먹기 시작했다.

그때, 전화가 걸려왔다. 크레이프를 입안에 구겨 넣던 해온은 발신인을 확인하고 냉큼 통화를 연결했다.

"어. 동화야."

[뭐 하고 있었어?]

"병준이랑 밥 먹는 중. 이 시각에 어쩐 일이야?"

[목소리 듣고 싶어서.]

"목소리 실컷 듣게 메뉴판이라도 한번 읽을까?"

[됐네요. 칫.]

맞은편에 앉아 통화를 듣고 있던 병준이 헛구역질하는 시늉을 했지만 해온은 아랑곳하지 않았다.

"시카고 어젯밤에 첫눈 왔는데. 서울은 아직?"

[어…… 어. 아직 소식 없어. 춥기만 무지 춥고. 눈 많이 왔어?]

"꽤 왔어. 사진 찍어서 보내려고 했는데."

[나중에 같이 보면 되지 뭐. 오늘 공연 준비는 잘돼가?]

"연습은 충분히 했는데, 하도 오랜만에 서는 거라 긴장되네. 그러니까 내가 보러 오랬잖아!"

지난 1년간 댄스 컴퍼니를 먹여 살린 건 병준과 정인이었다. 해온의 안무로 두 사람이 무대에 올라 정말 많은 박수를 받았고, 덕분에 더 많은 무대에, 더 큰 무대에 해온의 작품이 오를 수 있었다. 그렇게 댄스 컴퍼니의 존재감을 알리기 시작했다.

모두의 예상을 뒤엎고, 불가능할 거라던 장담도 무용지물로 만든 노력으로 해온이 드디어 무대에 오르게 되었다. 병준의 말대로 지옥과 같은 재활치료를 극복해 내고, 신작 안무로 병준과 함께 무대에 오를 예정이었다.

[미안해. 정인이가 보내준 연습 영상 수백 번도 더 봤는데, 완전 멋있더라. 손 대표님도 엄청 칭찬하셨어. 넌 충분히 잘해낼 거야.]

"와서 직접 보면 더 좋잖아. 더구나 초연인데."

동화가 최근 일도 부쩍 많아지고, 공연도 많아지고, 여기까지 오려면 시간과 돈도 많이 드는데, 무작정 조른다고 될 일도 아닌데, 아쉬운 마음에 여기까지 와줄 수 없는 상황이란 걸 알면서도 괜한 투정이 나왔다.

"미안해. 오랜만이라 긴장이 돼서……."

[괜찮아. 그런 짜증은 얼마든지 받아줄 수 있어. 신해온이 다시 무대에 선다는데, 내가 뭔들 못해?]

말이라도 얼마나 고마운지.

해온은 지금 이 순간 동화가 미치도록 보고 싶었다.

"보고 싶다……."

[나도.]

"진짜 많이 보고 싶다."

[나도.]

깊어지는 아쉬움과 그리움에 해온은 옅은 한숨을 내쉬었다.

"조금만 더 기다려 줘. 나 이제 다시 무대에 설 수 있게 됐고, 댄스 컴퍼니도 생각보다 잘 자리 잡고 있으니까……."

[서두르지 않아도 돼. 나 안 보챌 거야.]

"내가 못 견디겠어서 그런다, 내가."

가장 힘든 건 고된 재활치료도 아니고, 머리가 터져 나가는 안무 창작의 고통도 아닌 동화를 향한 그리움이었다. 돌아가면 다 못한 연애를 실컷 해볼 생각뿐이었다.

[네가 어떤 맘을 먹고 여길 떠난 건지 잊지 말고…… 난 항상 두 팔 벌리고 기다리고 있으니까 언제든 돌아와도 돼.]

한국을 떠난 이유는 모두를 위해서이자 나 자신을 위해서였다. 더욱 강해지고 싶었다. 그 어떤 상황에서도 휘둘리지 않을 만큼 강해지고, 이성적이고 싶었다.

"고마워. 기다려 줘서."

[나 조금 있으면 서른둘이다. 어쩔 거야.]

"걱정 마. 난 스물아홉이니까."

오랜만에 들어보는 투덜거림이 무척이나 반가웠다.

[아 참, 공연장으로 선물 하나 보냈어.]

"여기로? 어떻게?"

[뭘 어떻게야. 국제택배지.]

"아…… 그렇구나."

[보고 기운 얻어서 공연 잘하고.]

"응. 마치고 전화할게."

쪽 소리가 나게 입을 맞추고 통화를 끝낸 해온은 아쉬움에 휴대폰을 만지작거렸다.

"병구! 빨리 가자. 동화가 선물 보낸 게 있대."

무슨 선물을 보냈을까.

해온은 바쁜 발걸음으로 다 먹지도 못한 병준을 끌고 식당을 나섰다.

최종 리허설을 마칠 때까지 선물은 도착하지 않았다. 자연히 해온의 시선은 문에 고정되었고, 혹시 오늘 도착하지 않으면 어쩌나하는 걱정에 죄 없는 손톱만 물어뜯고 있었다.

"담배 한 대 피우고 오자."

병준의 제안에 따라나서던 해온은 잠깐 자리를 비운 사이 택배가 올까 봐 쉬고 있던 무용수들에게 몇 번이나 부탁을 했다.

"해온아, 먼저 가 있어. 나 화장실 갔다 갈게."

"같이 갈까?"

"됐어, 인마. 얼른 가 있어."

병준을 뒤로하고 건물 밖으로 나간 해온은 주머니에서 담배 하나를 꺼내 입에 물었다. 공연장 밖으로 연결되는 출연자 전용 출입구라 한적했다. 저 멀리 공연장 정문 쪽에는 입장을 대기하는 관객들로 북적였다.

무대 시작 40분 전.

게스트 공연이라 공연 시간은 10분 남짓에 불과하지만, 해온은 이 순간을 1년 동안 기다려 왔다. 그 1년은 마치 10년과도 같았다. 첫 콩쿨 무대에 오르던 그날처럼 무척이나 떨렸지만 고향과 같은 무대에 오른다는 생각에 설렘 또한 컸다.

"신해온 씨! 택배 왔습니다!"

막 담배에 불을 붙이려는데, 귀에 익은 목소리가 등 뒤에서 들려왔다. 해온은 뒤를 돌아보며 사방을 두리번거렸지만 사람은 보이지 않았다. 설마 하는 마음에 코너를 돌아 건물 뒤편으로 가는 순간,

"짜잔!"

귀퉁이에서 동화가 튀어나왔다. 꿈인 건가 싶어 눈을 끔벅이던 해온은 동화가 서 있는 곳으로 천천히 걸음을 옮겼다.

"너……."

"선물 왔어."

동화가 두 팔을 활짝 벌리며 섰고, 해온은 망설이지 않고 달려가 동화를 번쩍 안아 들었다.

"엄마야! 내려줘! 그러다 허리 나간다."

꺄르륵거리는 웃음소리에 가슴 한구석이 간지러웠다. 해온은 동화를 내려놓고 와락 끌어안았다가 얼굴을 만져 보았다. 내 눈앞에 있는 이 사람이, 내가 안은 이 사람이 진짜 구동화가 맞는 건지 믿기질 않고, 실감이 나질 않았다.

"너 진짜……."

"되게 반갑지?"

"그걸 말이라고 해? 여긴 어떻게 왔어? 언제 온 거야? 아까 전

화는 어디서 했어? 왔으면 왔다고 말을 하지 사람 놀래키고 그래!"

"천천히 하나씩 물어봐. 누가 쫓아와?"

다시 한 번 동화를 꽉 끌어안았다. 숨 쉴 틈도 주지 않고 세게 안았다.

"아, 정말 미쳐 버릴 것 같다."

"그렇게 좋아?"

해온은 동화를 품에서 놓아주고 양손으로 두 뺨을 감쌌다. 차가운 바람에 그새 코끝은 빨갛게 얼어버렸고, 색색거리며 숨을 쉴 때마다 입술 새로 하얀 입김이 피어올랐다. 웃음을 머금은 입술에 해온은 입을 맞추었다. 자신의 허리를 감싸 안는 동화의 두 팔이 못 견디게 사랑스러워서, 해온은 이마와 볼에도 키스를 건넸다.

"거 참, 재회 한번 요란하네."

때맞춰 슬금슬금 등장한 방해꾼을 향해 해온은 노골적으로 못마땅한 표정을 지었다.

"너, 동화 온 거 알고 있었어?"

"이쪽으로 유인하라는 명까지 받들었습니다."

공손하게 배꼽에 손까지 모으고 인사를 하는 모습에 해온은 결국 웃음이 터졌다.

"내 공연 보러 온 거야?"

"응. 연습 영상으로는 감질나서 견딜 수가 있어야지."

1년 만에 서는 무대를 앞두고 조금은 불안하고 걱정됐던 마음이 눈 녹듯 순식간에 사라져 버렸다.

"얼마나 멋있어졌는지, 내 두 눈으로 직접 보려고 왔어."

반짝반짝 빛나는 두 눈으로 자신의 얼굴을 찬찬히 훑어보는 모습에, 작은 손으로 얼굴 곳곳을 만지작거리는 손길에 해온은 왠지 눈물이 날 것 같았다.

"나머지는 이따가 하고, 우리 공연부터 해야 되지 않을까?"

병준이 얼른 들어가자고 손짓을 하자 동화가 해온에게 팔짱을 걸며 걸음을 옮겼다.

"자리는?"

해온이 묻자 동화가 병준을 향해 턱짓을 했다.

"야! 너 티켓까지 빼놓았으면서 나한테 얘기도 안 한 거야?"

"미안. 우리 남매의 우애가 이 정도야."

진짜 대단한 구 남매네.

해온은 고개를 절레절레 흔들며 동화와 병준을 번갈아 가며 보았다.

떨린다는 말, 심장이 미친 듯이 두근거린다던 말 모두 거짓말이었나 보다. 무대에 선 해온은 첫발을 디디는 순간부터 모든 것이 편안해 보였다.

1년의 공백이 무색했다. 표현력은 더욱 성숙해졌고, 움직임은 여전히 강렬하면서도 우아했다. 연습 영상을 수백 번도 더 돌려 보았지만, 무대 위에 선 지금이 가장 완벽했다. 군더더기 없는 턴과 따라올 자가 없는 점프, 컨텍 동작은 많이 없지만 한 호흡으로 움직이는 두 사람의 동작은 짜릿할 만큼 흠 잡을 곳이 없었다.

동화는 옆으로 고개를 돌렸다. 무대 위 두 사람을 바라보는 관객들의 눈빛이 감격스러웠다. 그들 눈에는 저 두 사람의 춤이 어떻게 비칠지, 어떻게 기억될지를 생각하니 상상만으로도 가슴이 벅찼다. 이 큰 무대를 가득 채운 두 사람의 존재감과 장악력에 존경심마저 생겼다.

짧았던 무대가 끝이 나고, 두 사람에게 엄청난 박수가 쏟아졌다. 다음 무대를 위해 부리나케 무대를 비우는 동안에도 박수는 끊이질 않았다. 동화는 주변의 눈치를 보지 않고 자리에서 일어나 박수를 보냈다. 한국과는 확실히 다른 관객들의 호응에 더 많은 용기를 얻었을 거란 생각에 가슴이 뻐근할 만큼 벅차올랐다.

해온이 한국을 떠난 뒤로, 한동안 건물 앞에 서성이던 기자들은 적극적으로 단원들에게 접근하기도 했다. 그러나 다들 침묵으로 일관했고, 도중에 지쳐 나가떨어진 언론들이 대부분이었다. 물론 해온의 아버지 편에 서서 더욱 악의적인 기사를 갈겨 쓴 사람들도 있었다.

결국은 시간이 약이었다. 하루가 멀다 하고 기사를 쏟아내던 것도 자연스레 차츰 열기가 식어갔고 해밀빌딩에 다시 평온이 찾아왔다. 그렇게 모두가 천천히 잊어갔다. 정계 복귀를 위한 과정으로 봉사로 남은 일생을 보내겠다던 그분이 TV나 신문에 등장할 때마다 가끔 해온이 언급되긴 했지만 반복되는 언론 기사에 피로감이 쌓인 대중들은 전처럼 열렬한 관심을 보내진 않았다.

지난 1년 동안, 해밀빌딩 내부에서도 많은 것들이 변했다. 그동안 우리를 위해 많은 걸 참고 견뎌온 해온을 위해 모두들 바쁘게 지냈다.

해온이 이 사실을 알면 기뻐하겠지? 조금은 홀가분해지지 않을까?

공연을 마치고 해온과 병준이 지내고 있는 숙소를 찾은 동화는 냉장고부터 열었다. 예상대로 먹을 건 하나도 없었다. 물 두 병과 말라빠진 빵, 치즈가 전부. 동화는 오는 길에 사온 토마토소스와 콩 통조림, 파스타 면을 식탁 위에 올려두고 소매를 걷어붙였다.

"혼자서 미국도 오고, 어른이네."

"너 내 나이가 몇인지는 알지?"

해온이 고개를 끄덕이자 동화는 한숨을 쉬며 와인잔 두 개를 꺼내고 사온 와인부터 개봉했다.

"얼마나 있을 수 있어? 정기공연 12월에 앵콜 잡았단 얘긴 들었는데, 그때까진 있을 거야?"

대답 대신 고개를 젓자, 기대가 식은 해온이 서운한 눈빛으로 동화를 바라보았다. 동화는 빙긋 웃으며 해온의 잔에 와인을 따라주었다.

"내일 저녁에 갈 거야."

"……뭐?"

해온이 깜짝 놀라자, 동화는 자신의 잔에도 마저 와인을 채우고 잔을 들어 향을 맡았다.

"뭘 그렇게 빨리 가?"

"오래 여행할 만큼 돈을 못 벌었거든."

"여기 있으면 되지, 무슨 돈이 든다고……."

동화는 해온의 손 위에 자신의 손을 포개며 꽉 움켜잡았다.

"실은 너 데리러 왔어."

무슨 말인지 이해를 하지 못한 해온이 미간을 구겼다.

"그게 무슨 말이야?"

"나, 너 데리러 왔다고."

생각을 하고 있는 듯 해온이 눈을 끔벅였고, 동화는 해온의 곁에 무릎을 굽히고 앉아 해온을 올려다보았다.

"음, 일단 12월 우리 앵콜 공연에 게스트 초청하는 걸로 할게. 그다음은 네가 선택해. 계속 남을 건지, 아니면 떠날 건지."

이해를 마친 해온은 동화를 내려다보며 쉽게 말을 잇지 못했다.

"한국에 와보면 알 거야."

"그게 무슨……."

"물론 오직 너희가 만든 댄스 컴퍼니를 위해서 떠나겠다고 하면 얼마든지 다시 보내줄게."

"무슨 말인지 시원하게 얘기해 주면 안 돼?"

"당연히 안 되지. 우리가 1년 동안 얼마나 열심히 준비했는데. 기대해도 좋아."

다행히 해온은 더 이상 캐묻지 않았다. 다정한 손길로 머리를 쓰다듬어 주었고, 동화는 해온의 다리에 머리를 기댄 채 와인 한 모금을 마셨다.

"어쨌거나 게스트 섭외를 위해 미국까지 와줘서 고맙네."

"저희 〈숨〉 공연에 모시게 되어서 영광입니다."

손등에 입을 맞춰주자 해온이 웃었다.

"다시 무대로 돌아온 소감이 어때?"

"내가 살아 있단 기분을 느꼈어."

평생 춤을 춰왔고, 앞으로도 계속 춤을 춰야 하는 사람에게 다시 춤을 출 수 없다는 선고가 얼마만큼 커다란 상실감과 고통을 주는지 알고 있다. 그것을 극복하고 난 후에야 마치 물속에서 숨을 참고 있던 사람이 물 밖으로 나와 크게 숨을 내쉬는 것처럼 비로소 진짜 숨을 쉴 수 있게 되었다던 병준의 말을 기억하고 있다. 해온도 마찬가지일 것이다. 지금 살아 있다는 기분이 든다는 말, 조금은 이해할 수 있었다.

"정말 내일 갈 거야?"

"응."

"너무하네. 1년 만에 만나는 건데."

"너 안달 나라고. 그래야 내 제안을 덥석 물 거 아냐."

"와…… 치밀하기까지."

해온이 동화의 손을 잡아 일으킨 후 무릎 위에 앉혔다.

"그럼 오늘 밤은 완전히 내 거다."

동화가 어깨를 으쓱이자 해온이 제법 진지한 눈을 하고 빤히 바라보았다. 병준이는 정인이와 데이트를 하러 가서 언제 들어올지 기약이 없고, 이 방 조명은 어두컴컴하고, 와인도 마셨겠다, 분위기가 무르익은 건 당연한 것이었다. 조금씩 변하는 해온의 눈빛에 마냥 설레기만 했던 마음에 긴장감이 찾아들었다.

"와인 세 잔밖에 안 마셨는데 왜 이렇게 가슴이 뛰지? 너 약 탔어?"

능청스러운 해온의 말에 머리카락을 만지작거리던 동화는 해온의 눈썹을 손끝으로 쓸었다.

"한창 좋을 때 어쩔 수 없이 떨어져 지내게 된 연인이 1년 만에 만났는데, 가슴이 안 뛰면 그게 정상이야?"

"당연히 비정상이지."

서두르는 입맞춤에 조급함이 묻어났다. 도망가지 못하도록 한 손으로 동화의 목을 받치고 다른 한 손으로 등을 받친 해온은 거친 숨을 몰아쉬며 맞닿은 코끝을 슬쩍 비볐다.

"처음부터 세게 나오시네."

괜한 말을 한 것 같단 후회를 함과 동시에, 해온이 피식 웃으며 동화를 번쩍 들어 안은 채로 걸음을 떼었다. 몇 걸음 떼기가 무섭게 바로 침대에 도달했고, 해온은 그대로 동화를 눕혔다. 미친 듯이 내달리는 심장 때문에 두근거리는 소리가 귓가에 쿵쿵 들렸다. 더는 태연한 척을 할 수 없을 지경에 다다른 것이다.

"공연하고 나서 굉장히 피곤할 텐데."

"전혀."

해온이 단번에 셔츠를 머리 위로 끌어 올려 벗었다. 입술이 바짝 말랐다. 쫙쫙 쪼개진 가슴 근육에 시선 둘 곳이 없어 동화는 괜히 옆으로 고개를 돌렸다.

"병준이 들어올지도 몰라."

"안 들어올 거야."

그 순간, 티셔츠 안으로 밀고 들어오는 해온의 손에 동화는 어깨를 움찔했다. 브래지어 위에 포개진 해온의 커다란 손이 살짝 가슴을 그러쥐었고, 동화는 더 이상 숨을 쉴 수도 없었다.

"숨 쉬어."

해온의 말에 동화는 숨을 천천히 내쉬었다. 그제야 해온은 만족스러운 듯 빙긋 웃으며 동화에게 입을 맞췄다. 뜨거운 숨이 넘어들어왔다. 벌어진 입술 새로 거침없이 밀고 들어왔다. 동화는 해온의 등을 꼭 끌어안은 채 굳어 있던 몸에 서서히 긴장을 풀고 쓸데없는 걱정으로 가득한 머릿속을 비우기로 했다.

＊

1년 만에 돌아온 서울.

변한 건 아무것도 없었다. 이곳을 떠났던 계절도 그대로, 마치 시간이 비켜간 것 같았다.

해밀빌딩으로 가는 길.

그리움과 두려움이 동시에 들어 기분이 묘했다. 이 길 위에 남겨진 수많은 기억들이 하나둘 툭툭 떠올라 웃음이 났다. 시끌벅적한 단골 포차에서 단원들과 술에 취해 휘청거리던 길, 동화가 출근할 때쯤 2층 테라스에서 내려다보던 길, 오다가다 만나는 학생들에게 떡볶이를 사주고 함께 연습하러 가던 길. 이런 생각을 하게 될 때면, 다행인지 불행인지 이 건물을 내게 준 그 사람을 잠시 잊게 된다.

"……어?"

해밀빌딩 앞에 도착한 해온은 찬찬히 건물을 둘러보다가 달라진 것들을 발견하고 고개를 갸웃거렸다. 아니, 달라진 정도가 아니라 완전히 변해 있었다. 익숙하던 간판들은 하나도 보이지 않고, 건물은 생기를 잃어버렸다.

"신해온!"

낯설게 변해 버린 건물 모습에 놀란 것도 잠시, 뒤에서 부르는 귀에 익은 목소리에 뒤를 돌아본 해온은 저 멀리서 자신을 향해 이쪽으로 오라며 손짓하고 있는 동화와 손 대표를 발견하고 그쪽으로 달려갔다.

"대표님!"

환하게 웃으며 손을 흔들던 두 사람이 갑자기 달리기 시작하자 당황한 해온도 계속 그들의 뒤를 따라 뛰었다.

왜 저러지? 도망가는 건가?

"대표님, 어디 가세요?"

대답도 해주지 않고 그들은 계속해서 달렸다. 어이가 없어서 웃음도 나고, 지금 이게 무슨 일인 건지 정리도 되지 않은 상태라 어리둥절하기만 했다.

"구동화! 어디 가! 건물은 왜 저런 거야?"

역시나 두 사람은 못 들은 척 계속 달렸다. 이쯤되니 오기가 생긴 해온도 덩달아 빠르게 달렸다.

"아, 진짜! 장난치지 말고!"

전속력으로 달리던 두 사람이 코너를 돌자마자 감쪽같이 사라져 버렸다. 해온은 숨을 헐떡이며 주변을 둘러보았다.

"여기, 여기!"

다시 뒤를 돌아보니, 그 둘이 서 있었다. 둘뿐만 아니라 그립고 보고 싶었던 단원들이 모두 모여 있었다.

"뭐야! 왜 도망간 건데!"

숨이 턱 끝까지 차오른 해온이 허리를 숙이며 숨을 고르는 사이, 손 대표가 다가왔다.

"짜잔! 이제 여기가 우리 건물이야!"

이건 또 무슨 소리야.

해온이 고개를 들며 손 대표가 가리킨 건물을 올려다보았다.

"그게 무슨……."

"우리 다 여기로 이사 왔어. 해밀빌딩보다 작고, 허름하고, 월세도 비싸지만 엄청 좋다?"

해온은 손 대표가 말한 건물로 가까이 다가갔다. 손 대표의 말대로 건물은 낡고 허름했지만 해밀빌딩 구조와 많이 닮아 있었다. 1층엔 〈그늘나무〉 간판과 미술전시실 안내 현수막이 걸려 있었고, 2층엔 〈모그〉 무용원 간판이, 3층엔 미술원과 실용음악원 간판도 있었다.

"보다시피 3층 건물이라 네 작업실은 뺐다. 비워둬 봤자 월세만 나가니까. 뭐…… 그 외에도 많이 뺐어."

손 대표가 머쓱한 듯 웃으며 머리를 긁적였다.

"우리 여기로 이사 오려고 진짜 미친 듯이 돈 벌었다!"

조 원장의 말에 그제야 미국에서 동화가 했던 말이 이해가 되기 시작했다.

"소극장도 없어. 그래도 우리 공연이 인기가 있어서 대관 잘 잡히니까 걱정 마."

1년 동안 모두들 열심히 준비했다던 것은…… 바로 이 건물이었다.

"저 때문에…… 이사한 거예요?"

"그래, 너 때문에 했어. 이제 네 마음대로 다 해도 돼. 우리 때문에 네가 더 이상 참지 않아도 된단 소리야. 우린 피해 볼 일 전혀 없으니까, 너 하고 싶은 대로 해."

"대표님……."

"우리 1년 동안 이만큼 노력했다. 이제 너도 달라진 모습을 우리한테 보여줘야지?"

마음 깊은 곳에서 뭔가가 울컥 치밀어 올랐다. 해온은 뿌듯한 표정을 한 단원들의 얼굴을 한 사람 한 사람 바라보며 입술을 꾹 깨물었다.

"우리 후원자도 생겼어. 너 들어오면 너네 댄스 컴퍼니도 후원해 줄 거야. 연습실도 준비해 줄 거고."

"설마……."

"맞아, 서윤진 씨. 도중에 후원 끊길 수도 있다고 한 방에 엄청 많이 해주던데?"

해온이 결국 웃음을 터뜨렸다.

서윤진, 진짜 징글징글하네.

"다 짰네. 나만 몰랐어!"

억울하지만, 왜 이렇게 기분이 좋은 걸까.

단원들이 해온의 주변에 가까이 모여들었다. 어깨를 다독여 주고, 발목이 얼마나 나았는지 묻고, 미국에선 어땠는지를 물으며 전처럼 따뜻하게 안아주었다.

"이사는 언제 한 거야?"

"한 달 전에."

"그럼 내 짐은?"

"우리 집에 있어."

당연하다는 듯 말하는 동화의 말에 해온이 고개를 저으며 허탈하게 웃었다.

"와…… 진짜, 다들 대단하다. 어쩜 한마디도 없이."

"그동안 네가 우리에게 베풀어준 거 아주 조금 되돌려 주는 것뿐이야. 마음 가볍게 가져."

대수롭지 않게 말하는 손 대표 때문에 해온은 또 한 번 울컥했다. 때맞춰 동화가 손을 잡아주지 않았더라면 창피하게 눈물이 났을지도 모른다.

"기분 어때? 내 말대로 생각이 좀 달라졌지?"

"돌아오길 잘한 것 같아."

"다시…… 갈 거야?"

해온은 동화의 얼굴을 가만히 바라보았다. 기대에 찬 두 눈과 긴장을 감추지 못한 씰룩이는 눈썹, 찬바람에 빨개진 두 볼. 해온이 천천히 고개를 젓자 동화의 얼굴에 점점 환한 미소가 얹어졌다.

"차근차근 처음부터 다시 한 번 해봐야겠어. ……모두 다."

방치 아닌 방치를 해왔다. 미국에서 지내는 동안에도 한국에서 돌아가는 상황을 대충 전해 들었기에 마음이 편치 않았었다. 나 때문에 힘들어진 단원들에 대한 미안함으로, 다들 잘 지내고 있단 소식을 들을 때도 마음이 무거웠다.

하지만 이젠, 이렇게 모두의 도움을 받게 되었으니 헝클어진 것들을 다시 제자리로 돌려놔야 할 것 같았다. 혼자였다면 불가능했을 것이다. 도망치기 바빴거나, 포기하고 순응하며 살 거나. 그러나 지금은 마주할 자신이 생겼다.

다시 무대에 설 수 있을까, 하는 불안감도 이겨내고 다시 무대에 섰는데 이제 뭔들 못하겠어. 더구나 이렇게 내 사람들이 많은데.

14. 동화(同化)

장소를 정해도 어쩜 그렇게 지 같은 곳을 골랐는지.

윤진은 가로수 길에 있는 유명한 와인 바에서 만나자며 본인이 장소와 시간을 정해놓고, 약속 시각보다 한 시간이나 늦게 나타나 미안한 기색 하나 없이 주문을 했다. 한마디 할까 말까 잠시 고민하던 해온은 얼룩진 테이블보가 마음에 들지 않는다며 사장을 불러 호되게 꾸중을 놓는 모습을 보고, 오늘은 그냥 넘어가 주기로 마음먹었다.

"고맙다, 여러 가지로."

"쓸데없는 소리 집어치우고, 일기 가져왔어?"

쑥스러운 건지, 윤진은 시선도 주지 않고 싸늘한 표정으로 말했다.

"네가 듣든 말든 일단 내 할 도리는 해야겠다. 후원해 줘서 고마워. 투자해서 다 까먹고 있다더니 그게 우리 팀인 줄은 꿈에도 몰랐네."

"아, 됐어. 오글거리니까 그런 얘기 하지 마. 안 들을 거야."

윤진이 두 손으로 귀를 막으며 고개를 흔들었다. 꿀밤 한 대 놓고 싶을 만큼 얄미울 때가 대부분이지만, 지금은 볼을 쭉 잡아 늘이고 싶을 만큼 귀여웠다.

"좀 더 안정적인 후원자 알아봐 줄 테니까 걱정 말고 하던 일이나 잘해. 너 모르지? 내가 얼마나 대단한 사람인지. 하긴 뭐, 관심이나 있겠어? 그냥 돈이나 펑펑 쓰고 다니는 줄 알겠지."

"너 뭐 하는 사람인데?"

"안 알려줘."

"아오, 진짜."

참자. 이유는 다르지만 목적은 같은, 어쩌다 보니 한배를 탄 파트너니까.

"우리 오늘 정리할 거 많아. 헛소리 그만하고 집중해. 일기장은?"

"그전에 너한테 물어볼 게 있어."

"자꾸 딴소리할래?"

성격 급한 윤진이 짜증스럽게 미간을 구겼다.

"복수까진 아니지만…… 받은 만큼은 돌려주고 싶은데, 어떻게 생각해?"

해온의 말이 끝나기가 무섭게 윤진의 표정이 순식간에 돌변했다. 의미심장한 미소를 지은 윤진은 와인을 채운 잔을 슬쩍 돌리며 향을 음미했다.

"이제야 정신을 차렸네. 그래, 잘 생각했어. 혼자서 대인배인 척하는 거 얼마나 재수 없었는지 알아?"

"대인배인 척한 게 아니라, 그런 일로 내 인생을 허비하고 싶지 않았을 뿐이야."

"그럼 갑자기 인생을 허비하고 싶어진 건가?"

"모든 걸 제자리로 돌려놓는 과정이 필요……."

"아냐. 대답 안 해도 돼. 동기는 필요 없어. 결과가 중요한 거지."

해온의 말을 잘라 버린 윤진은 손사래를 치며 와인을 한 모금 마셨다.

"일기 언제 줄 건데?"

"주소 줘. 어차피 무거워서 들고 가지도 못해. 택배로 보낼게."

"그래, 그럼. 아, 그 집 딸로 살면서 숱하게 봐와서 미리 말해주는데, 더러운 싸움이 될 거야. 정정당당, 그런 건 꿈도 꾸지 마."

"그러니까 서로 도와야지."

"이제야 말이 좀 통하네."

해온은 윤진에게 서류 뭉치가 든 하얀 서류봉투를 건넸다.

"일단 건물부터. 어떻게 하면 좋겠어? 무용만 한 나보단 네가 이런 쪽엔 계산이 빠른 것 같던데."

"넌 어떻게 하고 싶은데?"

"내가 가지고 있을 이유 없어. 그러라고 네가 후원해 준 거 아냐?"

"머리가 영 나쁘진 않네."

누굴 바보로 아는 건가.

눈썹을 씰룩이며 입술을 동그랗게 모으는 모습이 참으로 얄미웠다.

"팔자. 더러운 싸움에 소송은 필수고, 소송비는 그 돈으로 충당해야 될 거야. 널 아들로 인정한 순간부터 이 건물은 완전히 네 소유가 된 거니까 어떻게 쓰든 상관없어."

"아들로 인정하겠다면서 전 국민 앞에서 울고불고 한 양반인데, 나한테 그렇게 세게 나올 수 있을까?"

"잊었어? 네 아버지가 어떤 사람인지? 명분은 만들면 되는 거야. 이럴 때 보면 머리가 꽤 나쁘네."

명분이라. 어떤 명분을 만들어 자신이 뱉은 말을 뒤집으려나.

"필요에 의해서 너는 은혜도 모르는 배은망덕한 쳐 죽일 놈일 될 수도 있어. 그게 뭐 어려운 일일 것 같아? 너 그렇게 순진해서 이 험한 세상 어떻게 살려고 그러니."

그래서 내겐 서윤진이 필요한 거지.

지나치게 이성적이고 냉소적인 윤진이 이럴 땐 조금 고마웠다.

"네 말 들으니까 조금 겁나네."

"겁낼 거 없어. 넌 네가 하고 싶은 말만 하고, 알리고 싶은 사실만 까면 돼. 대신 난 항상 최악을 대비하고 있을 거야."

어쩌다가 내가 저 여자한테 의지를 하게 된 건지.

한숨을 짓자 윤진은 한심하다는 듯 혀를 끌끌 차며 해온의 잔에 와인을 따라주었다.

"얼마나 뻔뻔한 사람인지 한번 지켜보자고. 재밌겠네."

"네 아버지 일인데도?"

"내 아버지이기만 해? 네 아버지도 된다."

"에휴, 말을 말자."

윤진과 대화를 하다가 가장 화가 나는 순간이 바로 이런 순간이다. 서윤진의 아버지와 신해온의 생물학적 부친이 동일인물이라는 것을 확인사살 당하는 순간.

"네 어머닌 괜찮은 거야?"

"울 엄만 어차피 못 건드려. 좋은 게 좋은 거다, 하고 평생 파트너쯤으로 생각해 온 분들이야. 각자의 부와 명예가 서로에게 필요한 분들이거든. 뭐, 열받으면 우리 엄마도 지원군이 될 수도 있어. 아! 초딩네도 꼬셔볼까? ……아니다. 거긴 지금 한창 좋을 때라 괜히 일 망칠 수도 있겠다."

조금 신이 난 것 같아 보였다. 와인 한 잔 덕분인지, 아니면 지금 함께 벌이고 있는 일 때문인지는 모르겠지만, 저렇게 환히 웃는 모습은 처음 보았다.

"뭘 봐?"

"아냐, 아무것도."

"언제 돌아가?"

"여기 공연 끝내놓고. 1월 말에 영국에서 공연이 있는데, 공연하고 다시 올 거야. 그 안에 준비해 두고, 돌아와서 시작해 보려고."

"완전히 정리하고 올 거야?"

"얼마나 길어질지 모르니까 장담할 수 없네. 당분간 영국에 있으려고 했는데."

어깨를 으쓱이던 윤진이 주섬주섬 핸드백을 챙겨 들고 자리에서 일어섰다. 잠시 화장실을 가려는 건가 싶었는데, 재킷과 코트까지 챙겨 입는 모습에 해온은 어리둥절했다.

"가려고?"

"그럼 너랑 나랑 마주 보고 앉아서 다정하게 와인 마실 사이냐?"

"이거 먹으려고 시킨 거 아냐?"

"테이블이 허전해서 시킨 거야. 간다."

어이가 없었다. 손도 안 댄 고급 치즈 요리와 남겨진 와인을 보며 해온은 새어 나오는 한숨을 막을 수가 없었다.

역시 서윤진과는 안 맞아.

윤진이 와인 바를 나서고, 얼마 지나지 않아 해온도 자리에서 일어섰다. 요리가 입맛에 맞지 않으셨냐며, 혹시 불편한 점이 있으셨는지 조심스럽게 물어오는 사장에게 죄송하단 말을 남기고 와인 바를 빠져나온 해온은 간절해진 담배 생각에 주변을 두리번거렸다.

막 담배를 입에 물고 불을 붙이려는데, 해온의 눈에 크리스마스 장식과 따뜻한 노란빛 전구로 주변까지 환히 밝히고 있는 쥬얼리 숍이 들어왔다. 해온은 담배와 라이터를 다시 주머니에 넣고 마치 뭔가에 끌린 사람처럼 그쪽으로 발길을 옮겼다.

오랜만에 마주한 어머니가 차려주신 저녁 상. 말 그대로 진수성찬이었다. 해온이 좋아하는 꽃게탕과 콩나물이 잔뜩 들어간 잡채, 그리고 갈비찜에 맛있게 익은 총각김치까지. 해온은 지난 1년 동안 어머니의 음식을 먹지 못했던 한이라도 풀 듯 정신없이 먹어치웠다.

간만의 포식으로 소화가 되지 않아 소파에 널브러져 있는데 마무리로 살얼음이 언 식혜까지 내어주시니, 모든 것이 완벽했던 저녁 식사에 해온은 감동할 수밖에 없었다.

"병준이는 언제 들어온다니?"

"정인이랑 데이트하고 들어온대요. 늦어도 다음 주쯤엔 올 것 같아요."

서둘러서 귀국하느라 병준을 챙기지 못했다. 하지만 병준은 오히려 그래 줘서 고맙다고 했다. 아직 전미 투어 공연 중인 정인과 데이트할 시간이 없어 애틋해하던 중에 시간을 벌어 무척이나 행복하다나 어쩐다나. 더구나 당분간은 더 보기 어려워질 예정이라 얼마 주어지지 않은 그 시간을 야무지게 잘 보낼 생각인 듯했다.

해온은 소파 아래 바닥에 엎드린 채 TV를 보고 있는 동화를 손으로 밀었다.

"나 딸기 먹고 싶은데."

"집에 딸기 없어. 그냥 귤 먹어."

"딸기가 먹고 싶다니까?"

"그래? 그럼 가서 사와."

이 정도 했으면 잠시 집을 비워주면 좋을 텐데. 그사이 눈치가 없어진 건지 동화가 뭉그적거리며 버텼다. 해온은 좀 전보다 더 아련한 눈으로 동화를 바라보았다.

"과일 잘 못 고른단 말야. 맛없는 거 사오면 어떡해. 그리고 1년 만에 집에 왔는데, 좀 사다 주면 안 될까?"

"그래, 좀 사다 줘라."

어머니의 부추김이 더해지자, 마지못해 자리를 털고 일어난 동화가 주섬주섬 두꺼운 점퍼에 팔을 끼웠다.

"아이, 진짜. 그럴 거면 들어올 때 사오자고 하지."

현관문을 나설 때까지 끊임없이 투덜거리는 동화의 모습에 동화의 어머니가 웃음을 터뜨렸다.

"방에 올라가 봤니?"

"네. 언제 그렇게 준비를 다 하셨어요. 고생 많으셨죠?"

"멋대로 옮겨서 미안하다. 그래도 너한텐 우리 집이 제일 편할 것 같아서 내가 그러자고 했어."

"감사합니다."

해온은 소파에 앉은 동화 어머니 곁에 앉아 조물조물 어깨를 주물렀다. 머물 방은 오랫동안 비어 있던 곳 같지 않게, 오늘 아침까지도 누군가 지내던 곳처럼 온기가 가득했다. 그동안 해온이 집이라고 여기며 살아왔던 그 어떤 공간보다도 아늑하고 평온하고 따뜻했다.

"불편하더라도 당분간 여기서 지내고, 완전히 들어오게 되면 그때 집 구해. 엄마가 같이 봐줄게."

"어! 저 계속 여기서 살 건데요?"

해온이 능청스럽게 말하자, 어머니는 미소를 띤 채 해온의 뺨을 다정히 쓸어주었다.

"혼자 사는 거 싫었어요. 외롭고, 생각만 많아지고."

엄마가 살아 계실 때나 떠난 후로나, 집에 있으면 늘 외롭고 허전했다. 그래서 틈만 나면 동화의 집에 밀고 들어온 건지도 모른다. 이곳에 있으면 나도 이들과 한 가족이 된 것 같은 착각마저 들었고, 그래서 이 핑계 저 핑계를 대며 1분이라도 더 머물곤 했다. 이 집이 좋았던 건 가장 친한 친구 병준이 있어서도 아니고, 사랑하는 동화가 있어서도 아니고, 늘 아무 말 없이 품어주는 어머니 때문이었다.

"어머니만 괜찮으시다면, 돌아온 후에도 여기서 지내고 싶은데…… 방값은 챙겨 드릴게요."

내내 따뜻한 미소를 짓고 계시던 어머니가 갑자기 손바닥으로 해온의 등을 짝 소리가 나게 때렸다. 깜짝 놀란 해온이 눈을 동그랗게 뜨자, 어머니는 괘씸하다는 듯 눈썹을 일그러뜨렸다.

"아들한테 월세 받는 엄마가 어디 있어?"

항상 잔잔하고 고요한 어머니이신데, 이런 격한 반응을 보이시는 걸 보니 단단히 실수를 한 것 같아 해온은 가슴이 철렁 내려앉았다.

"저 아들 안 하고, 사위 하면 안 돼요?"

해온의 순발력에 어머니는 미소를 되찾으셨다. 농담 반 진담 반의 어조로 말했지만, 백 퍼센트 진담이었던 해온은 긴장한 채로 어머니의 답을 기다렸다.

"이놈아, 지금 프러포즈를 장모한테 먼저 한 건 아니지?"

"실은 처남한테 제일 먼저 했어요."

"아휴, 이 귀여운 놈."

동화의 어머니가 해온을 품 안에 끌어안고 등을 다독여 주었다. 마치 잠투정하는 어린아이를 어르듯이, 아주 부드럽게 사랑을 담뿍 담아서 말이다.

"어머니, 실은 부탁드릴 게 있어요."

"뭔데?"

어떻게 말을 꺼내야 할까.

1년 동안 미국에서 생각해 낸 게 고작 이거냐고, 한심하다고 손가락질하실까 봐 해온은 조금 두려웠다. 하지만 다정한 눈길로 바라봐 주시는 어머니의 모습에, 해온은 심호흡을 한 번하고 조심스레 용기를 냈다.

딸기 사오라고 보냈더니 딸기를 심으러 갔나. 도통 돌아오지 않는 동화가 걱정스러워 해온은 대문 밖에 나와 동화를 기다리고 있었다. 그때, 저 멀리서 비닐봉투를 달랑달랑 흔들며 뭔가를 질겅질겅 먹으며 오고 있는 동화가 보였다. 어찌나 느리게 걷는지 기다리다 못한 해온이 먼저 동화에게 다가갔다.

"왜 나왔어?"

해온은 동화의 물음에 대답하지 않고 동화의 어깨를 팔로 감싸며 집 반대 방향으로 발길을 잡았다.

"어디 가려고?"

"데이트."

"이러고?"

기함하는 동화를 찬찬히 훑어보니, 충분히 그런 반응을 보일 만하긴 했다. 트레이닝복 차림에 슬리퍼를 신고 데이트……. 한 십 년 사귄 연인도 아닌데 너무 내추럴한 모습으로 데이트를 한다는 게 창피했던 모양이다.

"예쁘기만 한데, 뭘."

"그건 네 생각이고."

말은 그렇게 해도, 예쁘단 말이 듣기 좋았는지 동화가 수줍게 웃었다.

두 사람이 도착한 곳은 해밀빌딩과 동화의 집 중간에 위치한 공원이었다. 고작 1년 사이에 둘이 마주 보고 앉았던 통나무는 온데간데없이 사라지고, 대신 그 자리에 벤치가 놓여 있었다. 낭만이 줄어 조금 아쉽기도 했지만 해온은 군말 없이 그곳에 앉았다.

"마실래?"

동화가 비닐봉투 안에서 캔맥주를 꺼내 건넸다.

"딸기 사오랬더니 맥주를 잔뜩 사왔네."

하나씩 손에 쥐고 동시에 하늘을 올려다본 두 사람은 이내 서로를 바라보며 빙긋 웃었다.

"와…… 좋다. 여길 오니까 비로소 실감이 나네."

"돌아온 실감?"

해온이 고개를 끄덕이자, 동화는 안주 삼아 사 온 감자칩 과자 하나를 해온의 입에 넣어주었다.

"수고 많았어, 나 기다리느라."

동화가 옅게 웃었다. 가로등 불빛에 비쳐 유난히 환하게 빛나는 동화의 얼굴에서 눈을 뗄 수가 없었다.

"불안하진 않았어?"

"불안했지. 이러다 영영 안 돌아오는 건 아닌가, 눈에서 멀어지면 마음에서 멀어질 텐데 우린 정말 잘 버틸 수 있을까…… 혼자서 온갖 상상 다 하면서 주책 떨었어."

솔직한 말이었다. 나 역시 그러했는데, 동화도 다르지 않았다는 그 말이 너무도 반갑고 고마웠다. 괜찮았다고, 견딜 만했다고 말했다면 무척 서운했을 것이다.

"고마워, 나 데리러 와줘서."

해온이 동화의 작은 어깨를 손으로 감싼 채 가만히 쓰다듬었다.

"목마른 사람이 우물 파야지. 네가 오지 않으면, 내가 가면 되는 거고……. 아마 앞으로도 그럴 거야. 그러기로 마음먹었어."

"……구동화 변했다."

"뭐가?"

"많이 여유로워진 것 같은데."

해온의 말에 동화가 어깨를 으쓱였다. 나름 잘난 체를 한 것이다.

"너 닮아가나 보다."

우습게도 동화의 그 말이 가슴이 확 꽂혔다. 닮아가는 것 같다는 그 말. 평생을 서로 다르게 살아온 우리가 닮아간다는 게 믿을 수 없이 신기하고 놀라웠다. 그저 사랑하고 있다는 그 이유 하나만으로 닮아가다니……. 해온은 자꾸만 웃음이 나서 견딜 수가 없었다.

"다시 갈 거지?"

"응. 1월에 영국에서 공연이 있어. 정기공연 마치고 1월 중순엔 들어가 봐야 돼."

"그럼 그 일은?"

"영국에서 돌아오면."

동화가 말없이 고개를 끄덕였다. 1년간 미국에서 머무는 동안에도 동화는 빨리 와라, 언제 오냐, 그런 말로 보채지 않았다. 혼자서 감당하려 했고, 해온은 그게 무척 미안했었다.

"서운해?"

"아니. 계속 영국 있을 거 아니잖아?"

"협박이야?"

"제안이지."

확실히 동화는 마음에 여유가 생겼다. 조급해하지 않고, 때론 능청스럽고, 때론 무덤덤하게 굴었다. 기본 성향이 바뀐 건 아니겠지만 괜한 걱정이나 쓸모없는 불안함을 많이 떨친 듯했다.

"일 정리되면, 아니, 일 정리 안 되더라도…… 영국으로 가도 돼. 전에 말했잖아. 너네 컴퍼니를 위해서라면 얼마든지 괜찮다고. 네가 곁에 없는 게 아쉽지 않다면 물론 그건 거짓말이겠지만, 한 번 해보니까 할 만한 것 같아."

"다른 방법도 생각 중이야. 걱정하지 마."

실은 고민 중이었다. 전처럼 국내에 머물며 초청받을 때마다 해외에 나갈 것인지, 아니면 당분간은 계속 외국에서 머물 것인지. 만약 후자를 선택하게 된다면 동화에게 함께하자고 제안을 할지 말지도 고민 중이었다. 만약 함께 외국에서 지내게 된다면, 한국에서의 안정적인 생활은 포기해야 할지도 모르기 때문에 선뜻 제안할 수가 없었다. 그 외에도 다방면으로 방법을 모색하고 있지만 아직 아무것도 결정하지 못했다.

확실히 고민이 늘었다. 그런 걸 보면, 정말 닮아가긴 닮아가는 모양이다. 동화처럼 쓸모없는 고민으로 시간을 보내는 일이 늘었으니 말이다.

"어! 눈 온다!"

동화의 말에 살짝 고개를 들어 하늘을 보니, 나풀나풀 떨어지는 눈발이 보였다. 손을 내밀자 손바닥 위에 새끼 손톱만 한 눈들이 손에 내려앉자마자 사르륵 녹아내리고 있었다.

"얼른 집에 가자."

"이렇게 낭만적인 순간을 포기하자고?"

"드라마 할 시간이야. 빨리 일어나."

연인이 된 후로 한국에서 처음으로 맞아보는 첫눈인데 너무하네.

일부러 일어나지 않으며 늑장을 부려봤지만, 동화는 억지로 해온을 일으켜 세웠다. 그리곤 뒤도 돌아보지 않고 종종걸음으로 집을 향해 걸었다.

이번에도 어김없이 새로운 사랑에 빠진 모양이다. 이번엔 또 어떤 놈인지 한번 봐야겠네.

해온은 재킷주머니 안에 든 작은 상자를 만지작거리며 동화의
뒤를 따라 걸었다.

✻

〈숨〉의 크리스마스 앵콜 공연에 해온과 병준이 무대에 오른다
는 소식에 평소보다 많은 취재진들과 관객들이 몰려들었다. 무대
가 시작되기 전이나 후나 그 수는 별반 달라지지 않았다.

공연을 마치고 사람들을 피해 서둘러 건물로 돌아온 해온은 손
대표, 병준과 함께 건물 옥상에 올라와 있었다. 건물 옥상을 해밀
빌딩 2층 야외 테라스 비슷하게 만들어둔 덕분에 전혀 낯설지 않
았다.

"해온이 레파토리 잘 짰더라."

"감사합니다."

스승에게 인정받는 것만큼 뿌듯한 일이 또 있을까. 툭 하고 던
진 손 대표의 칭찬에 해온은 진심으로 행복했다. 해온은 자리에서
일어나 허리를 굽혀 넙죽 인사를 했다.

"대표님, 저는요?"

"어우, 우리 병준이야 두말하면 입 아프지."

손 대표가 엄지를 치켜세우자 병준 또한 아이처럼 기뻐했다. 칭
찬에 목말라 하는 레벨의 무용수도 아니면서 말이다. 욕심쟁이 같
으니라고.

공연에 참여하는 게스트들은 대부분 많아야 두 개의 작품을 공

연하는데, 특별히 해온과 병준은 세 개의 레파토리로 40여 분간 공연을 했다. 소극장을 빠져나오다가 우연히 마주친 한 기자가 게스트에게 왜 이렇게 많은 시간을 할애해 준 거냐고 묻자, 잘난 제자들 마음껏 자랑하고 싶어서라고 대답하시던 손 대표 때문에 해온은 가슴이 벅차 눈물이 날 것 같았다.

"고생한 보람이 있다. 그치?"

마주친 손 대표의 눈빛은 말로 설명할 수 없을 만큼 다정하고 따뜻했다. 해온은 천천히 고개를 끄덕였다.

"애들이랑은 인사 나눴어?"

"대기실로 찾아온 애들만 봤어요. 사람들이 너무 많아서……."

그리웠던 사람들과 감격의 재회를 할 틈도 없어서 너무나 아쉬웠다. 나중에 피자 사주겠단 약속을 하고 헤어져야 했던 귀여운 제자들, 잊지 않고 기다려 준 선후배, 동기들. 고맙단 인사도 제대로 하지 못해 미안하고 또 미안했다.

"넓은 곳에서 많이 보고 배워온 거야, 어쩐 거야?"

"값진 경험 많이 했습니다."

"고생 많이 했단 소리 같네."

누구보다 두 사람의 고생을 잘 알고 있는 손 대표였다. 두 사람보다 먼저 그 길을 걸어봤기에 그 길에 얼마나 많은 장애물이 있는지, 굴곡이 있는지 모두 알고 있었다.

"내가 니들 처음 만났던 게 십 년 전이었나? 세월 참……."

"대표님 그때가 딱 저희 나이 때였죠?"

"그러네. 후훗."

해온과 병준이 다니던 예고로 수업을 다녔던 손 대표. 이미 무용계에서는 독보적인 위치의 유명 무용수였지만 생계를 위해 티칭을 포기할 수 없었다고 한다. 그 후 더는 이렇겐 안 되겠단 생각에 미국으로 떠나셨고, 최고의 자리에서 다시 한국으로 돌아왔다. 일반적으론 도무지 이해가 되지 않던 손 대표의 행보. 그러나 손 대표는 늘 자신의 행복을 위해 결정을 내린다고 말했었다.

"저희도 십 년 후엔 대표님처럼 되어 있을까요?"

"미친놈. 나같이 돼 있으면 어떡해! 더 잘나가야지. 롤모델이 램버트라며!"

"에이, 아니죠. 저희 롤모델은 항상 우리 스승님이시죠."

"됐어, 인마. 누굴 까막눈으로 아나! 나 기사 다 봤거든?"

아마도 인터뷰를 보신 모양이다. 해온이 사죄의 이미로 배꼽에 손을 얹고 정중히 인사를 드렸지만 손 대표는 옆으로 휙 돌아앉았다. 웃음을 참느라 씰룩이는 손 대표의 볼 때문에 해온과 병준은 동시에 웃음이 터졌다.

"둘은 앞으로 어쩔 생각이야?"

"장기 계획은 못 짜고 있어요. 일단 주어지는 대로 공연 열심히 하고, 작품 열심히 만들어야죠."

"그래. 사람 일이란 게 전부 계획대로 되진 않으니까. 즉흥적인 것도 나쁘지 않더라."

언제나 지금도 잘하고 있다, 조금 더 힘내라며 칭찬과 격려로 힘을 북돋아주시고 편이 되어주시는 고마운 분. 만약 이분을 스승으로 만나지 못했다면 아마 오래전에 이 길을 포기했을지도 모른다.

"계속 그렇게 전 세계 떠돌면서 공연하다가 애인들 떠나기 전에 확실하게 붙잡아라. 이건 경험에서 우러나오는 충고다."

손 대표의 러브 스토리를 익히 알고 있는 두 사람은 격하게 공감한다는 듯 고개를 끄덕였다.

"그럼 1월에는 영국으로 공연하러 가고, 3월 우리 정기공연 무대 설 수 있지?"

"그럼요. 다른 공연은 못 서도 〈숨〉 정기공연은 꼭 서야죠."

"그러면 안 되지, 인마. 다른 공연도 서고, 우리 공연도 다 서야지. 젊은 놈들이 벌써부터 빠져가지고."

"네! 그렇게 하겠습니다!"

손 대표가 자리에서 일어나 건물 아래를 내려다보았다.

"기자들 거의 다 갔다. 우리도 내려가자. 애들 우리 기다리다가 목 빠지겠다."

"대표님, 저는 선약이 있어서……."

"그럼 넌 나중에 따로 보고. 병준아, 가자."

둘을 내려보내고 혼자 옥상에 남은 해온은 담배를 한 대 피우며 복잡한 머릿속을 차분하게 정리했다. 한숨을 한 번 길게 내쉰 해온은 주머니에서 휴대폰을 꺼내 동화 어머니에게 전화를 걸었다.

"어머니, 저 지금 출발할게요.".

※

대학 면접 볼 때도 이만큼 떨렸었나.

딱딱하게 굳은 얼굴을 하고 있는 두 남자와 마주 앉은 해온은 긴장을 감추지 못하고 연신 아랫입술을 깨물었다. 그런 해온의 모습이 마음에 걸렸는지 동화의 어머니는 해온의 손을 꼭 잡은 채 엄지로 손등을 슥슥 쓰다듬어 주었다.

그제야 숨이 쉬어졌다. 만약 이 자리에 혼자 나왔다면……. 생각만 해도 아찔했다.

"힘드세요?"

"아뇨, 괜찮습니다."

해온의 맞은편에 앉아 있는 두 남자. 해온의 부탁으로 동화의 어머니께서 직접 모셔오신 분들이었다. 믿을 만하고 영향력이 있는 기자를 소개해 줄 수 있냐는 부탁에, 어머니는 채 하루도 걸리지 않아 섭외를 마치셨다.

해온의 앞에 앉은 남자는 어머니의 수업을 들었던 제자이자 H신문 사회부 기자고, 대각선으로 앉아 있는 남자는 어머니의 대학 후배이자 H신문 정치부장, 즉 카피 데스크였다.

질문과 대답이 오고 간 지 벌써 두 시간째. 입이 바짝바짝 말라 물을 몇 잔이나 마셨는지 모른다.

"제가 가장 궁금한 건, 1년 전 서창욱 총리 후보자가 대국민 양심고백을 했을 때 신해온 씨는 왜 아무것도 하지 않았냐는 겁니다. 이미 전 보좌관을 통해 차명계좌 거래 내역 같은 중요한 자료들이 메이저 언론사에 넘어온 상태였거든요. 물론 서창욱 씨 선에서 정리할 수도 있는 사안이긴 하지만 신해온 씨가 그때 적극적으로 행동했다면 결과가 지금과는 많이 달라졌을 텐데요."

해온은 흔들림 없는 시선으로 기자를 바라보았다.

"그땐…… 지켜야 할 것들이 많았거든. 근데 이젠 이성을 꽉 붙잡고 참지 않아도 될 만큼 제 주변 상황이 많이 변했어요. 1년 사이에 좀 더 용기도 생겼고, 뻔뻔해지기도 했고요."

"서창욱 씨의 도덕성에 많은 실망을 했군요."

"그분과 제가 나눴던 대화라곤 아까 말씀드렸던 게 전부입니다. 기대한 적도 없기 때문에 실망도 안 했습니다. 제가 생각했던 딱 그만큼 보여주신 거죠."

조용히 살아라. 네 엄만 네가 죽인 거다. 일을 복잡하게 만든다면 무슨 짓을 할지 모른다……. 아버지란 사람과 나눈 대화는 협박이 전부였다. 그런 사람이 카메라 앞에서 무릎을 꿇고 오열을 하며 미안하다고 사과하는 건 정말 소름 끼치게 불편한 모습이었다.

연기를 어쩜 그렇게 잘하시는지.

카메라 앞에선 당장에라도 찾아와 용서를 빌 것처럼 굴어놓고, 이 실장을 통해 몇 번 연락을 시도한 것이 전부였다. 지난 1년간 단 한 번도 직접 연락을 해온 적이 없었다. 내심 해온의 미국행을 반겼던 모양이다.

누가 자기 좋으라고 간 줄 아나.

해온을 아들로 인정하고 대외적으론 용서를 빈 모양새가 되었으니, 이젠 그에게 흠집을 만드는 것이 중요한 게 아니라, 적어도 진실을 제 입으로 토해내도록 만드는 것이 가장 중요한 부분이었

다. 적어도 진실을 말하게 하고 싶었다. 그로 인해 엄청난 대가를
치르게 될지도 모르지만 감당할 자신이 있었다.

"어머니의 일기를 책으로 엮고 있다고 했는데, 직접 진행하고
계신 겁니까?"

"아뇨. 그건 그분 딸이 진행하고 있습니다."

기자는 해온의 말을 믿지 못하겠는지 고개를 갸웃거렸고, 해온
은 윤진의 명함을 건넸다.

"편한 시간에 와달라고 했습니다. 본인도 할 말이 많다고."

기자는 반가운 표정으로 윤진의 명함을 챙겼다.

"이젠 반대로 신해온 씨 앞길에 서창욱 씨가 해가 될 수도 있습
니다. 긴 싸움이 될 수도 있고, 지저분하게 물고 늘어질 수도 있어
요."

"각오하고 있습니다. 감당할 여유도 생겼고요."

"변호인도 준비하셔야겠어요, 가능하면 유능한 분들로."

"네, 준비하고 있습니다."

해온의 대답이 만족스러웠는지 기자는 연신 고개를 끄덕이며
손바닥만 한 취재 노트에 뭔가를 끊임없이 적어 넣었다. 곁에서
가만히 듣고만 있던 정치부장도 노트북을 닫고 차게 식은 커피 한
모금을 들이켰다.

"폭로하려고 자료 제보했던 전 보좌관이랑 서창욱 씨 딸이랑
보강 취재 마저 하고 기사 준비할 겁니다. 어차피 한 방으론 안 돼
요. 특집 기사로 연달아 내줘야지."

"잘 부탁해. 그 어떤 외압에도 흔들리지 말고 데스크의 자존심

을 지켜라. 고맙다."

동화 어머니와 정치부장은 웃으며 악수를 나눴다.

"이건 선배 부탁이 아니더라도 절대 포기 못하는 소스지. 내가 더 고마워요. 우리 애들이 신해온 씨 취재하려고 해밀빌딩 앞에서 날려먹은 시간이 얼만데."

두 기자는 주섬주섬 짐을 챙겨 일어섰다.

"궁금한 거 있으시면 다시 연락 주세요."

"그럴게요. 용기 내줘서 고마워요."

두 사람과 차례로 악수를 나눈 해온은 두 사람이 카페를 빠져나가 시야 밖으로 완전히 사라질 때까지 시선을 떼지 못했다. 이젠 모든 운명이 그들의 손끝에 달려 있었다. 혹시 너무 늦은 건 아닐까 하고 고민했던 순간들과 끝까지 버틸 수 있을까 하고 망설이던 순간들이 떠올라 마음 한 켠이 뻐근해졌다.

카페 밖까지 그들을 배웅하고 돌아온 어머니의 표정이 한결 편안해 보였다.

"속은 좀 시원해졌니?"

해온은 고개를 끄덕이며 웃었다. 후련했다. 내 스스로에게 칭찬을 해주고 싶을 만큼.

이렇게 오늘처럼 처음 보는 생판 남에게 내 모든 이야길 했던 건 처음 있는 일이었다. 상처가 깊고 고통투성이라 들추는 것이 떨리기도 하고, 쉽지 않은 일이었지만 모두 털어놓고 나니 숨 쉬는 게 조금 편해졌다.

"어머니, 정말 감사합니다."

"내가 뭘. 어차피 이 나란 어쩔 수 없는 학연, 지연 아니겠니? 내가 쟤들을 얼마나 예뻐했는데."

어머니는 해온의 어깨를 다독이며 끊임없이 잘했다, 수고했다고 말해주었다.

"앞으로, 잘해낼 수 있겠죠?"

"당연하지. 걱정하지 마. 다 잘될 거야."

어떻게 이 빚을 다 갚아야 할지 모를 만큼 고마운 사람들이 날마다 늘어나고 있었다. 내가 이런 호강을 받아도 되나 싶을 정도로 말이다.

✳

공연이 끝나면 어김없이 이어지는 회식 자리. 그 중심엔 늘 동화가 있었다. 음주가무에 능한 동화는 언제나 회식 자리의 스타였고, 모두가 동화를 원했다.

하지만 오늘 동화는 2차에서 도망쳤다. 지금 어디 있냐, 빨리 돌아오라는 메시지가 쏟아졌지만 동화는 답을 하지 않고 공원에 멍하니 앉아 있었다. 곧 이곳으로 해온이 오겠다고 연락을 해왔기 때문이다.

그때, 누군가 뒤에서 톡톡 손끝으로 어깨를 두드렸다. 돌아보니 예상대로 해온이었다.

"어디 갔다 이제 와?"

"누구 좀 만나고 왔어."

드러내고 내색하지 않지만, 분명 뭔가를 진행 중인 것 같았다. 동화는 해온이 먼저 말해줄 때까지 기다리는 중이었다.

해온이 옆자리에 앉아 동화의 손을 제 주머니 안에 넣어주었다. 해온의 온기로 덥혀진 주머니 안은 무척이나 따뜻했다.

"술 많이 마셨지?"

"아니. 두 잔 마셨나?"

"에이."

역시 거짓말이 안 통하네.

동화가 옅게 웃자 해온이 콩 하고 이마를 어깨에 박았다.

"근데 나 궁금한 게 있는데, 취하면 왜 새끼 고양이 울음소리가 들려?"

"나?"

"어."

"내가 취하면 새끼 고양이 울음소리 들린다고 그랬어?"

"만날 새끼 고양이 운다고 찾아내라고 얼마나 날 괴롭혔는데!"

"그런 적 없는데……."

내가 그랬나.

아무리 생각해 봐도 기억이 나질 않아 눈만 깜박였다.

"내가 차 밑에 몇 번이나 기어들어 갔…… 에휴, 됐다. 머리끝까지 취한 사람이 뭘 기억하겠어."

해온이 고개를 가로저으며 무척이나 억울한 표정으로 입술을 씰룩였다.

"나를 무슨 술독에 빠져 사는 사람처럼 얘기하는데, 취하도록 마신 적 별로 없거든?"

"아, 네."

얄밉네.

동화는 해온의 주머니에서 손을 쏙 빼버렸다.

……가만, 예전에 엄마도 그런 얘길 한 적이 있는 것 같은데. 아빠가 술만 마시면 고양이를 찾아댔다고…….

"어렸을 때 새끼 고양이를 잃어버린 적이 있긴 해. 아빠가 길고양이를 주워 오셨는데 한 달도 못 돼서 잃어버렸었어. 그때 나랑 병준이가 막 울면서 고양이 찾아달라고 떼를 쓰고……. 그 후로 아빠랑 만날 고양이 찾으러 다니고 그러긴 했는데……."

동화가 기억하고 있는 아버지의 가장 다정했던 모습은 그때가 전부였다. 여름이라 비도 엄청 퍼부었던 그때, 고양이를 찾겠다고 아침저녁으로 온 동네를 이 잡듯이 뒤지고 다녔었다. 그 짓을 한 달 가까이 하다가 결국은 포기하고 시간이 흐르며 자연스레 잊어버렸다.

"그런 거 보면 나도 어쩔 수 없는 아버지 자식인가 봐."

재능은 안 물려주셨지만 주사는 물려주셨네.

문득 떠오른 아버지 생각에 동화가 피식 웃으며 해온의 어깨에 머리를 기댔다.

"구동화."

"응?"

해온은 잠시 생각에 잠긴 듯 쉽게 입을 열지 않았다. 무슨 말을 꺼내려고 저리 망설이나 싶었지만, 동화는 보채지 않았다.

"요 며칠 고민하던 게 있는데…… 도무지 답이 안 나와서."

그 몇 마디 되지 않는 말을 꺼내는 동안, 해온은 네 번이나 '음' 하고 말에 텀을 두었다.

"그 답이 나한테 있어?"

"응."

"그럼 직접 물어보는 게 가장 빠르지 않을까?"

해온이 다시 입을 굳게 다물었다. 정말 날 닮아가고 있는 모양 이다. 무슨 말을 할 때 이렇게 망설이거나 말을 고르지 않는 데…….

"……나랑 같이 갈래?"

그렇게 한참을 뜸 들이던 해온의 입에서 나온 말은 전혀 예상 밖의 말이었다.

"어딜?"

"어디든."

동화는 해온의 얼굴을 빤히 보며 한동안 말없이 눈만 깜박였다. 언제, 어디로 함께 가자는 건지 대충은 알 것도 같았다. 1년 동안 떨어져 지내면서 쓸모없는 걱정만 안고 온 모양이다.

"근데 무작정 가자고 조를 수도 없네. 여기서 네가 해야 될 일도 있고, 가족들도 있고. 나 하나만 보고 가자고 하는 건 너무 내 욕 심 같아서……."

정말로 많은 생각을 하고, 수도 없이 고민을 한 흔적이 역력했 다. 불안한 듯 일렁이는 시선도, 초조함에 자꾸만 꼼지락거리는 손가락도, 입술을 잘근잘근 씹는 것도 모두 그것을 증명하고 있었다.

"그럼 그런 생각들 접어두고, 내가 왜 가줬으면 좋겠는데?"

"같이 있고 싶으니까. ……아니면, 내가 가지 말까?"

해온은 외로운 걸 견디기 힘들어하는 사람이다. 하지만 해온이 스스로 세운 목표치를 달성하려면 그 외로움마저 극복해야 했다. 견디지 못한다면 아무것도 얻을 수 없다. 1년 동안 죽자고 고생해서 이제 겨우 해외 유수의 무용단에서 컨텍이 들어오고 있는데 한국에 주저앉아 버리는 것은 바보 같은 짓이었다. 노력하지 않으면 기회조차 주어지지 않는 현실에 사사로운 정에 얽매여 감정적으로 대처하게 할 순 없었다.

그렇다고 선뜻 동화가 해온을 따라나설 수도 없는 상황이다. 해온의 말대로 그건 해온의 욕심이었다. 동화 역시 예술가로서 올라서야 할 목표란 것이 있으니까. 음악을 하는 순간부터 꿈꿨왔던 그림이 있으니까. 모든 것을 포기하고 따라나서는 것으로 사랑을 확인하려 한다면, 그것 또한 바보 같은 짓이라고 생각했다. 성인이라면, 진정 서로를 생각한다면 더 좋은 방법을 찾아야 하는 게 옳았다.

방금 해온의 제안을 듣자마자 '그럴까?' 하고 혹했던 것도 사실이다. 하지만 당장의 눈앞에 것을 쫓다가 더 큰 것을 놓칠 수도 있었다. 일이 년 연애하다가 말 것도 아니고, 앞으로 더 오랜 시간을 함께하고 싶은 사람이기에 함께 극복하는 것이 좋은 방법일 거라 생각했다.

동화는 해온의 볼에 살짝 입을 맞췄다. 대답 대신 건넨 입맞춤에 해온의 두 눈엔 또다시 생각이 가득 찼다.

"나, 여기서 기다리고 있을게. 그래야 네가 성공해서도 돌아올 거 아냐. ……네가 돌아올 곳은 여기야."

해온의 입가에 옅은 미소가 번졌다. 원하던 대답일지 아닐지 잘 모르겠지만 동화는 지금의 선택에 후회하지 않기로 마음먹었다. 이번엔 얼마나 더 긴 시간 동안 떨어져 지내야 할지 기약도 없지만, 그래도 후회하지 않기로 했다. 남자 신해온은 완전히 내 것이 되더라도, 예술가 신해온은 자유로웠으면 하는 마음 때문이다.

"그래도 괜찮겠어?"

"걱정 마. 안 괜찮으면 뭐, 헤어지기밖에 더 하겠어?"

"와. 농담 한번 살벌하네."

동화는 해온의 허리를 두 팔로 꼭 감싸고 가슴에 얼굴을 묻었다.

"열심히 벌어서 자주 보러 갈게. 더 넓은 곳에서 네 마음껏 후회 없도록 다 해봐. 기회는 항상 마지막인 것처럼 꼭 붙잡아야 되는 거야. ……다음은 없어."

"잡는 시늉이라도 좀 해주지. 냉정하네, 구동화. ……근데 돌아올 곳이 있다는 거, 그거 사람 마음을 되게 편하게 해주더라."

해온이 동화를 품에 꼭 끌어안고 가만히 등을 다독였다. 비집고 나오려는 눈물을 이를 악물고 삼키던 동화는 길게 심호흡 한 번 하고 해온을 바라보았다.

"나 멋있지?"

"그래. 구동화 멋지다."

그 순간, 평생토록 기억된다던 찰나의 순간이 또 한 번 동화에게 찾아왔다. 지금 해온의 이 표정, 이 눈빛, 이 목소리, 이 향기 모두가 동화의 가슴 깊숙한 곳에 쿡 박혀 버렸다.

동화는 두 손으로 해온의 뺨을 감싸고 천천히 다가가 입을 맞췄다. 찬바람에 꽁꽁 언 코끝이 해온의 볼에 닿자 눈이 감기고, 긴장한 탓에 경직되었던 어깨도 부드럽게 풀렸다. 자그만 틈새를 비집고 들어오는 해온의 따스한 숨결과 다정한 입맞춤에 감은 두 눈이 파르르 떨리고, 뒷목을 감싸는 해온의 손길에 안도감이 느껴졌다.

"그럼 족쇄 채워두고 가야겠다. 바람나면 안 되니까."

재킷주머니에서 뭔가를 꺼낸 해온이 주먹을 쥔 채로 동화에게 내밀었다. 무슨 소린가 싶어 고개를 갸웃거리던 동화는 어쩐지 해온의 손안에 든 것이 무엇일지 느낌이 와 저도 모르게 배시시 웃었다. 그러자 해온이 주먹을 펴 손바닥을 보여주었다.

"족쇄가 무지 예쁘네."

해온의 손바닥에 놓여 있던 건, 높은음자리표 펜던트가 달린 목걸이였다. 동화는 해온의 손을 한참 동안 내려다보았다.

"다음엔 반지로 가져올 거야. 미리 말해두자면, 그땐 해 질 녘 바닷가에서 예쁜 드레스 입고 나랑 결혼하는 거다? 가족들이랑 단원들 축하받으면서, 네가 원하던 파티 같은 결혼식 하면서…… 나랑 결혼하는 거다?"

"하아……."

프러포즈를 받고 울었다던 친구의 이야길 들으면서 푼수라고 욕했던 게 엊그제 같은데, 우습게도 눈물이 났다. 사랑한다, 죽을 때까지 사랑하겠다, 영원히 나랑 살자, 뭐 그딴 말도 아닌데 왜 이렇게 가슴이 벅차고 눈물이 나는지 그 이유를 알 길이 없었다. 잘 참아왔는데, 멋지게 보내주겠다는 얘기까지 잘해놓고 왜 이러는 건지…….

동화는 손바닥으로 입을 막은 채 하염없이 눈물을 흘렸다. 무슨 말이라도 하고 싶은데, 눈이 어떻게라도 된 건지 눈물이 멈출 생각을 안 했다. 해온이 목에 목걸이를 걸어주는 동안에도, 동화는 어깨까지 들썩이며 눈물을 쏟아냈다.

무언가를 이루지 않아도 충분하다. 집도 없고, 차도 없고, 있는 거라곤 몸과 재능뿐인 신해온. 세상의 기준으로 보면 부족한 것만 보일 테지만, 동화의 기준으로는 과분한 사람이었다.

이제 동화는 해온과의 결혼을 꿈꾼다. 누군가는 현실을 너무 모른다고, 분명 후회하게 될 거라고 걱정하겠지만 상관없다. 사랑이 밥 먹여주는 건 아니지만, 사랑이 있어서 밥이 맛있어질 테니까.

동화는 상상했다. 언젠가 이 남자의 손을 잡고, 바닷가가 내려다보이는 펜션 정원에서 해 질 녘 가족들, 단원들과 함께 파티 같은 결혼식을 올리는 순간을……. 내 평생 기억에 남을 그 찰나의 순간을.

에필로그

결혼식 한 시간 전.

시원한 바람이 불었다. 바닷바람답게 짭짤하고 눅눅했지만, 그래도 좋았다. 모든 것이 완벽했다. 하늘을 가득 메운 새털구름, 그 사이로 반짝이는 햇살, 햇살에 비쳐 금가루를 뿌려놓은 듯 빛나는 바다까지……. 사흘 내내 장대비가 쏟아져 장소를 옮겨야 할지 바로 어제 오전까지도 걱정을 했었는데, 다행히 하늘이 도왔다.

"신부님, 잠깐 돌아서 볼까요?"

6월의 바람을 타고 드레스 자락이 흩날리자, 사진작가가 빠른 속도로 셔터를 눌렀다. 잔뜩 조인 허리 때문에 숨을 참고 가슴을 부풀렸더니 등은 뻐근하고 부케를 쥔 손에는 땀이 차올랐다.

"손 예쁘게 모으시고 고개 15도만 돌려주세요. 시선은 아래로.

예! 좋습니다. 계속 얘기 나누세요."

마치 기계가 된 것 같았다. 이젠 웬만한 각도는 척척 알아듣고 시선 처리도 자유자재로 가능해졌다.

"부케 진짜 예쁘다."

"이게 진짜 부케지."

신랑이 직접 들에서 꺾은 꽃으로 세상에서 가장 사랑하는 신부에게 꽃다발을 만들어주는 데서 유래가 되었다는 부케.

동화가 손에 쥔 부케는 해온이 어제저녁 병준을 데리고 섬 곳곳을 다니며 꺾어온 들꽃으로 직접 만들어준 것이었다. 깨끗한 마음이란 꽃말을 가진 주황색 하늘나리꽃과 영원한 사랑이란 꽃말을 가진 하얀 도라지꽃으로 만든, 세상에 하나뿐인 진짜 부케였다.

동화는 어깨를 으쓱이며 부케를 얼굴 가까이 가져다 향을 맡았다.

"어으, 진짜 누군 결혼 안 해봤나. 유난이다, 유난."

"부럽지?"

친구들이 동시에 눈을 흘겼지만 동화는 아랑곳하지 않았다. 발레 토슈즈를 묶는 끈으로 묶은 부케 리본을 만지작거리며, 정원에서 한창 결혼식 준비 중인 단원들의 분주한 움직임을 지켜보았다.

"나도 웨촬 말고 스냅으로 할걸. 자연스럽고 훨씬 좋은데?"

웨딩촬영 대신 선택한 결혼식 스냅사진 촬영. 천편일률적인 웨딩촬영은 하고 싶지 않았다. 동화의 결혼식에는 흔히 말하는 스드메, 스튜디오, 드레스, 메이크업을 한데 묶을 필요가 없었기 때문이기도 했다.

찾아온 손님들과 얘기를 나누는 동안에도 셔터 세례는 계속되었다. 무척 피곤한 일이지만, 그래도 남는 건 사진이니까.

"우리 동구가 진짜 시집을 가네. 기분이 어때?"

"……떨려."

"아악! 이 기지배!"

발을 동동 구르고 서로 어깨를 찰싹 때리고, 아주 자기들이 더 난리가 났다.

서른두 살의 마지막 날, 해온이 영국에서 1년 만에 돌아왔다. 정말로 반지를 들고 돌아왔다. 그리고 바로 이 펜션에서 청혼을 했다. 마음 같아선 당장 식을 올리고 싶었지만, 미리 잡힌 공연 스케줄 때문에 해온의 생일이 있는 6월에 날을 잡았다.

영국에서 머물던 1년의 시간 동안 해온은 세계 각지의 무용제와 공연에 초청되는 건 물론이고 창단공연까지 성공리에 치렀다. 병준과 정인, 셋뿐이던 단원도 아홉 명으로 늘었고, 댄스 컴퍼니 이름도 해온과 병준의 성을 따 〈S&G〉라고 지었다. 오늘 결혼식을 끝내고 8월부터 또다시 여러 무대에 서야 하고, 연말에는 국내에서 창단공연도 올릴 예정이라 신혼여행에서 돌아오자마자 다시 연습실로 돌아가야 한다.

해온이 영국에서 머무는 동안, 동화도 바쁜 시간을 보냈다. 자리를 잡아가고 있구나, 라고 체감이 될 만큼 안정적인 생활이 가능해졌다. 거의 매달 쉬지 않고 공연을 하는 〈숨〉과 〈S&G〉의 음악 전담에다가 외부에서 들어오는 작업까지, 작업실 의자에서 엉덩이를 뗄 새가 없을 지경이었다. 그 탓에 실용음악원은 정리하고 작업실로 사용 중이며, 작업을 보조해 줄 엔지니어도 구했다.

결혼 후에도 이와 같은 생활에는 큰 변화가 없을 것이다. 해온은 계속 국내와 해외를 오가며 무대에 설 것이다. 동화는 해온이 더 많은 무대에, 더 넓은 곳에 서길 바랐기 때문에 괜찮았다. 단지 해온이 많이 힘들까 봐, 지칠까 봐 그것이 조금 염려가 될 뿐이었다.

해온 스스로가 정한 목표의 기준에 도달하면 국내에 머무는 시간은 자연스레 길어질 것이다. 그때까지 기다려 주는 것이 자신의 몫이고, 그것은 동화가 해온을 사랑하는 방식이었다. 그동안 함께 해 온 시간보다 앞으로 함께할 시간이 더 길기에 견딜 용기가 생겼다.

2년 6개월간의 연애. 정작 함께한 시간은 채 석 달도 되지 않는다. 그 석 달마저도 해온이 한국에서 공연을 준비하느라 머무는 동안 잠시 만난 게 전부다.

우리의 연애는 그렇게 늘 애달고 그립고 외로웠다. 그런데 왜 그렇게 행복했을까. 왜 그리 설레었을까.

참 알다가도 모를 일이었다.

"행복하게 잘살아."

"고맙다. 너 아니었으면 오늘 결혼식 못했어."

"고마운 거 알면 좀 보답을 하고 그래. 넌 너무 맨입이야."

"싫어. 너는 내 조만만이니까."

오늘 이 펜션 정원을 멋진 결혼식장으로 만들어준 건 다름 아닌 설치미술가 조 원장이었다. 어제 오전까지 쏟아진 비로 인해 어제

저녁부터 작업을 시작해, 두 시간 전에야 모든 작업을 끝낸 참이었다. 테이블 세팅은 물론이고 하객 의자 하나하나 모두 리본을 묶고 꽃 장식에 하얀 카펫까지 직접 공수해 왔다. 결혼식의 일등공신이었다.

"너 오늘 진짜 예뻐."

조 원장의 말에 동화는 돌아서서 거울을 보았다. 고심 끝에 선택한 원피스 타입의 웨딩드레스는 네크라인이 브이 형으로 가슴까지 깊게 내려왔고, 배 아래로는 A라인으로 흐르듯이 자연스럽게 떨어지는, 화려한 맛은 없어도 아름다운 드레스였다.

헤어장식을 화관으로 할까, 코사지로 할까 고민하던 동화에게 해온이 제안한 건 하얀 수국이었다. 동화는 묶은 머리에 코사지 대신 하얀 수국 한 송이를 꽂았다. 꽃말이 변덕스러움이라며 강력 추천을 했는데, 동화의 마음에도 쏙 들었다.

내가 보기엔 꽤 예쁜데, 해온은 지금 내 모습을 마음에 들어할까?

긴장한 동화는 훤히 드러낸 목을 만지작거렸다.

"누나, 해온이 어디 있어?"

멋진 슈트를 차려입은 병준이 신부대기실 안으로 들어오자 동화의 친구들이 너도나도 한마디씩 멋있어졌다고, 잘생겨졌다고 거들었다. 그런 반응이 쑥스러웠는지 병준이 냉큼 동화의 곁에 다가왔다. 병준의 손에는 해온의 부토니에가 들려 있었는데, 동화가 직접 리본을 묶은 주황색 하늘나리꽃 한 송이였다.

"병준아, 네 누나 진짜 예쁘지 않아?"

"예…… 뭐……."

조 원장의 물음에 병준은 시원찮게 대답하며 콧등을 찡그렸다.

"대답이 왜 그렇게 시원찮아? 혹시 누나 시집가서 서운해서 그래?"

"에이, 그럴 리가요. 저만큼 꾸며놓았는데 안 예쁜 게 이상한 거죠."

동화가 노려보자 그제야 병준이 눈치를 보았다.

"으음. 해온이가 어디 있지……."

병준이 유유히 사라지고 난 후에도 동화는 여전히 기분이 좋지 않았다. 다시 거울에 모습을 비추어 보았지만, 자신이 봐도 오늘은 정말 예쁜 모습이었다.

"열받으니까 배가 고프네. 나 뭐 먹을 거 없어?"

"기다려. 과일 갖다 줄게."

"고기! 고기로 가져와!"

조 원장이 펜션 안으로 들어갈 때까지 동화는 있는 힘껏 고기를 외쳤다. 함께 있던 친구들이 정원으로 나가 테이블에 자리를 잡자 드디어 혼자만의 시간을 갖게 된 동화는 의자에 앉았다. 물론 편한 자세로 앉을 순 없었다. 혹시나 허리의 실밥이 뜯어지진 않을까 조심이 앉은 채로 목부터 허리 끝까지 곧게 세웠다.

해온과 동화의 친구들 그리고 〈숨〉 단원들, 가까운 가족들이 오늘 하객의 전부. 어제 낮에 다 같이 이곳으로 와 저녁을 먹고, 결혼식 준비를 하고, 밤새 신나게 놀고, 오늘 아침에 다 같이 아침도 먹었다. 여섯 명이 앉는 원형 테이블을 열 개 준비했는데, 시간이

지날수록 하나둘 자리가 찼다. 모여 앉은 사람들의 표정이 밝아 보여 지켜보는 동화의 기분도 무척 행복했다.

결혼식 30분 전.

거울 앞에 서서 보타이를 매던 해온은 병준이 건넨 부토니에를 슈트 재킷의 단춧구멍에 꽂았다.

"동화는 뭐 하고 있어?"

"밥 먹어."

"밥? 지금 밥이 넘어간대?"

대단하다, 구동화. 정말 대단해.

해온은 웃으며 고개를 절레절레 저었다.

아침 식사 후 본격적인 결혼식 준비를 시작하며 아직까지 동화를 만나보지 못했다. 아침에 다 같이 밥 먹으면서 맨 얼굴도 봤는데 왜 그리 숨기는 건지 모르겠지만, 그 탓에 기대감이 더욱더 커지기는 했다.

동화는 아직 드레스도 보여주지 않았다. 대충 말로 설명을 듣긴 했는데, 드레스를 입은 동화의 모습은 잘 상상이 되지 않아 벌써부터 가슴이 설레었다. 직접 보고 온 병준의 말에 의하면, 그동안 보았던 웨딩드레스를 입은 여자들 중 가장 예쁘다던데 과연 그게 사실일지 궁금했다.

"구병준."

"왜."

"나한테 뭐 하고 싶은 말 없어?"

넥타이를 손보며 옷매무새를 가다듬던 병준은 잠시 생각하는 듯 눈썹을 치켜세우고 말없이 해온을 보았다.

"없어."

"당부하고 싶은 말 같은 거 없어?"

"없어."

"진짜 없어?"

병준은 해온을 머리부터 발끝까지 쭈욱 훑어보다가 의미를 알 수 없는 옅은 미소를 지으며 한숨을 쉬었다.

"괜찮다는 말에 속지 말고, 아무렇지 않단 말에도 속지 말고. ……뭐, 그 정도."

병준이 하고 싶은 말이 무슨 뜻인지 해온은 바로 알아들을 수 있었다. 누나를 생각하는 속 깊은 마음에 감동한 해온은 병준에게 다가가 덥석 안았다.

"잘살게. 걱정 마."

"이 미친 새끼, 왜 이래!"

"사랑한다, 병준아."

거칠게 반항할수록 더욱 세게 끌어안던 해온은 갑자기 방문을 열고 들어오는 윤진을 발견하고 깜짝 놀랐다.

"뭐야, 오늘 결혼식 이렇게 둘이었어?"

해온과 병준은 머쓱해져 얼른 떨어졌지만, 두 사람 다 얼굴엔 웃음기가 묻어 있었다.

"아, 더워! 무거워 죽겠네!"

윤진은 들고 온 종이가방을 바닥에 털썩 내려놓으며 짜증부터
부렸다.

"결혼식을 왜 이렇게 먼 데서 하고 난리야! 물! 물!"

윤진이 이렇게 가끔씩 불쑥 나타나는 것은 이젠 익숙해졌다. 해
온은 자기가 마시려고 갖다 놓은 생수를 건넸고, 그새를 못 참고
침대 끄트머리에 앉은 윤진은 손으로 부채질을 하며 물을 받아 들
었다.

"그래서 어제 같이 출발하자고 했잖아."

"내가 돌았어? 여길 뭐 하러 일찍 와."

"들고 온 건 뭔데?"

"갈아입을 옷."

윤진이 봉투 안에서 꺼낸 건 시원한 블루 색상의 원피스였다.
끙 소리를 내며 자리에서 일어난 윤진은 병준을 툭 밀어내고 전신
거울 앞에 서서 옷을 자신의 몸에 대보았다. 옷이 어깨가 없고 몸
통만 있는 걸 보니, 어깨가 훤히 드러나는 옷인가 보다.

"그걸 입는다고?"

"부케 받는데 이 정도는 입어줘야지. 둘 다 나가 있어. 옷 갈아
입게."

해온과 병준은 반항 한 번 못해보고 그대로 방 밖의 테라스로
쫓겨났다. 두 사람은 어안이 벙벙한 표정으로 테라스 아래 정원을
내려다보았다.

"부케를 쟤가 받는 거였어?"

"정인이가 못 와서 줄 사람이 없었나?"

해온은 헛웃음이 났다. 도대체 동화와 윤진, 이 둘이 언제 만나서 그런 얘기까지 나눴는지……. 심지어 둘이 만난 사실도 몰랐는데. 둘이 마주 앉아 이야길 나누는 모습이 상상이 되어 웃음이 났다.

1년 전, 정확하게는 1년 2개월 전 봄, 해온과 윤진은 제대로 발칵 뒤집었다. 물론 그 뒤에서 물심양면 후원해 준 많은 분들의 덕이긴 했다.

영국에서 공연을 마치고 돌아오자마자 H신문을 통해 3회에 걸쳐 〈3선 국회의원 출신 서창욱 전 국무총리 후보자의 두 얼굴〉이란 특집기사가 나갔다. 첫날은 무려 헤드라인이었다. 엄청난 외부 압력으로부터 기사를 지켜낸 동화 어머니의 후배, H신문의 카피 데스크분이 제대로 포문을 열어주었고, 그 다음날 윤진이 맡아 진행했던 해온 어머니의 일기를 엮은 책 〈나의 하루〉가 출간되었다. 오로지 한 남자를 도덕적으로 흠집 내기로 작정하고 악의적인 이야기로 구성한 것이 아니라, 사랑하는 사람으로부터 버려져야 했던 한 여자로서의 삶과 아픔을 담아 사람들의 감성을 자극해서 동정 여론을 자연스레 해온의 쪽으로 기울게 만들었다. 책은 5만 부 이상 판매가 되어 베스트셀러로 등극했고, 판매 수익금 전액을 미혼모 보호시설에 기부하기로 했단 사실이 드러나며 2차 화제로 이어졌다. 산 사람은 죽은 사람을 이기지 못했다. 어머니의 일기는 예상보다 훨씬 큰 힘을 발휘했다.

예상대로 서창욱 쪽 반응은 뜨거웠다. 돈은 돈대로 받아 챙기고 뒤로 아버지를 매장하려 한다며, 뒤통수를 맞아 심적으로 너무 힘들고 괴롭다고, 그래도 여전히 아들을 사랑한다고 연극을 계속하면서 여론을 움직이는 한편, 여러 가지 죄목을 묶어 해온을 고소했다.

때맞춰 처분된 건물 덕에 무리 없이 변호인을 마련한 해온은 윤진의 도움으로 차분히 소송을 진행하며 대응했다. 그리고 이어진 윤진 어머니의 인터뷰 기사와 국내에선 유래가 없는 사상 최대 재산 분할 이혼 소송으로 쉴 틈 없이 몰아붙이며 쐐기를 박았다.

아직까지 진심이 담긴 사과는 없었다. 사람이 어디까지 추악해질 수 있는지를 보여주고, 서창욱이란 사람의 밑바닥을 보여준 것에 그쳤다.

그러한 과정에서 당연히 세간의 관심은 해온에게 쏠릴 수밖에 없었다. 하지만 해온은 H신문을 통해서만 세 차례에 걸쳐 입장을 전했을 뿐 더는 언론 전면에 나서지 않았다. 말은 말을 낳고, 또다시 말을 낳아 의도가 왜곡되기에 말을 아꼈다.

물론 아직까지 끝난 것은 아니다. 여전히 소송은 진행 중이고, 언론에 이름이 오르내리고 있었다. 그래도 해온은 만족했다. 적어도 속 시원하게 그의 실체를 밝혔으니 꽤 괜찮은 결말을 맺은 것이다.

가장 먼저 폭로를 하겠다고 했던 전 보좌관, 어떤 상황에서도 휘둘리지 않았던 올곧은 언론, 그리고 가장 많이 힘들었을 윤진과 윤진 어머니의 지원사격까지……. 여기까지 오는 동안 이 많은 사람들의 도움이 없었더라면 절대로 이만큼의 성과도 거두지 못했을 것이다.

난 정말 사람 복 하나는 기가 막히게 타고났구나.

특히 구동화. 가장 큰 힘을 준 건 동화였다. 다독여 주고, 안아 주고, 기대게 해주었다. 이번 일을 겪으며 해온은 동화의 마음 씀씀이가 얼마나 넓고 깊은지 확인하게 되었다.

내가 정말 신붓감은 기가 막히게 골랐구나. 세상 어디서 이런 사람을 만날 수 있을까.

"야, 축의금."

뒤에서 불쑥 나타난 윤진이 자그만 백에서 봉투 하나를 꺼내 내밀었다.

"됐어."

"이거 받고 나 결혼할 때 세 배 가져와."

받지 않으려 하자 윤진은 해온의 손에 억지로 쥐어주었다.

"결혼을 하긴 할 건가 보네?"

"나 오늘 부케 받는다니까."

"그럼 결혼할 남자가 생긴 거야?"

"왜? 동갑내기 오빠라고 소개라도 시켜줄까?"

말을 어쩜 저렇게 일관성 있게 밉게 하는지.

해온이 노려보자 윤진이 빙긋 웃었다.

"하긴. 온 세상에 너랑 나랑 남매라고 소문 다 났는데, 뭐. 난 신부 보러 간다."

윤진은 미련 없이 돌아서서 다시 방 안으로 들어갔다. 해온은 그런 윤진을 지켜보며 고개를 절레절레 저었다.

"얼마 넣었는지 열어봐."

병준의 은밀한 부추김에 슬쩍 봉투 안을 본 해온은 미간을 구기며 눈을 크게 뜨고 다시 보았다. 봉투가 얇다 싶었는데 수표였다. 그런데 그 수표가 익히 보던 색의 수표가 아니라는 거. 깜짝 놀란 해온이 봉투 안에서 수표를 꺼내 제대로 확인했다. 예상보다 공이 너무 많았다.

"히익! 너 이거 세 배 돌려주려면 다시 티칭 시작해야겠다."

"얘가 미쳤나 봐!"

윤진은 늘 서툴렀다. 그래서 그 속에 담긴 윤진의 진심을 알면서도 해온은 밉다고 생각했다. 상처가 오죽 깊어서 그럴까 하고 이해하고 노력하려 하지만, 서로에게 서로의 존재가 절대 편할 수 없고 상처 그 자체라 마주할 때마다 마음 한 켠이 묵직한 것도 사실이었다.

해온은 이제부터라도 남들이 보기엔 너무도 비정상적인 이 관계를 정상으로 돌리려고 노력할 생각이었다. 윤진이 받아들일지는 모르겠지만, 지금까지 보아온 윤진으로 봐선 알면서도 모른척 해줄 것 같기도 했다.

그나저나 진짜 다시 레슨이라도 해야 하나? 이걸 어떻게 세 배로 만들어서 준담.

결혼식 5분 전.

해가 질 무렵, 하늘과 바다가 맞닿은 곳을 시작으로 붉게 물들기 시작하더니 어느새 그림이 되었다. 탄성이 절로 나오는 풍경에 스냅사진을 찍어주시던 사진작가분은 연신 바다를 향해 셔터를 눌렀다.

정원 왼쪽 한구석에 마련된 신부대기실.

대기실이라고 해봤자 하얀 천으로 만든 빛 가림막과 의자 두 개, 테이블 하나가 전부지만, 그래서 더 아름다운 공간이었다. 오늘 결혼식에 참석한 하객들과 사진 촬영을 모두 마치고, 식전에 잠시 엄마와 단둘이 있을 수 있는 시간이 생겼다.

"병준이 실수 안 하려나 모르겠다."

오늘 결혼식의 사회를 맡은 병준이 마이크를 쥐고 혼자서 중얼중얼 거리며 연습을 하고 있었다. 그 모습이 어찌나 귀여운지 자꾸만 웃음이 났다.

"엄마, 이따 울지 마."

동화의 말에 엄마는 어이가 없다는 듯이 풋 하고 웃음을 터뜨렸다.

"울기는! 신나서 춤출 건데?"

엄마가 동화의 손을 꼭 잡으며 환한 미소를 지었고, 동화 역시 비로소 긴장을 덜고 웃음을 찾았다. 오랜만에 차려입은 엄마의 고운 모습에 동화는 자꾸만 마음이 뭉클해졌다.

"잘살아야 된다. 지금처럼만 서로 예뻐하고, 믿어주고. 알았지?"

"엎어지면 코 닿을 곳에서 살 건데 그런 말은 왜 해."

집은 살던 집 근처에 투룸 같은 원룸을 전세로 마련했다. 아이가 생기면 좀 더 큰 곳으로 이사 가기로 하고 일단 시작은 작은 곳에서 하기로 했다. 바쁜 해온을 대신해 엄마와 함께 집을 구하고 살림을 고르면서 다투기도 참 많이 다투고, 웃기도 많이 웃었다. 그런 시간들이 하나둘 떠오르기 시작하니 점점 코끝이 찡해졌다.

"나는 네 친정엄마도 되지만 네 시어머니도 돼. 난 해온이 엄마이기도 하니까."

"치이……."

결국 눈가에 고였던 눈물이 뺨을 타고 흘러내렸다. 참아보려 고개를 들고 눈을 깜박였지만, 한 번 터진 눈물은 좀처럼 멈출 줄을 몰랐다.

"아이 참! 화장 예쁘게 해놓고 울면 어떡해!"

"몰라! 다 엄마 때문이잖아!"

엄마는 서둘러 면봉으로 눈가를 닦아주었고, 휴지로 볼에 흐른 눈물자국도 지워주었다.

"엄마가 예술 하는 사람이랑 살아보니까…… 참 외롭더라. 슬플 때도 나 혼자, 기쁠 때도 나 혼자, 너희 둘 낳을 때도 나 혼자였어. 얼마나 서운하고 서럽던지."

"알지, 울 엄마 속 많이 썩은 거."

"그런데 엄만 그래도 네 아빠가 좋더라. 오직 날 위해서만 연주해 주던 그 순간이 내 기억 속에 콕 박혀서, 그걸 붙잡고 견뎠어. 참 미련도 하지."

"찰나의 순간이 평생토록 기억되는 힘을 발휘하기도 한대. 엄마한텐 아빠가 연주하던 모습이 그 힘을 발휘했는가 보다. 평생토록 기억되는 힘."

엄마가 또 한 번 환히 웃으며 동화의 등을 다정하게 쓰다듬어 주었다.

"나 잘할 수 있어. 엄마가 샘날 정도로 잘살게."

동화는 두 팔을 크게 벌려 엄마를 안았다.

근데…… 우리 엄마가 이렇게 작았나? 내 팔이 긴 것도 아닌데, 엄마가 품 안에 쏙 들어왔다.

"곧 시작합니다!"

모든 준비를 끝냈는지 병준이 대기실을 찾았다. 긴장과 설렘이 공존하는 오묘한 표정에 동화는 웃음부터 났다. 그 큰 무대에 설 때도 태연하던 놈이 왜 저러나 싶었다.

"엄마 먼저 가 있을게."

병준이 엄마를 모시고 자리를 떠나는 동안 동화는 계속 손을 흔들어주었다. 돌아서며 조용히 눈물을 훔치는 엄마의 뒷모습에 다시 눈물이 고였지만, 휴지로 눈을 꾹 누르며 참아냈다.

"우리도 가자."

그때 기척도 없이 다가온 해온이 손을 내밀었다. 동화는 해온의 그 손을 잡고 웃으며 일어섰다.

"왜……."

해온은 한 걸음 물러선 채로 동화의 모습을 말없이 바라보았다. 해온에게 처음 보여주는 드레스. 해온의 소감이 어떨지 궁금해 미칠 지경이었다. 대답을 기다리는 동화의 심장은 두근두근 정신없이 뛰고 있었다.

"마음에 안 들어?"

해온이 고개를 저으며 동화의 허리를 양손으로 잡았다. 그리곤 대답 대신 입맞춤을 건넸다. 마치 장난을 걸 듯 닿을락 말락 약을 올리더니 쪽 소리가 나게 입을 맞추곤 코끝을 비볐다.

"가볼까?"

동화는 고개를 끄덕이며 부케를 꼭 쥐었다. 해온의 손을 잡고 하얀 카펫을 향해 걷는 동안, 동화는 해온의 옆얼굴을 몇 번이나 바라보았다. 이 남자가 내 남편이 된다는 사실이…… 도무지 믿기질 않았다.

"신랑 신해온 군과 신부 구동화 양의 결혼식에 참석해 주신 하객 여러분들께 제가 가족 대표로 감사의 인사를 드립니다."

병준이 허리를 숙여 인사를 하자 하객들이 뜨거운 박수를 보내주었다.

"오늘 결혼식은 신부 구동화 양이 오랫동안 꿈꿔왔던 결혼식을 재현하기 위해 〈숨〉의 전 단원들이 밤을 꼴딱 새가며 만들었습니다. 우리 〈숨〉 단원들에게도 힘찬 박수 부탁드립니다."

병준의 말에 환호성까지 더해진 박수가 쏟아졌다. 하얀 카펫 끝자락을 밟고 서서 입장을 기다리던 동화와 해온은 눈을 마주 보며 미소를 지었다.

"그럼! 신랑 신해온 군과 신부 구동화 양의 결혼식을 시작하겠습니다! 신랑 신부, 입장!"

우렁찬 외침과 동시에 시작된 연주곡은 오늘을 위해 동화가 직접 만든 곡이었다. 동화가 아끼는 후배들이 직접 연주해서 더욱 아름다워진 곡이 정원을 가득 메웠다.

동화는 해온이 내준 팔에 손을 얹고 조심스레 한 발 내딛었다. 카펫 주변에 앉은 사람들에게 축하 인사를 받으며 걸으니 세상의 온 축복이 두 사람에게 내려진 듯했다. 그리 길지 않은 거리를 걷는 내내 동화는 이 순간을 자신들에게 허락해 준 모든 것에 진심으로 감사했다.

"이제 두 사람의 혼인 서약이 있겠습니다."

동화와 해온, 둘이 직접 준비한 혼인서약. 두 사람은 손을 꼭 잡은 채로 서로를 마주 보았다. 먼저 시작하기로 한 해온이 조금 떨렸는지, 가는 한숨을 길게 내쉬곤 옅게 웃으며 동화의 눈을 바라보았다.

"이렇게 당신 손을 잡고 마주 보기까지 많은 일들이 있었고, 많은 시간이 흘렀습니다. 그 긴 시간 동안 단 한 번도 내 곁을 떠나지 않고 기다려 준 당신을…… 아주 많이 사랑합니다. 고맙습니다. 이렇게 못난 날 사랑해 주고, 믿어주고, 안아줘서 정말 고맙습니다. 이 자리에서 약속합니다. 당신이 드라마의 남자주인공과 매번 사랑에 빠져도, 난 영원히 당신만을 사랑할 겁니다. 사랑하는 나의 신부 구동화. 내 아내가 되어줘서 정말 고마워."

눈물을 글썽이는 해온 때문에 동화는 쉽게 입을 열지 못했다. 몇 번의 심호흡 끝에 간신히 마음을 추스른 동화는 준비한 말을 차분히 꺼냈다.

"일찍 용기를 냈더라면…… 당신 손을 좀 더 빨리 잡아줄 수 있었을 텐데, 그게 가장 미안합니다. ……내가 잘할게요. 이 자리에 참석해 주신 모든 분들 앞에서 약속합니다. 더 많이 사랑하고, 더 많이 안아주고, 항상 믿어주고, 그렇게 남은 제 인생 모두를 이 사람과 함께하겠습니다. 고마워요, 내 곁에 있어줘서. 날 사랑해 줘서…… 내 남편이 되어줘서 정말 고마워."

하객들의 박수와 환호를 받으며 동화와 해온은 뜨거운 포옹을 나누었다. 지금 가슴 깊이 파고드는 이 감정을 환희라고 표현하면 적당할까. 눈물이 나면서도 웃음이 나고, 말로 표현할 수 없이 마음이 벅차올랐다.

해온이 동화의 왼손 약지에 반지를 끼워주었다. 청혼할 때 주었던 그 반지였다. 같은 모양의 반지도 해온의 손에 끼워졌다.

"컨템포러리 아티스트 네트워크 〈숨〉의 손정훈 대표님께서 두 사람의 성혼을 선언하겠습니다."

흐뭇한 미소를 지으며 앉아 있던 손 대표가 병준의 재촉에 벌떡 일어나 앞으로 나왔다. 마이크를 건네받은 손 대표는 뭐가 그리도 좋은지 기쁨을 참지 못하고 연신 싱글벙글이었다.

"뭐, 긴말 필요 있겠습니까? 6월 10일! 오늘 이 자리에서 신해온과 구동화, 이 두 사람이 부부가 되었음을 선언합니다!"

때맞춰 터진 축포와 함께 또 한 번 박수와 휘파람이 쏟아졌다. 해온과 악수를 나눈 손 대표가 해온의 귀에 뭐라고 귓속말을 하더니 다시 자리로 돌아갔다.

"역시 시원시원하세요, 우리 대표님. 이어지는 순서는 축가입니다. 결혼식의 대미를 장식할 마지막 순서인데요. 오늘 축가를 불러주실 분을 모시는 데 굉장히 많은 공을 들였습니다. 워낙 우리가 예술 하는 사람들이라 노래 잘하는 분도 굉장히 많고, 그 덕에 축가를 불러주겠다고 지원하신 분들이 많았어요. 하지만! 그중에서 고르고 골라, 가장 뛰어난 가창력을 보유하신 분으로 모셨습니다. 뜨거운 박수 부탁드립니다!"

자기한테 다 맡겨두라고 큰소리쳤던 병준 때문에 동화와 해온은 축가를 누가 부르는지 알지 못했다. 병준의 말대로 단원 중에는 노래 잘 부르는 사람이 많은지라 누가 축가를 한다 해도 이상할 게 없었다. 그런데 축가를 누가 부르는지 모르는 건 단원들도 마찬가지인 듯했다. 다들 주변을 두리번거릴 뿐, 선뜻 일어서는 사람이 없었다.

이대로 결혼식을 망치는 건가, 하고 한숨을 쉬던 그 순간…… 엄마가 일어섰다. 어디 가는 건가 싶었는데, 맨 앞으로 나와 병준이에게 마이크를 건네받았다.

"안녕하세요. 저는 신부 구동화의 엄마입니다."

나긋나긋한 목소리로 공손하게 인사를 하자 다들 큰 소리로 환호를 보내주며 박수를 쳤다. 깜짝 놀란 동화가 병준을 보자 병준이 윙크를 했다. 연주를 해주던 후배들이 악보를 챙기는 걸 보니 이미 연습도 마친 모양이었다.

"저 두 아이는 제겐 똑같이 소중한 아이들이에요. 그 마음을 담아서, 노래 한 곡 하겠습니다."

엄마의 눈짓으로 연주가 시작되었다. 귀에 익은 전주에 하객들은 하나가 되어 박수를 치며 박자를 맞춰주었고, 동화와 해온도 박수를 쳤다.

"Isn't she lovely. Isn't she wonderful."

엄마의 선곡은 스티비 원더의 Isn't she lovely. 딸의 탄생을 기뻐하며 스티비 원더가 만들었다던 그 곡이었다.

엄마의 떨리는 음성이 마이크를 타고 정원을 가득 메웠다. 발을 까닥이며 박자를 타던 엄마는 사람들이 함께 따라 불러주자 용기를 얻어 좀 더 큰 소리로 노래를 불렀다.

그 순간 동화는 문득 아빠의 얼굴이 떠올랐다. 그랜드 피아노 뚜껑 위에 자신을 앉혀두고 피아노를 연주하던, 아주 어렸을 적 기억 속의 아빠. 우스꽝스럽게 어깨를 씰룩이며 불렀던 곡이 바로 이 노래였다. 언젠가 자신도 딸을 위해 곡을 만들고 싶다던 아빠의 진심을 기사로밖에 읽어보지 못했지만, 만약 아빠가 날 위해 노래를 만들었다면 이런 곡이 아니었을까…….

"We have been heaven blessed. I can't believe…….”

엄마는 끝내 눈물을 흘렸고, 하객들이 노래를 대신했다. 동화는 엄마에게 다가가 손을 잡고 아이처럼 펑펑 울어버렸다. 그러자 병준은 동화를, 해온은 엄마를 끌어안고 박자를 타며 몸을 흔들흔들 흔들었다. 눈물이 나는데 웃음도 나는 이상한 결혼식이 무척 마음에 드는지, 하객들은 이미 오래전부터 자리에서 일어나 박수를 치며 리듬을 타고 있었다.

"That's so very lovely made from love!"

다 함께 노래를 마무리 짓자, 붉게 물든 하늘 위로 불꽃이 터져 올랐다.

뒤에서 허리를 감싸 안는 익숙한 손길에 슬쩍 고개를 돌려보니 역시 해온이었다. 뽀뽀하라는 하객들의 성화에 못 이기는 척 입을 맞춘 두 사람은 퇴장곡이 연주될 때까지도 입술을 떼지 않아 야유를 받았다.

눈물은 지나고 웃음만 남은 그곳……

모든 것이 완벽했던 결혼식……

이제부터가 진짜 시작이었다.

The End

작가 후기

동화(同化), 서로 다른 것이 닮아간다.

말 그대로 서로 닮아가는, 서로에게 스며드는 남녀의 이야기였습니다. 동시에 여주인공 이름이기도 했고요.

동화는, 제 주변 친구들의 모습, 또는 제 모습이기도 했습니다. 가진 것보단 가지지 못한 것이 더 많은 평범한 사람. 일개미처럼 하루하루 열심히 살면서 일 년 벌어 일 년 여행 가는 꿈을 꾸는 그런 사람. 때론 남들의 행복을 부러워하기도 하지만, 나의 작은 행복도 소중히 여길 줄 아는 그런 사람.

그런 동화에게 해온이는 그동안 열심히 살았다, 하며 하늘에서 내려준 선물 같은 사람이었습니다. 누군가에게 진짜 사랑을 받고 싶어 했던 동화였으니까요.

이 글의 시작은 브로콜리 너마저의 〈춤〉이란 곡이었습니다. 모 음료 광고에 이 곡이 BGM으로 쓰였고, 그 광고 속에 등장하는 남자배우를 보며 저렇게 희고 팔다리 긴 남자가 무용을 하면 정말 멋지겠단 생각을 하게 되었죠.

동네에 하나뿐인 무용학원에서 레슨 구경을 하고, 원장님과 이야길 나눈 후 이 소재로 글을 써야겠단 다짐을 굳혔습니다.

몇 편의 작품공연을 찾아가고, 수많은 동영상을 보면서 춤이란 것이, 몸의 움직임이란 것이 얼마나 아름답고 신비로운 것인지를 알게 되었습니다. 그 놀라운 경험을 많은 분들과 공유하고 싶습니다.

저는 어떠한 예술 장르 앞에 '현대'라는 단어가 붙으면 막연히 난해하고 어렵다, 라고 생각하던 사람이었습니다. 그런 제게 '현대'가 붙으면 얼마나 매력적인지를 알게 해주시고 기꺼이 도움 주신 분께 감사의 인사를 전합니다.

그리고, 매 글마다 제목과 표지 때문에 고민하는 제게 매번 큰 도움을 주는 친구에게 고맙단 말을 하고 싶습니다. 윤지혜 씨, 고마워!

정말 오랫동안 기다려 주신 문혜영님을 비롯한 청어람 관계자분들께도 감사의 인사를 전합니다.^^ 수고 많으셨습니다!

마지막으로, 이 글의 시작부터 끝까지 함께해 주신 독자님들께 감사의 인사를 전합니다.

늘 행복하셨으면 좋겠습니다.
그리고, 당신의 사랑을 응원합니다.

2014년 1월. 김선민.

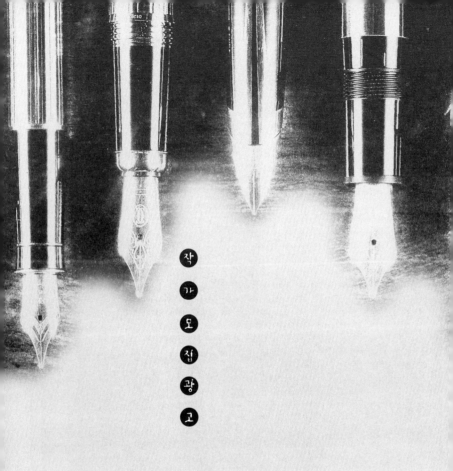